U0096303

人民共和國文化與文學叢書

十　編

李　怡 主編

第 15 冊

《星星》詩刊（1957～1960）研究（第四冊）

王 學 東 著

花木蘭文化事業有限公司

國家圖書館出版品預行編目資料

《星星》詩刊（1957～1960）研究（第四冊）／王學東 著 --
初版 -- 新北市：花木蘭文化事業有限公司，2022〔民 111〕
目 8+274 面；19×26 公分
（人民共和國文化與文學叢書 十編；第 15 冊）
ISBN 978-986-518-955-6（精裝）
1.CST：中國當代文學史 2.CST：當代詩歌 3.CST：詩評
820.8　　111009793

ISBN-978-986-518-955-6

人民共和國文化與文學叢書
十 編 第十五冊　　ISBN：978-986-518-955-6

《星星》詩刊（1957～1960）研究（第四冊）

作　　者　王學東
主　　編　李 怡
企　　劃　四川大學中國詩歌研究院
總 編 輯　杜潔祥
副總編輯　楊嘉樂
編輯主任　許郁翎
編　　輯　張雅淋、潘玟靜、劉子瑄　美術編輯　陳逸婷
出　　版　花木蘭文化事業有限公司
發 行 人　高小娟
聯絡地址　235 新北市中和區中安街七二號十三樓
　　　　　電話：02-2923-1455／傳真：02-2923-1452
網　　址　http://www.huamulan.tw 信箱 service@huamulans.com
印　　刷　普羅文化出版廣告事業
初　　版　2022 年 9 月
定　　價　十編 17 冊（精裝）新台幣 43,000 元

《星星》詩刊（1957～1960）研究

（第四冊）

王學東 著

目次

第二冊

第三冊

第四冊

第五冊

第五章　《星星》事件

隨著 6 月 26 日至 7 月 15 日第一屆全國人民代表大會第四次會議的召開，整個反右運動進入新的階段，這次會議標誌著全國反右鬥爭進入高潮。在這次會議上，沙汀與李劼人對「草木篇」批判作了聯合發言，深刻影響了四川文藝界的反右鬥爭。繼而四川文藝界的「反右聲討會」，使得四川文藝界的右派集團也就正式確立，「草木篇事件」變為「星星事件」，或者如石天河所說的「星星詩禍」這樣一個大事件。

第一節　四川文藝界集會

一、全國第一屆人代會第四次會議

6 月 26 日至 7 月 15 日的這次會議包括審議政府工作報告、通過全國人大常委會工作報告等議程，而「反右鬥爭」則是這次會議的一個重要主題。〔註 1〕周恩來的《政府工作報告》就重點提出了「右派分子的罪過」，「右派分子實質上是要把我們的國家從社會主義的道路拖到資本主義的道路上去。這是廣大人民所決不容許的。」〔註 2〕由此，在《人民日報》報導這次會議的社論《鬥爭正在開始深入》中，主要報導的就是「反右鬥爭」，「必須完全揭穿右派的陰謀，完全駁倒右派的謬論。而要達到這個目的，就必須使鬥爭繼續深

〔註 1〕《中國人民共和國　第一屆全國人民代表大會　第四次會議彙刊》，第一屆全國人民代表大會第四次會議秘書處編，北京：人民出版社，1957 年。

〔註 2〕周恩來：《政府工作報告》，《人民日報》，1957 年 6 月 27 日。

入下去。」〔註3〕進而，7月9日中共中央發出《關於增加點名批判的右派骨幹分子人數等問題的通知》，明確提出「反右派正在深入，準確的右派分子骨干名單擴大了一倍，全國不是4000人，而是大約有8000人。」〔註4〕由此，這次會議成為整個社會「反右鬥爭鬥爭」的一個重要標誌。在此次會議的最後四天，相關右派分子紛紛進行了自我檢討，如費孝通的《向人民伏罪》、儲安平的《向人民投降》、章伯鈞的《向人民低頭認罪》、羅隆基的《我的初步交代》、章乃器的《我的檢討》、潘大逵的《我承認錯誤》等。對於整個會議的意義，正如《反右鬥爭的一次偉大的勝利——祝第一屆全國人民代表大會第四次會議閉幕》中所說，「我們應該在已經取得的勝利的基礎上，繼續採取揭露右派的反動活動事實和說理的方法，使鬥爭深入下去，使我國的社會主義革命在政治戰線和思想戰線上得到徹底的勝利。」〔註5〕由此，可以看到，第一屆全國人民代表大會第四次會議不僅使反右鬥爭進一步深入，而且也形成了右派分子自我檢討的批判模式。7月9日的《四川日報》就對這次全國會議作了報導，「今天在會上發言的代表，同聲駁斥和揭露了資產階級右派分子的各種反社會主義的謬論和陰謀活動，他們嚴正地警告資產階級右派分子：只有幡然悔改，徹底向人民交代，才有出路；如果堅持反動立場，繼續反對和破壞社會主義事業，那就將自絕於人民。」〔註6〕四川文藝界的反右鬥爭，完全與整個整個反右鬥爭的步伐是一致的。

這次全國性的大會，除了「充滿了反對資產階級右派的革命精神」之外，在7月8日的會議上，沙汀與李劼人的聯合發言，就四川文藝界的右派問題做了彙報。7月9日，《人民日報》刊登了李劼人與沙汀的這次聯合發言，題名為《文匯報利用對「草木篇」作者的批評點了一把火》〔註7〕。在沙汀與李劼人的聯合發言中，他們首先對《草木篇》定了性，「它散佈了對現實社會的

〔註3〕社論：《鬥爭正在開始深入》，《人民日報》，1957年7月8日。

〔註4〕毛澤東：《中央關於增加點名批判的右派骨幹分子人數等問題的通知（一九五七年七月九日）》，《建國以來毛澤東文稿》，第六冊，北京：中央文獻出版社，1992年，第537～538頁。

〔註5〕社論：《反右鬥爭的一次偉大的勝利——祝第一屆全國人民代表大會第四次會議閉幕》，《人民日報》，1957年7月16日。

〔註6〕《全國人民代表大會警告資產階級右派分子 只有徹底向人民交代才有出路》，《四川日報》，1957年7月9日。

〔註7〕李劼人、沙汀：《文匯報利用對「草木篇」作者的批評點了一把火》，《人民日報》，1957年7月9日。

不滿和敵對情緒，宣揚了鄙視群眾、孤高自大的個人主義。因而按其實質，它是一篇反社會主義的壞作品。」同時充分肯定了四川文藝界對《草木篇》的批判，「應當肯定，四川文藝界對於這樣一篇作品展開一次批評，是完全正確的、必要的。」值得注意的是，在沙汀和李劼人的發言中，他們把焦點指向了《文匯報》和范琰，「文匯報記者訪問流沙河以後，流沙河態度忽然變的更壞了」，「文匯報記者對所謂『政治陷害』的污蔑竟大加渡染」，「文匯報記者對所謂『政治陷害』的污蔑竟大加渡染」。由此在他們的聯合發言中，集中梳理了《文匯報》與「草木篇批判」的問題，以及《文匯報》自身的問題，「但是事情的發展後來又發生變化，那就是當月 5 月初旬：四川民盟少數右派分子藉口幫助整黨風，到處點火的時候，特別是文匯報記者採訪流沙河以後，流沙河的態度忽然變得更壞了。」然後他們的發言還談到了范琰的報導《流沙河談「草木篇」》的問題，「專電」問題和座談會報導問題，「我們認為文匯報駐四川記者范瑛的這種做法，是同文匯報幾個月來堅決執行章羅反共、反人民、反社會主義的資本主義路線，猖狂向無產階級進攻這一罪惡活動分不開的。」最後以《文匯報》在 7 月 3 日、4 日的交代和檢查結尾，由此將「草木篇」的問題，轉化為《文匯報》的問題。「我們希望文匯報能有更好的交代，更好的檢查。」〔註 8〕由於沙汀是四川省文聯主席，所以沙汀與李劼人的在全國人代會的聯合發言，實際上代表了整個四川文藝界的聲音。然而，沙汀與李劼人的聯合發言，本來就是一個較為奇怪的組合。對於這次發言，吳福輝在《沙汀傳》專門談到了這個問題，「在人代會上，與李劼人聯合發言，題為《〈文匯報〉利用對〈草木篇〉作者的批評點了一把火》。這後一個發言是他起草，由李劼人宣讀的。後來知道，毛澤東聽到這樣一個聯名方式，當場不以為然地說：『這兩個人怎麼聯得到一起呵！』這是非同小可的指示。所以回川後，省裏內部批評沙汀對待黨外人士的遷就態度。他一邊檢討，一邊去動員狷介的老朋友改變姿態，終於使李劼人過了關。」〔註 9〕可見，在第一屆全國人民代表大會第四次會議上，沙汀是出於維護李劼人，才採取了聯合發言的方式。與此同時，他們倆的聯合發言，幾乎又完全沒有談個人問題，而是集中談《文匯報》的問題。如《四川日報》的報導就看到了這一點，「他們談

〔註 8〕李劼人、沙汀：《文匯報利用對「草木篇」作者的批評點了一把火》，《人民日報》，1957 年 7 月 9 日。

〔註 9〕吳福輝：《沙汀傳》，北京：十月文藝出版社，1990 年，第 393 頁。

了有關四川文藝界批判反社會主義的作品『草木篇』的情況，並且揭發了上海文匯報藉此發表煽動性報導、企圖在成都文藝界點火的事實。他指出，文匯報編輯部對這一問題的交代還很不夠，它還想為直接執行這個放火任務的文匯報記者開脫，這是沒有好處的。他們希望文匯報能有更好的交代，更好的檢查。」〔註 10〕而捲入到到《草木篇》的《文匯報》以及其記者范琰，恰好都有民盟背景。沙汀和李劼人的聯合發言，重點將《草木篇》的問題引向《文匯報》，實際上就與整個中國批判「章羅聯盟」是一致的，他們也需要構建四川文藝界的「小集團」，挖出四川文藝界的「章羅聯盟」。換言之，沙汀和李劼人將《草木篇》事件的問題引向《文匯報》，並不一定是維護四川文藝界，而實際上與整個反右鬥爭中對民盟的批判是暗合的。

圍繞《草木篇》事件，此時四川文藝界就加緊了對石天河、流沙河的批判，由此使得四川文藝界的「右派集團」的面目逐漸清晰起來。在這一期間的相關批判中，7 月 2 日《四川日報》刊登的「讀者王載嵐」的文章具有代表性意義。在這封信中，顯示了四川省文聯此時三個方面的批判方向：第一，確定批判對象。信中專門點了 7 人的名，「現在，有關『草木篇』問題的始末已經真相大白。在事實面前，我已經覺察到文藝界有少數很不老實的人。這些人就是流沙河、石天河、儲一天、邱原、曉楓以及張默生等」，由此確定了批判對象。第二是，著重談到了他們核心觀點，即「反對共產黨的領導，打擊一切擁護黨的人」、「反對人民民主專政」、「反對社會主義制度」的三大反動綱領。第三，明確了提出了四川文藝界的「小集團」。在這封信中的最後一部分，提出「一小撮人」，是一個「小集團」，「必須看到，這一小撮人的右派活動不是孤立的。它是全國的右派分子的總的活動中的一個組成部分，它和四川的右派活動也是互相呼應的。石天河與張默生之間的聯繫便是例子，文匯報與流沙河之間的聯繫也是例子。而且還引用《人民日報》的論述「呼風喚雨，推濤作浪，或策劃於密室，或點火於基層，上下串連，八方呼應」來呈現他們問題的嚴重性。」〔註 11〕從這幾個方面出發，這篇文章也就初步構成了四川文藝界此後「反右鬥爭」的方案。我們看到，「讀者王載嵐」的身份模糊，

〔註 10〕《李劼人、沙汀就批判「草木篇」的情況揭露文匯報的煽動性報導》，《四川日報》，1957 年 7 月 9 日。

〔註 11〕《對文藝界的右派分子應該痛擊——讀者王載嵐來信分析文藝界右派分子的反動言行；並希望省文聯重視這一問題》，《四川日報》，1957 年 7 月 5 日。

僅是一個文藝愛好者。而從實際情況來看，他不僅非常熟悉「草木篇批判」的歷史，瞭解每個被批判者的個人歷史，而且還非常熟悉黨的方針政策。可以說，王載嵐應該就不是一般的「讀者」。當然，「讀者來信」這種方式在整個十七年文藝運動中，也是屢見不鮮的。由此，「讀者王載嵐」這封信，就代表了此時四川省文聯對四川文藝界反右鬥爭形勢的判斷，並為下一步批判作出了較為具體的安排。

二、四川文聯第一次集會

在第一屆全國人民代表大會第四次會議之後，四川省文藝界的主要工作就是挖出「四川文藝界章羅聯盟」，確定四川文藝界的「小集團」。而四川文藝界的「反右聲討會」，便是確定「文藝界小集團」的一次重要會議。據 7 月 20 日《四川日報》報導，「四川省、成都市文藝界人士 19 日集會，嚴正聲討右派分子石天河（即周天哲）、流沙河等反共、反人民、反社會主義言行。右派分子流沙河在會上開始交代了一些問題，但對他和他的同夥的許多極端反動的言論和有組織的陰謀活動作了很大保留。右派分子石天河在會上未作任何交代（在文聯內部也只作了不到三十分鐘的企圖摸底的所謂『瑣談』式的『檢討』），僅在大會快結束時，在群眾一致斥責下表示了他的態度，說他願意交代他自己以及他和文聯內外右派分子的問題，並說流沙河在文聯內部和在今天會上的所謂『檢討』，保留了許多重要事實未談。會上林如稷、傅仇、蕭然、黃丹、方赫、張楓等嚴厲斥責了右派分子石天河、流沙河等人的反動言行。與會者一致警告右派分子石天河、流沙河等必須徹底交代他們的反動言論及其組織活動。參加這次大會的有林如稷、何劍熏、蕭蔓若、嶺光電、席明真、蕭崇素、張東升、李累、李友欣、孫靜軒、傅仇、陳欣、周企何、劉榮升、李德才、羊路由、蔣樵生、李兆鴻、吳一峰、張楓等一百餘人。大會分別由省文聯副主席常蘇民、段可情主持。省委宣傳部副部長李亞群參加了大會。」〔註 12〕這次集會，是第一屆全國人民代表大會第四次會議之後，四川省召開的第一次文藝界的集會，當然也是四川省文聯所召開的第一次聲討會。

這次會議中，流沙河個人的「交代」，是最為核心也最為重要的內容。我

〔註 12〕《省市文藝界人士集會聲討右派分子 揭發石天河用明槍暗箭向黨猖狂進攻的罪行——石天河曾經受過特務訓練，流沙河交代問題有很大保留，白航的態度也很曖昧》，《四川日報》，1957 年 7 月 20 日。

們知道，在《草木篇》事件中，流沙河曾多次「交代」。在首先在 1 月底的機關批判大會上，流沙河交代了石天河的問題，這是流沙河的「第一次交代」。此後幾個月，流沙河雖多次參加「座談會」，僅在毛澤東談話後兩次談《草木篇》，試圖還原《草木篇》批判的真相。但「真相」卻越來越複雜，不但沒有還原真相，反而是《草木篇》批判進入到了「揭發反動言論」階段。正是到了此時，卻又進入到了「聲討會」階段，流沙河便又作了一次自我檢討，成為了流沙河的「第二次交代」。但值得注意的問題是，流沙河的這次「交代」是主動要求，還是由於文聯安排而被動交代，我們不得而知。不過，按照整風運動的方式，應該是文聯的主動要求，在徵得流沙河同意後，開展的。在 6 月 26 日到 7 月 15 日所召開的第一屆全國人民代表大會第四次會議後，《人民日報》刊登了費孝通的伏罪、儲安平的投降、章伯鈞的認罪、羅隆基的交代、章乃器的檢討，流沙河試圖以「公開檢討」過關，以檢討自救，也是一種不得已而為之的明智選擇。另外一個值得注意的問題是，在這次「聲討會」上，石天河的名字已經放在流沙河之前。從 1 月底離開文聯到峨眉休養之後，這還是石天河第一次參加省文聯的集會。《草木篇》事件發展到這裡，一直都是在挖流沙河的根，但這次 7 月 19 日的「聲討會」卻將石天河的名字放在流沙河前，予以聲討，都把目標指向了石天河。所以並不是說只有流沙河的「交代」才將目標轉向了石天河，而是文聯的其他人也都一致在批判石天河。這次文聯聲討會一致批判石天河，使我們不得不懷疑，這是有組織的「自上而下」的聲討。特別引人注意的是，在這次「聲討會」上，石天河為什麼沒有否定流沙河的「交代」呢。流沙河的「交代」，除了交代自己的問題之外，重點是將矛頭引向了石天河。而他在「交代」中對石天河的「揭發」，石天河卻僅僅說「保留了許多重要事實未談」，似乎並沒有否定或者反對流沙河的揭發，這確實令人值得懷疑。

在這次「聲討會」上，流沙河交代了些什麼呢？在流沙河的這次「交代」中，主要涉及到了三個問題。第一，交代個人問題。在《流沙河只承認他站在右派立場向黨進攻，發言是撒謊造謠，草木篇是反社會主義的毒草。但他的交代很不徹底》這一部分中，流沙河主要提到個人問題及《草木篇》批判的相關問題。「右派分子流沙河交代了一些問題，他說他犯下嚴重的錯誤是有長遠的歷史原因的。他說他的錯誤只是階級立場的錯誤。他說：我的父親，一個被人民鎮壓了的罪惡滔天的惡霸官僚，他的思想影響，在我身上遺留下來。……流沙河說，許多事實向我說明了：從對黨不滿的落後分子到反社會主義的右派分子，從肅反中被鬥爭過的壞分子到公開反革命的人，都是不會起來反對『草木篇』的。『草木篇』在這些人中間，是暢銷的『香花』。『草木篇』是反社會主義的毒草。」第二，交代石天河的問題。在《流沙河交代出石天河從普通黨員辱罵到省委第一書記，宣傳「共產黨要垮臺」，妄圖使文聯變質，並且叫囂著要取消人事科。但對自己的反動言行說得很少》這一部分，重點交代石天河的問題。「流沙河說，石天河是文聯小集團的首腦。他反共的歷史悠久，從川南反到成都。流沙河接著舉出石天河仇恨共產黨員和靠攏黨的人的許多例子。」第三，交代「小集團」問題。在《流沙河交代出石天河進行陰謀活動一個同夥。但自己充當了什麼角色卻避而不談》中，流沙河在石天河問題的基礎上，繼續交代有一個「反動集團」問題。由此，這次流沙河的交代，其重心和落腳點便是石天河「小集團」的問題。「流沙河說，石天河常常叫我『多讀書』『要關心文學的命運』『應該相信黨中央』。一口漂亮話，的確迷人。我很長時間看不清楚他的真面目。一個月以前，有一件事情，他太不小心了，尾巴終於露出來了。事情是這樣的。省二師有一個學生徐榮忠，是石天河的忠實信徒，連續給我寫了三封信來。一封更比一封反動。」〔註 13〕回頭來看，流沙河所交代的《草木篇》問題，雖然他承認站在右派立場向黨進攻，也認為《草木篇》是反社會主義，但他把這些問題歸結為兩個原因：一個是歷史根源，即他父親的影響；二是現實原因，由石天河煽動和支持。而且流沙河認為現實原因更為重要，特別是石天河對他個人有著重要的影響。流沙河提到，石天河立志要把流沙河對共產黨的不滿的火星子煽成一片反對共產黨的熊熊烈火。同時，流沙河也說自己的反社會主義的政治觀點和反社會主義現實主義的文學觀點的形成，石天河起了最壞的煽動的作用。也就是說，雖然流沙河在這一部分後面交代了很多的個人問題，在檢討、認錯和請罪，但其實他又完全推卸掉了個人的責任，把一切歸結為石天河的煽動，由此把鋒芒畢露的矛頭指向了石天河。所以在流沙河第二部分和第三部分的交代，就是完全變成了對石天河的反動言行的揭露和交代，而認為「草木篇」事件與他自己毫無關係。總之，流沙河的這些交代，對石天河來說，又是致

〔註 13〕《省市文藝界人士集會聲討右派分子 揭發石天河用明槍暗箭向黨猖狂進攻的罪行 石天河曾經受過特務訓練，流沙河交代問題有很大保留，白航的態度也很曖昧》，《四川日報》，1957 年 7 月 20 日。

命的一擊。比如在第二部分，流沙河就把石天河定性為「文聯小集團」（也就是反動集團）的首腦。然後詳細交代了石天河從普通黨員辱罵到省委第一書記的行為，以及宣傳「共產黨要垮臺」，妄圖使文聯變質等種種行為。進而，在第三部分，流沙河便順理成章地揭露出一個「小集團」。特別是流沙河以自己與徐榮忠的往來信件為例，進而具體呈現了石天河如何有步驟、有目的、有理論地進行反革命活動。總之我們看到，在這次會議上，流沙河主動交出了與石天河等人的來往信件，並以此作為石天河「小集團」活動的事實。當然，也正是有了這些「信件」，流沙河對「小集團」的批判可以說也就有了充分的「證據」。當然，回到流沙河自身，面對反右鬥爭的高壓形勢，他也只能轉向。此前6月28日挖流沙河老底的「金堂來信」，足以將流沙河推到深淵。而此時，四川文藝界從對流沙河的批判，轉向了對石天河的揭發聲討。換句話說，將鬥爭的方向轉向石天河，就並不是流沙河一個人可以完成的。面對「金堂來信」，流沙河已經是徹底的罪人，他幾乎沒有發言權了，也不可能再有扭轉乾坤之力。此時的流沙河也只能把矛頭指向了石天河，而減輕自己的罪責，從而使自己蒙混過關。但流沙河這樣極為露骨的檢討和揭發，也引起了老作家林如稷的極大憤慨。林如稷認為，「流沙河只是給自己戴些個人主義、家庭出身的帽子，沒有從他的反對共產黨立場上來進行檢查。整個『檢討』忸忸怩怩，彎彎曲曲，玩弄文字，特別是後半節揭發石天河時，用的一些字句很斟酌，我覺得味道不大正。」不管怎樣，流沙河以交代謀取自救是毫無疑問的。而此時流沙河能如此放言無忌地「交代」石天河，還應該與他交出了石天河的「萬言書」有關。

在6月26日到7月15日所召開的第一屆全國人民代表大會第四次會議之後，四川文藝界正式將反右鬥爭的焦點對準石天河，石天河成為了四川文藝界右派的代表。前面談到，揭露石天河不僅是流沙河發言的主題，其他人也都集中火力揭發石天河。如在《蕭然揭露石天河向流沙河等不斷指示向黨進攻的策略，並指出石天河原來在息烽中美合作所受過特務訓練》中，蕭然對石天河的揭露與批判，也是以石天河的交往信件為依據展開。蕭然的主要是「揭露石天河在幕後向流沙河、儲一天、邱原、曉楓等不斷指示向黨進攻的策略。」然後重點分析並揭露了石天河在5月27日、6月8日寄給流沙河的信中的問題。另外，蕭然還揭露了石天河在國民黨軍統特務所辦的「中美合作所息烽分班」受過一年零兩個月特務訓練的事件。〔註 14〕從蕭然的發言來看，流沙河至少在 7 月 19 日前，就已經將石天河給他個人的信件上交給了四川省文聯，並作為了批判石天河以及石天河組織「小集團」的依據。所以在蕭然的發言中，就專門引用了石天河 5 月 25 日、5 月 27 日和 6 月 8 日這三次給流沙河的信，最終從事實上肯定了以石天河為首的四川文藝界的「小集團」問題。那麼，作為《草地》編輯蕭然，他又是如何能得到流沙河的信呢？雖然我們無法瞭解蕭然是如何閱讀到石天河的信件的，以及流沙河又是如何上交石天河信件的具體歷史。但是，從蕭然的發言我們看到，四川省文聯為了要挖出四川文藝界的「章羅聯盟」，已經在流沙河身上下了很大的工夫，終於使得流沙河交出了相關信件。由此，才最終將石天河確定為四川省文藝界右派小集團首領。另外，在同日《成都日報》的《蕭然揭穿石天河向黨進攻的陰謀詭計》〔註 15〕報導中，蕭然對石天河的揭發更為深入。在這份報導中，蕭然不僅提到了石天河的信件，而且還全面梳理了石天河相關信件、文章中的右派言論，甚至還總結出了石天河向黨進攻的「十大法寶」:「策劃於迷失，放火於全國」、「錦城春晚」、「萬言書」、「指示進攻戰略」、「讓良心發言！」、「消夏閒談」、「虛張聲勢，密謀頑抗到底」、「以退為進」、「『裝死』撒賴」、「百般狡辯」等，最後得出三個結論，「石天河到底是怎麼樣一個人呢？一、他是披著馬克思主義外衣來反對馬克思主義的野心家。二、他雖是『受共產黨長期教育的文藝工作者』，卻同時也是打著『擁護共產黨』詐騙的反黨陰謀家。三、他雖自稱是『屈原、魯迅等偉大先行者的後輩』，確實玷辱了先輩的一個後輩。」〔註 16〕與《四川日報》上的揭發相比，蕭然在《成都日報》上的發言，所依據的材料也更為豐富，其批判也就更為系統和完整。蕭然不僅談到了石天河給文匯報寫稿到後來的文章《錦城春晚》，再從發言稿《萬言書》到《讓良心發言》，另外還引用了石天河的系列信件，才全面總結了石天河的「三大口號，十大法寶」。由此可見，四川省文聯已經全面收集和整理出了石

〔註 14〕《省市文藝界人士集會聲討右派分子 揭發石天河用明槍暗箭向黨猖狂進攻的罪行 石天河曾經受過特務訓練，流沙河交代問題有很大保留，白航的態度也很曖昧》，《四川日報》，1957 年 7 月 20 日。

〔註 15〕《省市文藝界集會繼續揭露右派罪惡 石天河曾受蔣家特務訓練今又坐地施法 流沙河承認有右派集團但交代極不徹底》，《成都日報》，1957 年 7 月 20 日。

〔註 16〕《省市文藝界集會繼續揭露右派罪惡 石天河曾受蔣家特務訓練今又坐地施法 流沙河承認有右派集團但交代極不徹底》，《成都日報》，1957 年 7 月 20 日。

天河的信件、文章和相關言論，由此對石天河的全面批判一觸即發。

在批判過程中，流沙河以當事人的身份揭發，蕭然則是通過他們的信件以及相關論文予以揭發，而其他文聯幹部如黃丹，則從文聯理論批評組的角度出發，揭發石天河的問題。黃丹在《黃丹揭露石天河妄圖改變文聯理論批評組政治方向，並指出石天河與張默生互相勾結招兵買馬，安插羽翼》中，主要「揭露了右派分子石天河在四川省文聯理論批評組的反共陰謀和罪行。」陳之光在《陳之光用具體事實指出石天河是一個道德敗壞、品質惡劣的犯罪分子》中，則重點攻擊石天河的「生活作風問題」，「1950 年，他在川南日報工作時，以編輯名義和一個所謂『搞美術』的反革命分子交了朋友，不久，他就鑽到這個『朋友』的家裏，和『朋友』的老婆，一個三青團員發生了曖昧的關係。1952 年，他在川南新華書店領導『三反』鬥爭，正是開過鬥爭道德敗壞分子的大會以後，正是他在書店的會上作了批判資產階級思想的報告以後，一個青年團員、十七歲的姑娘就被地姦污了。1954 年，他到自貢市體驗生活，以『作家』自命，在自貢市文代會上作報告，大講其作家修養之類，可是就在這時，他又誘姦了一個有夫之婦。」〔註 17〕黃丹的批判，其實是補充了石天河在文聯內部的右派言行，而陳之光的批判，又是回到了一個傳統批判的方式，從其道德品質上對石天河展開批判。從流沙河的批判來看，他說石天河從普通黨員罵到省委書記，以及蕭然以石天河給流沙河的信件作為批判對象來看，流沙河已經將石天河的《萬言書》，以及石天河給他的信「上交」給了省文聯。也就是說，6 月 28 日的「金堂來信」，給了流沙河巨大的壓力。於是他把石天河的這些信件都上交給了省文聯，才掀起了對石天河的批判。當然，將對流沙河的批判轉向石天河，應該是省文聯黨組和省委宣傳部的共同意見。不過，石天河批判何時開始，具體由誰提出，誰在安排，我們也難以知曉了。但不管怎樣，肯定是由於流沙河上交的《萬言書》和信件，更符合了反右鬥爭的需要。於是，在一系列環境因素的影響之下，石天河被推上了前臺，四川文藝界的「右派小集團」也就呼之欲出。

對於這次會議，7 月 20 日同日的《成都日報》，也以《省市文藝界集會繼續揭露右派罪惡 石天河曾受蔣家特務訓練今又坐地施法 流沙河承認有右派

〔註 17〕《省市文藝界人士集會聲討右派分子 揭發石天河用明槍暗箭向黨猖狂進攻的罪行 石天河曾經受過特務訓練，流沙河交代問題有很大保留，白航的態度也很曖昧》，《四川日報》，1957 年 7 月 20 日。

集團但交代極不徹底》為題進行了詳細報導：「昨天，四川省文聯邀集在成都的文學藝術界人士一百餘人舉行座談會，嚴正斥責了右派分子流沙河、石天河（即周天哲）等人的反黨、反社會主義的反動言行，撕掉了這些右派分子反社會主義言論的各種偽裝，並且進一步揭發了右派分子石天河向黨進攻的反動言行。與會者一致警告這些右派分子必須及早回頭，老老實實向人民徹底交代，低頭認罪，改正錯誤。右派分子流沙河在會上交代了他的一些反黨、反社會主義的言行。但他和他的同夥的許多極端反動的言論和有組織的陰謀活動，作了很大保留。右派分子石天河在會上未作任何交代，僅在大會快結束時，在群眾一致斥責下表示了態度，他願意交代他自己以及他和文聯內外右派分子的關係問題。他還說，流沙河在文聯內部和今天會上所謂的『檢討』，保留了許多事實未談。參加這次大會的有林如稷、何劍熏、蕭蔓若、嶺光電、席明真、蕭崇素、張東升、李累、李友欣、孫靜軒、傅仇、陳欣、周企何、劉榮升、李德才、羊路由、蔣樵生、李兆鴻、吳一峰、張楓等一百餘人。大會由省文聯副主席常蘇民、段可情主持。省委宣傳部副部長李亞群參加了大會。」〔註 18〕《成都日報》上的具體內容有：《流沙河說他是一個忘恩負義的人。他是站在保衛反動的沒落階級，和黨對抗的立場，抗拒思想》、《流沙說，他在文聯座談會上的發言和對文匯報范琰的談話，是從發洩私憤的惡意出發。是反黨的，反社會主義的》、《流沙河說，他寫的「草木篇」是反社會主義的毒草》、《流沙河說，石天河是文聯小集團的首腦。他反黨歷史悠久。是在蔣幫特務訓練班裏受過特務訓練的人》、《傅仇揭發右派分子篡奪「星星」詩刊的情況》、《石天河把持文藝理論批評組，強行扭轉理論批評的政治方向，並導出搜羅心腹，企圖建立反黨活動的據點》、《蕭然揭穿石天河向黨進攻的陰謀詭計》。其第 4 版的《省市文聯集會繼續揭發右派罪惡》中，還有《石天河是一貫反黨、反領導的》、《當石天河大講「道德修養」的同時，他卻幹著強姦婦女的卑鄙勾當》等內容。在這篇報導中，我們同樣看到了兩位主角流沙河與石天河，相關具體內容我們就不再贅述。從四川省文聯的第一次聲討會我們看到，流沙河已經向四川文聯交出了石天河的信件。石天河說，「常蘇民似乎覺得流沙河在這個會上的公開檢討，和我按領導安排公開表態，已經達到了向文藝界展示文聯『反右』成果的目的。流沙河的問題已經告一段落，下面

〔註 18〕《省市文藝界集會繼續揭露右派罪惡 石天河曾受蔣家特務訓練今又坐地施法 流沙河承認有右派集團但交代極不徹底》，《成都日報》，1957 年 7 月 20 日。

的問題只是先通過內部批鬥來解決石天河的問題了。」〔註 19〕於是四川文聯要梳理石天河「小集團」的歷史，需要將石天河這「一小撮人」的「小集團」活動坐實，為以後的大批判作鋪墊。

7 月 22 日的表李中璞的《右派分子石天河在峨眉山進行的反共活動》，便提供了以「石天河」為首的「小集團」的歷史事件和事實依據。文章首先就定性說，「在省文聯舉行的一次座談會上，陳欣說流沙河收到石天河從峨眉山寄給他的一份萬言書，人們也許很關心這份萬言書是些什麼內容，右派分子石天河究竟在峨眉山幹些什麼勾當。據瞭解，石天河寫給流沙河的長達萬言的所謂『山中人語』是一篇徹頭徹尾的反共綱領。他在峨眉山短短的五十五天中，除寫下這篇惡毒的反共綱領外，還借著『避暑』『旅行』為名，在峨眉山施放邪氣陰風，到處爭取人，聯絡人，暗地進行反黨活動。」然後以四個部分對石天河展開了揭發：第一部分，在《爭取人，聯絡人，反對黨對文藝事業的領導。右派分子萬家駿就是他的一個嘍囉》中，重點介紹了石天河在峨眉山上與萬一的交往，同時還提及石天河與重慶人民出版社的張慧光、未莊、峨眉文化的張正榜等人的交往，並認為「石天河就是這樣企圖通過反對黨對『草木篇』和『吻』的批判，來反對黨對文藝事業的領導。」第二部分，在《石天河散播反共言論。他說，現在工人學生已鬧起來了。他甚至說，在北京醫學院扔炸彈的事件不是反革命搞的》中，李中璞集中梳理了石天河在峨眉山上的「反動言論」，「石天河在峨眉山費盡心機，污蔑和抹殺了幾年來黨在文藝戰線上的成績。他口口聲聲說由於存在教條主義，解放幾年來文藝界沒有出現什麼了不起的好作品，現在爭鳴也是只准說好，不准說壞。」第三部分，在《石天河在峨眉山上處心積慮的培植毒草》中，揭露了石天河幫演觀和尚「改詩」的問題，「石天河煞費心機地在這首詩中，借用峨眉山的自然景色，把峨眉山秀麗的風光，描繪成一片陰森寒冷、悽悽慘慘，藉以表露他對新社會的刻骨仇恨，這首詩經過他修改後的全文是：自到龍門洞／山水頓增光／勞勞二十載／戚戚苦衷腸／空腹無長物／清淚液沾裳／石臺回首望／幽藍空首香／冷月懸峰照／相對倍心傷。這就是石天河在峨眉山播下的第一顆毒種。」另外，提及石天河支持萬一的「厚顏有忸怩」和散文詩「微末篇」。當然，也提到了石天河的萬言書和「峨眉詩草」。在最後一部分，《石天河和

〔註 19〕石天河：《逝川憶語——〈星星〉詩禍親歷記》，香港：天馬出版有限公司，2010 年，第 182 頁。

民盟右派分子有密切聯繫，他自稱和浦熙修是好友。他和上海南京等地經常有書信聯繫，他在下山前偷偷地燒了一批信件》中，將石天河在峨眉山的活動，上升為「一種有組織有計劃的政治活動」。比如與一些右派分子有密切聯繫、散佈反動觀點以及密謀策劃創辦一個反對共產黨的「文藝刊物」等等。〔註 20〕可以說，李中璞的揭露，將石天河在峨眉山的所有交往和言論，完全按照有組織、有計劃、有目的右派行動來重新梳理，使得石天河一次文聯所安排的休假，也成為了問題嚴重的右派集團活動。面對這樣的批判，此時被置於非常危險境地的石天河，反而以一種比較輕鬆的態度來面對這場批判。他回憶說：「文聯機關裏面的人，已經沒有誰和我搭話，面對面走過去，誰也不理誰。我只是在自己房裏，一個人悶著頭想如何應付檢討會的問題。但想來想去，我忽然感到，這根本不是什麼嚴肅認真的政治運動，這只是一場荒乎其唐的政治遊戲。……那麼，遊戲和玩笑式的運動，有什麼值得認真對待的呢？大家都開開玩笑吧。」〔註 21〕而石天河對整個事態發展的結局，已經有了非常清醒的認識，「我沒作什麼準備，只是想，應該在『表態』的時候，向成都文藝界的朋友們，表明我已經到了『死到臨頭』的境地，讓與『《星星》詩禍』有牽涉的人，早一點擺脫干係，不要再有同情或希望我可以獲得『從輕發落』的幻想。」〔註 22〕但是，批判的機器一旦啟動，就不能停止它程序的運轉。接下來，四川文藝界的批判會還將繼續，還將有不同的人會不斷介入其中，也還有更多問題會被不斷挖掘出來。

三、「八封反動書信」

在對四川文藝界右派的批判過程中，石天河問題是逐漸凸顯出來的。起因是石天河在《吻》批判過程中過激表現，直接原因則是他在整風運動期間的「萬言書」和「讓良心說話」。而石天河的往來信件即「反動信件」，便是他作為「小集團首腦」相關言論和歷史的主要證據。7 月 24 日，上海《文匯報》刊登了《流沙河開始交出反動信件 石天河妄圖變天陰謀敗露 四川文藝界繼

〔註 20〕李中璞：《右派分子石天河在峨眉山進行的反共活動》，《四川日報》，1957 年 7 月 22 日。

〔註 21〕石天河：《逝川憶語——〈星星〉詩禍親歷記》，香港：天馬出版有限公司，2010 年，第 153 頁。

〔註 22〕石天河：《逝川憶語——〈星星〉詩禍親歷記》，香港：天馬出版有限公司，2010 年，第 181 頁。

續追擊右派分子反黨言行》、《石天河、徐航進行反動活動的證據》、《拼湊理論支持草木篇的「厚黑學者」張默生》等，最終以各種事實作為依據確定了石天河的「罪行」。我們知道，四川文藝界的「反右聲討會」，僅僅只是四川文聯內部的鬥爭。為了進一步將流沙河、石天河的批判推向全國，造成全國性的影響，就必須借助更高的平臺。此時，四川文聯選擇《文匯報》作為宣傳平臺，也就是一種兩全之策。四川文聯借助《文匯報》，一方面在於《文匯報》本身的全國影響力；另一方面，《文匯報》主動來發表這「八封反動書信」，正是為了彌補此前范琰相關報導的過失。所以，在這個時候四川文聯與《文匯報》便聯手，發表了石天河的信件。

《文匯報》的這篇報導，是在四川文藝界 19 日召開的「反右聲討會」的基礎上形成的，「四川文藝界人士 19 日在文聯集會，聲討右派分子石天河、流沙河反黨反社會主義的言行。會上，流沙河只承認他站在右派立場向黨進攻。在鳴放中的發言是撒謊造謠，草木篇是反社會主義的毒草；並說出石天河（即周天哲）是曾經受過特務訓練的，又交出石天河、徐榮忠（徐航）的書信八封。」《文匯報》的這篇報導，與此前《四川日報》上的報導基本相似，包括《流沙河的「初步檢查」》、《談到范琰訪問的情況》、《石天河在幕後發號施令》三個部分。在第一部分《流沙河的「初步檢查」》中，著重提到了流沙河的自我檢討，「流沙河在『初步檢查』中說，一個人一旦走入了右派，就會忘恩負義。正如林如稷教授所批評的。我辜負了文聯黨領導對我的培養。他又說，前次到西安去，其實從右邊更右邊去，從狹路到懸崖上去，這是階級立場的錯誤。」在《談到范琰訪問的情況》中，則重申了范琰的問題，對文匯報記者范琰做了批判。第二部分《石天河在幕後發號施令》，主要介紹了蕭然以石天河 5 月 25 日、5 月 27 日、6 月 8 日的三封信件為基礎，揭發「石天河在幕後不斷指示流沙河、儲一天、邱原、曉楓等向黨進攻。」另外，在這裡還補充了石天河、流沙河、儲一天、曉楓、茜子、邱原、遙攀等人的「裴多斐俱樂部」和石天河在國民黨軍統特務所辦的「中美合作所息烽分班」受過一年零兩個月特務訓練的問題。在最後一部分《與張默生互相勾結》中，還報導了黃丹、陳之光對石天河的揭發。〔註 23〕總的來看，《文匯報》的這篇報導，是很有深意的。雖然是按照「流沙河的初步檢討」、「談到范琰的訪問情況」、

〔註 23〕《流沙河開始交出反動信件 石天河妄圖變天陰謀敗露 四川文藝界繼續追擊右派分子反黨言行》，《文匯報》，1957 年 7 月 24 日。

「石天河在幕後發號施令」、「與張默生互相勾結」四個小標題，但這次報導卻並非簡單地回顧了四川省文聯的第一次聲討會的簡要過程。《文匯報》的報導，按照流沙河的歷史、范琰的報導、石天河的幕後指使、張默生的理論支撐這樣幾個部分，由此將與「草木篇事件」相關的幾個人串聯起來了。可以說，《文匯報》的報導，與四川文藝界的鬥爭思路是完全一致的。

而「八封反動書信」是《文匯報》這次報導的核心部分。在四川省文聯的第一次「聲討會」之後，流沙河交出石天河的信件，這是石天河「小集團」的主要證據，也是四川省「反右鬥爭」的重要成果。在 7 月 24 日的《文匯報》中，在《石天河、徐航進行反動活動的證據 流沙河交出的八封反動書信的內容摘要》前，有《編者按》，明確表明了編發「反動書信」的目的和意義，「本月 19 日，右派分子流沙河在四川省文藝座談會上交出了八封信，我們摘要刊在下面。這些信，充滿咒罵革命的惡毒的話，並暴露了他們進行反動活動的策略。在這次反擊右派的鬥爭中，某些抱有溫情主義的人們，應該讀一讀這些信，從這裡吸取必要的教訓：右派分子雖然人數不多，但是他們的心腸是毒辣的，手法是巧妙的隱蔽的，如果我們不對他們進行深入批判和揭發，如果讓右派分子的陰謀得逞，那『就是要我們亡國，就是要我們人頭落地』。流沙河交出了第一批信件，這表明他向悔罪的道路走了一步。在走了一步以後，是繼續前進呢，停步不前呢，還是後退呢？這要看他今後的實際表現。我們忠告所有的右派分子，只有徹底交代，才是正確的方向，否則必將自絕於人民。這八封信是用電報發來的，在譯發過程中可能有個別的差錯，留待以後補正。」〔註 24〕從這裡首先看到，正是在 7 月 19 日四川文聯的「第一次反右聲討會」上，流沙河交出了八封信。而這些信件，成為了對流沙河與石天河的批判中最為有力的證據。

具體來看，《文匯報》上的這「八封反動書信」，共分為兩組：前五封是石天河寫給流沙河的信，後面三封是徐航寫給流沙河的信。而且大部分信件前面均有《文匯報》的「編者按」，只有結合到這些「編者按」，我們才能更為清楚地瞭解四川省文聯對整個事件的定性。我們先來看第一組的五封信。第一封是《（一）5 月 25 日石天河給流沙河的信》。該信的內容為：「信收，『巴黎依舊微寒』，可悲可歎。我寫了一篇萬言書，希望你一字不易在擴大的會議

〔註 24〕《流沙河開始交出反動信件 石天河妄圖變天陰謀敗露 四川文藝界繼續追擊右派分子反黨言行》，《文匯報》，1957 年 7 月 24 日。

上幫我朗誦一遍……。發言必需保持健康的基本精神，這一點很重要。盼為我轉致丘原同志，只要是目前對提意見不起阻礙作用的人，都應該從團結出發，團結起來，共同向三大主義進行和風細雨的工作。切忌只追求洩憤，失去群眾的同情，同時我認為應該注意多提建設性的意見，把揭露揭發事實結合在提建設性意見的裏面，這樣就可以使得阻力少些。除了報紙上的消息以外，還有什麼『本報內部消息』沒有？暇時盼能見告。」對於這封信，「編者按」說，「這封信透露了右派分子『提建設性意見』只是一種策略。他們為了『爭取群眾的同情』和『使得阻力少些』才把建設性意見和破壞性意見混在一起。革命的人民不應該被『建設性意見』的假象迷惑性，應該擦亮眼睛，看到隱藏在『建設性意見』後面的東西。」〔註 25〕選擇這封信放在首位，四川文聯的主要考慮，就是特別注意到石天河「建設性意見」背後的「迷惑性」。實際上，在四川省文聯看來，石天河本身就是有著極大的憤怒和不滿，他並不會提出真正的具有建設性意見，他的所有言論都是假象，只有這樣進一步的批判才有可行性。進而，在《文匯報》上石天河後面的三封信，就要讓大家看到石天河的真實目的，於是集中刊登了與「萬言書」相關的書信。第二封是《(二) 5 月 25 日石天河給白峽的信》，在「編者注」中專門提到，「這是石天河要流沙河轉交給四川文聯白峽的一封信」。信的內容為，「信收到，你沒有把我的那幾枝靈簽念出來，這是很遺憾的，但不要緊，我已經寫了書面意見，比靈簽上的暗示更具體得多了，你看看有什麼意見沒有？早幾天我寄了三首詩來，如果能在六月初的『星星』上發表最好……三國志演義上有一段『諸葛亮罵死王朗』，我看了以後覺得諸葛亮本可以毋需太費精神，何必呢？反正那「蒼髯老賊皓首匹夫」，活不幾年自自然然的會死去的。」這封信，在具有「迷惑性」的基礎上，用石天河自己的所提到的「書面發言更具體得多」，來進一步凸顯石天河的真正目的。《文匯報》上的第三封是《(三) 5 月 27 日石天河給流沙河的信》，內容主要是關於石天河交流「補充發言」的相關情況，「怒火中燒，使我又寫了一個補充發言。如果來得及，可在上一次的書面發言後一併宣讀，同樣的爭取全文發表，但你如估計以後還有開大會機會，也可稍緩。對發言提出你的意見，來信研究研究，但若是大會不會再開了（我估計是如此），就請務必在會上宣讀，別的顧不得了。有三種方式委託你全權

〔註 25〕《流沙河開始交出反動信件 石天河妄圖變天陰謀敗露 四川文藝界繼續追擊右派分子反黨言行》，《文匯報》，1957 年 7 月 24 日。

考慮。一、兩個發言一起讀（在許多人企圖『轉移視線』、『力挽狂瀾』時必須如此）。二、只讀一個，不讀補充發言（以免觸犯人太多）。三、兩個都不讀，留下最後發言（請聲明一下）。第三種方式只在最不得已的情況下才可採取。個別地方字句可作小修改，如『李累的爪牙……』，『爪牙』可改為隨從，對李伍丁的一段話還可加入『請不要誤以為這是李伍丁在給省委提意見』等。」這封信，表明是石天河自己提出「務必在會上宣讀」的要求，所以流沙河交出「萬言書」，這也是石天河自身的意見。進而，在第四封《（四）6月8日石天河給流沙河的信》中，通過這封書信來展示石天河「書面發言」背後的真實意圖，「6月4日信收到，你的處境我當然可以想見，你對鳴放形勢的估計也是相當精確的。但你對我的心情似乎還欠缺理解，對鬥爭的能動性似乎也估計不足。」在這封信末，也有「編者按」：「石天河說：『只要三大主義還存在，我是隨時都準備挨打的。』還說『和真理一同受難，那樣的人生是有意義的』。石天河說的三大主義，實指社會主義；石天河說的真理，實指國民黨反動統治和中美合作所等特務機關之類。石天河是中美合作所訓練出來的特務，他不肯投降，堅持反動立場，他當然只能和時代的渣滓『一同受難』，『隨時準備挨打』了。我們還想告訴他，如果他不投降的話，他將永遠受難。」我們看到，如果說第一封信提到了石天河「建設性意見」的迷惑性，那麼這封信中的「編者按」，就著重以石天河的「特務」歷史，來進一步坐實石天河的「反動」。由此，本來信中是一個鐵骨錚錚的鬥士，但在「編者按」的介紹之下，石天河，就成為了一個有著驚天陰謀、死不悔改的「特務」。最後，這第五封信《（五）6月12日石天河給流沙河的信》中，「編者按」還凸顯了石天河的「後退」，來表明石天河問題的嚴重性，以及對石天河進行批判的必要性，「右派分子的反動嗅覺是很靈的，看到人民日報的社論就準備改變發言。但是，他們卻嗅不到社會主義已經吸引了全世界廣大人民這個政治氣候，所以『不準備放棄鬥爭』，反是糾集頑徒隱蔽起來，等待『氣候轉變』、等待『變天』。人民日報刊登『關於胡風反革命集團的第二批材料』時，有一條按語這樣說：『由於他們的陰謀被揭露，胡風集團不能不被迫從進攻轉入退卻，但這個仇恨共產黨、仇視人民、仇恨革命達到了瘋狂程度的反動集團，絕不是真正放下武器，而是企圖繼續用兩面派的方式保存他們的實力，等待時機，捲土重來。胡風用『在忍受中求得重生』、『一切都是為了事業，為了更遠大的未來』這類的話來鼓勵他的集團分子，這就是明證。反革命的胡風分子同其他公開的或暗藏的反革命分子一樣，他們是把希望寄託在反革命政權的復辟和人民革命政權的倒臺的。他們認為，這就是他們要等待的時機。』今天的右派分子抄了胡風的經驗，轉入退卻，等待時機，捲土重來。但人們的眼睛閉過去更亮了，石天河之流的反動分子能逃脫人民的制裁嗎？」〔註 26〕如果不結合到相關的「編者按」，我們看不出石天河的問題，而且也無法瞭解石天河的問題是如此嚴重。關於石天河在「峨眉山休假」，本來就是文聯的安排。由於石天河沒有身處四川文聯，但他時時刻刻都在關注著文聯的整風運動的發展，並通過書信積極開展整風。然而，此時石天河在峨眉山上的整風信件，卻又成為了他「右派集團」的確鑿證據。

那麼四川文聯和《文匯報》編發了這組「反動信件」，要向傳遞怎樣的信息呢？通過梳理，我們看到，一方面，是突出石天河的「重要作用」。如果回到此時四川文聯的「反右」部署，我們就看到，此時的四川文聯急需推出一個四川文藝界的「右派集團」。在此過程中，石天河為整風而作，得罪了很多人，而且有著嚴重問題的皇皇《萬言書》和《讓良心發言》，就讓石天河成為了四川文藝界「反右」的中心。《文匯報》上披露的這幾封信，也正是圍繞著石天河的這兩篇發言稿而形成的。所以，不管這些「反動信件」中有著怎樣的具體理論，但就標題「石天河、徐航進行反動活動的證據」，就已經將石天河置於四川文藝界右派的「中心」了。另一方面，《文匯報》上的這五封信，為石天河的右派集團提供了確鑿的證據。在這五封信中，通過「編者按」，《文匯報》重新編織石天河的形象。如第一封信中，將「提建設性意見」，解讀成石天河的一種策略。在第四封信中，結合了石天河的過去歷史，將石天河的「反三大主義」解讀為反社會主義，這使得石天河所曾經的整風性質完全變味。在第五封信中，將石天河的暫時退卻，解讀為「等待時機，捲土重來」。這樣，石天河與流沙河的私人信件，成為了石天河「反動」的證據。

我們再來看《文匯報》上的第二組「反動信件」。除了前面所提到的石天河的五封信之外，《文匯報》上還有三封與徐航的通信，也值得關注。第一封為《（六）5 月 14 日徐航給流沙河的信》。正如「編者按」所說：「這封信中說：『草木篇那樣的東西太露骨』。露骨，就是突出了骨頭，露出了底牌。『草木篇』受到全國文藝界的批判後，它的反黨反社會的底牌就露出了。對於這

〔註 26〕《流沙河開始交出反動信件 石天河妄圖變天陰謀敗露 四川文藝界繼續追擊右派分子反黨言行》，《文匯報》，1957 年 7 月 24 日。

張牌的暴露，不同的人有不同的看法：全國人民提高了辨別毒草的能力，說是好得很。右派分子卻說糟得很，徐航之流就急急出來說『還是不發表為妙』，文匯報記者范琰之流就急急出來寫訪問記，給『草木篇』掛上一塊遮羞布，說它不是毒草，只不過是『表現情緒不健康』而已。對待『草木篇』的不同態度，不正表現出不同的立場和不同的思想感情嗎？」〔註27〕徐航的這封信，特別是信中的「在未識石先生（即石天河）之前，我的射擊是盲目的、分散的，今後我將要有計劃有目的地集中射擊」這一表述，凸顯出來的就不僅是徐航自身的問題，也不僅僅是石天河的個人問題，更是一個有組織性的「小集團」的直接證據。所以，徐航的這句話非常重要，也被多次引用，甚至有人還將這句話做成了專門的插畫在《四川日報》上刊登，可見省文聯對徐航所說的這句話的高度重視。在徐航的第二封信《（七）5 月 25 日徐航給流沙河的信》中，他又寫道，「暴風雨橫掃中國文壇的時代並沒有到來，問題在於新的理論體系尚未完成，暴風雨來到之前的緘默是必需保持的，在緘默中各人做自己的事，少發牢騷，要知道緘默並非消沉，緘默是彈藥正在裝進炮膛和槍膛。我的文藝朋友很多，大半是學生和教師，散住山東大學、復旦大學、四川大學、北京師大，由於我從前秉性孤僻，不尚交往，我和他們很少聯繫，自進二師後，日夜感到聯繫的必要，已經逐漸和他們通信了。您在前信中也說您不尚交往，要不得，應當改變。」這些內容比較集中提到了徐航的「大反攻」，以徐航在「文藝界朋友」證實了「小集團」，同時又以相關的活動，表明這一「小集團」也在真正開展活動。而在這第三封信《（八）6 月 10 日徐航給流沙河的信》中，徐航提到「要求中央重審胡風事件」「要求周楊（原文）下臺」等言論。這些言論，實際上就可以看作以石天河為首的「小集團」的政治訴求。總之，從內容上看，徐航給流沙河的這三封信，其中的過激言論要比石天河多得多，其態度也要激進得多。如「未來的戰鬥」、「你的反擊」、「最近二年要大爆發」等，確實非常尖銳。因此，《文匯報》刊登徐航的這些激進信件，為石天河的「小集團」問題提供了證據之外，也進一步完成了對石天河「小集團」的歷史建構。並且，前面談到，徐航自身的相關歷史問題，又讓四川文藝界的「右派集團」更有了歷史根源。正因為如此，不久後這「八封反動書信」被收入中共成都市委宣傳部辦公室 1957 年 7 月編印的《右派言論選摘》資料中，標題為《石天

〔註27〕《流沙河開始交出反動信件 石天河妄圖變天陰謀敗露 四川文藝界繼續追擊右派分子反黨言行》，《文匯報》，1957 年 7 月 24 日。

河、徐航進行反動活動的證據——流沙河交出的八封反動書信的內容摘要》。《右派言論選摘》中的書信內容與《文匯報》上的完全一樣，但去掉了相關的「編者按」。總之我們看到，從四川文聯到文匯報，再到成都市委宣傳部等一系列刊登「反動信件」，表明四川文藝界的「右派集團」已經正式形成了。

值得注意的是，《文匯報》的「反動信件」之後，11 月 10 日四川文聯編印的《四川文藝界右派集團反動材料（會議參考文件之九）》，重新收錄了這批信件，但具體內容卻有了一些差別。我們先看「徐航與流沙河往來信件」，在《四川文藝界右派集團反動材料（會議參考文件之九）》中共 4 封。其中 5 月 15 日流沙河給徐航的 1 封，在《文匯報》中未收錄。另外徐航給流沙河的 3 封（5 月 14 日、5 月 25 日、6 月 10 日），與《文匯報》相比，都有較大的變化。如在《五月十四日徐航給流沙河的信》中關於「草木篇」的論述，《文匯報》中只節選「『草木篇』提出的立身之道，無疑是當代人的缺憾，方今滔滔者天下皆是的、昧著良心的『唯物』論者，他們宣揚的是奴才哲學、奴才的立身之道。」〔註 28〕但在《四川文藝界右派集團反動材料》中，他們通信的內容就比較複雜了，「他們自己就是上諂下驕的奴才，他們唯恐別人不做奴才或不好好地變奴才，所以他們害怕你按時的立身之道，他們總要撲滅反叛的火焰。這也就是您遭受瘋狗們狂吠和圍剿的原因。當然，這算得什麼！是一個污蔑，就回答他三百倍的歌聲。（流沙河注：詞語是胡風分子魯黎的詩。）讓他們心勞日絀，坐臥不安吧！人們會從旁看出他們的愚蠢和可笑的。圍剿好像勝利了，——您不見他們得意洋洋的微笑嗎？不！真理是抹煞不了的。儘管他們挖空心思，企圖判您一個政治上的死罪，有正義感的人們卻在反抗，憤然！尤其是青年學生們，就我所知，他們對您深表同情。其中有的人還給報社寫了反批評。雖然沒有發表，但也使他們的神經略增緊張。在群眾的壓力下，現在他們是被迫做了一些讓步。由此可見，它們畢竟不是勝利，而是失敗，固然，真理要獲得完全的勝利，尚須更長遠更艱苦的鬥爭。」〔註 29〕在《四川文藝界右派集團反動材料》中這一封信的內容更多，觀點也更為尖銳，然而《文匯報》卻並沒有全部刊登。另外，這封信中關於徐航「有計劃有

〔註 28〕《流沙河開始交出反動信件 石天河妄圖變天陰謀敗露 四川文藝界繼續追擊右派分子反黨言行》，《文匯報》，1957 年 7 月 24 日。

〔註 29〕《五月十四日徐航給流沙河的信》，《四川文藝界右派集團反動材料》（會議參考文件之九），四川文聯編印，1957 年 11 月 10 日，第 15～16 頁。

目的地射擊」的問題，在《文匯報》的「反動信件」中，僅有這一句話「我現在力量不足，且受種種牽制，未能進行正面的反教條主義的論戰，只是用各種化名。在未識石先生（即石天河）之前，我的射擊是盲目的、分散的，今後我將要有計劃有目的地集中射擊。」但在《四川文藝界右派集團反動材料》中，通信中也還有徐航對「集中射擊」的完整論述，「反教條主義鬥爭是長期的複雜的工作，但我不辭勞苦，願意在探索真理的道路上為後來者掃清絆腳石，我以加入這個鬥爭的洪流而終身愉快。石先生不久要離開四川，希望我和你能夠建立經常的聯繫。我各個方面均甚幼稚，而以寫詩為甚，自然極盼能夠收到您的教誨，不知您可願意？」通過徐航的完整論述，在《四川文藝界右派集團反動材料》中「集中射擊」的涵義就完全不一樣了。同樣對《星星》詩刊的評價，在《文匯報》中「反動信件」也是節錄，「『星星』既然一出世就挨打，說明它是值得堅守的陣地。」但在《四川文藝界右派集團反動材料》中，徐航卻有著非常明確的具體表述，「青年朋友們都喜愛它，它就更不可使大家失望，最要緊的是放寬對待無名小子們的尺度，努力幫助他們發表小詩。青年的東西往往不像樣，需要你們耐心指導；只要有一點可取之處，就刊用吧。這樣，您們就會爭取更多的讀者，更多的支持。」〔註 30〕總之，從這封信的兩個版本來看，發表在《文匯報》上的「反動信件」，主要是通過節錄的方式，斷章取義地確定「小集團」的存在。實際上，在徐航與石天河的通信中，重點都是在圍繞「三大主義」的問題，展開整風的。「在他們心裏，未必十分坦然。因為，教條主義並非限於一隅一時，宗派主義也並非這兩年才有的；四川的教條主義和宗派主義只是全國的教條主義和宗派主義之一部分，其根子紮得很深。最重要的是，產生教條主義和宗派主義的土壤存在著，它們的子孫也就綿延不絕。」〔註 31〕但在《文匯報》上，將徐航的相關的解釋和補充刪掉後，徐航所提到的相關歷史，也就成為了四川文藝界右派集團的重要證據。此時的「節錄」，顯然是《文匯報》有意為之的。當然，即使是在《文匯報》保留了徐航的全信，進入到反右鬥爭後，其問題也非常嚴重。總之，我們看到，發表在《文匯報》上的「反動信件」，是對原信件的掐頭去尾，

〔註 30〕《五月十四日徐航給流沙河的信》，《四川文藝界右派集團反動材料》（會議參考文件之九），四川文聯編印，1957 年 11 月 10 日，第 15～16 頁。

〔註 31〕《五月二十五日徐航給流沙河的信》，《四川文藝界右派集團反動材料》（會議參考文件之九），四川文聯編印，1957 年 11 月 10 日，第 17～19 頁。

目的就是通過徐航來證實「小集團」的存在。但是到了11月之後，石天河與徐航的「右派集團」問題已經成為事實，所以，此時文聯編的《四川文藝界右派集團反動材料》，也就毋需再對他們的信件進行「處理」了。

同樣，發表在《文匯報》上石天河與流沙河的信件，也是經過了「處理」的。在《四川文藝界右派集團反動材料》中的「石天河與流沙河往來信件」裏，共收錄6封信。除開流沙河給石天河的2封（5月22日、6月4日）之外，石天河給流沙河的另外4封信（5月25日、5月27日、6月8日、6月12日），也都全部刊登在了《文匯報》上，但前後兩次所收錄的信件卻是不同的。如在《五月二十五日石天河給流沙河的回信》中，在《文匯報》上，就刪掉了石天河對文聯整風座談會的正面評價，「座談會的發言記錄，我都看了，除了丘原對蕭崇素的那幾句話，未免過火，傷了民主人士以外，我覺得，雖則鳴而不暢，基本精神卻都是很健康的。」〔註32〕改動較大的是《六月八日石天河給流沙河的信》，刪除的內容非常多，主要是涉及到對沙汀等文聯領導的評價問題。如刪除的內容有，「目前，以沙汀為主帥，以李累作中軍，以山莓、王吾、蕭崇素、李伍丁輩偽正人君子為過河卒，打夥串演的假鳴放，其基本情緒，自然仍是一種反整風、反民主的情緒，外放內收、陽放陰收、小放大收、以及你所說的那種待機反撲，都是必然的事。三大主義，決不會自動退出舞臺。這一點，必須認識清楚。」「文聯內部，三大主義勢力雖然還是原封未動，但一隅之外，眾寡強弱是不相同的。你接到過許多同情者的信，這不正好說明了這一點嗎？黨中央是看得很清楚的，人民日報社論說『現在小被動比將來大被動好』，這正是提醒那些昏頭昏腦的昏蟲們，要看清局勢，絕大多數人是非常痛惡三大主義的。可惜，那些昏蟲到現在還是執迷不悟，不懂得『大被動』是什麼意思，說來是令人歎氣的。我覺得，你用不著過分束手束腳，座談會，只要是連外面人一起的，仍然可以參加，而且，應該繼續說話。如果只是文聯裏面談，那就參加不參加都無所謂。打仗，在光天化日下打，在黨中央和人民群眾眼光所及的地方打，是用不著怕的。」〔註33〕《文匯報》將這些內容刪除，主要原因在於石天河的初衷是「反三大主義」的整風行為，

〔註32〕《五月二十五日石天河給流沙河的信》，《四川文藝界右派集團反動材料》（會議參考文件之九），四川文聯編印，1957年11月10日，第20～21頁。

〔註33〕《六月八日石天河給流沙河的信》，《四川文藝界右派集團反動材料》（會議參考文件之九），四川文聯編印，1957年11月10日，第23～25頁。

是一個整風運動的積極參與者。由此，石天河積極參加整風，信件本身就完全沒有問題。同樣，在《六月十二日 石天河給流沙河的信》中，《文匯報》上也將石天河所提到四川省文聯的「三大主義」問題給刪除掉了，「人民日報上對於反社會主義的反動言論展開反擊，是必要的。而四川日報上，竟對反宗派主義、反官僚主義的意見，也開始反撲。這是一種可笑的東施效顰，實際上，仍是反整風的情緒在作怪。這種現象，不可能長期繼續下去，所以，我看，不是什麼風向逆轉的問題，而只是過路的雲雨。人民日報的兩篇社論很像毛主席的筆調，值得多加注意。整個地看，只是在這運動的初期，怕使內部矛盾急速上升為階級鬥爭的對抗性矛盾，所以，壓一壓，使意見向『和風細雨』方面轉移，還不是真正的『大收』。但四川這兒，他們怎麼體會，倒確實是成問題的，報上已經提出要文聯公布真相（讀作『假相』）的要求，提防一下是必要的。否則，恐怕你會要多受一些窩囊氣。看來，我的發言由你宣讀，也確實不甚妥當，所以，你再考慮一下，如果確實不能宣讀，……把尖刻、火氣的詞句去掉，按照報上的『要求』，說明『真相』——真正的真相，你看如何？」〔註 34〕對於刊登內容的選擇，應該都是為了適應批判形勢的需要。但也正是在這樣的改動之下，也就重新塑造了石天河的形象。

回到《文匯報》上的這些信件本身，流沙河為何要上交這些私人信件？過程怎樣呢？多年以後的流沙河曾說，「全國很多人受到《草木篇》的牽連。說我有三個反革命集團，我是這三個反革命集團的首領。然後專案組去追查，凡有關係的，一網打盡。專案組來人說，流沙河，有一封信，人家在無知的情況下寫了一封同情你的信，現在你要把這封信交出來。我每天收那麼多信，裝一籮筐，我說我記不得，你們去查，最後我說算了嘛，你們乾脆抬走。這一次他們就警告我，任何證據你不能毀，毀了將來你的罪名大得很。所有人家給我寫來的同情的信，一封我都不敢毀。何況我還記得有日記，日記我也不敢毀。」〔註 35〕在這裡，流沙河輕描淡寫的一句「你們乾脆抬走」，便將這一過程略去了。當然，我們也難以知曉這些信件是流沙河主動上交，還是被動上交。但是，將私人信件上交作為證據，不僅有著複雜的歷史原因，也是高

〔註 34〕《六月十二日石天河給流沙河的信》，《四川文藝界右派集團反動材料》（會議參考文件之九），四川文聯編印，1957 年 11 月 10 日，第 26 頁。

〔註 35〕何三畏整理：《」如果不寫這個，我後來還是要當右派」——流沙河口述「草木篇詩案」》，《看歷史》，2010 年，第 6 期。

壓之下人性弱點的必然事件，流沙河也絕對不會例外。

四、四川文聯第二次集會

正當四川省文聯集中火力批判石天河的時候，全國的反右鬥爭又有了新的變化，那就是反右鬥爭向黨內延伸。7 月 28 日的《人民日報》刊登了《反右鬥爭是對於每個黨員的重大考驗》，提出「黨內也有右派分子」，「為了使黨的肌體不被右派分子腐蝕，為了保持黨在思想上、政治上的純潔，必須對黨內外的右派分子『一視同仁』地展開鬥爭。」〔註 36〕在這篇社論中，不僅提到了黨內也有右派分子，同時也分析了黨內右派分子的表現，以及對黨內右派分子的鬥爭方式，這也成為了此後鬥爭的一個重要依據。當然，反擊黨內右派，也並非此時才開始啟動的。實際上，在《組織力量反擊右派份子的猖狂進攻》的「黨內指示」中，對黨內右派問題的嚴重性作了這樣的估計，「這是一場大戰（戰場既在黨內，又在黨外），不打勝這一仗，社會主義是建不成的，並且有出『匈牙利事件』的某些危險。現在我們主動的整風，將可能的『匈牙利事件』主動引出來，使之分割在各個機關各個學校去演習，去處理，分割為許多小『匈牙利』」。〔註 37〕此後反擊黨內右派的步伐，更加深入。8 月 1 日，《中共中央關於進一步深入開展反右鬥爭的指示》，繼續推動著反右鬥爭的深入發展，「黨內團內右派分子，只要是同黨外團外右派分子政治面貌相同，即反共反人民反社會主義，向黨猖狂進攻的，必須一視同仁，一律批判。該登報的，即應登報。」從這裡可以看到，不管是黨內還黨外的右派，都成為繼續批判的對象。9 月 11 日，《人民日報》發出了《嚴肅對待黨內右派分子問題》的社論，「黨內有了右派分子，對我們黨和革命事業的危害就更加嚴重，我們也必須同他們進行堅決的鬥爭，也要把他們的反動的政治面貌徹底暴露出來，使他們不能在群眾中間起迷惑的作用。」〔註 38〕反擊黨內右派鬥爭就緊鑼密鼓地開始了。在這樣的背景之下，四川省文聯 7 月 30 日、31 日、8 月 1 日連續舉行的內部工作人員聲討右派的會議，就是一次反黨內右派的鬥爭會，也是四川省文聯的第二次「聲討會」。

在這次「聲討會」上，流沙河依然是主要發言者。「文藝界的右派分子流

〔註 36〕《反右鬥爭是對於每個黨員的重大考驗》，《人民日報》，1957 年 7 月 28 日。

〔註 37〕毛澤東：《組織力量反擊右派份子的猖狂進攻》，《毛澤東選集》，第五卷，北京：人民出版社，1977 年，第 432 頁。

〔註 38〕《嚴肅對待黨內右派分子》，《人民日報》，1957 年 9 月 11 日。

沙河在省文聯7月30日、31日、8月1日連續舉行的內部工作人員聲討右派的會議上又交代了一些問題。與會同志當場用事實揭發他的交代極不徹底，要他老老實實的繼續交代。」在《草木篇》批判中，我們看到流沙河有過多次「交代」。第一次是在1957年1月底《草木篇》批判初期在機關大會上的交代，第二次是7月19日在聲討會上的交代，第三次便是這次聲討會上的交代〔註39〕。我們發現，流沙河這三代交代中一個主要的特點，均是以交代石天河的反動言行為主。關於這一次流沙河的交代，在《流沙河、石天河勾結黨內右派分子白航，有計劃有綱領地篡改了「星星」詩刊的政治方向》中首先提到，「承認他和右派分子石天河、黨內的右派分子白航勾結在一起有綱領有計劃地篡改了『星星』詩刊的政治方向。」進而，在《流沙河率領反共小集團策劃於密室，有計劃的向黨進攻，石天河躲在峨眉山坐地使法》，流沙河還重點提到「他與石天河怎樣率領反共的小集團策劃於密室、點火於基層，趁『鳴、放』機會向黨進攻的一些情況。」在《流沙河拉攏青年學生，在學校裏放了幾把火》中，提到「流沙河在從北京回來以後，到處爭取人、聯絡人，在青年學生中散播資產階級文藝思想，並且大肆誣衊黨對文藝的領導是一團漆黑。……和流沙河有聯繫的青年學生約一百餘人，其中有許多和他的關係很密切。」〔註40〕在這次交代中，流沙河又提到了包括省二師的徐榮忠（即徐航）、川大學生華劍、西南音專附中學生賴楨全等多人。其中，流沙河所提到的徐航、華劍，在反右鬥爭均成為了右派。總之我們看到，在流沙河的這次交代中，首先就是將《星星》詩刊編輯部主任、黨員白航納入到「右派集團」之中。而流沙河的批判雖然轉向黨員白航，但白航卻並不是他交代的重點。因此在此次交代會上，流沙河一邊自我檢討，另外一邊則重點交代石天河的活動，繼續突出石天河的問題。不過，此時流沙河交代的一個顯著的變化就是，不管流沙河如何為自己辯護，他始終無法推卸掉自己的責任。因此，在《四川日報》的報導中很多處的表述都為「流沙河與石天河一起」。實際上，作為《草木篇》事件的主角，而且有著「仇恨新社會」歷史根源的流沙河，在

〔註39〕胡子淵：《省文聯機關工作人員向右派分子追擊 揭露流沙河石天河狼狽為奸的黑幕 文藝界右派的哼哈二將篡改「星星」詩刊的政治方向，率領著黑幫嘍囉，處心積慮地向黨進攻》，《四川日報》，1957年8月3日。

〔註40〕胡子淵：《省文聯機關工作人員向右派分子追擊 揭露流沙河石天河狼狽為奸的黑幕 文藝界右派的哼哈二將篡改「星星」詩刊的政治方向，率領著黑幫嘍囉，處心積慮地向黨進攻》，《四川日報》，1957年8月3日。

這次運動中是無論如何也無法逃避。由此，與8月3日同一天的《成都日報》發表還有作者高潮的《右派分子群相》，就著力刻畫了石天河、張默生、流沙河、邱原、曉楓這「五大右派」。

流沙河的這次交代，被廣泛轉載，影響極大。8月5日《人民日報》刊出新華社的報導《流沙河怎樣把持「星星」培植毒草 在四川文聯的圍攻下開始交代他的罪惡活動》，就完全是以流沙河的發言為基礎來寫的，可以說是流沙河檢討的一個精華版：

> 新華社成都4日電：在四川省文學藝術工作者聯合會工作人員的檢舉揭發下，右派分子流沙河最近交代了他和省文聯的另一右派分子石天河結成反黨聯盟，有計劃地篡奪「星星」詩刊領導權，向共產黨進攻的罪惡活動。
>
> 「星星」是四川省文聯在今年1月創辦的詩歌月刊。流沙河等經過積極活動進入「星星」充當編輯後，就把「星星」作為反對共產黨反對社會主義現實主義的「陣地」；並假借「培養」為名，拉攏和聯絡一批青年人。他們到處刊登聳人聽聞的稿約和廣告。在稿約中，他們對浪漫主義等各種流派的詩歌都表示非常歡迎，但絕口不提社會主義現實主義。
>
> 流沙河承認，他們當時的編輯方針是：一、多登歪曲和反對共產黨的「諷刺詩」；二、多登宣揚頹廢感傷情緒的情詩；三、多登小巧玲瓏的玩意，引導讀者脫離政治、脫離現實。當「星星」創刊號上刊出的黃色詩歌「吻」和反動詩「草木篇」受到批評後，流沙河、石天河等滿懷仇恨，立即組織反撲，打著執行「百花齊放」方針的幌子來反對黨的領導。
>
> 流沙河承認，當時他們採用了五種手段來向共產黨進攻。一、「寫」，他們寫了好些文章對黨進行污蔑和恐嚇，或者向黨「算總帳」；二「罵」；三、是放毒草，企圖在「星星」上刊出一些攻擊新社會的反動詩和比「吻」還壞的黃色詞。石天河還教導流沙河用「地下鬥爭」辦法在刊物中偷放補白，對黨進行諷刺、攻擊；四、煽動別人向黨進攻；五、擴大影響，他們曾密謀把他們寫的攻擊黨的反批評文章印發全國。石天河還支使流沙河四處造謠，說「星星」被圍剿等。

>「星星」詩刊主編白航是黨內的右派分子。石天河、流沙河就多方拉攏和影響他，挑動白航對黨的不滿情緒。他們利用白航來抵制黨的領導，但又不願白航對刊物管得太多，於是採取了既拉攏、又排擠的兩面手法。白航完全接受了流沙河等反動的編輯方針，並同流沙河一起反對黨為加強「星星」編輯部而調進新的編輯人員。這樣，「星星」就完全落人了這一夥右派分子的手中。
>
>　　現在，省文聯工作人員正乘勝追擊，要流沙河等徹底交代他們互相勾結、狼狽為奸的一切陰謀活動。〔註 41〕

《人民日報》上的這篇報導，8 月 6 日的《光明日報》在「各地文藝界深入展開反右鬥爭」欄目下，以《流沙河同石天河結成反黨同盟》為題目部分轉載；〔註 42〕而 8 月 7 日的《新疆日報》則以《流沙河開始交代反動罪惡活動》為題全文轉載。〔註 43〕通過《人民日報》與《光明日報》的報導，確定了流沙河與石天河所結成的反黨聯盟，認為他們不僅有計劃地篡奪「星星」詩刊領導權，把「星星」作為反對共產黨、反對社會主義現實主義的「陣地」，而且採用了五種手段，向共產黨進攻。由此，四川文藝界的「右派集團」形成了全國性的影響。

在這一次聲討會上，還有一個重要的事件就是白航被牽扯出來。在《星星》編輯部，由於流沙河《草木篇》的問題，牽連出了石天河。同樣，作為刊物負責人的白航也在所難免。在這次批判會上，流沙河的交代雖然不是重點指向白航，但有不可避免地已經將問題引向了白航。但由於此時「反擊黨內右派」的需要，對白航的批判不夠，所以省文聯還必須要進一步全面地展開對白航的批判。進而，在這次聲討會之後，又再一次召開了相關的批判會。《四川日報》以《省文聯揭發黨內右派分子白航 他在石天河流沙河的反共小集團中充當坐探》對相關歷史做了具體報導。在這篇報導中，白航成為聲討會的主角，「黨內右派分子白航，早就是一個一貫對黨不滿，在政治上衰退，滿腦子資產階級文藝觀點，反對黨的文藝政策的蛻化分子。」然後報導將白航置於「星星創刊之前」、「草木篇批判後」、「大鳴大放期間」三個特殊的時

〔註 41〕《流沙河怎樣把持「星星」培植毒草 在四川文聯的圍攻下開始交代他的罪惡活動》，《人民日報》，1957 年 8 月 5 日。

〔註 42〕《流沙河同石天河結成反黨同盟》，《光明日報》，1957 年 8 月 6 日。

〔註 43〕《流沙河開始交代反動罪惡活動》，《新疆日報》，1957 年 8 月 7 日。

段中，全面展開了對白航批判。當然，這樣的批判思路，與此前對流沙河、石天河的批判是一模一樣。在最後一部分《白航承認自己是右派分子，對黨犯了罪，但卻又企圖藉口文藝思想問題為他的叛黨罪行開脫》中，我們看到，白航也會上作了自我檢討，「白航在會上承認他是黨內右派分子，一貫對黨不滿。承認他和右派分子石天河、流沙河裏應外合向黨進攻，他們進攻的矛頭，一頭指向省委宣傳部，一頭指向文聯黨組織，目的在於取消黨對文藝的領導，拒絕黨對《星星》的干涉。他承認自己作了右派分子在黨內的坐探，對黨犯了罪。」〔註 44〕此時，在將白航定性為「黨內右派」之後，他此前的所有言行，也就都可以按照「黨內右派」的身份重新解讀和闡釋。關於這次會議，在這篇報導中，幾乎沒有涉及到相關的具體信息，僅有「本報訊 四川省文聯機關連日集會，揭發批判『星星』詩刊編輯主任、黨內右派分子白航與黨外右派分子石天河、流沙河裏應外合，猖狂向黨進攻的罪行。」對於這篇報導，石天河就認為，「以上這篇記述對白航進行批判的材料，從說話口吻和行文習慣來看，大概出自李累的手筆。」〔註 45〕實際上，一方面，這篇報導即使是出自李累之手，毫無疑問也是一個「集體成果」。另一方面，在報導的「引言」中我們看到，這次批判是「四川省文聯機關連日集會」的結果。換句話說，應該是在 8 月 3 日胡子淵批判開始後，從 8 月 3 日到 8 月 8 日之間，省文聯機關在反擊黨內右派方面，進行了系列批判。雖然整個會議的具體情況不清楚，但從對白航的批判來看，批判主體從胡子淵一人變為了整個省文聯機關，這表明，對白航的批判，並不是李累與白航之間恩怨問題，而「反擊黨內右派」鬥爭的需要。

五、流沙河「我的交代」

在四川文藝界右派集團的形成過程中，流沙河不僅交出了相關的信件，在大會上作了批判和檢討，而且還寫出了「交代材料」。這份交代材料，是以流沙河在各次檢討會上發言內容為基礎而完成的。更為重要的，這份材料又是按照反右鬥爭的要求來寫的，所以又比流沙河的其他發言，更豐富和完整，對石天河的批判也更有力，對四川文藝界右派集團的形成也更有直接的影響。

〔註 44〕《省文聯揭發黨內右派分子白航 他在石天河流沙河的反共小集團中充當坐探》，《四川日報》，1957 年 8 月 8 日。

〔註 45〕石天河：《逝川憶語——〈星星〉詩禍親歷記》，香港：天馬出版有限公司，2010 年，第 218 頁。

可以說，寫於 8 月 3 日至 11 日的「我的交代」，也反右鬥爭中最重要的「一份傑作」。流沙河的這份《我的交代 1957.8.3 至 1957.8.11.》，相關內容我們都有引用。如需瞭解全文，可參考四川文聯編印《四川文藝界右派集團反動材料》（會議參考文件之九）的第 1～12 頁〔註 46〕。這裡就不再展示全文，僅對相關史實作介紹。

流沙河的《我的交代 1957.8.3 至 1957.8.11.》，共分為《小集團的形成》、《第一次進攻》、《奪取星星》、《第二次進攻》四大部分，是對四川文藝界「右派集團」一次最為系統和完整的歷史梳理。在《小集團的形成》中，流沙河說，「去年我在北京時就和石天河勾結上了」，從謾罵教條主義開始，聯繫上儲一天之後，「形成石天河作為三角同盟的首腦地位。」流沙河特別提到，在波匈事件後，「我們在多次座談會上向黨進攻，得到了文聯內部其他右派分子的響應，使三角同盟向小集團的方向發展。……通過陳謙我和從肅反後就斷絕了交談的丘原也往來了。這一條線：石天河——我——陳謙——丘原，就形成了。又由於我和曉楓早就熟識，而曉楓那時又和丘陳二人纏得很緊，於是這一條線又串上了曉楓。這中間，我起了最惡劣的作用，因為石天河和丘陳曉三人一貫是極少往來的。另一條線：石天河——儲一天——陳謙——遙潘，主要是在《草地》活動。最初的小集團就是這樣：以石天河為首腦，以我和儲一天為核心，共有七個成員的。」進而，流沙河介紹了「小集團」的具體行動，「小集團形成後，從三方面向黨作了攻擊：（1）奪取《星星》；（2）擾亂《草地》；（3）在創作會議上興風作浪。」然後勾勒了「小集團」的主要行動，「小集團是以李累作為攻擊對象的。這個策略出自石天河之手。早在三角同盟前，他就恨李累了。」以及石天河的作為小集團首腦的相關歷史，「小集團以石天河為首腦，首先是因為他有『學問』，有反黨經驗，為眾所不及。」最後，流沙河總結這個「小集團」的目的，「小集團以開闢資產階級自由主義的文學圈子為目的。我們策畫過辦同仁刊物《笑》，奪取了《星星》，擾亂了《草地》。我們要使文聯變質。」由此，通過流沙河的交代，「小集團」是完全真實的存在。

由此，在「交代」後面三個部分，流沙河分別交代了「小集團」的三個重要行動。在第二部分《第一次進攻》中，把「解凍說」、「《吻》批判」、「油印

〔註 46〕流沙河：《我的交代 1957.8.3 至 1957.8.11.》，《四川文藝界右派集團反動材料》（會議參考文件之九），四川文聯編印，1957 年 11 月 10 日，第 1～12 頁。

反批判文章」、「大鬧會場前後」等相關的歷史，作為「第一次進攻」。然後流沙河還分析了「第一次進攻」結束的原因，「到了 1 月 24 日，報上刊出大批批評文章，石天河埋怨我上當了，不該把曰白的文章轉去。當天下午，老帥找我談，要批評我了。夜晚我就去找丘陳二人，告訴此事。他們提醒我，這回可能會大搞我一番，我才慌了。陳謙很怕，要保證到了會上我不說以下兩事：（1）我常去他家，就說只去了一兩回；（2）有些話，如裴多菲俱樂部，說不得。我都同意了（但以後還是說了）。第一次進攻至此結束。」正如我們前面所已經分析，這主要是因為石天河的「停職反省」而結束的。不過，這段歷史，在流沙河看來是「第一次進攻」，而在石天河看來，則是「星星詩禍第一波」。在第三部分《奪取星星》中則重點以《星星》事件為核心，來全面梳理「小集團」行動。流沙河首先提到自己，「我是抱著登壇的野心到《星星》來的。同時，想從這裡打開一個反社會主義現實主義的缺口。」然後具體介紹了新詩刊的命名、稿約、編輯方針、詩歌選稿、紙張問題，以及抵制傅仇到《星星》的具體問題，都成為「小集團」有計劃、有目的的具體行動。當然這過程中，流沙河以「我」為敘述者，也在一定程度上再現了《星星》詩刊辦刊歷史的一些重要歷史事實，如「那些聳人聽聞的廣告都是我起的草，稿約也經我改過，經白航同意發出去的。」「我個人的編輯方針是：（1）多發不滿現實的諷刺詩；（2）多發感傷頹廢的情詩；（3）多發小巧玲瓏的玩意兒。」不過與此同時，流沙河又時時以「我們」為主體，力圖減輕自己的問題。「我和石天河主張刊名就是一個『星』字（我明明知道列格勒曾有一個因犯了錯誤而受到處分的刊物名字就叫《星》）。我們發出資產階級自由主義的詩歌宣言——稿約。」如對於在南郊公園策劃的辦刊方針，流沙河也說，「對以上這些，我和石天河是早有此打算的。白航提出正是不謀而合。這四條，除第一條只執行了兩期外，其餘都是貫徹到底的。」「創刊號出版前，我向朱友柏暗示，希望看到捧的文章。我自己也寫了為《星星》吹噓的消息。以後聽見批評，我們四人都不滿。」「我和石天河對事件的發展作了如下的估計：（1）被迫停刊，但可能性小；（2）撤換他一人，可能性大；（3）叫編輯部寫文檢討，可能性最大。如果發生第一類情況，我們不怕。」「創刊號和第二期的編輯工作主要是石天河在做。我主要是負責對外宣傳等事務工作。」「創刊號和第二期發的詩，幾乎都是石天河決定，白航審定，再交我和白峽傳閱的，我起的作用不大。石天河走後，白航取得了應有的職權。他對我的方針是大體上同意的。但他膽小，我影響他，就是要他膽大些。」而回頭來看，在流沙河對這段《星星》歷史的敘述過程中，確實將焦點引向了石天河，甚至是白航。第四部分《第二次進攻》是流沙河這次交代的又一重點，主要介紹從整風運動開始後，他們的一系列的「反批判」和「整風」言論和史實。如他提到，「直到從梁上泉那裡知道毛主席講話後，情況才變了。3 月 28 日，我密約石天河去人民公園，告訴他這個消息。他說：『看他們怎麼交代！』他責怪我軟弱膽小，給他們一嚇唬就嚇住了。」「這以後，我的活動採取了單線方式：我——石天河，這是主線；我——丘陳二人，我——曉楓，我——白堤，都是副線。至於儲一天和遙潘，我並沒有放在心上。而和白航的關係則限在辦公室內。」總之，從歷史事實來說，這份記錄是非常詳盡的。但，從記錄來看，流沙河這份交代中所記錄的談話內容以及時間，都是非常完整，也非常具體，那麼這份「交代」中也就難免有「文學」的成分了。

除此之外，在《右派分子交代石天河的材料》中，還有《流沙河交代石天河的材料》〔註 47〕，進一步補充了相關材料。該材料無具體時間，是流沙河對《我的交代》的進一步補充，共有 11 條。值得注意的是，這 11 條全都是記錄流沙河與石天河的交往。在這裡，大部分是流沙河對石天河有著嚴重問題的言行的記錄，如：「（1）去年，我從北京回來以後，和石天河有了深交。由於我對肅反不滿，便和他談到這個問題。石天河告訴我：『像××這樣的大詩人，中國有幾個？肅反時，連他都被逼著去自殺，跳中南海！』又說：『聽說魯藜不是胡風分子！』還告訴我，肅反時，他在街上走，也有公安局的人釘梢。在茶館裏下圍棋，也有人監視。我當時不明真相，聽了很氣憤。我誣衊肅反一半是開玩笑，其遠因就在此。」「（2）有一件事情，雖很小，但足以看出石天河的反黨的面貌，去年在《文藝報》上他發表過一篇駁林希翎的文章。我從北京回來後，聽他說『原來我以為那是林默涵、李希凡、藍翎三人合寫的，現在才知道是一個女娃娃寫的，駁斥她，沒啥意思！』正說明他不是要在論點上爭論，而是要攻擊黨。」以及「他說：『歷史上所有的統治者就是這樣，一旦他們開始摧殘知識分子，這便說明他們已經腐朽，要垮臺了。今天，那些官僚還不覺悟！』我當時是相信這個咒罵黨的話的。」「他是一心要把李累搞下臺的。」「編《星星》，他是野心很大的」「他和張默生的關係。幾個月

〔註 47〕流沙河：《流沙河交代石天河的材料》，《四川文藝界右派集團反動材料》（會議參考文件之九），四川文聯編印，1957 年 11 月 10 日，第 50～52 頁。

以前，他對我說過張默生很有學問。後來，又說：『像張默生這些有正義感的人，都還沒有站出來說話呢。等這些人說話了，氣候就好了。』為什麼他早就知道張默生要說話呢？值得懷疑。」

對於寫「交代材料」的具體背景，流沙河並沒有相關的回憶。石天河認為：「我從當時的情勢來推測，也只能猜想到：流沙河的《我的交代》，可能是在 7 月份的批判大會後，經過李累等人的『啟發教育』，才在 8 月份上綱上線地修改『完善』的。」〔註 48〕實際上，我們前面談到過，在「金堂來信」之後，流沙河已經成為了任人宰割的「魚肉」。所以，此時的他，只能「將功贖罪」，以更多的「交代材料」換取信任，同時不斷將問題引向石天河，以減少自己的「罪行」。不過，他萬萬沒有想到的是，一踏上這條路後，並非一兩次「交代」就可以過關的，而是隨著鬥爭的升級，根據鬥爭的需要，要展開一系列的自我反思和批判的，需要的是一次又一次的交代。「到文聯 11 月間召開『反右派』的那次文代會時，這篇《我的交代》已經正式編入《會議參考文件》，參加會議的代表們，人手一冊，既不是機密文件，也不是別人揭發的隱私，而是流沙河自己對四川文藝界代表們的公開交代。」〔註 49〕因此，在整個「草木篇事件」中，流沙河的《我的交代》，可以說是具有至關重要的影響力的。

對於流沙河的「交代」，石天河曾做過全面的分析。流沙河這份「交代」的具體內容，在他敘述的過程中，可以看出他完全是按照「反右鬥爭」的邏輯來重新建構這段歷史的。正如石天河所說：「材料開頭一段就給『小集團』定性為『反黨』，這是文章的『精要』所在。但說石天河、流沙河、儲一天經過一兩次交往，『一個反黨三角同盟就這樣形成了』、『這就形成了石天河作為三角同盟首腦的地位』等等，雖然言之鑿鑿，卻似乎說得過於輕巧。」〔註 50〕由此，按照石天河的觀點，這是一篇「有意為之」的「交代」：「流沙河的交代材料中，就所交代的『事實』來說，並非全部捏造。他這篇『文章』的客觀歷史意義，是不可否認的。至少，他給當時事件的發展進程，描出了一個輪廓。

〔註 48〕石天河：《逝川憶語——〈星星〉詩禍親歷記》，香港：天馬出版有限公司，2010 年，第 176 頁。

〔註 49〕石天河：《逝川憶語——〈星星〉詩禍親歷記》，香港：天馬出版有限公司，2010 年，第 173 頁。

〔註 50〕石天河：《逝川憶語——〈星星〉詩禍親歷記》，香港：天馬出版有限公司，2010 年，第 173 頁。

但是，由於他要給所描述的人和事定性為『反黨』，而且，要達到為自己推掉一些『罪責』的目的，所以，他不得不在敘述文字上有所『加工』。這些『加工』的地方，實際上是無可細數的，在這裡，我只能略舉一二，以見其文思之『深』和用語之『妙』。」進而，針對流沙河的發言，石天河重點分析流沙河交代中的「表述問題」和修辭技巧問題：「在談到我去峨眉山之前，和他的一次談話以後，交代說『這些吩咐決定了我以後發言的內容』。——這一句話，是點睛之筆，『吩咐』二字尤為絕妙。有此一句，流沙河在成都座談會上『以後發言的內容』就可以全部歸罪於石天河的『吩咐』了。金蟬蛻殼，豈不妙哉？因為這『吩咐』二字意味著上級對下級的指示。而當時我雖然已經撤消了『停職反省』處分，實際上卻已經離開了《星星》編輯部。我憑什麼還能『吩咐』流沙河去幹什麼呢？那不正是憑著『反黨小集團首腦』的地位在發號施令嗎？文思之深，於此可見。」另外，石天河認為，流沙河交代中用「我們」，更是一個典型的例子，「交代材料中在談『第一次進攻』的『大鬧會場』時，似乎使人感到流沙河是曾經『大鬧會場』的中心人物。我搜索自己的記憶，卻不記得有這樣的事。流沙河在所謂『第一次進攻』之後，接著就是『第一次反水』，哪有什麼『大鬧會場』的事呢？只是在後來傳達毛主席講話、給我宣布撤消處分的時候，我提出要對製造事端的人進行追查，『左派』則說他們是『與人為善』，大家說了幾句氣話，領導上布置了對毛主席的講話進行學習以後，馬上宣布散會。根本不曾『鬧』過，更談不上『大鬧』。更奇怪的是，材料上說，『大鬧會場』之前，他把周揚到了重慶的消息告訴了石天河後，便說：『我們商量』要向周揚告狀；又說，巴金到成都，沒有為『我們』說話，『我們』便嘲笑他是官僚主義。云云。——應該注明：這裡的『我們』只是流沙河一個人在說話，究竟『我們』是包括哪些人，我不知道，但至少，這個『我們』不包括石天河在內。因為，周揚其人，我與流沙河的觀念是不同的。在『反胡風』運動過後，我對周揚已經極為憎恨。我也許會到土地菩薩那裡去告陰狀，但決不會到周揚那裡去告狀。至於巴金那次到成都，四川文聯在會議室接待他，我雖然剛撤消處分，但我是所謂『中層幹部』，接待時我是在座的。那是我唯一的一次見到巴金，只想見見這個人，聽聽他談文學，根本沒有想到他給不給《星星》說什麼話。（當時，在我心中，毛主席已經說了話，問題已經澄清，並不需要再找別人說什麼了。）我對中國新文學的老一輩作家，歷來是非常尊重的，就在四川，除了沙汀，我對段可情、李劼人都是非常尊重的。巴金是我從小就非常熱愛的作家，我更不會嘲笑他是官僚主義。所以，這裡必須注明：用『我們』這個詞說話，可能是流沙河的習慣。但務必請讀者留意：整個這篇材料中的『我們』，有時是『代名詞』，有時則往往只是說話人需要採用的『語氣詞』，並不一定都能代表『我』以外的『們』。比如有一處談到『我們』想辦個《笑》刊，那裡的『我們』也是不包括石天河在內的。大家都知道，中文的語法邏輯不像法文那樣嚴謹，所以『朦朧』常常會成為語言的藝術技巧。在寫那麼嚴酷的『反右』運動的交代材料時，這種技巧自然也是用得著的。」〔註 51〕此後石天河的分析和反思，儘管有理，但已經並不重要了。流沙河《我的交代》在整個四川文藝界的反右鬥爭中，已經有了極為重大的影響。如在這五部分中，在第一部分「小集團的形成」中，首先是以石天河為首腦，並與儲一天一起形成了「反黨三角同盟」。然後，在此基礎上，加上陳謙、邱原、曉楓、遙潘，最終形成了「七人小集團」。第二部分「第一次進攻」，主要是講述《星星》創刊號出刊後，石天河等人對《吻》的反批判。第三部分「奪取《星星》」，主要是回顧「星星」詩刊的編輯方針和選稿原則。第四部分「第二次進攻」，主要是回顧在「放鳴」期間，相關活動。第五部分最後的補充內容「流沙河交代石天河的材料」，共十條，則專門揭露石天河的反動言行。

總之，在《我的交代》中，流沙河現身說法，以具體而詳細的事實完全肯定了「四川文藝界的右派集團」存在，並詳細列出了「四川文藝界右派」的具體領導者和參與者。更為重要的是，通過流沙河的交代，這個四川文藝界的右派集團，不僅有明確的綱領和理論，也有具體反動言論和活動。從這個意義上看，流沙河的交代，是對「四川文藝界右派集團」一次全面梳理，也成為此後文藝界反右的重要事實依據。

六、《星星》詩刊改組

《星星》在 1957 年 1 月份創刊後，從「《吻》批判」到「《草木篇》批判」，從對流沙河的批判再到對石天河的批判，到最後對《星星》詩刊編輯部主任白航的批判，除了白峽之外《星星》詩刊最初的「四大編輯」都有著嚴重的政治問題。特別 8 月初開展了「反黨內右派」，《星星》詩刊的主編白航被打成

〔註 51〕石天河：《逝川憶語——〈星星〉詩禍親歷記》，香港：天馬出版有限公司，2010 年，第 176～179 頁。

「黨內右派」之後，《星星》詩刊只能改組。

《星星》詩刊改組過程也非常簡單。《星星》詩刊為何改組，如何改組？這些歷史我們難以進一步詳細瞭解。不過，很快，就由星星編輯部給全國詩人發出一封信，直接告知《星星》詩刊的改組。該信落款的時間是 8 月 17 日，如果結合到在 8 月 8 日對白航的批判來看，《星星》編輯部的改組，也就正好是在對白航的批判之後。而從內容上看，這封給全國詩人的一封信，直接向全國告知《星星》詩刊已經改組、改刊的現狀，「在前一段時間右派分子把持了『星星』詩刊，篡改了『星星』的政治方向，有意的放出了不少毒草和壞詩。現在，『星星』詩刊編輯部已經改組，我們已向右派分子展開了猛烈的戰鬥，鬥爭還在繼續深入地進行。『星星』詩刊，現在已經是反右派的陣地，是社會主義詩歌陣地！」然後是向作者約稿，「『星星』詩刊，迫切地需要詩人們的支持！我們特別需要反右派鬥爭的詩歌。我們特別需要歌頌偉大的黨、歌頌社會主義偉大成就、歌頌光榮的生活詩篇。請在最近時期，把你的新詩篇寄給我們吧。我們熱情地等待著你的詩歌。請你幫助我們辦好『星星』詩刊吧。讓我們先在這裡感謝你！」〔註 52〕其中提到改組後的《星星》詩刊，特別需要反右鬥爭的詩歌，以及歌頌黨、歌頌社會主義的詩歌。《星星》詩刊給全國詩人發出了《星星》詩刊改組的消息的，我們無法瞭解到，《星星》詩刊到底發出了多少封信，詩人們對《星星》詩刊的改組有怎樣的反饋。不過，在反右鬥爭的大形勢之下，其實文藝界是否認同改組後的《星星》詩刊，都已經不重要了。因為四川文聯改組《星星》詩刊，本身就是「反右」的一個重要舉措和成果。

然後，四川文聯在報紙上專門報導了《星星》詩刊的改組情況。在給相關作者發出了《星星》詩刊改組、改刊的信後，8 月 22 日四川省文聯正式在《四川日報》上刊登了《剷除右派分子，改組編輯部「星星」詩刊政治面貌開始改變》一文，全面向社會介紹了《星星》詩刊改組、改刊的具體情況。「自創刊以來一直被右派分子石天河、流沙河等把持的『星星』詩刊編輯部，最近已進行改組。新改組的編輯部在 17 日給國內許多詩人的信中，這樣寫道：『星星詩刊現在已經是反擊右派的陣地，是社會主義詩歌陣地！』從已發排的第九期所刊登的詩歌就可以看出這個刊物的政治面貌有了改變。在這一期刊有十多首反擊右派的詩，佔了這期刊物四分之一以上篇幅，其中有工人、

〔註 52〕見《四川省文聯（1952～1965）》，建川 127～18，四川省檔案館。

戰士和彝族青年的作品，此外還有歌頌祖國建設的詩篇。這個詩刊編輯部為了徹底改變過去反動的政治方向，將堅決貫徹「為工農兵服務」的文藝方針，以毛主席提出的六項標準來鑒別『香花』和『毒草』，放聲歌唱社會主義建設，使詩歌真正成為時代的戰鼓。同時，編輯部還準備在編輯制度等方面進行一系列的改革。」〔註 53〕與此同時，在宣告《星星》詩刊改組的同時，這篇報導的第二部分，也不忘對對初期《星星》的批判，「星星是四川省文學藝術工作者聯合會今年 1 月創辦的詩歌月刊。右派分子石天河、流沙河等混入編輯部後，曾與編輯主任、黨內右派分子白航互相勾結，篡改了這個刊物的政治方向。在這些右派分子把持下，『星星』共出版了八期。右派分子們在刊物中發布反動的詩歌綱領，主張詩歌只承擔『美化生活』的任務，應該抒發『人民』的七情六欲。他們反對社會主義現實主義的創作方法，反對歌頌黨和新社會。這些右派分子在刊物中故意放毒草。……『星星』前一時期反動的政治方向，已經對詩歌創作發生惡劣影響。」最後，報導還部署對《星星》展開進一步批判的安排。「為了肅清這些毒素，改組後的『星星』編輯部決定進行徹底的清理，準備陸續發表一些批評文章，對刊物過去所放出的『毒草』和反動的詩歌，進行批評和駁斥。並準備發動廣大讀者起來揭發和批判。」〔註 54〕另外，《星星》詩刊改組的消息，還以同樣的內容，題名為《反擊右派分子石天河流沙河等的把持篡改後「星星」詩刊開始改變政治方向》刊登在同日的《成都日報》上。〔註 55〕在這份報導中，就較為詳細地介紹了《星星》詩刊改組的原因，重點從編輯方針、編輯和刊發的作品三個方面來闡述，最終認為必須對星星編輯部實施改組。最後，四川文聯還在《人民日報》發布報導，再一次宣告《星星》詩刊編輯部改組的情況。8 月 24 日《人民日報》發表的《改組編輯部扭轉政治方向「星星」除去毒草開香花》，其內容與《四川日報》的完全一樣〔註 56〕，向全國宣告《星星》詩刊編輯部的改組。改組後，《星星》詩刊第 9 期便是「反右專刊」，可以說徹底改頭換面，並融入到時代大合唱之

〔註 53〕《剷除右派分子，改組編輯部「星星」詩刊政治面貌開始改變》，《四川日報》，1957 年 8 月 22 日。

〔註 54〕《剷除右派分子，改組編輯部「星星」詩刊政治面貌開始改變》，《四川日報》，1957 年 8 月 22 日。

〔註 55〕《反擊右派分子石天河流沙河等的把持篡改後「星星」詩刊開始改變政治方向》，《成都日報》，1957 年 8 月 22 日。

〔註 56〕《改組編輯部扭轉政治方向「星星」除去毒草開香花》，《人民日報》，1957 年 8 月 24 日。

中。由此，經過星星編輯部的改組，使得《星星》詩刊由「白航時期」進入到了「李累時期」。

七、四川省第一屆人代會第五次會議

在第一屆全國人民代表大會第四次會議之後，四川省也緊接著召開了「省人代會一屆五次會議」。四川省的「反右鬥爭大會」，也可以說是四川省「右派」的檢討大會，在這次會議上四川文藝界右派集團正式確立。

在正式會議之前的預備會，就確定了會議的「反右」主題，「四川省第一屆人民代表大會第五次會議預備會議 19 日繼續進行分組討論，對出席和列席會議的右派分子全面展開反擊。代表們都在會上爭先發言，充分表現了全省人民對黨對社會主義的熱愛和忠誠，充分表現了全省人民反右派鬥爭的高漲熱情。」〔註 57〕關於這次會議體情況，據相關記載，「四川省人民代表大會第五次會議一共開了 11 天，先後在大會上發言的代表和列席的人員共有 309 人，其中 175 人是書面發言，在大會期間共收到包括 3200 多人簽名的約 400 封信件，從各方面支持大會的反右鬥爭。四川各行各業的反右運動迅速開展，反右運動聲勢極大。」〔註 58〕另外，在《四川省志．政務志（中冊）》中還談到，「會議於 1957 年 8 月 21～31 日在省人民委員會禮堂舉行。應到代表 801 人，實際到會 675 人，列席 170 人。此次會議分兩個階段進行：16 日～20 日舉行預備會議，開展向『右派分子』說理鬥爭，先後被點名批評的有鮮英、李紫翔、張默生、顏心佘、黃憲章、邱翥雙、郭仲衡、韓文畦、高興亞、張志和、潘大逵、曾庶凡、劉亞休、張元德等 20 人，使正常的民主生活受到一定程度的破壞，直到中共十一屆三中全會，才予以全部平反。」〔註 59〕《四川日報》也詳細記錄這次會議的情況，「四川省第一屆人民代表大會第五次會議昨天下午開始進行大會討論，代表們在發言中報告了本省各部門、各地區和各個方面的工作成就，用客觀事實嚴正地駁斥了資產階級右派分子對共產黨和社會主義事業的誣衊，並且一致表示要堅決捍衛黨的領導和社會主義事業，

〔註 57〕《省人代會繼續分組討論 向右派分子全面展開反擊》，《四川日報》，1957 年 8 月 20 日。

〔註 58〕《中國共產黨四川歷史（1950～1978）》，中共四川省委黨史研究室著，北京：中共黨史出版社，2010 年，第 139 頁。

〔註 59〕《四川省志．政務志（中冊）》，四川省地方志編纂委員會編，北京：方志出版社，2000 年，第 666 頁。

反對一切破壞革命勝利果實的陰謀活動。」〔註 60〕四川省高級人民法院院長趙方與四川省人民檢察院檢察長谷志標的工作報告，也都是圍繞「反右工作」展開。如趙方說，「作為人民民主專政有力武器的各級人民法院，就必須繼續加強對敵人實行專政的這一重要職能。」〔註 61〕會議期間，還有一篇非常特別的文章值得注意，那就是發表在《四川日報》上的《各界人民寫信給省人代會 委託人民代表向右派分子堅決鬥爭》一文。文中提到，「在來信中，各界勞動人民要求和委託省人代會同每一位人民代表：一定要和資產階級右派分子鬥爭到底，不獲全勝，決不能收兵！……在所有的來信中，有一個共同的聲音，就是：『決不容許右派分子對我們的黨進行誣衊和誹謗』，『我們堅決捍衛黨的領導』，『我們堅決保衛社會主義』。所有來信的人都指出『右派分子必須向人民低頭認罪，徹底交代自己的一切罪行』。」〔註 62〕我們看到，兩百多位各界人士的來信，一致要求與右派分子鬥爭到底，更加烘托出了反右鬥爭的必要性。大會的總結階段，也完全肯定了這次會議「反右鬥爭」的成績，「標誌著全省人民反右派鬥爭的又一次偉大勝利的省人民代表大會第五次會議，在昨天下午完成了全部會議議程，勝利閉幕。……在全省人民代表面前，右派分子受到了最沉重的打擊，出席和列席會議的一些右派分子表示願意向人民低頭認罪。這次會議的偉大勝利將推動全省人民的反右派鬥爭繼續向全面深入的方向發展，從而展開全民性的整風運動和社會主義教育。」〔註 63〕

在這次人代會上，李劼人、張默生、常蘇民三位代表都做了與「《草木篇》事件」相關的發言。我們先看李劼人的發言。在 8 月 20 日省人民代表大會預備會議成都小組會上，李劼人就他自己在大鳴大放時期所散佈的反動的、錯誤的言論進行了檢查。「李劼人首先檢討說，解放前他所受資產階級思想教育很深，解放後，在歷次運動中都未下深刻工夫，沒有經過痛苦。他說，他在歷

〔註 60〕《省人民代表大會昨天開始大會討論 同聲批判和揭露右派，竭誠捍衛社會主義和黨的領導》，《四川日報》，1957 年 8 月 24 日。

〔註 61〕四川省高級人民法院院長趙方：《四川省高級人民法院工作報告（1957 年 8 月 22 日在四川省第一屆人民代表大會第五次會議上）》，《四川日報》1957 年 8 月 25 日。

〔註 62〕《各界人民寫信給省人代會 委託人民代表向右派分子堅決鬥爭》，《四川日報》，1957 年 8 月 26 日。

〔註 63〕田修攄：《體現全省人民的革命意志 推動反右派鬥爭繼續深入 省人代會第五次會議勝利閉幕 李大章省長受會議主席團的委託作了總結性的發言，會議批准各項報告，並作出了相應的決議》，《四川日報》，1957 年 9 月 1 日。

次運動中，心裏有怯畏，生怕被牽惹進去，能躲掉就躲掉。因之對好多運動都漠不關心，思想上的舊烙印原封未動；臉是髒的。」進而，李劼人較為全面地回顧了自己在「草木篇事件」中的相關歷史，「當時雖然也覺得『草木篇』有毛病，但沒有把它和作者的政治思想聯繫起來分析。李劼人竟說成是他不知道流沙河是個階級異己分子，和共產黨有殺父之仇，是極端仇恨共產黨的人」「他認為對草木篇的批評是小題大做，是使豎子成名，浪費精力，他在四川、北京都作如是想。甚至在北京參加全國人民代表大會時在小組會上也這樣說，認為這是小題大做，可以結束了。」「張默生過去為臭名昭著的厚黑教主李宗吾寫過傳，也認為張默生很惡劣。但在當天開會時，卻用了壞心腸，在發言時附和了張默生，完全站在張默生的立場上，甚至對何劍熏認為文聯的錯誤不在梅香、小姐，還要打老夫人——中央文化部這句話，也加以引申，說：還要打到中央宣傳部去。」〔註 64〕李劼人介入「草木篇問題」，首先是不支持批判《草木篇》，認為批判《草木篇》是小題大做；並且在全國人代會上也沒有直接批判《草木篇》以及附和張默生等問題，對此他都進行了回顧和自我批判。不過，李劼人的這次自我批判，卻引來了一系列的質疑和反駁，「袁志先代表指出，李劼人的檢討只談了一些事實，沒有接觸到思想，他特別指出李劼人檢討中認為那些反動言論都是未加思索、衝口而出，這是迴避思想問題。他要李劼人應檢查他的這些言論在章羅聯盟向黨發起猖狂進攻中起了什麼樣的作用。康映安代表要李劼人談：他所說的中央宣傳部的錯誤大得很，究竟錯在什麼地方？石璞代表指出李劼人檢查太膚淺，沒有接觸到思想活動。……吳漢家代表最後指出李劼人散佈的這些言論正說明他對黨是離心離德的。他希望李劼人很好挖掘思想，痛下決心進行思想改造，不然就不會寫出好的作品，也有愧於作家——靈魂工程師這一光榮稱號。劉承釗代表、卞介秋代表、吳景伯代表、雷瑤芝代表、王伯宜代表、彭塞代表等都指出，李劼人代表的檢查很不深刻，沒有接觸到思想，希望他進一步深入檢查。」〔註 65〕另外，蕭崇素也針對李劼人的問題作了長篇發言，「李劼人代表在這次右派分子向黨猖狂進攻中，就發出過一些錯誤言論，在當時對右派分子的

〔註 64〕《李劼人對自己的反動錯誤言論進行了一些檢查》，《四川日報》，1957 年 8 月 24 日。

〔註 65〕《李劼人對自己的反動錯誤言論進行了一些檢查》，《四川日報》，1957 年 8 月 24 日。

讕言狂語起了一定的配合助長作用。……29 日上午李劼人代表對自己的錯誤言論作了初步檢查，這是好的。但這檢查對於挖掘自己思想根源和揭露自己思想實質還不夠徹底。」〔註 66〕所以，此時的李劼人不管如何辯護，也必須接受相關的批判。更為嚴重的是，四川省委書記李井泉也在會上批判了李劼人，「李井泉代表在小組會上除了對李劼人在 5 月 18 日提到的若干問題（例如修火車站撥土地問題，人民南路馬路問題）認為過去這些對市委的批評是正確的，並向他作了必要解釋外，特別著重指出，看了李劼人代表在大鳴大放期中的發言，使他很吃驚。」「李劼人是和右派分子共鳴，立場觀點倒到右派分子一邊去了。」「李劼人對於黨中央有著嚴重的不滿。」「李劼人的發言不是偶然性的錯誤，而是有階級立場的不同和社會根源和思想根源的。是需要進一步檢討批判和挖掘的。」〔註 67〕此時，李劼人的問題也進一步凸顯，似乎變得非常嚴重。但是，李劼人雖然受到了全面的批判，但是卻並沒有因此而受到影響。其中重要的原因在於，在第一屆全國人民代表大會第四次會議上，正是由於沙汀的關照，他通過與沙汀聯合發言的形式，在一定程度上得以過關。而此時對李劼人展開了大規模的批判，實際上也是由於整個「全面反擊右派」的形勢所造成的。但實際上我們看到，在對李劼人的批判中，即使是李井泉將李劼人定性為「對黨的嚴重不滿」，也並未上升為「反黨、反社會」，這在一定程度上其實也是在保護李劼人。

在這次代表會上，第二個與「草木篇事件」有關的發言人是張默生。與李劼人不一樣的是張默生是民盟成員，因此在對張默生的批判過程中，「草木篇」事件僅僅是他作為「右派分子」的一個小事件而已。有代表就批判說，「經過南充代表小組代表們仁至義盡的幫助以後，右派分子張默生（南充）承認早在今年 1 月盟省委工作會議上，潘大逵向他秘密傳達了羅隆基、章伯鈞對當前國際國內形勢的分析，以及向黨進攻的陰謀計劃，潘向他說，如果『兩院制』能實現，民盟的地位就可以提高，也可以考慮國務院的總理、副總理、各部部長和副部長的人選問題，為了適應這個『形勢』的需要，民盟必

〔註 66〕《李劼人思想深處還潛藏著與黨、與社會主義相對立的右派情緒 蕭崇素代表的發言摘要》，《四川日報》，1957 年 9 月 1 日。

〔註 67〕《在省人代會預備會議的成都小組會議上 李劼人對自己的反動錯誤言論進行了一些檢查 代表們認為檢查不深刻，要求他進一步檢討批判和挖掘思想根源》，《四川日報》，1957 年 8 月 24 日。

須大力發展組織，爭取在全國五百萬知識分子中發展兩百萬盟員。」〔註 68〕因此，在張默生《向人民低頭請罪》的發言中，完全是談檢討他自己的「陰謀計劃」，「我是一個右派分子，我犯了反黨反社會主義的罪，我在此向人民低頭請罪。潘大逵、趙一明是章羅反黨聯盟在四川的骨幹，他們佔據了四川民盟的領導地位，有計劃地利用盟的組織來進行了陰謀活動，我是南充盟市委員會的主任委員，潘大逵、趙一明使了一些陰謀的手法對我進行拉攏，還表揚我肯講話，說話大膽。這樣使我受了欺騙，陷進了他們的陰謀羅網。」〔註 69〕因此，可以看到，《草木篇》的問題，僅僅是張默生成為右派的一根「引線」，而不是根本原因。換而言之，即使張默生沒有介入到「草木篇問題」，他也會成為「右派」的。

常蘇民是第三位相關的發言人。常蘇民代表文聯，對四川文藝界的整個「右派」作了總結發言。在他的發言中，正式確定了四川文藝界「右派集團」的存在及其具體名單。第一，常蘇民第一次提到了四川文藝界右派集團的具體名單，「文藝界這個反共、反人民、反社會主義右派集團，除了眾所周知的首領人物石天河、流沙河外，在成都的有陳謙（即茜子，『草地』編輯）、丘原（丘漾，文聯幹部）、白航（『星星』編輯主任）、遙攀（『草地』編輯）、儲一天（『草地』編輯）、白堤（成都音協『歌詞創作』編輯）、曉楓（成都日報編輯）、沈鎮（成都印製廠幹部）、楊干廷（省人民出版社編輯）、華劍（川大學生）、羅有年（『紅領巾』社編輯）、徐航（即徐榮忠，省成二師學生）。成都外，由石天河直接掌握的人馬，自貢市有一幫，有張宇高、李加建、王志傑、李遠弟、孫遐齡；樂山的萬家駿、金堂的張望，也是石天河的走卒。」在常蘇民所提的四川文藝界右派集團成員，共 23 人。這一具體名單，完全是按照此前流沙河的交代和石天河的通信交往而確定。第二，著重展開了對《星星》詩刊的批判。常蘇民系統梳理了《星星》詩刊「所主張和實踐的反動綱領」，「一、多放毒草。流沙河提出多發諷刺（共產黨）的詩和多發對現實不滿的詩的主張，便是他們共同的主張。」「二、白航提出『不強調配合政治任務』的主張，流沙河則更具體提出多發頹廢、失望、灰色和哀怨的情詩的主張。……

〔註 68〕《省人代會預備會結束，大會今天正式開幕 人民代表向右派分子展開說理鬥爭 張默生在代表們幫助下有所悔悟 羅忠信表示願意向人民低頭認罪》，《四川日報》，1957 年 8 月 21 日。

〔註 69〕《向人民低頭請罪 張默生代表的發言摘要》，《四川日報》，1957 年 9 月 1 日。

常蘇民接著說，石天河等右派分子為了長期霸佔『星星』這塊陣地，他們所採取的一系列組織措施和編輯工作上的組織路線，也是異常反動的。」〔註 70〕另外，在《成都日報》對這次會議的報導中，還增加了對「星星」改組的報導：「可以告訴各位代表的，在反右鬥爭中，本著『邊整邊改』的精神，『星星』編輯部已經改組了，改組後的編輯部，正在系統地檢查右派分子們把持『星星』詩刊的罪惡活動，正在組織文藝界的廣大力量和發動廣大讀者一起來剷除毒草和駁斥他們的反動言論，消除他們對青年們的毒害。」〔註 71〕由此，常蘇民在四川省第一屆人民代表大會第五次會議上的發言，正式確立了四川文藝界的右派集團名單，也全面否定了初期《星星》詩刊的辦刊方針。

緊接著，9 月 10 日至 15 日，成都市第二屆人民代表大會第二次會議召開，先後有 151 名代表和列席人員在大會上發言，從政治上、思想上展開了一場兩條道路的大辯論，也展開了對右派集團的批判。9 月 18 日《四川日報》報導，《四川青年》報社、《紅領巾》社和團四川省委機關連續召開幾次大會，其中也涉及到了《草木篇》的問題。如批判《四川青年報社》文藝編輯劉冰，就提到「配合右派分子流沙河等明目張膽地攻擊黨的領導，到處煽風點火、充當反黨先鋒，繼承胡風衣缽、否定黨性原則等右派行徑。」此外，9 月 16 日至 26 日，自貢市舉行第二屆人民代表大會第二次會議，也集中批判了與石天河密切聯繫的張宇高。四川文藝界反擊右派的運動，就這樣全面展開。

第二節　四川報刊的相關文章

對《草木篇》的理論批判，最初主要是在四川省文聯的官方刊物《草地》，四川省委的報紙《四川日報》這兩大報刊上。四川文藝界對「右派」展開「全面反擊」之後，這兩大報刊進一步擴大了批判的規模和深度，同時其他一些報刊，也都相繼介入，推出了系列的理論文章。

一、《草地》

四川省文聯的機關刊物《草地》，一直是《草木篇》理論批判的主要陣地，

〔註 70〕《徹底打垮文藝界中的牛鬼蛇神——常蘇民在省人民代表會上談文藝界反右鬥爭的情況》，《四川日報》，1957 年 8 月 31 日。

〔註 71〕《徹底打垮文藝界中的牛鬼蛇神 常蘇民在人代會上談文藝界反右派鬥爭情況》，《成都日報》，1957 年 8 月 31 日。

為整個《草木篇》批判提供了主要樣板。進入到「全面反擊右派」之後，《草地》雜誌也仍然是「草木篇」批判的重鎮。這些批判一方面重新清理了整個「草木篇」批判的歷史，既再次批判了幾個重複性的問題，也呈現出了一些新的批判向度。

在七月號《草地》上，所刊登了的反擊右派的文章，都與《草木篇》有關，其中包括劉君惠《我們需要原則》、蕭蔓若《為了社會主義》、冬昕《駁『詩無達詁』論》、肖長濬《『草木篇』究竟是一首什麼樣的詩》、陳犀整理《關於「草木篇」及其批評的討論》共 5 篇批判文章。其中前兩篇文章，主要是探討這次《草木篇》批判的原則問題。劉君惠提出，「我們需要原則。我們的創作和批評都需要原則。社會主義現實主義就是我們的原則。是我們創作的原則，也是我們批評的原則。」進而，他認為「草木篇批判」，「這樣的作品，按其本質來說，是反社會主義的。」〔註 72〕同樣，蕭蔓若寫於 6 月 19 日的《為了社會主義》，也是在重複劉君惠所提出的「原則」，「社會主義，這是一切問題的大前提，一切問題的總目標。離開了社會主義，所謂正確處理人民內部矛盾——『百花齊放，百家爭鳴』也好；黨的整風和幫助黨整風也好；批評和反批評也好，都將失去標準，缺乏原則，不但會變得毫無意義，而且只有永遠混亂下去，無從收拾。」〔註 73〕所以，此時《草木篇》的論爭，已不再是流沙河這樣一個個案問題，而是一個堅持社會主義或者反社會主義的「原則問題」。這其中的第二類批判文章，主要是批判張默生的「詩無達詁」說。冬昕的《駁「詩無達詁」論》就說，「『詩無達詁』論必須駁倒，大家才有話可說。」〔註 74〕作者冬昕，此時是四川文藝界比較活躍的評論家，他不僅參與到了「草木篇」批判，此後發表過多篇文章：在《星星》詩刊關於「詩歌下放」討論的時候發表了《誰看？誰聽？》〔註 75〕；在新民歌討論的時候他有《新民歌是共產主義詩歌的萌芽》〔註 76〕；在討論高纓小說《達吉和他的父親》的時候他又發表了《典型是歷史的具體的》〔註 77〕等等批判文章。李亞

〔註 72〕劉君惠：《我們需要原則》，《草地》，1957 年，第 7 期。
〔註 73〕蕭蔓若：《為了社會主義》，《草地》，1957 年，第 7 期。
〔註 74〕冬昕：《駁「詩無達詁」論》，《草地》，1957 年，第 7 期。
〔註 75〕冬昕：《誰看？誰聽？》，《星星》，1958 年，第 4 期。
〔註 76〕冬昕：《新民歌是共產主義詩歌的萌芽》，《星星》，1958 年，第 9 期。
〔註 77〕冬昕、盧煉：《典型是歷史的具體的——從〈達吉和她的父親〉的討論中想到的》，《四川日報》，1961 年 10 月 18 日。

群曾在《我對詩歌道路問題的意見》中就專門提到過他，「形式和內容的關係問題，黎本初、冬昕等同志都談得比較明確。」〔註 78〕關於冬昕，正如他以唐東昕為名發表的一個文章所體現的，「我們和右派的鬥爭，不是別的，實質上是階級鬥爭，是社會主義和資本主義的兩條道路的鬥爭，是鞏固共產黨的領導、鞏固人民民主專政和企圖共產黨下臺、企圖人民民主專政變質的鬥爭，是中國人民的無限美好的前途和少數右派分子把中國拖入罪惡的深淵的黑暗算盤的鬥爭。」〔註 79〕由此我們看到，冬昕是一個激進的官方批評家，而且又是非常專業的文學理論家。另外，在這一期《草地》上，肖長濬在《「草木篇」究竟是一首什麼樣的詩》中也提到「詩無達詁」問題，認為「以『詩無達詁』來說，無論對詩的含意的解釋有怎樣分歧，而詩的感情，作為給讀者以直接感受的藝術力量，它總不會有絕對的相反的情調的。」〔註 80〕當然，在《草木篇》批判初期，對「詩無達詁」的批判文章已經相當多了，內容也非常深入了，所以這些文章也並未提供新的觀點。不過在此時，他們的主要目的也並非在於「詩無達詁」理論，而意在張默生。這期《草地》上的第三類文章，是對初期「草木篇」批判歷史的回顧，並總結了整個「草木篇」的批判歷史。如陳犀的《關於〈草木篇〉及其批評的討論》，就全面總結了這一事件的三大問題：「《草木篇》是什麼樣的作品？」「對『詩無達詁』的幾種意見」和「對《草木篇》的批評的看法」。在論述過程中，作者陳犀也再現了「草木篇批判」歷史中的多樣性，實際上也讓我們看到了「草木篇批判」初期的複雜性。在第三部分「對《草木篇》的批評的看法」則觀點比較一致，他以劉君惠、山莓的觀點對「草木篇批判」作了總結，「整個批評的效果是好的。」「批評《草木篇》的效果應該肯定。」〔註 81〕所以，陳犀在總結初期「草木篇」批判的時候，既總結了「草木篇」本身的意義的多樣性，看到了「草木篇」闡釋的複雜性，甚至也提到了「草木篇批判」的粗暴性問題，但最後得出來的結論，仍是肯定了對「草木篇」的批判。此時，陳犀剛從省委宣傳部調到省文聯〔註 82〕，應該說還沒有完全瞭解到「草木篇」背後複雜的人事關係，因此

〔註 78〕李亞群：《我對詩歌道路問題的意見》，《四川日報》，1958 年 11 月 9 日。
〔註 79〕唐冬昕：《同右派分子作堅決鬥爭！》，《四川日報》，1957 年 6 月 25 日。
〔註 80〕肖長濬：《「草木篇」究竟是一首什麼樣的詩》，《草地》，1957 年，第 7 期。
〔註 81〕陳犀整理：《關於「草木篇」及其批評的討論》，《草地》，1957 年，第 7 期。
〔註 82〕《中國文學家辭典 現代》，第四分冊，中國文學家辭典編委會編，成都：四川文藝出版社，1985 年，第 262～263 頁。

在一定程度上還原了初期「草木篇」論證的複雜性。另外，這期《草地》上，還刊登了流沙河的詩歌新作《暗礁（三首）》，但旋即又成為批判的對象。

到了八月，四川文藝界的批判文章在《草地》上達到了高潮，相關的批判文章就有 15 篇。文章有：龔昶《論張默生的幾個論點的反動實質》、林如稷《張默生——老右派分子》、默之《從詩無達詁想到的》、段可情《談毒草》、冬昕《百花齊放，百家爭鳴和政治標準》、施幼貽《不准資產階級思想在文藝領域內復辟》、潘述羊《對「批評家的批評家」的剖析》、田原《所謂「追查政治歷史」之類》、馮婦《古今詩話》、曦波《白楊的抗辯（續四章）》、田海燕《〈暗礁〉也是毒草》、方勉《流沙河的又一支毒箭》、賃常彬《〈暗礁〉是一組什麼詩》、叔敏《騎士的沒落》、茱萸《我嗅到了一種氣息》等。這期《草地》上的批判文章不僅數量多，而且內容也極為豐富。第一，這期《草地》對「草木篇」的批判，出現了一個新的向度，那就是指向對修正主義的批判。此時，《草地》雜誌正在組織力量展開對修正主義批判，這恰好為四川文藝界的「草木篇」的批判，提供新的方向。如龔昶就主要批判的是張默生及其修正主義觀點〔註 83〕，該文後來還收錄到 1960 年四川人民出版社編選的《四川十年文學論文選》中。關於龔昶，我們完全沒有關於他的相關資料，他這個名字應該是「工廠」的諧音，是一個化名。與此同時，施幼貽在《不准資產階級思想在文藝領域內復辟》中也認為《草木篇》問題是「修正主義」的問題，「實際上他們所要反對的卻並不是教條主義，而是馬克思主義和黨在文藝領域內的領導。他們是一群打起馬克思主義旗幟來販賣修正主義私貨的『掛羊頭賣狗肉』的騙子。」〔註 84〕關於施幼貽，我們在前面已經有介紹。第二，這期《草地》的批判文章，另外一個重點是對流沙河詩歌新作《暗礁》的批判。而與此同時，《紅岩》也展開了《暗礁》的批判，那麼可以說對流沙河《暗礁》的批判又是一次由省文聯精心策劃的事件。田海燕就是這其中的一個批判者。他說，「流沙河同他寫《草木篇》的態度一樣，把我們的社會和人看成是『暗礁』，而把自己歌頌成為『愛浪花』和追求初升的太陽的『一滴水』，那是很可笑的，用不著多費筆墨批判了。」〔註 85〕賃常彬在《〈暗礁〉是一組什麼詩》

〔註 83〕龔昶：《論張默生的幾個論點的反動實質》，《草地》，1957 年，第 8 期。
〔註 84〕施幼貽：《不准資產階級思想在文藝領域內復辟》，《草地》，1957 年，第 8 期。
〔註 85〕田海燕：《〈暗礁〉也是毒草——評流沙河的〈暗礁〉組詩》，《草地》，1957 年，第 8 期。

中也說，「把這一組詩聯繫起來看，我們所生存的環境是這樣一個樂觀現實：恐怖！陰險！狹隘！黑暗！花都是不可愛的（只有『浪花』除外）！即使『一滴水』也不願生活下去，趕快遠走高飛！這樣的現實環境真象地獄一般陰森可怕，使人毛骨悚然！」〔註 86〕方勉的《流沙河的又一支毒藥》認為，「《暗礁》是流沙河繼《草木篇》之後，又一支反人民反社會主義的毒箭！」〔註 87〕總之我們看到，對《暗礁》的批判，並非僅僅只是針對這一作品而已，而是對流沙河的全面清理和批判。由此，四川省文聯展開對流沙河詩歌《暗礁》的批判，不僅是《草木篇》批判的縱深推進，也從側面肯定了對《草木篇》的批判。第三，對儲一天和葉隆的批判，是這期《草地》的另一個新的特點。儲一天不僅是作為初期「草木篇」反批判的重要參與者，而且也是四川文藝界右派的成員之一，所以對他展開深入的理論批判也是必然的。在叔敏的《騎士的沒落》文末的「注」中提到，「引號中的話都引自儲一天的《不要怕算舊賬》（5.18.四川日報）和他在文聯座談會上的發言（6.21.四川日報）」，由此，他這篇短文是對儲一天言論的集中梳理和批判。〔註 88〕而茱萸對葉隆的批判，則是整個批判中的一個小插曲。在 1957 年第 7 期《草地》上葉隆發表了《關於評介詩的意見》，認為《吻》只是抒寫了作者「一剎那的一點感觸」，並沒有什麼社會根源和歷史根源。〔註 89〕葉隆為《吻》辯護，實際上也是對「草木篇」批判中「追查政治歷史」這一事件的反駁。不過，他的文章馬上就受到了茱萸的批判，「一個人所以會寫出色情的東西來，不能說是沒有歷史根源和社會根源的，不能說色情的東西，不是資產階級的東西。」〔註 90〕在四川文藝界已經高調展開對「草木篇」和流沙河批判的時候，葉隆還要在四川文藝界的機關刊物上發表「反批判」文章，這種行為本身就是值得懷疑的。如果葉隆的文章是真實的，那也應該是在「草木篇反批判」時期寫出的文章。因此，此時《草地》上葉隆文章，實際上是作為一個批判靶子而發表的。第四，在這期《草地》的批判文章中，核心點仍然是對《草木篇》的批判。四川師範大學教師潘述羊，就繼續批判了「詩無達詁」等相關觀點，「評價一篇文藝作品，政治標準是首要的。這一點是馬克思列寧主義美學原則的精髓所在。

〔註 86〕賃常彬：《〈暗礁〉是一組什麼詩》，《草地》，1957 年，第 8 期。
〔註 87〕方勉：《流沙河的又一支毒箭》，《草地》，1957 年，第 8 期。
〔註 88〕叔敏：《騎士的沒落》，《草地》，1957 年，第 8 期。
〔註 89〕葉隆：《關於評介詩的意見》，《草地》，1957 年，第 7 期。
〔註 90〕茱萸：《我嗅到了一種氣息》，《草地》，1957 年，第 8 期。

像肖長濬那樣賣弄學術名詞，摒棄毛主席在延安文藝座談會上的講話中所指示的精神，而另外抬出一個所謂的美術原則，並且有意地把它和『政治標準』對立起來，那就很容易使人想到項莊舞劍的故事了。」〔註 91〕潘述羊這篇文章，總體上是比較溫和的。與施幼貽一樣，潘述羊同為四川師範大學的教師，此時他們在《草地》上進一步發表批判文章，也都應該是一項政治任務。對於「詩無達詁」，默之也認為，「言下之意，一切的詩歌評論都是多餘的，都該取消。因為只有作者自己說的話才算數。真是意想天開！」〔註 92〕另外，四川大學學報的田原也重新談到了「追查政治歷史」的問題，「他們企圖以所謂『追查政治歷史』的口實來否定文藝批評的政治標準。不過是徒勞無益的妄想而已。」〔註 93〕關於田原，我們前面已經有介紹。他這篇批判文章，也僅僅是為此前他自己的觀點辯護而已。總之，此時他們對《草木篇》的繼續批判，既是一種姿態，也是一項政治任務，由此形成了全面批判《草木篇》的壓倒性氛圍。

九月的《草地》，對四川文藝界右派的批判，可說是相當激烈的。在這一期《草地》上，除了有詩漫畫《向右派追擊，追到底！》之外，還有山莓《斥「藝術超階級論」者》、溫莎《隱士與吃肉的顯士》、田海燕《四川有條「流沙河」》、楊莆《奇怪的邏輯》、履冰《從一隻「死蚊子」談起》、楊禾《流沙河的詩注腳》、席方蜀《王季洪射出的兩支毒箭》、袁珂《從張默生〈談西遊記〉到他的〈西遊記研究〉》等文章。首先，在山莓的《斥「藝術超階級論」者》中，他著重強調了藝術的階級性問題，「其實，流沙河、茜子、丘原等何嘗不清楚，在階級社會裏，如果作不成超階級的人，也就作不出超階級的文章來。作不成而又要作。這是何苦來！答曰：就是為了他們的階級性。他們的階級性是反動的。」〔註 94〕而對流沙河《告別火星》的批判，可以說是這期《草地》的一個重點。楊禾對流沙河詩集《告別火星》的批判，是其中的代表。他是以「注」的形式來展開對《告別火星》中流沙河的階級對抗立場展開批判，「他對現實有極大的牴觸情緒，他的立場是與放對立，因對立而不安的，對於眼前的景象，他就一下聯想到：當他生命的小舟在階級鬥爭的驚濤駭浪裏，是

〔註 91〕潘述羊：《對「批評家的批評家」的剖析》，《草地》，1957 年，第 8 期。
〔註 92〕默之：《從「詩無達詁」想到的》，《草地》，1957 年，第 8 期。
〔註 93〕田原：《所謂「追查政治歷史」之類》，《草地》，1957 年，第 8 期。
〔註 94〕山莓：《斥「藝術超階級論」者》，《草地》，1957 年，第 9 期。

時刻要遭到危險的，他應該學習著像輪船上的『船長』那樣穩穩的『掌舵』，時刻警覺聽著階級鬥爭的波浪起伏的訊息，想辦法把每一個沒頂之虞躲過。」另外一方面，該文也分析了流沙河《告別火星》中「對現實抱了對抗和逃避的態度」〔註 95〕。在現實中，楊禾與流沙河之間也並無個人交集。據記載，楊禾，原名牛樹禾，山東安丘人，1949 年後歷任重慶大學中文系副教授，係中國作家協會重慶分會，四川省作家協會專業作家〔註 96〕。那麼，楊禾對流沙河的批判，表面上看是一種「偶然」。但從時代背景來說，楊禾參與到批判之中，則是一種必然。在對流沙河的批判，他不僅對流沙河詩集《告別火星》展開批判，也延伸到流沙河的其他作品，這表明他也是非常熟悉「草木篇」批判的。這一期中楊莆的《奇怪的邏輯》，是對流沙河的《也談「有的人」》的批判。在文章中，楊莆一眼就辨認出了綠芳是流沙河的筆名〔註 97〕，這表明他非常瞭解流沙河，或者說他的批判應該也是四川省文聯的授意。此時楊莆是共青團四川省委宣傳部的科長，他更以筆名木斧名世。〔註 98〕關於木斧或者說楊莆與流沙河之間的個人關係，我們也難以知曉。不管怎樣，此時的他也積極參與到批判之中。

在這些批判文章中，田海燕的批判文章《四川有條「流沙河」》比較有意思。在文中，他以對現實的一條名為「流沙河」河流的考證出發，來展開對詩人流沙河的批判。他說，「寰宇記：漢水在漢源縣西北二十里，從和孤鎮山谷中，經飛越縣界至通望縣合大渡河，不通舟楫，每至春多，有瘴氣中人為瘧……』原來流沙河的『不通舟楫』而又以『瘴氣中人為瘧』，正是『詩人——流沙河』志願的實質和伎倆，有些天真的人的確中了瘴氣，害了瘧疾。」〔註 99〕田海燕所說的流沙河，正是四川雅安市漢源縣境內的一條河流。在上一期《草地》對流沙河詩歌《暗礁》的批判中，田海燕就參與了這次批判，寫過批判文章《〈暗礁〉也是毒草》。而在這一期，他又從一條河「流沙河」而展開批判，可見他對《草木篇》批判是比較積極的。那麼，他為何如此積極呢？

〔註 95〕楊禾：《流沙河的詩注腳——〈告別火星〉簡釋》，《草地》，1957 年，第 9 期。

〔註 96〕詞條「楊禾」，《四川人才年鑒》，劉茂才主編，成都：四川人民出版社，1996 年，第 302 頁。

〔註 97〕楊莆：《奇怪的邏輯》，《草地》，1957 年，第 9 期。

〔註 98〕《中國文學家辭典 現代》，第三分冊，北京語言學院《中國文學家辭典》編委會，成都：四川文藝出版社，1985 年，第 57～58 頁。

〔註 99〕田海燕：《四川有條「流沙河」》，《草地》，1957 年，第 9 期。

作者田海燕，正是延安「海燕事件」中的田海燕。在1957年第3期的《草地》上，發表的《邵子南與民間文學——山城憶語》一文，透露了他的一些個人信息。〔註100〕結合田海燕的《小傳》〔註101〕，以及在張林冬口述，田子渝整理的《延安新聞界的兩個事件》和王維玲《由〈十老詩選〉想到的田海燕》中，我們可以較為全面地瞭解田海燕的相關情況。關於田海燕，其中值得注意的有三個關鍵點：「採訪自由」問題、「逃離延安事件」，以及建國後擔任交通部長江流域航運規劃組組長的經歷〔註102〕。那麼，回到「草木篇」批判中，田海燕之所以積極介入到「草木篇」批判中，其目的便是以對「流沙河」的積極批判，來減輕自己的歷史問題。我們看到，直到文革期間，「逃離延安事件」，仍是田海燕的一個嚴重的歷史問題。而建國後田海燕的職務是交通部長江流域航運規劃組組長，所以他對長江的相關支流也就非常熟悉，此後他還與人聯合發表過文章《初論金沙江近期通航問題》〔註103〕、《再論金沙江近期通航問題》〔註104〕等文章。因此，此時田海燕將漢源縣境內的流沙河，與詩人流沙河結合起來，可以說是《草木篇》批判的一大創造。當然，與其他所有的人一樣，參與到《草木篇》批判，僅僅是田海燕生命中的一個小事件，這也絲毫沒有否定他作為記者時追求「採訪自由」的那種大膽和勇敢之心。不過，也正是由於田海燕們每個人生命中這些介入批判《草木篇》的「小心思」，就共同掀起了這個時代的「大浪潮」。

在這一期雜誌上，還有一篇值得注意的是席方蜀的批判文章《王季洪射出的兩隻毒箭》。我們知道，在此前的「吻」批判和「草木篇」批判中，王季洪都較為積極，寫過批判文章。然而，在1957年第6期《草地》上王季洪卻發表了《教條主義與清規戒律》一文認為「四川日報有毛病，主要是教條主義」，還提出了三條根據，這就很值得注意。而席方蜀的批判文章，也就是圍

〔註100〕田海燕：《邵子南與民間文學——山城憶語》，《草地》，1957年，第3期。

〔註101〕《中國兒童文學作家成名作（童話卷）》，浦漫汀選編，合肥：安徽少年兒童出版社，1995年，第229～230頁。

〔註102〕張林冬口述、田子渝整理：《延安新聞界的兩個事件》，《炎黃春秋》，2003年，第6期。王維玲：《由〈十老詩選〉想到的田海燕》，《黨史天地》，1999年，第3期。

〔註103〕田海燕、王延林、文效光：《初論金沙江近期通航問題》，《人民長江》，1958年，第6期。

〔註104〕田海燕、王延林：《再論金沙江近期通航問題》，《人民長江》，1958年，第10期。

繞王季洪的這「三個根據」展開的。如涉及到「四川日報文藝組在今年 2 月 19 日發出的組稿信」問題，王季洪認為這是四川文藝報批判工作的「出題作文」，是四川文聯「自上而下」有組織批判的具體體現。對此，席方蜀認為，「這封信既不是命題作文，也不是在全面的寫報告，更不是在預先做結論，而只是給文藝工作者介紹了一些文藝界的思想情況。」所以，席方蜀得出結論，「這就是王季洪說四川日報是教條主義的三條論據這三條都站不住腳。一言以蔽之，歪曲事實，惡意誣衊，其伎倆與全國的右派分子如出一轍。」進而，席方蜀還批判了王季洪另外三個方面的問題。如「醜化文藝幹部」，「他要寫某一首長在住醫院時打過護士的耳光，當這位首長快死的時候，護士反而哭起來了。這樣的故事顯係捏造。」以及強調「強調衡量文藝作品應該是藝術標準第一，政治標準第二」「誣衊肅反運動」等。〔註 105〕總之，從《草地》上的這些批判文章來看，四川文聯一直是「草木篇」批判的主要組織者和策劃者。這些批判文章，不僅是《草木篇》批判的主要力量，而且也為相關的批判文章指引了方向，在整個《草木篇》批判中具有引領性的作用。

二、《四川日報》

四川文聯對流沙河的批判，主要是在主辦刊物《草地》上。而四川省委宣傳部等對流沙河和《草木篇》的批判文章，則主要是出現在《四川日報》等報紙上。《草地》雜誌和《四川日報》，一同構成了四川文藝界對《草木篇》批判的兩翼。當然，四川省文聯與四川省委宣傳部對流沙河及《草木篇》的批判，並不能以不同載體而截然分開，只不過是不同的主陣地罷了。與《草地》上的從學理探討和歷史總結的文章相比，《四川日報》和《成都日報》上的批判文章，就要直接得多，而且火力十足。

在 7 月份的《四川日報》上，主要有這兩個方面的內容：第一，集中報導了 6 月 28 日的「第十次整風座談」和 6 月 29 日的「第十一次整風座談」，高調地展開了對流沙河的批判，「發言者中，許多人義正詞嚴地駁斥了流沙河和張默生的錯誤言論，並且揭露了流沙河、石天河、儲一天等反對黨的領導的言行。青年詩人傅仇等還對文匯報記者范琰有意識地歪曲省文聯批評流沙河真相，宣傳所謂對流沙河進行政治陷害，提出抗議，並且指責了文匯報在

〔註 105〕席方蜀：《王季洪射出的兩支毒箭》，《草地》，1957 年，第 9 期。

宣傳報導中的資產階級方向。」〔註106〕第二，重點報導了四川大學對張默生的批判，「大家揭發、批判了張默生（民盟）的反對黨的領導反對社會主義的右派言行。」〔註107〕特別是四川大學學生虞進生對張默生的揭發，「四川大學中文系學生虞進生6月28日親筆寫了一份書面材料，揭發該校中文系系主任張默生（民盟）在學生中散佈的反對黨的領導、反對社會主義的右派言論。」〔註108〕第三，也繼續展開了對「文匯報」的批判。如轉載了《文匯報的資產階級方向應當批判》一文，「嚴重的是文匯報編輯部，這個編輯部是該報鬧資產階級方向期間掛帥印的，包袱沉重，不易解脫。……民盟在百家爭鳴過程和整風過程中所起的作用特別惡劣。有組織、有計劃、有綱領、有路線，都是自外於人民的，是反共反社會主義的。」〔註109〕在7月2日的《四川日報》轉載了文藝報社論《反對文藝隊伍中的右傾思想》，「當黨內外同志用積極態度幫助黨改進工作的同時，有一部分自稱為馬克思主義者的作家們，卻唱出了修正主義的調子。他們把黨的領導工作描寫成漆黑一團，以便從根本上否定黨的領導。對這種現象，我們是不能夠閉口無言的。」〔註110〕由此看到，《四川日報》也在是現有基礎上開展了相關的批判。在這一時期《四川日報》上，也出現了比較有意思的批判文章。如崔鋒的《孺子篇》，在第一部分《右派分子的自供》中就提到了反右過程中的「誘敵深入」這樣一個較為危險的問題；在第二部分《「開脫」不了》中另提到，「有這麼一位自命為『愛才』的『青年導師』，卻硬說流沙河在『草木篇』中所暴露出來的反黨反社會主義的本質，是無意識的。」〔註111〕我們看到，崔鋒本身並沒有對《草木篇》有多麼透徹的分析，而他的文學觀點主要體現在《生活與創作》的一篇發言稿中，即「既要紅，又要專」、「既要掌握馬克思列寧主義的世界觀，又要掌握高度

〔註106〕《省文聯繼續舉行作家、詩人、批評家座談會 駁斥張默生流沙河等的錯誤言行 傅仇對文匯報歪曲報導有關「草木篇」問題提出抗議》，《四川日報》，1957年6月29日。

〔註107〕《川大教師批判張默生右派言行 並揭露石天河曾找過張默生支持流沙河》，《四川日報》，1957年6月29日。

〔註108〕《四川大學中文系學生虞進生揭發 張默生在學生中散佈右派言論 說黨中央在利用民革打擊民盟和其他民主黨派，並說某些胡風分子受了冤枉》，《四川日報》，1957年7月1日。

〔註109〕《文匯報的資產階級方向應當批判》，《四川日報》，1957年7月1日。

〔註110〕《反對文藝隊伍中的右傾思想》，《四川日報》，1957年7月2日。

〔註111〕崔鋒：《孺子篇》，《四川日報》，1957年7月4日。

的創作技巧。」〔註 112〕所以，此時崔鋒的文章，則是讓我們看到了對流沙河等人的批判的一種全方位、多層面的態勢。

王季洪的《「達詁」在此》則是《成都日報》上一篇較為特別的文章。我們知道，在「草木篇」批判的核心問題中，正如陳犀所總結的「草木篇是什麼」、「草木篇如何解釋」這兩大問題。而 7 月 16 日《成都日報》發表了王季洪的《「達詁」在此》對《草木篇》以作「注釋」的形式，來回答這兩個問題。他對《草木篇》中的五篇作品分別作「注」，如在《白楊》中，其「注」是這樣的：

詩：她，一柄綠光閃閃的長劍，孤伶伶地立在平原，高指藍天。

注：流沙河曰：「我，一個十九歲的毛桃子，孤獨而消沉了。在百花齊放的今天，文匯報記者范琰歎曰：『流沙河同志沉重地低下了頭，默默無言了許久。』」

詩：也許，一場暴風會把她連根拔去，

注：流沙河曰：「在這裡（洪按：指新中國），在目前情況下（洪按：指社會主義建設高潮中），我不願寫文章，因為怕！」

又曰：「難堪的歲月開始了。」

（參看農民揭發流沙河在土改中的表現）

詩：縱然死了吧，她的腰也不肯向誰彎一彎！

注：流沙河曰：「老子要罷工！老子要造反！」

王季洪對《草木篇》其他的幾首作品中，也一一用流沙河的言論來作「注」，將《草木篇》中的句子與流沙河的言論天然地結合起來，形式是非常獨特的。另外的幾首，也都這樣作「注」的。如《藤》，「詩：他糾纏著丁香，往上爬，爬，爬……喘著氣，窺視著另一株樹……注：流沙河曰：『我為中國知識分子的『軟弱』感到羞恥！』（洪按：既云『中國知識分子』，自然罵的不是某一個人，而是全體）」；《仙人掌》，「詩：它不想用鮮花向主人獻媚，遍身披上刺刀。」「注：石天河曰：『把老子惹毛了，老子就要殺人！』、又曰：『我要帶人打四川日報！』流沙河曰：『要是在匈牙利，我也要拿起槍桿子幹！』」而句子「詩：在野地裏，在沙漠中，她活著，繁殖著兒女。注：流沙河曰：『我寧願到資本主義國家裏去當一個自由的貧困兒！』」在對於《梅》的「注」中，

〔註 112〕崔鋒：《生活與創作——學習〈文藝戰線上的一場大辯論〉的體會》，《草地》，1958 年，第 5 期。

王季洪強調了流沙河的「不敢忘」。因為流沙河曾引用過吳越戰爭故事：「宮人提醒他（夫差）：『爾忘殺父之仇乎』，夫差回答：『不敢忘，不敢忘！』那麼我（按流沙河自謂）也這麼回答吧：『不敢忘……』」〔註113〕總之，王季洪「達詁」的一個重要的特點在於，並不就詩而談詩，而是用流沙河此前所發表的反動言論來為《草木篇》作「注」，來重新闡釋《草木篇》的主題及內涵，這樣對《草木篇》的批判也就完全成立了。另外，方村在《骨頭的硬與軟》，則重點批判了流沙河的相關言論，「知識分子思想改造越改越壞」，「我為中國知識分子軟弱而感到羞恥。」〔註114〕

八月份的《四川日報》逐漸改變了批判形式，主要是以詩歌、漫畫的形式來展開批判，與刊登的長篇理論文章的《草地》相互呼應。這些詩、畫批判的對象，集中於石天河。8月3日配有胡子淵的圖片《右派分子石天河的路》〔註115〕，在圖中石天河舉著寫有「反教條主義」的旗幟，並高喊「走在我們前面的人跌倒了，我們不訕笑他。但更重要的還是吸收經驗教訓，另闢新天地，走另外的新的路。」由此清晰地表明，石天河是胡風份子，在重走胡風之路。作者胡子淵，此時在四川文聯工作，早在1955年陳犀改編馬峰的作品《韓梅梅》時，便是由胡子淵作的畫，所以他也發揮自己的特長參與到反右鬥爭之中。傅仇則以詩歌形式，寫下了《不可摧毀的銅牆鐵壁》一詩，並在詩歌前附上「前言」，「右派分子流沙河向黨猖狂進攻的時候，右派分子石天河的信徒徐中榮馬上給他寫信，『歡呼』起來：『你這次的發言，已經震動了他們的銅牆鐵壁，雖還不算大的要害，但也足以使其三天三夜輾轉反側了。他們絕不會就此罷休！您要更小心！』」〔註116〕進而傅仇在詩歌中大喊口號，批判石天河，「你們一聲吶喊，舉起黑旗，／你們『放』了一排炮，向黨猖狂攻擊，／你們看見頭上烏煙升起，／就沖昏了頭腦，洋洋得意！／／你們別忙著喝采，別忙歡呼『勝利』，／你們作了混用錯誤的估計！／你們幾個破喇叭，幾隻狼毫筆，／休想動搖銅牆鐵壁的根基！／／……這一回，你們闖來砸了壁，／可試出了銅牆鐵壁的威力！／這一回，倒可震動一下你們的肝膽，／讓頭腦清醒一些，聽我們歡呼勝利！」傅仇的詩歌，實際上僅僅是一些政治口號

〔註113〕王季洪：《「達詁」在此》，《成都日報》，1957年7月16日。
〔註114〕方村：《骨頭的硬與軟》，《成都日報》，1957年7月17日。
〔註115〕胡子淵：《右派分子石天河的路》，《四川日報》，1957年8月3日。
〔註116〕傅仇：《不可摧毀的銅牆鐵壁》，《四川日報》，1957年8月5日。

而已，更多的呈現出一種對石天河的批判態度。另外，此時的《成都日報》，也持續地展開著對石天河批判。8 月 13 日，《成都日報》發表了王吾的《寶刀・肥皂・春熙路的鐘聲》，繼續批評遙攀、流沙河、萬一的作品及其言論。比較有意思的是這其中的一篇文章《流沙河的肥皂》。在這裡，王吾通過流沙河的「看著一張匈牙利的郵票」，以及「朋友，請相信吧！他們有自己的肥皂！」這樣一點細節，便開始施展想像，最後得出結論，「有自己的肥皂，這是什麼意思？為什麼突然從天外飛來這兩句驚人之筆呢？仔細一想，這並不難理解：反對蘇聯出兵幫助匈牙利鎮壓叛亂！右派分子的筆法，妙就妙在這裡：似是而非，似偽而詐，似真而偽，似忠而奸。不管怎樣拐彎抹角，總是要露出他們反對社會主義制度的本意來。」〔註 117〕可見，此時的流沙河就是一隻死老虎，各位批判者主動出擊，他們完全可以從任何一點情況，憑藉各種想像來展開對流沙河的批判。而且對於流沙河來說，他的任意一句話、任意一首詩，以及他所接觸到任何一個物，他所做的任何一件事，都會被認為有著不可告人的秘密，甚至有的成為驚天的陰謀。如 8 月 17 日《成都日報》上發表的徐抒的詩《擲向流沙河》，就是針對流沙河的一句話「寧肯到資本主義國家去作個自由的貧困兒」這句話而寫的一首批判詩。詩歌的開始提到，「你留戀反動統治時代給你的『好處』」，然後在第二段寫到「可是正直的人們告訴你實情」，最後對流沙河批判說，「把『貧困兒』和『自由』連在一起，／這不僅是無知，也是無恥。／當然，也可以說「貧困兒」有自己的「自由」——／可是：得先試試你那纖細的腿，／能不能碰過粗暴的鐵蹄；／你那軟弱的頸項，掛不掛得起／標明乞討的沉重的木牌……」〔註 118〕徐抒便是從流沙河的一句話開始，同時以「纖細的腿」和「軟弱的頸項」等人身攻擊的方式，來攻擊流沙河，可謂竭盡「批判」之能事。

九月份的《四川日報》，此時作為「小集團首腦」的石天河受到越來越多的批判，對石天河的批判也更加集中。9 月 12 日，《四川日報》副刊《百草園》就刊登了蕭然的《衣缽真傳》、陳犀的《如此多情——讀石天河之流的黑信有感》、洛軍的《羅有年要什麼樣的自由》等多篇文章，其中兩篇是針對石天河的。陳犀的詩歌《如此多情——讀石天河之流的黑信有感》，是以《文匯報》上刊登的石天河的往來信件為基礎來寫就的一篇批判詩歌，「有一封奇怪

〔註 117〕王吾：《流沙河的肥皂》，《成都日報》，1957 年 8 月 13 日。
〔註 118〕徐抒：《擲向流沙河》，《成都日報》，1957 年 8 月 17 日。

的信，／一張信紙套了兩個信封；／有一封奇怪的信，／一個收信人轉了三個地名。／／一封信上寫著：親愛的，／你要保護身體，多多珍重；……不！這是右派的黑信！／這是右派的攻守同盟！／脈脈含情的語言是外衣，／骨子裏卻藏著一顆殺人的黑心！」〔註 119〕從整理《草木篇》座談的紀要之後，陳犀就一直在關注著《草木篇》的問題。雖然他並沒有進一步寫出有份量的理論批判文章，但他卻以詩歌的形式，從往來信件展開了對石天河別具一格的批判。批判者陳犀，原名蕭丁，1949 年高中肄業到中國人民解放軍二野軍政大學學習，同年進軍西南。先後在四川樂山地委宣傳部、省委宣傳部從事理論教育工作，曾任《新樂山報》代編輯部主任。1957 年調四川省文聯工作，先後在《草地》、《峨眉》、《四川文學》、《星星》編輯部任作品組組長、編輯部副主任、領導小組成員、副主編。〔註 120〕所以，最初在介紹初期《星星》批判時陳犀還有著相對中性的態度，但此時也只能成為了一個激進的批判者。在這個階段《四川日報》的批判文章中，比較紮實的是《草地》編輯蕭然的文章《衣缽真傳》。此時，蕭然毫不留情地將石天河置於「胡風反革命集團」中，並且還將石天河與綠原並列，「從那一個『中美合作所』的綠原，到這一個『中美合作所』的石天河，也許正如 1952 年的那一個 5 月間，胡風給綠原密信指示在整風中要避免牽連時所說：『誰和誰也不是穿連襠褲的』。」〔註 121〕正如蕭然凌厲的批判一樣，此時的文聯，必須不斷重提石天河自身相關的歷史問題，才能保證批判的合理性。我們知道，在此之前《草地》編輯蕭然就已經揭發過石天河。在 7 月 20 日的《四川日報》上，就有《蕭然揭露石天河向流沙河等不斷指示向黨進攻的策略，並指出石天河原來在息烽中美合作所受過特務訓練》一文。但是在那次揭發中，蕭然主要是以石天河的信件為批判對象。而關於石天河在「息烽」的問題，在《四川日報》的報導中僅僅提了一句。那麼蕭然的這篇文章，便是前一次揭發石天河的補充和深化。

同樣此時的《四川日報》對流沙河的批判，也並沒有停止，對其政治觀點、藝術觀點的批判又都有了新的進展。雁翼寫出了批判流沙河的詩歌《給流沙河》，「假如你生長在華盛頓，／你定是個很好的臣民，／像你老子一樣

〔註 119〕陳犀：《如此多情——讀石天河之流的黑信有感》，《四川日報》，1957 年 9 月 12 日。

〔註 120〕詞條「陳犀」，《中國文學家辭典 現代》，第四分冊，《中國文學家辭典》編委會，成都：四川文藝出版社，1985 年，第 262～263 頁。

〔註 121〕蕭然：《衣缽真傳》，《四川日報》，1957 年 9 月 12 日。

手握著『自由』，／你們歡樂，眾人呻吟。／／假如你生成在華盛頓，／杜勒斯定會稱讚你的作品，／像你老子一樣嘴裏念著『自由』，／心裏卻計算著如何吃人。／／可惜你生成在解放了的中國，／你過去的奴隸做了國家的主人，／你老子早就伴著你們的制度死亡了，／只留下你這個發黑的毒惡的靈魂。」〔註 122〕在這裡，雁翼也緊緊揪住流沙河的「自由」等言論問題而展開。而這是，《四川日報》上最有理論深度的從文藝理論出發的批判文章，是 9 月 14 日發表的黎本初的《是反對教條主義還是復活胡風思想？——斥右派分子石天河、流沙河等的反動藝術理論》一文。在進入到反右鬥爭之後，對流沙河的批判，幾乎無一例外地著力於流沙河的政治言論的批判。但在黎本初的批判文章中，則回到了流沙河批判的起點，即對流沙河的文藝理論展開了一次全面的反駁和批判，這是非常值得注意的。他從五個方面進行了批判：一是「他們反對馬克思列寧主義是我們的指導思想」；二是「他們反對黨對文藝事業的組織領導」，「他們千方百計反對黨的領導，無非是與全國的右派分子採取一致的行動，先篡奪黨對文藝事業的領導，然後進一步奪取全國的領導」；三是「他們還反對為工農兵服務，為政治服務的方針」；四是「他們還反對文藝批評上的政治標準，強調所謂『藝術性』」；五是「在創作方法上，他們反對社會主義現實主義」。進而，黎本初最後得出結論說，「他們的理論和胡風的五把刀子如出一轍」，「我們粗略地把他們所謂『理論』拿來展覽一下，原來是向社會主義攻擊的五支毒箭，而且使我們驚訝的是，這與胡風所謂五把刀子多麼相似！胡風說不要先進的世界觀，他們就直截了當的說不學馬列主義；胡風罵我們是『題材差別論』，他們就罵我們是『題材分類學』；胡風說新文藝的新生力量『被悶得枯萎了』，他們就說文藝界的現狀是『結冰』『淒厲』；胡風說社會主義現實主義與舊現實主義沒有區別，他們就說社會主義現實主義還有爭論。這簡直是無獨有偶，一對鑾好的雙生兄弟！」〔註 123〕從批判的內容和方式來看，雖然黎本初只談流沙河的理論，但實際上在批判過程中，依然還是以「指導思想」、「黨的領導」、「工農兵」、「政治標準」這幾個方面作為依據，也就並沒有對流沙河的文藝思想本身有多深的挖掘和反思。李本初對於流沙河的文藝理論分析，實際上只是一次政治批判的翻版而已。而值得

〔註 122〕雁翼：《給流沙河》，《四川日報》，1957 年 9 月 6 日。

〔註 123〕黎本初：《是反對教條主義還是復活胡風思想？——斥右派分子石天河、流沙河等的反動文藝理論》，《四川日報》，1957 年 9 月 14 日。

注意的是，在文末作者的「注」中還提到：「文中所引右派分子石天河等人的論點，係據6、7月份四川日報所報導的材料，以及石天河未發表的論文『天有頭乎』、流沙河在去年四川創作會議上『詩歌問題』發言。」在這裡，黎本初專門提到了石天河未發表的論文「天有頭乎」，這讓我們看到在對批判過程中對石天河文字的收集和整理，可以說已經到了無孔不入的地步。

另外，被捲入到「草木篇」事件中的李劼人和張默生的問題也是《四川日報》批判的重點。在《李劼人思想深處還潛藏著與黨、與社會主義相對立的右派情緒 蕭崇素代表的發言摘要》中，蕭崇素批判了李劼人，「李劼人代表在這次右派分子向黨猖狂進攻中，就發出過一些錯誤言論，在當時對右派分子的讕言狂語起了一定的配合助長作用。」其中也就提到了李劼人在「草木篇」事件中的問題〔註124〕。而張默生《向人民低頭請罪 張默生代表的發言摘要》的檢討中，則完全凸顯出了他自己的政治問題，而忽視了所提出的「詩無達詁」理論，「我是一個右派分子，我犯了反黨反社會主義的罪，我在此向人民低頭請罪。」此時張默生的民盟黨員等問題，已經遠遠大於了《草木篇》事件中的問題。當然，四川文藝界也並非因此就會忘記張默生，他已經成為了四川文藝界小集團的「右派將軍」，是四川文藝界右派鬥爭的重要組成部分。〔註125〕

三、《重慶日報》和《紅岩》

此前，重慶文藝界對《草木篇》的批判，主要是在《紅岩》雜誌上展開的。但值得注意的是，較少直接介入到「《草木篇》批判」的《重慶日報》，此時也高調轉入到了《草木篇》批判中。7月2日的《重慶日報》，就以《省文聯舉行座談會向右派展開反擊 揭露流沙河敵視新社會的真實面目》為題，首次報導了四川省文聯28、29日的座談會。同時還將蕭然、陳欣的發言摘要分別以《蕭然揭露流沙河仇恨共產黨的本質》、《陳欣揭露石天河流沙河等互相勾結向黨進攻》為題予以刊登，並且還重刊了《請看金堂縣秀水鄉十一個社員的來信 流沙河為什麼仇恨新社會？》這封重磅「金堂來信」。〔註126〕可見，

〔註124〕《李劼人思想深處還潛藏著與黨、與社會主義相對立的右派情緒 蕭崇素代表的發言摘要》，《四川日報》，1957年9月1日。

〔註125〕《向人民低頭請罪 張默生代表的發言摘要》，《四川日報》，1957年9月1日。

〔註126〕《省文聯舉行座談會向右派展開反擊 揭露流沙河敵視新社會的真實面目》，《重慶日報》，1957年7月2日。

此時《重慶日報》對於《草木篇》事件是相當重視的。

值得注意的是，在四川文藝界的「《草木篇》批判」已經一邊倒的時候，而且《重慶日報》已經轉載了《省文聯舉行座談會向右派展開反擊 揭露流沙河敵視新社會的真實面目》之後，7 月份的《紅岩》雜誌卻出現了兩篇支持《草木篇》的文章。當然，「亂彈」本身就是《紅岩》一個重要欄目。如在 6 月份的《紅岩》上，不僅有張澤厚的《社會主義現實主義是現代文學發展的正確道路》、溫莎《生活——詩的土壤》，而且也刊發了一組被稱為「亂彈」文章，包括湛盧的《仙人掌》、何牧的《「大膽」和「盲目」》，柏伯爾的《請尊重獨創性》等文章。由此，7 月份的《紅岩》也同樣在「亂彈」一欄中，發表了具有鮮明的「雜文」特色文章。第一篇文章，是柏伯爾的《從捕殺麻雀想到的》。作者柏伯爾一上來就從「科學態度」開始，直接批評了「草木篇批判」的粗暴姿態，「恕我直說，我就頗傷心這種缺乏科學態度的批評或反批評的風氣。」〔註 127〕當然，對於「草木篇批判」中態度粗暴的問題，一直都有人在提出，而且在 7 月份的《草地》中陳犀也專門談到了這個問題。但是，在 7 月份《草木篇》問題越來越嚴重的背景之下，柏伯爾為什麼還要批評《草木篇》批判中態度粗暴的問題呢？對於柏伯爾其人，我們沒有相關的資料，但他在 1956 年至 1957 年，一直都比較活躍。在《紅岩》上他還發表過《想起林娜的美》、《請重視獨創性》等文章，而且在重慶人民出版社編輯的《思想與生活》上也發表了文章《「過於執」的幽靈》。〔註 128〕從這些文章來看，柏伯爾所寫的都是雜文。那麼，從他個人的寫作風格來看，批評《草木篇》批判中的粗暴態度，或許是僅僅是由於柏伯爾的創作風格使然。第二篇是張滢寫於 6 月 1 日的《語言、文學的「厄運」》，則回顧了《星星》詩刊批判中的三大事件，「吻批判」「稿約批判」和「草木篇批判」。但在對「星星稿約」的批判中，張滢卻看到了「文學的厄運」。〔註 129〕我認為，張滢之所以反對批判《星星》詩刊，一個重要的原因在於 1957 年第 2 期的《星星》上發表過他的詩歌《老園丁的遺囑》，所以他才明確支持《星星》詩刊。但也正是這篇文章，可以說完全改變了張滢的命運。據介紹，張滢正是因為在反右中為《星星》詩刊受批評鳴

〔註 127〕柏伯爾：《從捕殺麻雀想到的》，《紅岩》，1957 年，第 7 期。

〔註 128〕柏伯爾：《想起林娜的美》，《紅岩》，1956 年，第 10 期；柏伯爾：《請重視獨創性》，《紅岩》，1957 年，第 6 期；柏伯爾：《「過於執」的幽靈》，《思想與生活》，第 15 輯，重慶：重慶人民出版社，1957 年。

〔註 129〕張滢：《語言、文學的「厄運」》，《紅岩》，1957 年，第 7 期。

不平，被錯劃右派，流放涼山二十二年。〔註 130〕當然，從張澶文章末尾標注的寫作時間「1957.6.1」來看，當時正處於整風運動的高漲時期，所以張澶寫這篇支持《星星》詩刊的文章是完全可以理解的。同樣，也可以看到這期《紅岩》上柏伯爾的文章，也應該是寫於整風運動時期，而不是在反右鬥爭中。那麼，為何會這樣？將他們寫於整風運動期刊的文章，在反右鬥爭期間發出來，是反右鬥爭的需要，也與他們個人的歷史原因有關。此時將柏伯爾的文章發表出來，原因就在於他常常以雜文來揭露和批判社會，引起了文聯的不滿。而此時發表張澶的文章，則在於他的個人歷史。據相關回憶介紹，「他同家嚴文祖森係患難之交。五十年代初他在《西南工人日報》當編輯時，家嚴是該報通訊員。他曾為家嚴的一篇文章配發編者按，刊於頭版，不料竟成為他被劃右派的『罪狀』之一。後來，他倆『右派』同入囹圄，直到黨的十一屆三中會全以後，沉冤才得以昭雪。」〔註 131〕所以從這一事實來看，這是《紅岩》刊發張澶為《星星》辯護的文章《語言、文學的「厄運」》的一個重要原因。很快，這兩篇辯護文章就受到關注，《人民日報》還專門刊文予以批判。雁序在《「紅岩」的「亂彈」》中評說，《紅岩》上有四個「亂彈」，前面「兩個」便是柏伯爾的《從捕殺麻雀想到的》和張澶的《語言、文學的「厄運」》。他批判說，「『亂彈』中的一彈是『從捕殺麻雀想到的』，作者從報紙上關於麻雀是否害鳥、應否捕殺問題的討論——即他所謂『一宗小小的麻雀公案』，把筆鋒轉到為『草木篇』抱不平了，說批評家批評『草木篇』是棍子。他說對『草木篇』可以『不必窮追下去了』，應該『追』的倒是對它的批評態度！第二顆『亂彈』更明確地射出來了。有人批評了『星星』的稿約上不提社會主義現實主義，批評了一些人對文藝問題的『解凍』的提法，作者就認為這是語言文學的『厄運』了。」最後，作者還批判了《紅岩》雜誌，「自然，毒草不是不能放，但必須對它進行鬥爭。可是『紅岩』拋出這麼許多毒草，對反右派鬥爭卻根本不談，這到底是何居心！」〔註 132〕雁序是誰？為何這麼關注這兩篇文章？在特殊時期，其實這一追問也沒有多大的意義了。進而，在 9 月號《紅岩》的《讀者鑒別》欄目中，也不得不繼續發表相關批判文章，就有陳宗偉的

〔註 130〕李一痕主編：《張澶》，《當代抒情短詩千首》，北京：人民文學出版社，2008 年，第 169 頁。

〔註 131〕文文：《真情集》，北京：中國三峽出版社，1999 年，第 197 頁。

〔註 132〕雁序：《「紅岩」的「亂彈」》，《人民日報》，1957 年 8 月 3 日。

《柏伯爾的惡毒用心》和敖其智的《什麼「科學態度」？！》這兩篇批判柏伯爾的文章，以及范國華批判張澶的文章《駁所謂「厄運」》。陳宗偉批判柏伯爾說，「柏伯爾的謬論是和右派分子張默生一脈相承的。由此可見，右派分子還沒有完全孤立，他們還有應聲蟲。因此，我們還必須『窮追』下去，直到他們投降認輸為止！」〔註 133〕而敖其智從柏伯爾對「科學態度」的辨析開始，認為，「柏伯爾拿他所謂『一無所知』為『捕殺（麻雀）而捕殺』來比喻我們對『草木篇』的批評，就是為了誣衊我們對『草木篇』的批評是『為批評而批評』的。」〔註 134〕對於這兩位批評者，我們無法瞭解他們寫作的具體語境。而對於張澶的文章，范國華認為「如果把社會主義現實主義與批判的現實主義兩種不同的現實主義，不分主次，一視同仁，使其同樣地發展，那麼他的後果，才會給『文學、語言』帶來陣陣的『厄運』哩！」〔註 135〕儘管有了這樣一些批判文章，但此事並未就此結束。而這幾篇文章，也僅僅是 9 月號《紅岩》大批判中一個小插曲而已，隨之而來的是更大規模的批判文章。柏伯爾和張澶的這兩篇文章，最後還都收錄到了《「草木篇」批判集》的附錄中〔註 136〕，在當時的影響可見一斑。

在 8 月份的《紅岩》上，就大規模地組織了批判文章，並設置了《反對文藝戰線上的右派和右派言論》專欄。在這期專欄中，第一是重點是批判重慶作家劉盛亞和溫田豐。其中，杜若汀的《隱士與現代派隱士》和雁翼的文章《這樣的「朋友」》是對劉盛亞的批判，黃賢峻的《拿黨籍作賭注的人》是對溫田豐的批判。這些文章與《草木篇》批判的關聯不大，這裡就不再介紹。對流沙河和《草木篇》的批判，是這期專欄的另外一個重點。在對流沙河的批判中，楊禾的文章《「暗礁」原意——釋流沙河近作三首》可以說別開生面。與其他對流沙河的批判不同的是，楊禾並沒有圍繞著《草木篇》以及流沙河的「歷史問題」作文章，而是圍繞流沙河的近作《暗礁》而展開批判。當然，在批判過程中，雖然選擇的批判對象是新的，但楊禾其實也回到了流沙河的「歷史問題」這一老問題。如對於這三首詩，楊禾以「譯詩」的形式，結合流沙河的生平作了一番解讀。具體而言，如對於詩歌《暗礁》：「猙獰古怪的岩

〔註 133〕陳宗偉：《柏伯爾的惡毒用心》，《紅岩》，1957 年，第 9 期。

〔註 134〕敖其智：《什麼「科學態度」？！》，《紅岩》，1957 年，第 9 期。

〔註 135〕范國華：《駁所謂「厄運」》，《紅岩》，1957 年，第 9 期。

〔註 136〕見《「草木篇」批判集》（會議參考資料之七），四川省文聯編印，1957 年 11 月 10 日。

石算得了什麼？／只能嚇一嚇初次乘船的旅客。／躲在柔情脈脈的水底的暗礁，／卻能叫航遍江湖的水手害怕。（1957 年 3 月 3 日船入三峽）」，楊禾在「譯詩」之前專門加了「前言」，確定了批判的主題：「流沙河是四川某縣一個幾百石地主的兒子，行九，人呼之為『九少爺』。他父親是偽兵役科長，平日殘害農民，作惡多端，人民政府把他依法鎮壓了。土地改革時，農民令流沙河回家退押，農民對他很寬大。流沙河那次回家，看見了轟轟烈烈的農民革命。其後流沙河寫反映土改的小說，大肆歪曲土改運動，歪曲農民，一再犯傾向性的錯誤，組織上屢次教育他。而他的反動階級立場，卻頑強不變，對現實採取對抗態度，到了寫『草木篇』的時期，就發展得更厲害了。這首詩雖只有短短四行，其『概括性』卻極大。詩裏面的『旅客』也者，『水手』也者，其實是一個人，就是流沙河自己。」進而，楊禾還將《暗礁》進行了「譯詩」處理，內容為：「轟轟烈烈的土地改革運動算得了什麼？／只能嚇一嚇初到農村退押的沒經驗的『九少爺』。／／社會主義和平建設時代中所包含的階級鬥爭，／卻能叫鬥爭經驗豐富的流沙河也感到害怕。」由此，經過楊禾的「譯詩」，這首詩歌完全就成為了流沙河個人經歷的寫照。同樣，對於第二首詩歌《浪花》，也被楊禾做了新的解讀，「流沙河這首詩極力讚美反抗社會主義的頑強精神。流沙河宣言，只要有社會主義和反社會主義這兩種力量的存在，就會有激烈的階級鬥爭。而這種階級鬥爭是永不熄滅的。詩裏的『浪花』就是這個鬥爭的浪花。『草木篇』不過是鬥爭的浪花中的一個。」流沙河的詩歌《一滴水》也是這樣，「在這首詩里正是階級本能地表示他不肯改造思想，不肯轉變反動立場，相反，他企圖用自己的資本主義標準來改變我們的祖國面貌，來改造我們的社會秩序。」總之，經過楊禾的「譯詩」處理，他最後得出結論，「這三首詩都是露骨張目的反黨反社會主義的。他們對黨對讓會主義竟如此痛恨，對資本主義竟如此忠貞的追求。而且這三首詩作為一個組詩來看，第一首總結過去，第二首表現現在，第三首幻想未來，的確形成一套東西。可以說，它是向黨向人民的極其惡毒的挑戰書！在這裡，作者的頑強，特別令人觸目心驚。」〔註 137〕作為一名詩人，楊禾在批判中發揮了他詩人的想像力，結合流沙河的生平，讓這樣一組詩歌成為一組成系統的，而且是有著強烈政治訴求的詩歌。但是，在我看來，此時的流沙河已經成為了一個可以隨意批判的「箭垛」，所以楊禾也就可以向流沙河的詩歌射出任何「強制闡

〔註 137〕楊禾：《「暗礁」原意——釋流沙河近作三首》，《紅岩》，1957 年，第 8 期。

釋」之箭，並且得到歡呼。

與此同時，《星星》詩刊中的王峙的「情詩」也引起了楊禾的注意，進而寫了一篇批判文章，又引出了另外一位詩人王峙。此時的楊禾，據相關史料，為重慶大學中文系副教授，也是一位詩人。〔註 138〕他說，「『星星』編輯右派小集團分子之一流沙河交代說，他們的編輯方針之一，就是多發色情和頹廢感傷的貨色。為此，他們闢了『情詩』這一專欄。當石天河、流沙河把那鼓擊起來時，『星星』之上黃沙漫漫，許多青年被吹得心旌動盪，有的還積極投稿加以支持：曰白寄去了『吻』，舒占才寄去了『大學生戀歌』，還有一個叫王峙的，不遠千里之遙，從東北寄去了『單戀曲及其他』。」〔註 139〕王峙的《單戀曲及其他》發表於《星星》1957 年第 2 期，包括《花不香喲》、《等》、《我要變成風》、《蘋果》四首詩歌。當然，對《星星》詩刊「情詩」的批判早就已經啟動，而對王峙的批判也早已納入到對「情詩」批判中。沙鷗就曾提到，「像王峙在『星星』二月號上發表的『花不香喲』，我感到已不僅僅是空虛了。……第一段的形象是惡劣的，只說明作者是輕薄的感情：第二段是無聊的。由於脫離生活，就自然對一些小趣味發生興趣。……吃一個蘋果，有什麼必要告訴讀者呢？用這種小趣味來代替對愛情的歌頌，是太無意識了。」〔註 140〕該文後更名為《讀愛情詩劄記》，收錄到沙鷗的《談詩第三集》中。不久，沙鷗的文章，就被唐克之和歐陽予以反駁。〔註 141〕同時，王峙本人也發表了反駁文章，「情詩不同於政治鼓動詩和政治諷刺詩，它不可能起到衝鋒號的作用……如果硬是要求情詩『為總路線服務』，正如要求馬戲團宣傳政治經濟學一樣，令人覺得荒唐和費解」，認為沙鷗的評論「無助於百花齊放」，方式如「刀砍斧剁」，不能令人心服。〔註 142〕此後，除了楊禾直接對王峙的詩歌展開批判之外，還有黃益庸還對王峙《與沙鷗談情詩》這一理論文章展開批判，「究竟人民需要什麼樣的情詩呢？人民需要的是站穩無產階級的立場，遵循文藝的工農兵方向而抒人民之情的情詩；他們絕不需要那打著『抒人民之情』

〔註 138〕《中國作家大辭典》，中國作家協會創作聯絡部編，北京：中國社會出版社，1993 年，第 245 頁。

〔註 139〕楊禾：《「情詩」錄評一則》，《紅岩》，1957 年，第 9 期。

〔註 140〕沙鷗：《談寫愛情的詩中存在的問題》，《處女地》，1957 年，第 4 期。

〔註 141〕唐克之：《愛情不是勞動的附件——對沙鷗「談寫愛情的詩中存在的問題」一文的意見》，《處女地》，1957 年，第 4 期。歐陽《「抒人民之情」的我見——與沙鷗同志討論愛情詩的感情問題》，《處女地》，1957 年，第 4 期。

〔註 142〕王峙：《與沙鷗談情詩》，《黑龍江日報》，1957 年 6 月 23 日。

的旗號，而大抒特抒小資產階級或資產階級的『情詩』。我們和王峙的根本分歧正在於此。」〔註 143〕1983 年王峙發表了《星星之戀》，敘述了這次批判的一些歷史細節，「在忽然從左邊吹來一頂資產階級詩人的桂冠，不偏不倚地罩在我的頭上。……於是我被一位曾是朝鮮前線的戰友押送著，發配到了北大荒一個小縣。……十年內亂，在劫難逃。一天，幾個人『以革命的名義』闖進我的陋室，聲言要審查我所有的書刊資料。我一邊應酬，一邊將那本《星星》偷偷藏入袖筒。……『沒揪錯你吧？！頑固堅持反動立場，匿藏右派刊物。你再看看這個……』說著他掏出一張信箋端在我面前，只見上書：『查貴部王峙與我刊無私人之聯繫』。落款是《星星》一九五八年元月。」〔註 144〕在這篇文章中我們看到，此時的王峙是一名空軍軍人，他與《星星》結緣的是詩歌，與星星編輯部並沒有個人關係。正是由於王峙與《星星》沒有私人聯繫，雖被戴上了「資產階級詩人」的帽子，卻並沒有被劃為右派。但也由於王峙在《星星》上發表了「情詩」，他也難逃「下放」的命運。

在這期《紅岩》中，除了直接批判流沙河之外，其他文章也展開了相關批判。余斧就批判了孟凡，他提出，「他對於『草木篇』的性質作了錯誤的論斷，把它從一個反社會主義的作品變成了一個一般的壞作品」，「他在估計這一場批評的缺點時，採取了斷章取義。歪曲事實的方法，對缺點作了過分的誇大。這就使得這篇文章在客觀上支持了反社會主義的『草木篇』，成了流沙河的辯護人。」〔註 145〕孟凡，即中國青年出版社的李庚，他的相關我們在前面已經談到過。而這篇文章的作者余斧，從現有的資料來看，他相關批判文章也僅此一篇，所以「余斧」應該是一個筆名。雖然我們無法瞭解他到底是誰，但這也應該是四川文藝界的安排了。另外，楊甦《再論「解凍」及其他》批判所涉及到的內容，比較寬泛。他的文章分為三個部分，分別對流沙河、石天河、張湮等一一展開了批判。第一部分《再論「解凍」》，批判流沙河的「新解凍說」，「很明顯，這不是什麼認錯，這是新的進攻！是對批評者、是對『百花齊放，百家爭鳴』的方針更大的污蔑！」在第二部分《所謂「真正的炮聲」》中，他說，「這大概就是他們所謂的『真正的炮聲』吧。……如果說流

〔註 143〕黃益庸：《人民需要什麼樣的情詩？——駁王峙的「與沙鷗談情詩」》，《黑龍江日報》，1957 年 12 月 28 日。

〔註 144〕王峙：《星星之戀》，《星星》，1983 年，第 7 期。

〔註 145〕余斧：《錯誤的縮小和缺點的寬大——讀孟凡〈由「草木篇」和「吻」的批評想到的〉》，《紅岩》，1957 年，第 8 期。

沙河的發言和范琰的報導是公開對黨的挑戰，那麼，石天河（化名之子）的『錦城春晚』就是向社會主義，向成都文藝界射出的一支沾滿毒液的暗箭。」第三部分《詭辯的「厄運」》，即是批判張湮，「事實證明，不是什麼『語言、文學』遭到了『厄運』，而是詭辯者的詭辯破了產——這是它的『厄運』。」〔註146〕從楊甦的批判內容上來看，不僅涉及到了流沙河，指向了石天河，更關注到了《紅岩》雜誌此前的問題。此時楊甦是《紅岩》雜誌的編輯，他參與到「草木篇」批判中，也應該是《紅岩》雜誌社的自我檢查。

九月份的《紅岩》是「反右專號」，這一期最前面，就設置了《反擊右派！劇除毒草！》欄目。在第一篇文章《我們的檢查》中所提到的「本刊七月號所犯的錯誤」中的三個，前面兩個錯誤就與《草木篇》有關：「明顯地替『草木篇』及『星星』詩刊的資產階級方向辯護的雜文『語言、文學的厄運』」，以及「涵義較隱晦的雜文『從捕麻雀想到的』」。〔註147〕這一期《紅岩》的主旨，正如其《編後記》所說，「這一期，我們組織了比較多的力量，參加反擊右派的鬥爭。在這些詩文裏，或勾勒他們的醜惡嘴臉，或批判了他們的反動觀點，或是撕破了他們美麗的畫皮，或揭露了他們肮髒的靈魂。對於本刊所放的毒草，也進行了劃除的工作。」〔註148〕在這些文章中，洪鐘在《逆流與群醜——在文學戰線上我們和右派分子的基本分歧》中呈現出了四川文藝界、重慶文藝界右派的總體狀況，「在重慶，右派分子劉盛亞和溫田豐結成反黨聯盟，對黨領導的文藝事業，展開了猖狂的進攻，陰謀篡奪文藝事業上黨的領導。在成都，以石天河、流沙河為首的反動小集團，已完成了篡改『星星』詩刊的政治方向，竊取刊物領導，獨霸該詩刊陣地的野心。他們還連續向黨對文藝工作的領導放出毒箭。這兩撮子小丑，氣味相投，沆瀣一氣。……他們有的本身就是民盟右派的首要分子（劉盛亞、張默生、張宇高），有的是歷史上的特務分子（石天河），有的是階級敵對分子（流沙河），有的是市儈流氓分子（茜子、丘原、遙攀、曉楓），有的是對黨懷著深切仇恨的變節分子（溫田豐、白航），有的是因為有嚴重政治歷史問題，受黨審查而深懷不滿的人（儲一天、白堤等）。」可見，四川文藝界的右派，已經深入人心。進而洪鐘對這些人一一展開批判，他批判張默生「潛藏在四川大學的老右派張默生，在右派反攻

〔註146〕楊甦：《再論「解凍」及其他》，《紅岩》，1957年，第8期。
〔註147〕本刊編輯部：《我們的檢查》，《紅岩》，1957年，第9期。
〔註148〕《編後記》，《紅岩》，1957年，第9期。

聲中以壓陣姿態大出打手」。他批判石天河在堅決排斥政治、排斥馬克思主義、深切仇恨黨對文藝事業的領導、全盤否定文藝戰線的現狀，並對於胡風反革命集團心嚮往之引以為師，以及竊取《星星》詩刊的領導權，篡改《星星》詩刊的政治方向等等。〔註 149〕洪鐘還批判丘原、茜子、流沙河等「把國家機關工作人員應守的紀律，團組織對團員的教育污蔑為『政治迫害』。」〔註 150〕此時，重慶和成都文藝界的右派，就成為了一個整體。

對流沙河近作的批判，是這期《紅岩》的特點。除了繼續批判他的《草木篇》之外，《紅岩》雜誌同時也將批判的矛頭指向了他的近作。流沙河的新詩集《告別火星》1957 年 5 月份由作家出版社出版，印刷達 16500 冊，也成為了《草地》和《紅岩》批判的重點。《紅岩》上在楊禾批判了流沙河的「近作」之後，余音繼續批判了流沙河的新出的詩集《告別火星》。余音評價說，「以一個這樣腐爛的靈魂，一個這樣頑強反對黨和社會主義的右派分子，怎麼會寫出這四、五十首所謂歌唱祖國，歌唱社會主義，歌唱愛情的詩？這將怎樣解釋呢？」而且，他還特別在文末注明，「本文使用之流沙河的言論，係根據六、七、八月份四川日報和成都日報的材料。」由此，余音對流沙河詩集《告別火星》的分析，也完全是建立在這裡「材料」的基礎上，「分明是個敵視祖國的惡棍，他要扮成一個唱贊詩的愛國歌手；分明是個堅決反對共產黨的右派分子，他要化裝成一個熱愛黨的先進的階級戰士；分明是個對地主資本家唱晚歌的遺少，他卻偏要說自己是個封建主義的叛逆兒！」在余音看來，詩集《告別火星》本身就有問題，「憂鬱，淡淡的哀傷，夢的破滅的痛苦和頹廢，構成了他的這本集子後面一部分詩篇的基本情調。」進而，在這樣的基調之下，作者認為流沙河詩集《告別火星》思想內容的實質便是，「隱蔽地諷刺了共產黨，懷念死滅了的封建地主階級，宣洩頹廢感傷的沒落階級的情緒，正就是流露在『告別火星』一部分詩篇中的三個鮮明的主題。」特別值得注意的是，余音還分析了流沙河的詩歌《筆的故事》，認為「流沙河便替他那惡貫滿盈的封建家庭蒙上一層朦朧的浪漫的面紗」「不用說把黨的形象和他父親的形象並列在一起何等荒謬，這兩個形象根本不能做比擬的，把這樣一個血污模糊的為任何最骯髒的辭彙所形容不了的封建官僚地主和黨擺在一起，這

〔註 149〕杜若汀：《論氣候》，《紅岩》，1957 年，第 9 期。
〔註 150〕洪鐘：《逆流與群醜——在文學戰線上我們和右派的基本分歧》，《紅岩》，1957 年，第 9 期。

只能叫做對黨的莫大污辱。」〔註 151〕在這一批判文章中，與流沙河《草木篇》中同題的湛盧的雜文《仙人掌》也受到了批判。《仙人掌》發表在 1957 年《紅岩》第 6 期，與何牧的《大膽與盲目》、柏伯爾的《請重視獨創性》等一起編在《論壇》欄目。明峨在《斥「仙人掌」》中批判說，「湛盧如此毫不顧忌事實，任意顛倒是非，把我們的領導者，說成是『剝削者』，污蔑為酒囊飯袋，要金錢，爭地位，奪榮譽的高高在上的官僚主義者。這與葛佩琦的『原來是穿破鞋的』調子不是臭味相同的麼？這和另一些右派的『共產黨是一個剝削階級』、『共產黨已經腐化墮落』等等謬論又有什麼分別呢？」〔註 152〕在明峨的論述中，我們看到他對湛盧的批判有牽強之處。而且實際上，湛盧文章本身並非有多大的問題，更多的是他個人與《草木篇》是有些微小的關係。王式儀、小火在《湛盧與「新國風」》中就曾提到，湛盧之所以成為右派，並非是《仙人掌》，而是與流沙河的《草木篇》有關，「1953 年他調回重慶，先後到西南出版社又到《新華日報》工作，後任重慶人民出版社二編室 1957 年，因簽字出版流沙河的《草木篇》被錯劃為右派，下放到長壽湖做了 20 年苦工，1978 年平反回社。」〔註 153〕但事實又有一定的差異，雖然重慶人民出版社與流沙河有著密切的關係，但流沙河的《草木篇》卻從未由重慶人民出版社編輯出版過。1956 年重慶人民出版社為流沙河出版了第一本詩集《農村夜曲》，並沒有收錄《草木篇》。而在 1956 年中國作家協會重慶分會編選的《青年文學創作選集·散文》中，卻收錄了流沙河的小說《窗》，在《青年文學創作選集·詩歌》中也收錄了流沙河的《寄黃河》、《在一個社裏》兩首詩，都沒有流沙河的《草木篇》。總之，從明峨的批判，以及王式儀、小夥的回憶來看，湛盧被劃為右派，雖然不是因為發表了《草木篇》，但確實與重慶人民出版社推出過流沙河的作品有關。到了 9 月份，湛盧就立即發表了反擊右派的詩歌《這事情還沒有過多久》，「這事情還沒有過多久／全國人民向右派舉起了憤怒的拳頭……要知道，既然抓住了你的尾巴，……不得到勝利，我們絕不罷

〔註 151〕余音：《詩·厲鬼·亡命徒——評流沙河的詩集：「告別火星」》，《紅岩》，1957 年，第 9 期。

〔註 152〕明峨：《斥「仙人掌」》，《紅岩》，1957 年，第 9 期。

〔註 153〕王式儀、小火：《湛盧與「新國風」》，《重慶文史資料》，中國人民政治協商會議重慶市委員會文史資料委員會，重慶：重慶人民出版社，1992 年，第 38 輯，第 225 頁。

休！」〔註 154〕但湛盧的這點「轉變」，當然並沒有能改變他的命運。

這期《紅岩》上何小蓉（余薇野）的《反右三題》，是對與《草木篇》相關作家的批判。此前何小蓉就以余薇野的原名發表過《為什麼「吻」是一首壞詩》〔註 155〕和《「草木篇」抒發了個人主義之情》〔註 156〕，這一次他圍繞《草木篇》相關的系列作家，展開了更為廣泛的批判。在文中，他首先提到全國為《草木篇》辯護的「四君」，「浙江有個宋雲彬，上海有個施蟄存，成都有個張默生，重慶有個章晶修，此四君者，皆右派分子也。他們對於『草木篇』，或則為之鼓掌，或則為之辯護。」〔註 157〕然後還在第二部分《如此沉默、居心何在？——質孟凡》中質問孟凡，「他的文章，不管有意無意，在效果上是對四川文藝界右派分子的反黨反社會主義罪惡行為起了搖旗吶喊、推波助瀾的重大作用，可是，在流沙河的右派分子面目已昭然於天下的今日，孟凡卻保持著一種可疑的沉默。」最後第三部分《右派分子的仇恨》，是針對流沙河寫於到西安去避風之前夕的詩歌而展開的，「表面看來；彷彿這是流沙河的絕命書，好心人也許會惻然心動：引起『鳥之將死，其鳴也哀』的感覺。其實，這並不是絕命書，而是向人民的挑戰書，這首詩，對於我們社會作了最惡毒的污蔑與誹謗。……這首詩充滿了悲哀，然而，悲哀的實質乃是對人民的仇恨。」〔註 158〕在這篇文中，最值得注意的就是他所提到的相關作家。這其中，何小蓉提到的施蟄存、張默生，以及孟凡的相關情況，我們已經在文章中有論述。這裡他另外提到的宋雲彬與章晶修，與《草木篇》有什麼關係呢？宋雲彬曾為浙江省文聯主席，浙江省文史館館長。關於他，陳修良卻提到，並未有關於《草木篇》言論的相關記載。〔註 159〕不過，宋雲彬一直對「雜文」有著獨特的情感，他說「雜文的特點是諷刺；諷刺性強的雜文感人最深，效果也最大。」〔註 160〕而且在 1957 年左右，他就在《文匯報》、《筆會》等刊物上就發表了《持之有故、言之成理——對百家爭鳴的一點體會》、《略談諷

〔註 154〕湛盧：《這事情還沒有過多久》，《紅岩》，1957 年，第 9 期。

〔註 155〕余薇野：《為什麼「吻」是一首壞詩》，《四川日報》，1957 年 2 月 5 日。

〔註 156〕何小蓉：《「草木篇」抒發了個人主義之情》，《四川日報》，1957 年 2 月 9 日。

〔註 157〕何小蓉：《反右三題》，《紅岩》，1957 年第 9 期。

〔註 158〕何小蓉：《反右三題》，《紅岩》，1957 年第 9 期。

〔註 159〕陳修良：《宋雲彬先生與他的民主言論》，《陳修良文集》，上海：上海社會科學院出版社，1999 年，第 549～554 頁。

〔註 160〕宋雲彬：《從一篇雜文談到諷刺》，《筆會》，1957 年 6 月 4 日。

刺》、《從一篇雜文談到諷刺》和《韓愈的〈師說〉》等多篇雜文。可以說由於有了這些雜文，宋雲彬是否發表過與《草木篇》有關的言論，其實也就並不重要了。另外，關於章晶修，石天河在《逝川囈語》中認為是「張驚秋」，「我向白堤問起重慶方面對我的問題看法如何。他說：『章晶修向我問起你。』（按：此處『章晶修』三字，可能是『張驚秋』即『殷白』之聽誤。重慶作協當時叫中國作協西南分會，張驚秋是分會領導人之一；流沙河當時沒有參加作協，不認識張驚秋，而在聽白堤談話時，是憑聲音記名字，故有此誤。——石。）」〔註 161〕實際上，何小蓉所提到的章晶修並非張驚秋，而是周南士。曾克在《重慶文學界右派分子反的是什麼》中就批判過他，「右派分子章晶修（原名周南士），在市委座談會上，一面恬不知恥地描寫自己曾經是共產黨員，一面卻以道貌岸然的知識分子的知己和保護人的樣子，發洩著他對共產黨的刻骨仇恨」。〔註 162〕因此，由於流沙河的《我的交代》中提到了「章晶修」，而且他本身也有關於《草木篇》言論，所以何小蓉才將他當做為《草木篇》辯護的「四君」之一。但此後，由於他們自身的問題遠比《草木篇》更為嚴重，他們關於《草木篇》的言論反而淡化，「四君」的提法也就僅此而已。極具諷刺的是，何小蓉（或者余薇野），本身就是一位諷刺詩人，儘管積極地介入到這場批判運動中，但「1957 年，余薇野和妻子雙雙被劃為『右派』此後，余薇野在重慶遠郊長壽區的長壽湖漁場度過了 19 年」〔註 163〕，他也並沒有逃脫厄運。

在這期《紅岩》的批判文章中，石天河的問題也其中一個重點，杜若汀在《論氣候》中就說，「四川文聯以石天河為首的右派小集團也不讓章伯鈞專美於前，而想從文藝界開始，創立百年基業。」〔註 164〕

第三節　省外報刊的相關文章

我們前面已經談到，首先將《星星》批判引向全國的是上海姚文元的《論詩歌創作中的一種傾向》〔註 165〕，不久北京孟凡的《由對〈草木篇〉和〈吻〉

〔註 161〕石天河：《逝川憶語——〈星星〉詩禍親歷記》，香港：天馬出版有限公司，2010 年，第 170 頁。

〔註 162〕曾克：《重慶文學界右派分子反的是什麼》，《紅岩》，1958 年，第 2 期。

〔註 163〕呂進主編：《20 世紀重慶新詩發展史》，重慶：重慶人民出版社，2004 年，第 285 頁。

〔註 164〕杜若汀：《論氣候》，《紅岩》，1957 年，第 9 期。

〔註 165〕姚文元：《論詩歌創作中的一種傾向》，《文藝月報》，1957 年，第 3 期。

的批評想到的》〔註166〕從理論上對《吻》和《草木篇》詩歌文本給予了支持，接著《文匯報》范琰的《流沙河談〈草木篇〉》〔註167〕則對流沙河本人予以高度同情，慢慢形成了全國性的影響。但是，在6月13日「四川省文聯第九次整風座談會」之後，全國相關報刊也就大量展開了對《星星》詩刊及《草木篇》的批判，如《文匯報》〔註168〕《中國青年報》〔註169〕等。特別是在6月21日《人民日報》發表《什麼話》一文，並重刊流沙河的《草木篇》還配有「編者按」之後，《草木篇》事件成為一件全國性的大事件。進而，在7月3日《文匯報》整版報導了《流沙河反動面貌完全暴露》，7月24日《文匯報》的《流沙河開始交出反動信件 石天河妄圖變天陰謀敗露 四川文藝界繼續追擊右派分子反黨言行》之後，更是開啟了「《草木篇》批判」的全國模式。

一、上海文藝界

在「草木篇」全國性的批判中，上海是最積極的地區。不僅之前有已經深深捲入到了《草木篇》批判漩渦的《文匯報》，另外此時的《文藝月報》也積極參與到批判之中。

在初期「草木篇」批判中，姚文元就發表了《論詩歌創作中的一種傾向》，介入到「草木篇」批判之中。姚文元批判說，「在作者流沙河眼中呢，他把白楊寫成這樣的形象……這是一種孤獨狂傲的、個人利益得不到滿足就仇恨周圍的一切的極端個人主義的象徵。在新社會中，建設新生活的人民根本不可能對白楊有這種奇怪的感受。作者把他內心陰暗反動的個人主義的感情硬貼到白楊身上，結果是歪曲了白楊的美。」〔註170〕總體上來看，此時姚文元的批判還是非常的溫和，僅僅是批判了「草木篇」的個人主義問題。正是由於此，高進賢、古遠清便認為，「以實際行動對抗『機械的教條』『粗暴的批評』，以『知音』者的身份同流沙河『共享成功的歡樂和失敗的難過，繼續鼓舞他前進』。真是妙極了！姚文元與流沙河正是同類。同聲相應，同氣相求。叛徒

〔註166〕孟凡：《由對〈草木篇〉和〈吻〉的批評想到的》，《文藝學習》，1957年，第4期。

〔註167〕范琰：《流沙河談〈草木篇〉》，《文匯報》，1957年5月16日。

〔註168〕《四川省文聯舉行座談會 辨明批評「草木篇」的是非問題 李累認為流沙河關於侵犯人身自由等說法不符合事實》，《文匯報》，1957年6月15日。

〔註169〕任楚材：《關於「流沙河談草木篇」真相》，《中國青年報》，1957年6月20日。

〔註170〕姚文元：《論詩歌創作中的一種傾向》，《文藝月報》，1957年，第3期。

的兒子憐惜惡霸地主的孝子，階級異己分子庇護資產階級右派，這真是所謂『惺惺惜惺惺』。」〔註 171〕當然，這樣來解讀姚文元的文章，是不準確的。不過，在寫於 1957 年 7 月 7 日的《流沙河與〈草木篇〉》一文中，姚文元的態度就變得非常強硬了。他說，「『草木篇』在本質上是一篇反社會主義的作品。……『草木篇』中的『白楊』，它實際上就是孫大雨所帶『硬骨頭』的化身。『也許，一場暴風會把她連根拔去。但，縱然死了吧，她的腰也不肯向誰彎一彎！』僅僅是小資產階級的『孤高自賞』麼？不是的，僅僅『孤高自賞』的人決不會時刻想到自己會被『連根拔去』。這種極端個人主義的觀點，是代表了一小撮心裏極其仇恨社會主義，但又時刻怕被偉大的社會主義革命的風暴『拔去』的某些反動分子的恐怖心理。」他姚文元對《草木篇》的分析，就完全將詩歌中的極端個人主義，當作了反對社會主義、仇恨社會主義的反動思想。當然，姚文元的批判觀點，在這個時候可以說已經是一個定論了，也只不過是痛打落水狗而已。但姚文元的這篇文章，從流沙河的問題出發，更提出了對剝削階級出生的青年思想工作的一個新問題，「流沙河的例子就告訴我們：對於剝削階級出身的青年的思想工作，是一時一刻也不能放鬆的」。〔註 172〕而此時姚文元的觀點，其實又在一定程度上偏離了批判流沙河這一主題。儘管姚文元的對流沙河的批判文章並沒有得到進一步的關注，但在上海文藝界可以說是較早開展《草木篇》批判的文章，此後就有更多的作家捲入到了「草木篇事件」中。

在上海文藝界，為流沙河與《草木篇》辯護的，前有記者范琰，後有翻譯家周煦良。「周煦良的問題」，後來成為了《文藝月報》反右鬥爭的一個重要主題。在《從「草木篇」談起》一文中，周煦良一開篇就指出，「『毒菌』一首，我家裏有人就認為這是指的特務，我說『未見得吧！』但究竟指的什麼，我也說不出；……最近看到文匯報上訪問作者的文章，才知道這首『梅』原來是反映作者對愛情的一些看法；而另外卻有人指責它有『變天思想』，真出乎我意料之外了！」進而，周煦良以自己的諷刺詩「燒路頭草」為例，談到了他對諷刺詩和諷刺文學的態度之後，認為，「像這類作品，見仁見智是可以各

〔註 171〕高進賢、古遠清：《如此「經歷過來的」——從姚文元對〈草木篇〉的態度看他的反革命兩面派嘴臉》，《詩刊》，1977 年，第 7 期。

〔註 172〕姚文元：《流沙河與〈草木篇〉》，《在革命的烈火中》，北京：作家出版社，1958 年，第 152～155 頁。

個人不同的；在有些人看來是毒草，在另一些人看來則可以是香花，正符合英國一句俗語：『此之食，彼之鳩。』」而關於《草木篇》文本，周煦良也在文章最後明確表明了自己的態度，「老實說，這樣沒有現實泥土氣息的作品，我並不喜歡。晦澀、模糊，作為干涉生活的武器，它畢竟是無力的。解放前，我們是沒有辦法而寫這類作品；解放後，我覺得大可不必多寫。」〔註 173〕從這裡我們看到，對於《草木篇》作品本身，周煦良是完全不認可的。但周煦良從諷刺文學的文體特徵出發，反對曲解《草木篇》，而這便被認為是在替《草木篇》辯護。如 1996 年馮牧、柳萌在其主編的《霧中的薔薇》的《草木篇・述評》中提到，「反右之前為流沙河這些作品思想傾向進行辯解的有張默生、范琰、周煦良等，他們對文學批評『把文藝問題硬拉到政治文藝上去』提出疑問，對『穿鑿附會致人入罪』的方法提出批評。」就將周煦良與張默生、范琰一起稱作為《草木篇》辯護的主要三人。〔註 174〕而從周煦良個人來看，他與流沙河本身並無直接的關係。周煦良為《草木篇》辯護，或許是受到范琰的報導《流沙河談「草木篇」》的影響，但我更認為他是在諷刺為文學本身辯護。但周煦良的觀點立即就受到了批判，此後唐弢甚至把周煦良與孫大雨、陳仁炳等並列。在唐弢的分析中，將《草木篇》中的「梅」指向了周煦良，「『梅』，反正總是『梅』。我們這裡的確有許多不問政治的『梅』，不管春天怎樣喧鬧，蝴蝶怎樣翩翻，百花怎樣競妍，它就是不動聲色，我行我素。」由此，唐弢對周煦良的批判，實際上是批判周煦良的「不問政治」問題。我們知道，在 50 年代初期九三學社（上海分社）的座談會上，周煦良在批判胡適的過程中，就將五四運動稱為「好像是兩條船，一條是政治的，一條是文化的。」進而認為，「政治這條船總是走在前面，這條船走得非常快，從李大釗先生開始。文化的船雖然是跟著政治之船走的，但『繞了灣』。這個『彎』的表徵物就是胡適，因為胡適雖然在五四運動開始時，他是有些功勞的，但不久以後，胡適之就主張不談政治了，而另外一方面人要談政治，於是『五四運動』在文化方面分成了兩個方向。」〔註 175〕不管是因為什麼原因，正因為有了唐弢的批判，周煦良在 8 月號的《文藝月報》上發表了自我批判的文章《兩種諷刺文

〔註 173〕周煦良：《從「草木篇」談起》，《文藝月報》，1957 年第 6 期。

〔註 174〕《草木篇・述評》，《霧中的薔薇》，馮牧、柳萌主編，長春：時代文藝出版社，1996 年，第 358 頁。

〔註 175〕見《九三社訊》，九三學社中央宣傳委員會編印，1951 年，第 4 期。

學和另一種》。在文中，他首先承認了自己的錯誤，然後他重新闡釋了他對「諷刺文學」的理解，「覺得我們今天的諷刺文學應當分為兩種類型：一種是對階級敵人的諷刺，那就應當尖銳、狠毒、毫不容情，務求一棍子打死；另一種是對人民內部一些缺點，例如對三個主義，或者帶有這些缺點的人的諷刺，那就應當吻合，應當是從團結願望出發，與人為善，留餘地的。……除掉上述兩種諷刺文學之外，在今天人民內部我們還會看到另一種表現反動階級意識和感情的諷刺文學，『草木篇』就是屬於這一類。他和上面兩種諷刺文學有本質上的區別，他的表現方法非常巧妙，非常隱晦，因此我們不是一下子就能識別，但是對這種諷刺作品我們必須堅決予以揭發、批駁和反擊，絲毫不能容情，因此這是一場階級鬥爭。」〔註 176〕在周煦良的回應文章中，他完全繞開了唐弢對他「不談政治」觀點的問題，而是著重分析「諷刺文學」的問題。這實際上也是周煦良的明智之選，他無法直接回應這個問題，但他通過對諷刺文學的分析，就完全肯定了文學與政治之間的特殊關係。而此後，周煦良也還在《翻譯工作者必須政治掛帥！》〔註 177〕一文中，繼續表明了自己的政治態度。但是，《文藝月報》對周煦良的批判卻並未停止，9 月號上又刊登了劉金的批判文章。劉金認為，「周先生的這篇文章，分開來講，雖有以上三點意思，總起來看，卻只有一個思想，這就是所謂『此之食，彼之鴆』。『此之食，彼之鴆』，有什麼不對呢？當然是對的。……鼻子傷風，嗅覺失靈，香臭莫辨，這誠然是一件苦惱事。但要醫治鼻子傷風，或者從根本上防止鼻子傷風，說來也很簡單。如果要開藥方的話，那藥物，實在只須單方一味：站穩工人階級的立場！」〔註 178〕我們看到，劉金在這裡與周煦良展開辯論的基點，是階級立場問題。不過，他始終稱周煦良為「周先生」並力圖澄清「若干糊塗關聯」，所以他的態度是較為誠懇的。關於評論者劉金，鄭績曾提到：劉金，原名劉文銑。1952 年轉業到上海華東人民出版社，主持創刊了《民間文藝選輯》。1958 年因出版雪克的《戰鬥的青春》而與姚文元展開論爭。1977 年調任中共上海市委宣傳部文藝處副處長。他是《文學報》的發起人和編委之一，

〔註 176〕周煦良：《兩種諷刺文學和另一種》，《文藝月報》，1957 年，第 8 期。

〔註 177〕周煦良：《翻譯工作者必須政治掛帥！》，《外語教學與翻譯》，1959 年，第 1 期。

〔註 178〕劉金：《「神經過敏」與「鼻子傷風」——讀〈從「草木篇」談起〉》，《文藝月報》，1957 年，第 9 期。

後任《文學報》總編輯。」〔註 179〕那麼，此時剛畢業到上海的劉金，他對周煦良的反駁，不僅與反右形勢有關，也應該與他自己要積極介入文壇有關。當然，回到周煦良，介入到《草木篇》批判，也僅僅是他生命中的一個小插曲而已，並沒有影響到他的翻譯事業。1958 年周煦良就調到了上海社科聯主持《文摘》刊物，60 年代主編《外國文學作品選》，翻譯了大量的哲學、社會科學、文學作品，走出了屬於自己的人生道路。

在「周煦良問題」之後，「唐弢新詁」又是上海文藝界的一件大事。《文藝月報》第 7 期上刊發的唐弢的《「草木篇」新詁》〔註 180〕，是非常值得注意的一篇文章。此時的唐弢，是中國作協上海分會書記處書記和《文藝月報》副主編，不久後還任上海市文化局副局長。唐弢之所以要精細地「詁草木篇」，一方面是因為上海《文匯報》刊登了范琰的《流沙河談〈草木篇〉》為流沙河辯護，另一方面則是《文藝月報》第 6 期又剛發表了周煦良的文章《從「草木篇」談起》為《草木篇》辯護。所以作為上海文藝界的主要領導，唐弢也就必須在上海的文藝陣地《文藝月報》上展開對《草木篇》的批判。在文章中，唐弢以文本細讀的形式「新詁」《草木篇》，由此來確定《草木篇》的真正內涵。除了「前言」與「後記」之外，唐弢在文中分別對《草木篇》所寫的「五種」草木予以了重新闡釋。唐弢對《草木篇》的「新詁」，是比較有代表性：即在確定了流沙河的「右派」性質之後，將其作品與現實右派理論結合起來，最後完成了對《草木篇》的「新詁」。特別值得注意的是，除了直接批判流沙河之外，唐弢還著重提到了上海的幾位作家如孫大雨、王尊一、魯莽、周煦良、徐仲年和陳仁炳等人，並以他們的言論來為《草木篇》作注釋。正如劉金的文章所說，「唐弢同志的這篇文章，我以為有一個很重要的特色，那就是和現實生活的緊密聯繫。有許多文章，如果脫離了實際，光從字面上去找意義，常常是很不好理解的。」〔註 181〕具體來看，第一，唐弢「新詁」《白楊》，實際上是把目標指向孫大雨，「孫大雨一類人就是流沙河所稱道的『白楊』，你瞧他們的口氣有多像！孫大雨是那麼『高』，那麼『孤伶伶地』，那麼『綠光閃閃』；他受到了革命『暴風』的吹拂，在他說來就是『壓力』，卻有一根『硬骨

〔註 179〕鄭績：《地惡星·劉金》，《浙江現代文壇點將錄》，北京：海豚出版社，2014 年，第 450～452 頁。

〔註 180〕唐弢：《「草木篇」新詁》，《文藝月報》，1957 年，第 7 期。

〔註 181〕劉金：《「神經過敏」與「鼻子傷風」——讀〈從「草木篇」談起〉》，《文藝月報》，1957 年，第 9 期。

頭』，『縱然死了』，『也不肯向誰彎一彎』，真是一柄值得『尊敬』的『長劍』——白楊。」對於孫大雨，我們都知道，他不僅在 1956 年 12 月的上海市政協一屆三次全體委員大會上指控多人為「反革命分子」，而且還在 1957 年 6 月 7 日的整風座談會上作了發言。由此，毛澤東在 7 月 9 日的上海幹部會議上發表了《打退資產隊級右派猖狂進攻》的講話，就特別「欽點」了孫大雨〔註 182〕。因此在反右鬥爭中，孫大雨被劃為極右分子，並且「在 1958 年 6 月 2 日被上海市中級人民法院以誣告、誹謗罪，判處有期徒刑六年，成為當時獲刑事判決而具全國影響的兩名右派之一。」〔註 183〕所以，唐弢把《草木篇》與孫大雨聯繫在了一起，是有著非常鮮明的現實政治意圖的。第二，唐弢將流沙河的《藤》，指向了王尊一和魯莽。他提到：「王尊一說：『領導上對待恭維、奉承、吹牛拍馬的人認為是積極分子，認為政治上可靠，可以得到提拔或升官。』那麼，『藤』指的大概就是積極分子。」而魯莽認為積極分子向上爬有三種方法：表現積極、隻身過海、排隊買票。關於王遵一，在《韓兆鶚代表的發言》中就提到，王尊一是儲安平派到西安「到處點火」的，「散佈反動言論」的記者之一。〔註 184〕1957 年 6 月至 7 月的《陝西日報》，就曾組織過系列文章，對王尊一予以了集中批判。如《駁王尊一》、《看看王尊一是什麼人？》、《王尊一的「良藥」與處方》、《王尊一的反動思想本質》、《揭穿王尊一地主階級本性 王尊一拒不檢討反動思想根源 陝西師院師生憤怒駁斥反動謬論》〔註 185〕等。而關於魯莽，羅蓀在《魯莽是一個什麼角色》中有詳細的記載，如他在上海市政協會議上「填滿護城河，削平橋頭堡」的發言，在抗戰時期任職國民黨「圖書雜誌審查委員會」的問題，以及他在文章《文藝氣候與

〔註 182〕毛澤東：《打退資產隊級右派猖狂進攻》，《毛澤東選集》，第 5 卷，北京：人民出版社，1977 年，第 446 頁。

〔註 183〕賀越明：《孫大雨右派問題改正的波摺》，《炎黃春秋》，2014 年，第 3 期。

〔註 184〕《韓兆鶚代表的發言》，《中華人民共和國第一屆全國人民代表大會第四次會議彙刊（1957）》，中華人民共和國第一屆全國人民代表大會第四次會議秘書處，1957 年，第 899 頁。

〔註 185〕馮鑒：《駁王尊一》，《陝西日報》，1957 年 6 月 21 日；《看看王尊一是什麼人？》，《陝西日報》，1957 年 7 月 1 日；辛介夫等：《王尊一的「良藥」與處方》，《陝西日報》，1957 年 7 月 2 日；徐幹：《王尊一的反動思想本質》，《陝西日報》，1957 年 7 月 5 日；《揭穿王尊一地主階級本性 王尊一拒不檢討反動思想根源 陝西師院師生憤怒駁斥反動謬論》，《陝西日報》，1957 年 7 月 10 日。

政治氣候》中「文藝與政治必須分離」的觀點。〔註 186〕正是由於他們問題的嚴重性，唐弢也將他們倆捆綁在了《草木篇》上，作為批判對象。第三，唐弢將徐仲年、陳仁炳等人，「新詁」為《草木篇》中的「毒菌」。在注釋《毒菌》時，唐弢提到，「徐仲年說：『烏鴉是益鳥——向人『報喜』的喜鵲反而是害鳥。』而且鳳凰也『實在沒有什麼好看』。舉一反三，問題就十分明白：他們之所謂『毒菌』者，人民之所謂『香菌』也，這就是了。共產黨是人民心頭的香菌，可是也的確有人在勸告大家『不去睬他』，陳仁炳說過：『他說他的，我們搞我們的！』真是堅決得很。」〔註 187〕唐弢在文中提到徐仲年的觀點，正是出自他的短文《烏晝啼》。而徐仲年的這篇文章，也被毛澤東點名批評過，「你們上海不是有那麼一個人寫了一篇文章叫《烏「晝」啼》嗎？那個『烏鴉』他提此一議。」此後在《〈毛澤東選集〉第五卷詞語解釋》各種版本中，都對徐仲年的《烏晝啼》做了專門解釋，「《烏『晝』啼》（第 446 頁）：這是資產階級右派分子徐仲年（上海外語學院教授）發表在一九五七年六月十八日《文匯報》和六月二十三日《人民日報》的一篇毒草文章。文中惡毒地污蔑共產黨，攻擊馬列主義。」〔註 188〕另外是眾所周知的右派陳仁炳，他因提出「反對鄉原態度，提倡賈誼精神」，最後成為了少數幾個未被平反的右派之一。總之，在唐弢的這篇文章中，《草木篇》並不是他關注的核心，他是借有著嚴重問題的《草木篇》，來完成對上海文藝界右派的系列批判。

二、中國作家協會

從七月份開始，全國範圍內對《草木篇》的系統批判，以及對《草木篇》問題的最後定性，可以說都是由中國作協來完成。其中，中國作協三個主要刊物《文藝報》、《文藝學習》和《詩刊》，都直接參與到了《草木篇》的相關批判之中。

首先，《文藝報》的批判。1957 年的《文藝報》有了很大的變化。在經歷了胡風、丁玲、陳企霞、馮雪峰、艾青等問題之後，4 月 14 日《文藝報》改

〔註 186〕羅蓀：《魯莽是一個什麼角色》，《決裂集》，北京：作家出版社，1959 年，第 35～37 頁。

〔註 187〕唐弢：《「草木篇」新詁》，《文藝月報》，1957 年，第 7 期。

〔註 188〕《烏「晝」啼》，《〈毛澤東選集〉第五卷詞語解釋》，北京：北京師範學院中文系，1977 年，第 199 頁。

版，由張光年任總編，侯金鏡、蕭幹、陳笑雨為副總編。7月28日的《文藝報》便發表了田間、金繡龍、徐逢五三人批判《草木篇》的一組文章，成為《草木篇》批判的一個小高潮。這幾篇批判文章的形式是多樣的。第一，是田間的諷刺詩歌，「你，右派的烏鴉，／襲擊了祖國。／它，一顆白楊樹。／也被你污辱了。」〔註189〕田間的這首詩歌，其實並無多少新意。而且這首批判《草木篇》的詩歌，也是他《向左走》組詩中的一首，組詩還包括《有一種鵲子》等詩歌，並非一次對《草木篇》的集中批判。那麼田間為何要發表這樣一篇批判流沙河文章呢？在1956年中國作協第二次理事擴大會議上，臧克家的發言就對他自己，以及對艾青、田間、馮至、袁水拍、何其芳等進行了批評，其中就認為田間的「鼓聲不夠響亮」。〔註190〕不過，田間是被周揚推為中國詩壇的代表性詩人，而他也一直積極參與到批判之中，在艾青批判期間田間就寫《艾青，回過頭來吧》，「在艾青的身上，原有的腐朽的資產階級的思想作風。沒有經過多少改造。而他又很怕改造；進城以後，尤其是這幾年，發展到令人不能容忍的地步。」〔註191〕這次，田間積極參與《草木篇》的批判，我認為主要原因是，《蜜蜂》前主編劉藝亭發表過高深等人為《吻》和《草木篇》辯護的文章。此時，田間調任河北省文聯主席，兼任《蜜蜂》主編，所以他必須以批判《草木篇》來洗刷此前《蜜蜂》的問題。第二篇文章，是金繡龍的《「毒菌」新釋》。該篇文章很短小，僅為一個很小的感受。他主要是將流沙河的《毒菌》進行了修改，「在陽光照不到的河岸，流沙河出現了。／白天，用美麗的彩衣，／黑夜，用暗綠的磷火，誘惑人類。／然而，連三歲孩子也不去睬他。／因為，媽媽說過，／那是毒蛇吐的唾液……」進而金繡龍說道，「這位不知名姓的該作者，似乎還不知道四川大學的中文系主任張默生和文匯報記者范琰等人，是對毒菌大大地喝了彩的。」〔註192〕此前，金繡龍在《人民日報》上刊發過《如此「科學」觀》、《「何必曰利？」》〔註193〕等文章，表面上與文藝界並沒有多大的關聯。但黎之在《文壇風雲錄》中卻提到，金繡

〔註189〕田間：《關於「白楊」的詩——駁「草木篇」》，《街頭詩四首》，《文藝報》，1957年7月28日，第17期。

〔註190〕臧克家：《在中國作協第二次理事擴大會議上的發言》，《文藝報》，1956年，第5、6合期。

〔註191〕田間：《艾青，回過頭來吧》，《詩刊》，1957年，第9期。

〔註192〕金繡龍：《「毒菌」新釋》，《文藝報》，1957年7月28日，第17期。

〔註193〕金繡龍：《如此「科學」觀》，《人民日報》，1956年8月24日；金繡龍：《「何必曰利？」》，《人民日報》，1956年7月23日。

龍是鍾惦棐的筆名。〔註 194〕雖然鍾惦棐出生於四川，但他與流沙河並無交集。而且此時，他還正因文章《電影的鑼鼓》而受到猛烈的批判，並最後成為了電影界右派的首腦。如果金繡龍是鍾惦棐的筆名，那麼他本來就非常熟悉四川文藝界的批判，他此時介入到對《草木篇》的批判，應該有著比較複雜的內在因素。以批判《草木篇》而「將功補過」，也許就是鍾惦棐此時的一種心態。不過，與田間的文章一樣，這篇文章也都比較短小，不僅沒有展開細緻的理論分析，而且也沒有涉及政治批判，也可以說是一篇「應景之作」吧。第三篇文章，是徐逢五的《從殺父之仇看「草木篇」》。與前面兩篇文章不同的是，這篇文章對流沙河及其《草木篇》作了嚴厲的「政治分析」:「他對他的父親被鎮壓是不甘心的，刻刻以向新社會復仇為念。把草木篇和作者的身世聯繫起來讀，那就越讀越感到不對頭，越讀越嗅得出其中的毒素。」徐逢五認為《草木篇》對新社會、對革命同志、革命幹部抱著刻骨之恨！流沙河對報父仇是「不敢忘」的，最後再次認為就必須「查一查流沙河歷史問題」。〔註 195〕從徐逢五的分析來看，主要是以《四川日報》等相關的報導為基礎，注重於對流沙河的政治分析。因此，這篇文章雖然發表在《文藝報》上，實際上卻是對《草木篇》的政治定性。而且從徐逢五的文章《文藝這條路》來看，他也是剛進入到文藝界的。〔註 196〕所以，在這篇文章中，他對《草木篇》也只能作出簡單粗暴的政治分析，當然這也是此時最需要。

另外，7 月 21 日《文藝報》在對施蟄存展開批判的時候，也涉及到了《草木篇》的問題:「施蟄存對『草木篇』曾表示了他的態度，他說:『道德』不可是孤立的，抽象的，如果從抽象的道德觀來看『草木篇』並不太錯。毛主席所以說他壞，是從政治上來看的，你要替共產黨執政黨想一想，如果每個人都要像『白楊』這種性格，他怎麼領導？這種人，是不會受領導人喜歡的。」〔註 197〕雖然我們並沒有找到施蟄存言論的出處，不過看到，施蟄存曾發表過雜文《才與德》，批判「任用幹部領導，有任德不任才的傾向，而德的標準又很高，要求的是共產主義的品德，這已是超於我們傳統的盛德以上了。」〔註 198〕

〔註 194〕黎之:《文壇風雲錄》，鄭州：河南人民出版社，1998 年，第 88 頁。

〔註 195〕徐逢五:《從殺父之仇看「草木篇」》,《文藝報》，1957 年 7 月 28 日，第 17 期。

〔註 196〕徐逢五:《文藝這條路》,《人民文學》，1957 年，第 4 期。

〔註 197〕《文藝界右派的反動言行》,《文藝報》，1957 年 7 月 21 日，第 16 號。

〔註 198〕施蟄存:《才與德》,《文匯報》，1956 年 6 月 5 日。

而施蟄存也因為這篇文章，才成為了上海文藝界批判的一個重點。而且身處上海的他，肯定也就非常瞭解《文匯報》關於《草木篇》的相關報導，也可能就發表過一些自己的想法，由此才被抓住了辮子。前面提到，何小蓉在發表於 9 月份的文章《反右三題》中，就將他與浙江的宋雲彬、成都的張默生，重慶的章晶修，一起稱作為《草木篇》辯護的「四君」。

8 月 18 日《文藝報》第 20 號，則是對文藝界右派的一次系統的全面的梳理，也是對四川文藝界的一次集中批判。這期《文藝報》，不僅刊出了公木《掃除靈魂底垃圾——擊破丁陳反黨聯盟》、沙鷗《丁玲的哲學及其他》等詩，也有樹鑫根據《四川日報》報導的材料整理而成的批判文章《四川文藝界反擊以石天河為首的反黨小集團》。樹鑫在文中指出，「自 5 月中旬到現在，四川省文聯多次地廣泛邀請文藝工作者座談有關『草木篇』的問題，並對企圖取消黨對文藝的領導、反黨反人民反社會主義的陰謀活動的右派分子進行了徹底地揭露和反擊。」進而在《一股反黨反社會主義的暗流》的小標題之下，介紹了「反黨小集團的首領石天河」、「忠實信徒徐榮忠」、「反黨小集團的副將流沙河」、「儲一天、丘原和曉楓等成員」等的相關行動和言論。在《新的進攻》的小標題之下，著重介紹了《草木篇》批判之後的「反批評」，並重點批判了張默生和范琰：「報刊對『草木篇』的批評展開以後，以石天河為首的小集團就乘機向黨發起猖狂的進攻！石天河坐地使法，深藏不露；流沙河出面喊冤叫屈，造謠，誣衊；邱原、儲一天搖旗吶喊，虛張聲勢；後來，川大教授右派分子張默生拋出臭名昭著的『詩無達詁』論，他們有了『理論』根據；反動氣焰就更加囂張起來。」〔註 199〕從樹鑫的批判文章來看，其批判的內容完全是從《四川日報》上摘錄過來的，並無新意。此後，朱樹鑫（應該也是這位樹鑫）還在《絕不允許右派分子篡奪文藝刊物》一文中，也多次提到《星星》詩刊的問題，「混在我們各省市文學期刊編輯隊伍中的右派野心家們，不遺餘力地搶奪我們的文藝陣地。根據報刊所揭發的材料看來，在全國範圍內，好多文藝刊物都被右派分子篡奪了領導權，篡改了刊物的政治方向，只是輕重程度不同罷了。」其中，涉及到右派篡奪了領導權而且在編輯部內佔據優勢地位問題的，就有《星星》詩刊，進而樹鑫還提到，「有的右派分子乾脆喊起誣衊性的反動口號來：省委宣傳部是宗派主義、教條主義的老根！、省委宣

〔註 199〕樹鑫：《四川文藝界反擊以石天河為首的反黨小集團》，《文藝報》，1957 年 8 月 18 日，第 20 號。

傳部被宗派主義和教條主義相結合的思想統治著（『星星』編輯部的流沙河、儲一天等人）。」〔註 200〕從樹鑫的兩次批判來看，他也是集中談《草木篇》的政治問題，而完全沒有討論藝術問題。對於批判者樹鑫，我們並沒有更多的相關資料，這應該是一個筆名。雖然他所使用的是一個筆名，但此時他的觀點就代表了《文藝報》，甚至可以說代表了中國作家協會。由此，作為中國文藝界最高的理論刊物，《文藝報》的這篇文章就以中國作家協會的名義，肯定了對《草木篇》的相關批判。

其次，《文藝學習》的批判。8 月 8 日《文藝學習》1957 年第 8 期刊出袁水拍《寄託》、麥青《放火的妖精》、公木《他們從生活裏拿走一切》、肖犁《右派「要人」詠歎》等諷刺「右派」的詩，同時還刊登了沈澄的文章《「草木篇」事件是一堂生動的政治課》。如果說《文藝報》展開對「草木篇」的批判，是以最高理論刊物的名義確定了對《草木篇》相關批判的理論合法性，那麼《文藝學習》對《草木篇》的批判，則更多的是為此前刊登過為《草木篇》辯護的文章而展開自我檢討。沈澄一開始便提到了《文藝學習》此前與《草木篇》批判中的問題，「『文藝學習』第四期上孟凡寫的『由草木篇和吻的批評想到的』，第六期上秋耘同志寫的「刺在那裡？」兩篇文章中，也都談到這組詩和有關它的批評問題。……『文藝學習』上那兩篇對『草木篇』的評價以及對其批評的估計，也是不準確的。這都不免使一些讀者受到迷惑，引起誤會。因此，有必要重估『草木篇』，並將此事真相大白於讀者面前。」進而，沈澄將《草木篇》的問題，一一地予以了詳細分析。在《「草木篇」究竟宣揚了什麼思想？》這一部分中，直接批判《草木篇》，「是對先進社會的叛逆和對抗的精神」。而在《如何估價對「草木篇」的批評？》這一部分，則著力批判《文藝學習》上孟凡和黃秋耘的為《草木篇》辯護的觀點，「這兩位同志如此估計過去的批評，使我們不能不感到他們不但對批評文章沒有進行詳細調研和研究，而且對於『草木篇』的毒素——它所含的敵意，也沒有看出來。把它與一般的表現小資產階級個人情調的東西混淆起來。……我覺得這一點很值得兩位同志慎重考慮的。」除此之外，還有《流沙河抗批評》、《文匯報記者點火》、《「政治陷害」問題是流沙河造謠》、《流沙河一貫的反動言行》、《以石天河為首的反黨小集團》、《張默生趁火打劫》等等部分，對相關問題一一展開了，

〔註 200〕朱樹鑫：《絕不允許右派分子篡奪文藝刊物》，《文藝報》，1957 年 9 月 22 日，第 24 號。

最法波後認為「『草木篇』事件是一堂生動的、有意義的政治課。」〔註 201〕正是因為《文藝學習》要「將功贖罪」，所以這篇文章對四川文藝界的「右派」問題的梳理，在內容和材料上也就更為詳實。而作者「沈澄」，可能是張天翼的夫人「沈承寬」。據《中國作家大辭典》介紹，她此時正好在《文藝學習》當編輯〔註 202〕，由於要撇清與《草木篇》的關係，以減輕《文藝學習》問題，所以她代表《文藝學習》參與對《草木篇》的批判之中。當然，她如何參與到《草木篇》批判的這段具體歷史，我們難以知曉，不過從文章《沈承寬同志逝世》的介紹來看，她在進入《文藝學習》編輯部之前，還曾在中共中央宣傳部文藝處任幹事〔註 203〕。所以，由於沈澄既非常瞭解政治的形勢，同時又是《文藝學習》的一員，所以由她來承擔批判任務。

最後，《詩刊》的批判。《草木篇》的問題已經不斷擴大，那麼由中國作家協會主管的、中國詩歌的頂級刊物《詩刊》，也就不能再沉默了，必須對此發聲。7 月 25 日出版《詩刊》的《編後記》就重點提到了《草木篇》的問題，「我們希望全國各地的詩人積極地投入戰鬥，以雄健的歌聲，火熱的諷刺，更猛烈地戰鬥。『詩刊』願意提供它的篇幅給這偉大的政治鬥爭。我們希望詩人們，希望青年歌手給我們寄來反擊右派的詩，諷刺詩和政治詩；寄來歌頌共產黨，歌頌人民共和國，歌頌我們蒸蒸日上的生活，歌頌我們社會主義偉大事業的激情的詩。我們也需要對詩歌界的右派分子所寫的詩和詩歌界的一些右傾反動言論，（例如流沙河的『草木篇』的一系列瘋狂叫囂），進行批判和駁斥。詩刊將以更大篇幅提供給這一場戰鬥。」〔註 204〕進而《詩刊》也組織了相關的文章，對《草木篇》予以批判。8 月 25 日的《詩刊》便刊登了沙鷗的批判文章《「草木篇」批判》。他指出，「『草木篇』是反動的。因為『草木篇』是反黨、反社會主義的。」在《「草木篇」的作者是右派分子》中，也專門提到流沙河的「殺父之仇」〔註 205〕。我們知道，作為四川籍詩人沙鷗，此時他剛從中央文學講習所調入《詩刊》社，應該是非常關注四川剛創刊的《星

〔註 201〕沈澄：《〈草木篇〉事件是一堂生動的政治課》，《文藝學習》，1957 年，第 8 期。

〔註 202〕詞條「沈承寬」，《中國作家大辭典》，中國作家協會創作聯絡部編，北京：中國社會出版社，1993 年，第 191 頁。

〔註 203〕《沈承寬同志逝世》，《美術》，1994 年，第 6 期。

〔註 204〕《編後記》，《詩刊》，1957 年，第 7 期。

〔註 205〕沙鷗：《「草木篇」批判》，《詩刊》，1957 年，第 8 期。

星》詩刊。同時，在介入到《星星》詩刊的相關批判之前，他就出版過詩論集《談詩》。該文集中的論文，實際上都是批判性的文章，如《一個革命叛徒的自白》、《胡風怎樣用詩來射擊我們的》、《阿壟的反動的詩歌理論》等，都是政治性的批判文章。由此，在《星星》詩刊對《吻》等「情詩」的批判過程中，沙鷗就在《處女地》1957 年 4 月號刊出過《談寫愛情的詩中存在的問題》，對《星星》詩刊中的「情詩」問題作了集中批判，並涉及到相當多的「情詩」詩人。沙鷗的批判也便引起了相當多的爭議，如東北詩人王峙的反駁。而此時，由沙鷗代表《詩刊》參與到《草木篇》的批判中，也就很正常和合理。當然，沙鷗對《草木篇》的批判，並不影響他與《星星》之間的情感，此後，他還在《星星》上開闢了談詩的專欄。

在九月份的《詩刊》，繼續發表了黎之的文章《反對詩歌創作的不良傾向及反動逆流》，較為系統地展開了對《星星》詩刊的批判，特別是批判了《吻》、《草木篇》的嚴重問題。黎之提出，《吻》「是在販賣資產階級低級庸俗感情的東西」；流沙河的《草木篇》，「可以說是這一時期用詩的形式向黨進攻的第一支毒箭」等等。他這些批判觀點，實際上與此時其他的批判如出一轍，這裡就在再贅述。對於作者黎之的生平，以及他介入到《草木篇》批判，我們此前也提到。黎之原名為「李曙光」，曾在中共中央中南局宣傳部文藝處、中共中央宣傳部文藝處、人民文學出版社等工作。1954 年的發表的《〈文藝報〉編者應該徹底檢查資產階級作風》一文引起毛澤東主席的注意並作多處批示，另外著有回憶錄《文壇風雲錄》、《文壇風雲續錄》等。〔註 206〕而黎之之所以對《星星》展開批判，正如我們前面提到，是因為他早就瞭解到了毛澤東對《草木篇》的態度。他在《談十七年的文藝運動》中提到，「《正確處理人民內部矛盾》主席講過王蒙，流沙河同志，大家清楚，這是當時的口頭講話，正式發表的稿子沒有。」〔註 207〕之後，他還在《從「知識分子會議」到「宣傳工作會議」（1956 年 1 月～1957 年 3 月）》一文中作了詳細介紹〔註 208〕，由此展開對《草木篇》的全面批判。不過，黎之對《星星》的批判，最後卻指向了

〔註 206〕《中國文學家辭典 現代》，第二分冊，北京語言學院《中國文學家辭典》編委會編，成都：四川人民出版社，1982 年，第 409～410 頁。

〔註 207〕李曙光：《談十七年的文藝運動》，《中國當代文學講座》，中國當代文學研究會編，1982 年，第 49 頁。

〔註 208〕黎之：《從「知識分子會議」到「宣傳工作會議」（1956 年 1 月～1957 年 3 月）》，《文壇風雲錄》，北京：人民文學出版社，2015 年，第 73～74 頁。

河北文藝刊物《蜜蜂》及其主編劉藝亭，這是值得注意的。他說，「當流沙河的右派面貌已完全暴露之後，當6月21日『人民日報』的『什麼話』欄裏發表了『草木篇』並加以詳細的編者按之後，奇怪的是在七月七日的『蜜蜂』雜誌上還發表了為『吻』和『草木篇』辯護的文章。硬說『編輯無過』。並認為對『吻』和『草木篇』的批評不是實事求是的，而是『扣帽子主義、人身攻擊主義，是百花齊放百家爭鳴的死敵』。這我們就不能不問『蜜蜂』編輯部發表這樣的文章的用意何在？」〔註209〕河北文藝雜誌《蜜蜂》與《星星》有著怎樣的關聯呢？我們在田間的詩歌中曾提到，在7月的《蜜蜂》雜誌上，發表了高深《從對『吻』和『草木篇』的批評想到的》的文章。文章的第一部分內容是「編輯無錯」，「報刊上同時出現了香花和臭花，不能就說編輯是『薰蕕不分，湊合雜拌』。報刊上出現一些有臭味的花，是必然的，更是必要的。總之，編輯無錯。」進而認為，「僅僅根據根據一兩篇作品的好壞，是絕對不能就斷定某個作者的整個心靈的好壞的。批評的矛鋒，應該是指向作品，而不是人身。扣帽主義，人身攻擊主義，是『百花齊放，百家爭鳴』的死敵，因為他們會使百花『不』放，百家『不』鳴。」〔註210〕從文章的落款「5月20日於臨城縣城關小學」來看，高深的文章，是延後了一段時間才發表的。對於作者高深，我們也並不瞭解他的具體情況。從他的寫作姿態來看，他應該是一個雜誌的編輯。而他緣何要為《吻》和《草木篇》辯護？我們不得而知。但此時的《蜜蜂》雜誌為何要發表高深的這篇文章，原因又十分的複雜。李奇提到，「這期『蜜蜂』，在四十個頁面上，給人總的印象是：政治氣氛與當前的反右派鬥爭基調十分不協調的，對右派分子顯得那麼溫良、慈善，不僅對他們的反社會主義罪行毫無責備，反而發表《從對『吻』和『草木篇』的批評中所想到的》這樣的毒草，在反右派的嚴重政治鬥爭中，大唱向右轉的小調，公開地為發表毒草的編輯辯護，公開地為『草木篇』的作者辯護，開脫他的罪責，公然對文藝界反右派鬥爭進行誣衊。這就不能不令人奇怪，『蜜蜂』月刊編輯部對當前的反右派鬥爭究竟採取什麼態度，難道編輯在發表這棵毒草的時候，就絲毫沒有嗅到它所放散的臭味嗎？難道就絲毫也沒有考慮到這棵毒草發表後，會引起什麼樣的惡果嗎？」〔註211〕高深的文章，其實是與《蜜

〔註209〕黎之：《反對詩歌創作的不良傾向及反動逆流》，《詩刊》，1957年，第9期。
〔註210〕高深：《從對『吻』和『草木篇』的批評想到的》，《蜜蜂》，1957年，第7期。
〔註211〕李奇：《質問「蜜蜂」編輯部》，《河北日報》，1957年7月23日。

蜂》主編劉藝亭有一定的關係。劉藝亭編發高深為《草木篇》辯護的文章，並不是說劉藝亭與流沙河有著怎樣的直接聯繫，而不過是劉藝亭編輯思想一貫體現而已。對此，《蜜蜂》雜誌就曾批判劉藝亭，「第七期『蜜蜂』——即反黨小集團完全把持了編輯部後出刊的第一期，正當黨領導著全國人民反右派鬥爭激烈展開的時候，——齊頭出現了大批反黨、反社會主義的文章。」〔註 212〕此後，河北文藝界還展開了對劉藝亭的全面批判〔註 213〕，劉藝亭也由此被迫停職。黎之為何要在批判《星星》的時候，將問題的落腳點指向《蜜蜂》雜誌呢？具體情況我們不得而知。從批判流沙河的《草木篇》，到對《蜜蜂》主編劉藝亭的批判，這是《草木篇》批判逐漸深入的表現。而這種深化，也就是反右鬥爭擴大化的具體表現。

三、《人民日報》

在《草木篇》的批判過程中，《人民日報》對整個批判的影響，有著一錘定音的作用。而且《人民日報》也一直在參與《星星》詩刊的相關批判歷史。關於《人民日報》與《草木篇》批判之間的具體情況，我們在前面已經有相關的介紹。《星星》詩刊與《人民日報》的最早建立關係，是因為《星星》詩刊的稿約。在《人民日報》上對《星星》最早的批判，是 1 月 23 日《人民日報》文藝版發表的袁玉伯批評《吻》的文章《談「吻」》〔註 214〕，這篇開啟了《人民日報》對《星星》詩刊的批判。對於這篇文章以及相關情況，我們在《吻》的批判中已經有論述。進入到整風階段，因為四川文藝界整風運動的核心是《草木篇》，所以此時的《人民日報》也就報導了四川文藝界的相關整風情況。「許多作家連日來在省文聯召開的座談會上，揭發了文學藝術界的宗派主義、教條主義，以及川劇改革中的保守思想和不關心曲藝和民間藝人的官僚主義。省委宣傳部副部長李亞群對自己片面理解百花齊放，百家爭鳴政策，以及批評『草木篇』的簡單粗暴方式作了檢查。但是他認為『草木篇』和『組織部新來的青年人』兩者的性質是不同的。『草木篇』的作者流沙河說，『草木篇』中有孤傲離群情緒，應受到批評，但是不是毒草，不應該受到棍子式的教條式

〔註 212〕《徹底粉碎反黨小集團把持「蜜蜂」的陰謀》，《蜜蜂》，1957 年，第 10 期。

〔註 213〕見《河北文藝界的一場大辯論》，河北人民出版社編，石家莊：河北人民出版社，1958 年。

〔註 214〕袁玉伯《談「吻」》，《人民日報》，1957 年 1 月 23 日。

的批評。他說他是對現實社會某些東西不滿意，而不是不滿意社會主義制度。」〔註 215〕此時正是全面展開整風運動的時候，不管是四川文藝界還是《人民日報》，實際上對《草木篇》的態度都是比較曖昧的。

《人民日報》在《草木篇》事件的發展過程中，具有決定性的作用。《人民日報》第一次對《草木篇》批判具有決定性的文章，是 6 月 21 日重刊《草木篇》，以及其「編者按」。文章在開頭，便直接將「草木篇」的問題定性，「這組詩宣揚了脫離群眾、孤高自賞的個人主義，散播了對社會的不滿和敵對情緒」「這組詩對讀者是有害的。」在引用了流沙河的一些言論之後，「編者按」將四川文藝界對「草木篇」和流沙河的評論作為結論予以呈現：「按本質說來，草木篇是反社會主義的作品。」在重刊《草木篇》之後，《人民日報》並沒有進一步詳解介紹《草木篇》批判的歷史問題。但是，此後相關報刊在談到《草木篇》的時候，《草木篇》就已經是一篇反黨反社會主義的「毒草」的典型。如北京新聞界在對「文匯報」批判中所說，「近一個時期，文匯報、光明日報都發表了大量的反社會主義的文章，如文匯報關於孫大雨、流沙河的報導。」〔註 216〕如梁思成的感想，「看過『草木篇』以後，我也曾覺得不是味兒，但也止於覺得那位作者太孤芳自賞，脫離群眾罷了。」〔註 217〕特別是《人民日報》所轉載的《文匯報》的「初步檢查」，進一步批判了「草木篇」，「顯著的例子之一，是本報記者所寫的『流沙河談《草木篇》』。『草木篇』是毒草，是向社會主義進攻的毒箭，這是盡人皆知的了。」〔註 218〕而且《人民日報》在不斷批判《文匯報》的過程中，也就逐漸固化了《草木篇》的問題。「如記者范琰和新聞日報記者陳偉斯的一些反社會主義言行。范琰受章羅聯盟的使命，到湖南、四川等地放火，為流沙河的『草木篇』翻案。」〔註 219〕在《奉徐鑄成之命跑遍重慶成都文教部門點火 四川各界揭露范琰的陰險活動》中的報導，也說「『流沙河談草木篇』這篇訪問記，是范琰反黨活動中的一篇『傑作』。他

〔註 215〕《「春風吹進人心坎 百花百家盡開顏」 四川各界連日座談》，《人民日報》，1957 年 5 月 18 日。

〔註 216〕《北京新聞界人士舉行座談 揭露右派分子篡奪某些報紙領導權的活動》，《人民日報》，1957 年 6 月 25 日。

〔註 217〕《梁思成談毛主席報告讀後感 勇敢地站出來同右派分子鬥爭》，《人民日報》，1957 年 6 月 26 日。

〔註 218〕《文匯報編輯部的初步檢查》，《人民日報》，1957 年 7 月 4 日。

〔註 219〕《上海新聞出版界全面開展反右派鬥爭 揭露編輯記者中的敗類》，《人民日報》，1957 年 7 月 15 日。

在入川前就蓄意在「草木篇」問題上，向黨和人民挑戰。」〔註220〕因此，在反右鬥爭的時候，《人民日報》通過對《文匯報》的批判，就已經將《草木篇》的問題定性為「反黨反人民」的政治問題了。《人民日報》雖然沒有用更多的篇幅對《草木篇》展開批判，但在對《草木篇》問題定性之後以相關的事實坐實了《草木篇》以及《星星》詩刊的「罪惡活動」。8月5日的《人民日報》，在《流沙河怎樣把持「星星」培植毒草 在四川文聯的圍攻下開始交代他的罪惡活動》這篇簡短的報導中，清晰地梳理了「星星」詩刊向黨進攻的歷史：「星星」創刊前的「向黨進攻的活動」「星星」詩刊的「三大編輯方針」以及「向共產黨進攻的五種手段」，最後認為，「『星星』就完全落入了這一夥右派分子的手中。」〔註221〕正如這篇報導所說，是根據四川文藝界整風來寫的。這篇報導的主要內容，完全是四川文藝界的結論。在《人民日報》上發表文章，也只不過借助《人民日報》這個平臺，而從更高層面展開對《草木篇》的批判。

最值得注意的是，《人民日報》上姚丹和星環的總結批判文章。8月16日姚丹在《人民日報》上刊登了《在「草木篇」的背後》一文，對《草木篇》事件具有深遠的影響，在四川文藝界反擊右派中具有重大意義。這篇文章的重點正如標題所言，不在《草木篇》詩歌的藝術問題，而在《草木篇》背後的政治問題。據此，圍繞《草木篇》事件，文章點出了四川文藝界的「十大右派」：「在四川文藝界中，以石天河（即周天哲、『星星』編輯）為首，包括流沙河（團員、『星星』編輯）、白航（黨員、『星星』編輯部主任）、丘原（即丘漾、省文聯幹部）、儲一天（團員、『草地』編輯）、陳謙（即茜子、『草地』編輯）、遙攀（『草地』編輯）、白堤（『歌詞創作』編輯）、曉楓（即黃澤榮、成都日報編輯）、徐航（即徐榮忠、成都第二師範學校學生）等一大群右派分子。」然後姚丹在文章中一一批判了這「十大右派」的具體言論和相關行動。同時，在「十大右派」之外，又指出了張默生和范琰這兩名「右派將軍」，認為「在這個反黨集團的背後，站著兩個赫赫有名的右派將軍，其中一個就是張默生（盟員、四川大學中文系主任）。」〔註222〕由此，姚丹發表在《人民日報》上

〔註220〕《奉徐鑄成之命跑遍重慶成都文教部門點火 四川各界揭露范琰的陰險活動》，《人民日報》，1957年7月28日。

〔註221〕《流沙河怎樣把持「星星」培植毒草 在四川文聯的圍攻下開始交代他的罪惡活動》，《人民日報》，1957年8月5日。

〔註222〕姚丹：《在「草木篇」的背後》，《人民日報》，1957年8月16日。

的這篇文章，就最終確定四川文藝界右派集團的基本構成。那麼，姚丹是誰？他圈點四川文藝界的「十大右派」，以及點出「右派將軍」的根據是什麼？石天河認為姚丹是《文匯報》的記者〔註223〕。但實際上，姚丹並非《文匯報》記者，而是人民日報駐四川記者站的記者。據《四川省志．報業志》記載，「人民日報駐四川記者站建於1955年夏天。原為人民日報西南記者站，建於1952年，紀希晨負責，記者李策、林沫、劉衡。西南行政區撤銷後，從重慶遷成都，改為人民日報駐四川省記者站，掛靠中共四川省委，仍由紀希晨負責，記者有李策、姚丹、鍾林，幹事丁帆、周漂萍。」〔註224〕此時，姚丹應是「人民日報駐四川記者站」的記者，而人民日報四川記者站掛靠中共四川省委。由此可見，姚丹的觀點應該是四川省委宣傳部的觀點，或者說姚丹是完全按照省委宣傳部的要求來寫的。所以，姚丹點出四川文藝界的「十大右派」，以及兩名「右派將軍」，也應該就是四川省委宣傳部的意見。而且從實際情況來看，這「十大右派」和「兩大右派將軍」，都是與《草木篇》有著直接關聯的。可以說，四川文聯正是通過姚丹在《人民日報》上的這篇文章，向全國告知了四川文藝界的右派集團的存在，也宣布了具體名單。

在姚丹的文章之後，我們看到整個文藝界對《草木篇》的批判可以說已經是無可置疑的絕對真理了。這個時候，星環在《人民日報》上發表的《應不應該「一棍子打死」？》，就是這樣一種表現。他說，「今年春天，四川省的右派分子流沙河的毒草『草木篇』受到了批判。當時，這個以石天河為首的反動小集團，就密謀採取各種卑劣的手段，向黨進行反撲。」最後他得出結論，「右派分子是千方百計、甚至可說是『百折不撓』地想把社會主義、把共產黨『一棍子打死』的。當他們的第一棍沒有打成功之後，他們還要打第二棍、第三棍、第四棍……總之，要把社會主義、把共產黨、把人民的天下『打死』為止。對於這樣一些反動徹骨的人，難道我們還能夠對他們溫情脈脈而『不一棍子打死』嗎？……也就是說，要從政治上、思想上把他們『一棍子打死』，打得他們再也不能興妖作怪。」〔註225〕可以說，儘管我們不清楚星環是誰，但星環所說的「一棍子打死」，應該代表了《人民日報》和四川省文藝界對「草

〔註223〕石天河：《回首何堪說逝川——從反胡風到〈星星〉詩禍》，《新文學史料》，2002年，第4期。

〔註224〕《四川省志．報業志》，四川省地方志編纂委員會編纂，成都：四川人民出版社，1996年，第265頁。

〔註225〕星環：《應不應該「一棍子打死」？》，《人民日報》，1957年8月21日。

木篇」的基本態度。

此後的《人民日報》，也還有關於四川文藝界或者說《草木篇》的相關報導。如于明在《戴記「統一戰線」破產了》中談到安徽文藝界右派「破產」的時候，提到了流沙河和儲一天，「四川流沙河的『草木篇』受到各地批判以後，『江淮文學』副主編石青還說：『流沙河挨了批評，我們支持他，別人不要它的稿子，我們要去向他約稿！』流沙河的稿子雖然還沒有在『江淮文學』上露面，而和流沙河狼狽為奸的儲一天的『不敢見太陽的人』一文，卻已登在7月號『江淮文學』上了，這篇作品有濃厚的毒素。」〔註226〕從于明的批判來看，石青與流沙河的相關情況，應該是發生在整風期間。但此時的反擊右派的鬥爭中，具體事實怎樣也已經不重要了，重要的是「流沙河」已經成為一個「黑洞」，只要一有關聯便會陷入其中，最後成為罪狀。另外，《人民日報》上的一些報導中，也呈現了四川省右派集團的「全線瓦解」，「經過近三個月的說理鬥爭，受到殲滅性打擊的四川右派陣營，現已全線瓦解。」其中還專門提到了「白航」的問題，「隨著鬥爭深入發展，隱藏在黨內的右派溫田豐、范碩默、白航、陳新貽、王廷全等也暴露出來了。第一期鬥爭中，由於及時粉碎了右派領導骨幹反黨反人民的陰謀活動，從而打斷了全省反動集團的脊骨，把右派分子完全孤立起來。」〔註227〕從這個報導我們看到，四川文藝界的右派問題，已經完全納入到整個四川省右派集團的問題之中，並被予以全面的反擊。雖然這篇報導沒有直接提到流沙河與《草木篇》的問題，這並不表明《草木篇》已經沒有問題了。而實際上，《草木篇》已經是完全毋庸置疑，而且是人盡皆知的有著嚴重政治問題的「毒草」，並已經成為了政治錯誤的一個代名詞。如許廣平的發言就提到，「有的同志指出，你說中央不瞭解文藝情況，那麼武訓傳問題、紅樓夢研究問題、胡風問題、草木篇和『電影鑼鼓』等問題不是中央提出又是誰提出來的呢？」〔註228〕許廣平就完全將《草木篇》的問題，與武訓傳問題、紅樓夢研究問題、胡風問題等文藝界的大問題並列，由此可見《草木篇》問題之嚴重。徐遲也提出艾青作品《養花人的夢》，「這是艾

〔註226〕于明：《戴記「統一戰線」破產了》，《人民日報》，1957年8月30日。

〔註227〕《上下夾擊 內外會攻 工農群眾支持鬥爭 四川省右派陣營已全線瓦解鬥爭中堅持講道理擺事實使右派言論受到徹底揭露和批駁 克服溫情主義防止簡單粗暴嚴格區分界限使運動健康進行》，《人民日報》，1957年9月1日。

〔註228〕《關於丁玲、陳企霞反黨集團的活動 中華全國民主婦女聯合會副主席許廣平在全國婦代會上的發言》，《人民日報》，1957年9月14日。

青的『草木篇』，其惡毒不亞於流沙河的。」總之，從《人民日報》的相關報導來看，此時《草木篇》的問題不僅相當嚴重，而且已經成為了「毒草」的符號，成為了反擊「文藝界右派」的一個標誌性符號。所以，此後李劼人在《人民日報》的自我批判中，他與《草木篇》的問題，還必須重新再檢討一次，「當四川省文藝界嚴正批判『草木篇』時，我卻認為這是『小題大做』，並認為作者年輕無知。至於作者對社會主義的刻骨銘心的階級仇恨，卻未能從其文字中嗅出。」〔註 229〕

《人民日報》對於《草木篇》問題的深遠影響，直到 1977 年《詩刊》復刊之時都還存在，姚文元就還一直耿耿於懷。梁仲華在《變色龍經歷之一瞥》一文中說，「一九七五年九月，偉大領袖毛主席親自批准《詩刊》復刊，陰謀家、野心家姚文元別有用心地說什麼：『出點《草木篇》之類，並不可怕，我們都是經歷過來的。』」〔註 230〕當然，這裡並不是說姚文元個人的批判問題，而是表明，《人民日報》對《草木篇》問題批評，其影響是深入的。在展開對《星星》詩刊的徹底批判之後，《人民日報》還在《改組編輯部扭轉政治方向「星星」除去毒草開香花》中，專門報導了《星星》詩刊的改組，宣告了《星星》詩刊的徹底革新等情況。「自創刊以來一直被右派分子石天河、流沙河等把持的『星星』詩刊編輯部，最近已進行改組。新改組的編輯部在 17 日給國內許多詩人的信中，這樣寫道：『星星詩刊現已是反擊右派的陣地，是社會主義詩歌陣地！』從已發排的第九期所刊登的詩歌就可以看出這個刊物的政治面貌有了改變。」〔註 231〕可以說，也正是通過《人民日報》的報導，才最終宣告了《星星》詩刊的改組。由此，《人民日報》中的《星星》詩刊，便以一種全新的面孔呈現在人們的眼前。此時，《星星》已經有了新的主編，《星星》詩刊也有了全新的面貌。1958 年 5 月 27 日，新任主編安旗在《人民日報》上刊登了一篇評論文章，《把詩送到工廠、農村、街頭去！——讀「星星」詩傳單》〔註 232〕，讓我們看到了煥然一新的《星星》詩刊。安旗接管《星星》詩刊，成為主編，這本身就是《星星》詩刊改組的重要體現。而她這裡所介紹的

〔註 229〕李劼人：《我要堅決改正錯誤》，《人民日報》，1958 年 2 月 14 日。

〔註 230〕梁仲華：《變色龍經歷之一瞥》，《人民日報》，1977 年 1 月 19 日。

〔註 231〕《改組編輯部扭轉政治方向 「星星」除去毒草開香花》，《人民日報》，1957 年 8 月 24 日。

〔註 232〕安旗：《把詩送到工廠、農村、街頭去！——讀「星星」詩傳單》，《人民日報》，1958 年 5 月 27 日。

「星星」詩傳單，不僅是《星星》詩刊改組後辦刊方針的重要體現，而且重新建構起了一個新的「星星」形象。

最後，在《人民日報》對「草木篇」的批判中，蔣維的參與，是其中一個有趣的小事件。我們看到，在《人民日報》上對《草木篇》的批判，主要都是由四川文聯以及四川省委宣傳部推動的。而蔣維在《人民日報》上對流沙河的批判，則可以說純粹是個人行為。9 月 3 日的《人民日報》刊登了蔣維的詩歌《為「草木篇」作者造像》，全力展開對流沙河的批判，「他與祖國勢不兩立，／『寧願去資本主義國家／作個自由的貧困兒……』；／他與人民不共戴天，／『要去沙漠裏繁殖著兒女……』／／一副奴顏，／一副媚像；／一臉橫肉，／一身刺刀。」〔註 233〕詩歌的兩個部分，前面一個部分是梳理流沙河的言論，後一部分醜化流沙河的形象。從這篇文章來看，在整個《草木篇》批判中，蔣維的文本並沒有什麼高深的理論和獨特的意義。那《人民日報》為什麼要發表蔣維這樣一首批判流沙河的，也並不高明的詩歌呢？從相關的資料看：蔣維，曾任抗大二大隊一隊區隊長、延安農具廠總務科長、晉綏軍區兵工部股長。新中國成立後曾任川南行署企業局副局長，第一、二機械工業部副局長，第六機械工業部配套局局長、副部長、顧問。〔註 234〕在相關介紹中，有兩個值得注意的地方：第一，蔣維在新中國成立後曾任川南行署企業局副局長，那麼，他應該對四川文藝界爭鳴情況有所瞭解。第二，此後他調任第一、二機械工業部副局長，所以在也應該比較熟悉北京的文化圈。由此，蔣維參與批判流沙河，並能在《人民日報》上發表相應的批判文章，是完全說得通的。那麼，蔣維此時為什麼批判流沙河呢？關於蔣維與流沙河之間的個人關係，我們不得而知。但在建國初期，蔣維在四川報刊雜誌上就發表過一些文章，如《和平與友誼》〔註 235〕和《讀〈在一個社裏〉》等等。特別是《讀〈在一個社裏〉》這一篇文章，其中他所評論的詩歌作品《在一個社裏（詩七首）》的作者，正是流沙河。流沙河的這組詩包括《田坎》、《客人》、《停了的織布機》、《小槐樹》、《蘇聯豆子》、《未來的拖拉機手》、《社長的筆記本》等七首詩歌。蔣維的這篇評論，早在《西南文藝》1956 年第 2 期就發表了，他評

〔註 233〕蔣維：《為「草木篇」作者造像》，《人民日報》，1957 年 9 月 3 日。
〔註 234〕《中國近現代名人生平暨生卒年錄 1840～2000》，周新民主編，北京：經濟管理出版社，2009 年，第 514 頁。
〔註 235〕蔣維：《和平與友誼》，《西南文藝》，1955 年，第 8 期。

論說，「發表在『西南文藝』一九五六年一月號上的流沙河通知的組詩『在一個社裏』，是反映農村生活的較好的作品。作者以滿腔的談情，歌頌了農村生活的急劇變化，如在『田坎』一詩裏，作者從切身的感受，描繪了農村一幅新鮮的景象。……此外，『在一個社裏』，還有這樣一個特點：作者能夠通過一些普通的事件，來表現事物的本質。作者是善於選擇題材的，他能抓著一個場面，歌頌那些應該歌頌的事件。可見，作者對農村是熟悉的，對生活有細緻、深入的體驗。『在一個社裏』具有清新的風格，結構單純，語言樸實生動，沒有虛飾和堆砌。」〔註 236〕從這些評論來看，蔣維對流沙河的詩歌，進行了全面的分析，也給予了較高的評價。可以說，正是由於蔣維肯定過流沙河作品，或者說支持過流沙河，所以進入到反右鬥爭的高峰時期，他就必須與流沙河劃清界限，發表批判流沙河的文章。不僅如此，在《人民日報》上發表《為「草木篇」作者造像》的同時，蔣維還在《紅岩》的「反擊右派！剷除毒草！」專欄上發表了《兩種聲音的對比（兩首）》〔註 237〕，繼續對文藝界的右派展開了全面批判。如在其中一首《右派的吹噓和叫囂》中，就提到了「電影的鑼鼓」「黨天下」「草木篇」「再生記」等的狂妄叫囂，全面表達了他對反右鬥爭的積極態度。由此可以說，蔣維的批判文章《為「草木篇」作者造像》，並非《人民日報》的命題作文，而且是蔣維主動請纓。蔣維的主動介入。從他個人來講，目的就是撇清自身的問題。但也正是由於蔣維以及其他相關的人的自覺介入，便一起把《草木篇》的問題，如雪球一樣越滾越大，共同將建構成為一個不可動搖的真理，最後成為籠罩在所有人頭上的「達摩克利之劍」。

第四節　四川省文學藝術工作者代表會議

與整個國家的鬥爭形勢一樣，在經過了對右派的全面反擊之後，四川文藝界也進入到整改和總結階段。當然，在對反右鬥爭予以「整改」和「總結」的同時，也並沒有停止對右派的鬥爭。

一、整改階段

整個反右鬥爭進入「整改階段」，是從 9 月 20 日至 10 月 9 日在北京召開

〔註 236〕蔣維：《讀〈在一個社裏〉》，《西南文藝》，1956 年，第 2 期。
〔註 237〕蔣維：《兩種聲音的對比（兩首）》，《紅岩》，1957 年，第 9 期。

的中國共產黨第八屆中央委員會擴大的第三次全體會議開始的。此次會議著重討論整風運動和反右派鬥爭的方針政策和具體部署等問題，由此標誌著反右鬥爭進入整改和總結階段。這次會議的核心主題，體現在鄧小平所作的《關於整風運動的報告》〔註 238〕中。會議的內容，一方面對前一段整風運動和反右派鬥爭作了總結，另一方面對下一階段的工作做了部署和安排。「在中央、省（市）、地、縣四級機關，運動都必須經過四個階段，即大鳴大放階段（同時進行整改），反擊右派階段（同時進行整改），著重整改階段（同時繼續鳴放），每人研究文件、批評反省、提高自己階段。凡是在反右派鬥爭已經取得決定性勝利的單位，應該及時轉入以整改為主的第三階段，同時對資產階級思想進行有系統的批判。」按照中央的部署，此時整個國家的反右鬥爭，就已經從反擊右派階段進入到了整改階段。雖然整個運動進入到了整改的階段，但這並表明相關的批判就此打住。「在反右派鬥爭已告一段落的單位，應該堅決及時地轉入整改和思想教育階段。……資產階級知識分子，除了其中少數人具有右派觀點外，還有其他嚴重的錯誤觀點，特別是個人主義、自由主義、無政府主義、平均主義和民族主義等。在思想教育和批評反省階段，必須集中力量對這些錯誤觀點給予系統的批判。這是這次整風運動所必須完成的最重大任務之一。」進而，10 月 21 日的《人民日報》發表社論《大膽地改，堅持地改，徹底地改》指出，「為了我們偉大的社會主義事業，全黨同志和全國人民一定要把整風運動進行到底，不獲全勝，決不收兵。」〔註 239〕繼續強調了反右鬥爭的「整改」要求。

與國家的反右鬥爭同步，四川也進入到「整改階段」。四川省市也都展開了聲勢浩大的整改運動。10 月 23 日四川省委發出《關於四川省高等學校繼續深入整風、反右派與進行社會主義教育的指示》，10 月 25 日李井泉就向省級機關黨員幹部 1400 多人作掀起整改高潮的動員報告。成都市也進入到「整改階段」，「10 月 27 日至 11 月 12 日，市委召開第五次全委擴大會議，參加會議的各級領導幹部和基層幹部 1145 人。會議傳達了黨的八屆三中全會精神，學習貫徹中央關於整風運動和反右派鬥爭的方針和具體部署，用大鳴、大放、

〔註 238〕鄧小平：《關於整風運動的報告（一九五七年九月二十三日在中國共產黨第八屆中央委員會第三次擴大的全體會議上）》，北京：人民日報出版社，1957 年。

〔註 239〕社論《大膽地改，堅持地改，徹底地改》，《人民日報》，1957 年 10 月 21 日。

大爭、大辯、大字報的方式批判各種錯誤思想。11月13日至17日，市委召開會議，總結前一階段的整風運動，決定整風轉入整改。」〔註240〕此時四川文藝界，也展開了深入的「整改運動」。10月10日《四川日報》刊登《文化藝術界認真邊整邊改》，就談到了《草地》的「整頓和改進」，將會更密切地注意組織發表反映現實生活的作品。換句話說，在「整改」過程中，實際上還在繼續展開尖銳的批判。

由於《星星》詩刊自身問題的嚴重性，所以對《星星》詩刊的整改運動，其實很早就已經開始了。而對於《星星》詩刊來說，所謂「整改」首先就是「改組」，然後在此基礎上，進一步展開對於《星星》詩刊的批判。9月25日，改組後的星星詩刊編輯部，向詩人和評論家發出了「約稿通知」，由此啟動了新一輪的批判或者說「整改」。

> 同志：
>
> 改組後的「星星」詩刊編輯部，為了要把反右鬥爭堅決進行到底，我們必須遵循六項「政治標準」，在本刊進行一系列的消毒工作。關於毒草、壞作品和帶有壞傾向的作品，請參考「右派分子把持『星星』詩刊的罪惡活動」一文（「星星」9期。關於這些右派分子的反動的詩歌論調，根據已知材料，揭露如下：
>
> （一）關於詩的感情問題
>
> 1. 抒情詩的任務是以其飽和感情的內容去豐富讀者心靈，給予美的享受。至於社會主義，則與一首詩的好壞無關。
>
> 2. 抒情詩的特點是詩人的主觀要表現得更充分些，這就是他要熱情地敘述自己對客觀現實（也包括自己）的態度、信念和美感，（按：所謂詩人的主觀表現，所謂詩人對客觀現實的信念，是離開階級立場的一種說法。這種說法，貌似「超階級」觀點，實質是資產階級的文藝觀點。）
>
> 3. 什麼是人民之情的範疇？凡屬正常的，人之常情的感情都應該包進去。因此，一些平凡的，或消極性感情如悲傷、憂愁等，都屬於這一範疇。（以上見邱爾康：「抒情詩雜談」，「星星」2期）
>
> 4. 詩是抒發人的「喜、怒、哀、樂、憂、惡、欲」七情。「百

〔註240〕中共成都市委黨史研究室編，《中國共產黨成都歷史大事記（1919.5～2005.5）》，北京：中共黨史出版社，2005年，第135頁。

花齊放，百家爭鳴」，在詩就是應該抒發這種人的「七情」。簡而言之，抒情詩，就是抒發超階級的人性。（見右派分子石天河在「星星」2期寫的編後草：「七絃交響」）

5. 愛情詩寫了勞模、獎章、工作好著一類的話，就是把愛情簡單化到違反人性的地步，把愛情庸俗化到令人作嘔的程度，應該制止這種侮辱人、侮辱人的感情的宣傳。

6. 愛情詩的較普遍傾向，是溫開水，沒有狂熱，沒有激情的歡樂，都太理智了。（按：所謂「狂熱」，所謂「激情的歡樂」這裡指的是如「吻」那類黃色作品）（見右派分子流沙河在去年全省文學創作會議上關於詩歌問題的個人發言，載「草地通訊」第26號）

（二）關於詩的個性問題

1. 詩歌的個性是詩歌的生命。

2. 同意反黨分子丁玲的污蔑，認為反映抗美援朝的詩歌，都是千篇一律，沒有個性，都是抄襲人民日報的社論。同樣，認為大批支持埃及人民反帝鬥爭的詩，都是抄襲人民日報社論的分行押韻的標語。

3. 凡是紀念節日（如「七一」、「十一」等）的歌頌黨或歌頌祖國的詩，都非常糟糕。這些「配合任務」的詩，都不應該發表，因為這些詩歌都沒有個性。

4. 詩沒有個性，原因在於作者沒有忠實於自己的感受。

（同上）

（三）關於詩的題材問題

1. 反映工業建設的詩，絕大部分是粗製濫造，早就被人遺忘了。反映工業建設，就是鼓勵粗製濫造，就是排斥反映周圍的現實生活。

2. 應該重視反映「個人生活」的詩歌，不應該重視反映「社會生活」的詩歌。寫個人生活，直接地表露自己的思想感情，正是詩歌這一文學形式的內容上的特點。

3. 必須反對題材至上主義，解開束縛，為題材打開廣闊而自由的天地。（按：以上三條，流沙河反對詩歌反映工業建設和社會生活，反對題材至上主義，其實質是：反對詩人深入工農兵的鬥爭生活，反對詩人歌唱工農兵的鬥爭生活。）

4. 新的歌，歌唱一切。如「大學生的戀歌」（1 期）也是「新的歌」。生活是如此廣闊，什麼都可以歌唱。（見石天河在「星星」創刊號寫的編後草：「新的歌」）

（四）關於詩的形式問題

1. 詩歌形式日益單調。除了最流行的四行押韻體和常有所見的樓梯形式而外，別的體式則愈來愈少了。（見流沙河關於詩歌問題的個人發言）

2. 根據社會生產發展的規律，格律詩將逐漸讓給自由詩。（見丘爾康：抒情詩雜談）

以上提到的毒草、壞作品、帶有壞傾向的作品和反動詩歌論說，可能還有遺漏，歡迎繼續揭露、批判。文章最好只談一個問題，以不超出三千字為宜。

「星星」編輯部

1957.9.25.〔註 241〕

在這份通知中，「星星編輯部」重點談到了此前《星星》在「詩的感情問題」、「詩的個性問題」、「詩的題材問題」、「詩的形式問題」這些方面的「四大反動論調」，提到了流沙河、石天河、邱爾康三個人的具體文章和具體觀點。因此，《通知》中這「三個人」的「四大反動詩歌論調」，便成為此後批判一個重點。這份《通知》在批判內容上，也是對第 9 期上的文章《右派分子把持『星星』詩刊的罪惡活動》一文的進一步深化和體系化。結合到此前對《星星》的批判文章來看，經過四川省文聯的組織，以及相關作家的不斷介入，《星星》詩刊的「問題」，不斷的膨脹、集聚，「問題」也越來越多，越來越嚴重。所以，進入到 10 月後，四川「兩刊、兩報」，即《四川日報》、《成都日報》和《草地》、《紅岩》，便在「星星編輯部」的「約稿通知」要求之下，對《星星》及其「反動詩歌論調」展開批判。

這一階段在《草地》和《紅岩》上的批判文章雖然不多，但卻幾乎都是大部頭的長篇大論。如 1957 年第 10 期的《草地》上發表了 3 篇文章，第一篇本刊編輯部《徹底清除右派分子對刊物造成的毒害！》是對《草地》雜誌自身的檢討批判之外，另外兩篇是小木系統批判流沙河的《斥流沙河的「個性論》和劉開揚系統批判張默生的《也談張默生的「詩無達詁」》。在 11 期

〔註 241〕《通知》，《四川省文聯（1952～1965）》，建川 127～130，四川省檔案館。

《草地》中，除了有《草地》編輯部繼續自我檢討和批判的文章《徹底揭露右派分子！嚴肅批判右派思想！》之外，還有劉思久批判流沙河的長文《批判流沙河反動的詩歌理論》。這些文章，都有著較強的理論思辨力。重慶方面，在第 10 期《紅岩》中有 2 篇批判文章，一篇是游藜批判張默生的《毒蛇張默生》，另外一篇是何牧批判石天河的《石天河——胡風的孤臣孽子——對右派分子石天河一篇進攻黨的文章的揭露和批判》。在第 11 期的《紅岩》中，也還有文放批判張默生的《「武訓精神」的結合》。從這裡可以看到，四川文藝界在進入到整改和總結階段的時候，批判重點回到了《草木篇》問題的三個核心點：即《草木篇》作者流沙河、右派集團首領石天河與支持《草木篇》的民盟成員張默生。我們分別來看其中的觀點。

首先，小木、劉思久對流沙河「詩學理論」的批判。此時他們對流沙河的批判，似乎是回到了「詩學理論問題」，是一次詩學論爭，但實際上又並非如此簡單。小木的《斥流沙河的「個性論」》便是其中代表。縱覽全文我們看到，他對流沙河的批判，是按照「約稿通知」中的要求，對 1956 年第 26 號《草地通訊》上的「流沙河在創作會議的詩歌發言」展開批判，並重點批判了流沙河的「個性論」思想。文章從「個性與風格」、「典型化與個性」、「形式也有個性嗎？」、「兩條道路的鬥爭」這四個方面展開論述，最後得出結論，「流沙河等人的叫喊，並不是為了捍衛社會主義的文學事業，他們是幻想資產階級文學能夠捲土重來，在新中國的文壇上復辟。所以，他們反對文藝為現實的社會主義政治服務，反對文學藝術的典型化；主張在文藝創作、批評和繼承等問題上不要原則，提出抽空了階級立場的所謂『個性』來對抗社會主義文學中的黨性。不難看出，以上一系列的別有用心的論調，以及《草木篇》的發表和圍繞《草木篇》所引起的爭論，實質上就是在文藝戰線上反映出兩條道路的鬥爭——資本主義文學道路和社會主義文學道路的鬥爭。」〔註 242〕這些觀點我們就不在詳述了，之後小木還發表了《批駁流沙河在愛情詩問題上的謬論》〔註 243〕一文，繼續展開對流沙河的批判。關於作者小木，我們已經難以考證他是誰。但在建國初，他是一為非常活躍的作家和批評家。在批判流沙河之前，作者「小木」就在《草地》等刊物上發表過系列文章，如《誇張與想像》、《社會主義高潮在上海（特寫）》、《談簡潔》、《「此時無聲勝

〔註 242〕小木：《斥流沙河的「個性論」》，《草地》，1957 年，第 10 期。
〔註 243〕小木：《批駁流沙河在愛情詩問題上的謬論》，《草地》，1958 年，第 5 期。

有聲」》、《漫步在〈鳳凰之歌〉的排演室裏》、《詩的語言》等。此後，「小木」仍然活躍於四川文藝批評界，在《草地》、《四川文學》上發表了多篇文章，如《「要創造新的」》、《細節不可忽視》、《讀〈紅軍的皮包〉》、《要學習》、《多擺點龍門陣》、《詩與生活的劄記讀四川評書〈奪印〉劄記》等。由此，作者「小木」確有其人，雖然我們並不瞭解他的具體情況。另外，我們也難以瞭解他與流沙河之間有著怎樣的個人關係。不過，從小木的系列文章來看，他一直都在注視著四川文壇的發展。那麼，由他來展開對流沙河的批判，也就是水到渠成的事情了。從這篇整個文章的內容來看，完全符合「星星」編輯部和四川省文聯機關刊物《草地》的要求，而且《四川文學》等刊物也多次向他約稿，可見作者「小木」與四川文聯有著密切的關係，他的論文便是一篇《星星》詩刊的「組稿文章」。

同樣，發表在《草地》第 11 期上四川大學教師劉思久的文章《批判流沙河反動的詩歌理論》，也是按照「約稿通知」的要求，針對 1956 年流沙河在四川省文學創作會議上關於詩歌問題的發言而展開批判。「流沙河去年在四川省文學創作會議上關於詩歌問題的發言（見《草地通訊》26 期），所提到的理論問題，幾乎涉及到詩歌創作的各個方面。諸如詩歌的題材、個性、對象、特點、感情、美等等。在這些問題上，流沙河遮遮掩掩地表述了他的反動的詩歌理論。」進而，劉思久在文章中提到：「流沙河的自白正是一個清楚的說明。流沙河在交代他到《星星》時的心情和以後的行動時，表明流沙河到《星星》是抱有不可告人的目的的。……在行動上如此，理論上亦復如此。……流沙河——胡風反革命集團的理論的忠實繼承者，假冒、造謠、誹謗、謾罵、欺騙，也是他的理論活動的特點。」由此，他分別對流沙河的「題材無差別論」、「詩歌的個性問題」、「詩歌的表現對象和特點的問題」以及「詩歌的感情問題」，予以了長篇批判。在對每個問題的具體論述中，劉思久都是首先總結流沙河的具體文藝觀點，然後對此展開批判。最後他總結說，「流沙河的詩歌理論是反動的，唯心主義的。他的理論是胡風反動理論的再現。」〔註 244〕從這篇批判文章來看，劉思久對流沙河的批判有了新的材料，也就有了新的角度。當然，劉思久的批判，與其他的批判，也都是同樣的模式：即先歸納出流沙河的文藝觀點，然後聯繫到胡風問題，最後上升為「政治批判」，由此將

〔註 244〕劉思久：《批判流沙河反動的詩歌理論》，《草地》，1957 年，第 11 期。

他定性為反黨反社會主義文藝觀。劉思久這篇文章所提到的《草地通訊》，是四川文聯出版的不定期的內部刊物。而流沙河 1956 年在四川省文學創作會議上關於詩歌問題的發言，也是因他參加了全國青年創作會議後，作為四川詩歌界的代表的發言，並非與他的《草木篇》批判直接有關。可以說，劉思久的批判，正是按照「約稿」的要求，是一次有意識的「翻流沙河文藝舊賬」的評論。而作者劉思久，此時是四川大學教授「文藝理論」的教師，正好符號四川文聯的批判的理論需求。但在整個文藝批判期間，劉思久僅有這樣一篇批判文章，並不是一個積極的批判者。只因張默生為《草木篇》辯護提出「詩無達詁」之後，四川大學中文系已經與《草木篇》批判有了非常密切的關係，作為中文系的教師，劉思久參與《草木篇》批判也就成為了必然。

其次，何牧對石天河「文學理論」的批判。在對流沙河「詩學理論」展開「整改批判」的同時，按照「約稿」的要求，四川文藝界繼續展開對石天河「文藝理論」的批判。與對流沙河的批判不同的是，何牧認為石天河的「文藝理論」問題還只是小問題，他的「反黨問題」才是大問題。我們知道，由於石天河的皇皇「萬言書」，以及發表於《文匯報》上的揭發信，所以對石天河的批判，一方面並不迴避對其文藝理論的批判，同時又要緊緊揪住石天河「反黨本質」這一核心而展開批判，何牧的文章便是這樣一篇典型文章。正如文章的開頭所說：「他發表的許多荒謬的評論文章，過去我們只把它看作是文藝思想的錯誤，現在看起來，這種看法並不是在那裡討論什麼學術問題，而是別有用心地向黨發射毒箭。借討論文藝問題之名，行進攻黨的文藝事業之實，這就是他的居心所在。我們應該揭露他的這個陰謀。拆毀他的毒箭！為此，本文想對他『作家的世界觀與作品的思想性』(『文藝報』1956 年 24 期）那篇文章，作些揭露和批判。」關於石天河的文章《作家的世界觀和作品的思想性》一文，我們前面已經有具體的介紹。這裡何牧對石天河批判，則主要從與胡風的關係入手，認為「石天河及其反動小集團，對於胡風反革命集團是引以為師，推崇備至的。」〔註 245〕由此我們看到，在文章中，何牧實際上也並不是批判其文藝思想，而是緊緊抓住了批判石天河的一個核心「胡風的孤臣孽子」，由此展開政治批判的。與劉思久被動介入到《草木篇》不一樣的是，何牧對《草木篇》的批判應該是主動的。這背後有著多方面的原因，其中最

〔註 245〕何牧：《石天河——胡風的孤臣孽子——對右派分子石天河一篇進攻黨的文章的揭露和批判》，《紅岩》，1957 年，第 10 期。

直接的原因是在整風運動中，何牧在《紅岩》發表了文章《「大膽」與「盲目」》一文，對《草木篇》和《星星》詩刊採取了既批判又肯定的曖昧態度，「在『百花齊放，百家爭鳴』的方針提出來之後，『星星』發表了『草木篇』和『吻』本來用不著驚慌失措；大張旗鼓地進行『圍剿』也大可不必；某些批評文章中有簡單粗暴，扣帽子等情形，更不能不說是一種錯誤。……如果對這種錯誤也加以讚揚，那與其說是在鼓勵『大膽的放』，勿寧說是在鼓勵『盲目的放』。」〔註 246〕在這篇文章中，何牧雖然也認為《星星》詩刊的編輯不是「真正的大膽」，而是「盲目的放」，但是整個文章一開篇就否定《草木篇》批判，這個觀點是非常引人注意的。不過，問題的複雜性在於，何牧其實又並非是一個「中性」評論家，而與此相反，他本身就是一個激進的批判者。在對胡適及「《紅樓夢》批判」運動中，何牧就寫過《西南文藝發表的關於「紅樓夢」和「西遊記」的評介中的問題》和《批判胡適對「紅樓夢」和「水滸傳」的歪曲》〔註 247〕兩篇批判文章，此後還有一系列的批判文章：在《奇怪的「誇張」論》中批判了張澤厚文章《談談藝術概括與誇張》的觀點〔註 248〕，在《「西南文藝」提倡寫新事物時的教條主義偏向》〔註 249〕中批判了《西南文藝》上的作品，在《游藜的「有衝突論」的反動實質》中對游藜展開批判，「是對黨的領導，對社會主義文藝事業，肆無忌憚地進行了極端瘋狂的惡毒的進攻」。〔註 250〕可見，此時何牧對石天河的批判，一方面是在回應此前的文章《「大膽」與「盲目」》，但他本身一直就是一個文藝批判的積極推動者。可以說，何牧一直是在按政治的需要而展開評論，他此前的帶有辯護性質的文章《「大膽」與「盲目」》是為了適應整風運動的政治需要而寫的，此時的《石天河——胡風的孤臣孽子》則是為了反右鬥爭的需要而寫的。何牧之所以為《草木篇》辯護，他之所以批判石天河，並非處於自己理論建構的需要，而都是政治鬥爭的需要。但更值得注意的是，這又並非說作為《西南文藝》、《四川文學》編輯的何牧，在其編輯理念中，只有政治性而完全無視文學作品的藝術性。據

〔註 246〕何牧：《「大膽」和「盲目」》，《紅岩》，1957 年，第 6 期。

〔註 247〕何牧：《西南文藝發表的關於「紅樓夢」和「西遊記」的評介中的問題》，《西南文藝》，1955 年，第 1 期；何牧：《批判胡適對「紅樓夢」和「水滸傳」的歪曲》，《西南文藝》，1955 年，第 3 期。

〔註 248〕何牧：《奇怪的「誇張」論》，《紅岩》，1956 年，第 9 期。

〔註 249〕何牧：《「西南文藝」提倡寫新事物時的教條主義偏向》，《紅岩》，1957 年，第 8 期。

〔註 250〕何牧：《游藜的「有衝突論」的反動實質》，《紅岩》，1958 年，第 4 期。

介紹，何牧原名何世泰，1953 年畢業於中央文學研究所，曾任《西南文藝》、《四川文學》等刊物小說散文組長，發現和扶持了羅廣斌、周克芹等大批文學新人〔註 251〕。從這裡可以看到，何牧又是一個非常優秀文學編輯。在鄧儀中的《周克芹傳》中，就詳細介紹過何士泰（何牧）對周克芹作品《井臺上》、《早行人》的發現和推薦。〔註 252〕那麼，在何牧對待《草木篇》的兩種態度中，我們很難說他到底是一個辯護者，還是一個批判者了。或者可以說，儘管何牧有著藝術的追求，但當政治往那一邊傾斜的時候，他也只能隨著時代發出聲音。

第三，林如稷等人的批判。此時《四川日報》、《成都日報》上也繼續展開批判，發表了相關的文章。10 月 5 日，《四川日報》副刊《百草園》發表了林如稷的《深夜寄簡》，對流沙河展開了批判，值得注意。他說：流沙河曾言想離開祖國到資本主義國家做一個貧困兒，表明其在思想上、情感上都是「背叛祖國」，並號召大家應以魯迅的那種「祖國需要我」的精神自勉。關於林如稷與《草木篇》批判之間的關係，此前我們已經有了相關的介紹。作為省文聯的領導，林如稷既非常熟悉具體的批判情況，又與整個事件有著非常密切的關係。如在文藝界的「鳴放座談會」中，林如稷就與沙汀、李亞群、段可情、常蘇民、李劼人等人一起有過關於「鳴放」的討論。而且在李劼人的發言中，也曾提到「當時沙汀、常蘇民都希望我發言，希望我在洪水中作一次中流砥柱，希望我和林如稷說番公道話，澄清一下。」〔註 253〕因此，在「鳴放」初期，林如稷與李劼人一樣，他們都是反對「《草木篇》批判」的。對此流沙河也有專門的回憶，「川大教授林如稷，在文聯來開會說，你們整人關起門整，整出問題了才把我們這些委員找來，當初為什麼先不來徵求一下我們的意見，現在主席說了你們的批判粗暴，喊你們停了，弄出問題了，才想起來找我們貢獻意見。」〔註 254〕但是，進入到全面反擊右派的過程中，林如稷也只能積極反右，必須展開相批判，所以便有了《深夜寄簡》一文。此後，林如稷不僅

〔註 251〕《四川人才年鑒》，劉茂才主編，成都：四川人民出版社，1996 年，第 303 頁。

〔註 252〕鄧儀中：《周克芹傳》，重慶：重慶出版社，1996 年。

〔註 253〕李劼人：《在省人代會預備會議成都小組會議上的一些檢查》，《四川日報》，1957 年 8 月 24 日。

〔註 254〕何三畏整理：《「如果不寫這個，我後來還是要當右派」——流沙河口述「草木篇詩案」》，《看歷史》，2010 年，第 2 期。

要批判流沙河，還要繼續批判同為四川大學中文系教授的張默生。他的發言題為《林如稷揭開張默生的老底子：他在二十七年前就反黨反人民，排擠胡也頻，開除進步學生，為厚黑學教主李宗吾作傳，在抗日時期宣揚武訓的奴隸精神，以瓦解民族鬥志受到蔣介石的讚揚》，從民國時期一直講到建國初，全面地批判了張默生的各種言行，「張默生在山東濟南中學當校長，就曾用卑鄙的手段打擊過當時在該校任教的胡也頻，逼他離開濟南中學」，以及「打擊進步勢力」、「在偽教育部當專員」、「受偽教育部長聘為特約編輯」、「對厚黑教主李宗吾特別崇拜」等等。另外，在林如稷的發言中，還著重批判了張默生建國後的言行，「解放後，黨對你不究既往，給以人民教師的地位。批判武訓傳時，也沒有把你當作重點，你避重就輕的檢討了一下就過去了。思想改造時你自己檢討說：你是賣身求榮、投機取巧，你用這八個字混過了關。在批判俞平伯研究紅樓夢的唯心觀點前，你曾熱心宣傳俞平伯的觀點，親口說周汝昌的『紅樓夢新證』是必讀書。因為李希凡、藍翎放了批判俞平伯在紅樓夢研究中的錯誤觀點的第一槍，當然也觸及了你的錯誤觀點，你對李、藍一直不滿。現在俞平伯先生已捨棄了他過去研究紅樓夢的錯誤方法，你還在說什麼李希凡、藍翎是黨抬出來的新權威，以壓倒老權威。」最後，林如稷得出結論，「從你一貫的言行看來，可以說老早就是一個右派人物。怪不得解放後每次有關文學批判討論，總有你赫然在焉。這次，你與全國的右派分子遙相呼應，手法一模一樣。」〔註 255〕林如稷的發言，此後更名為《張默生——老右派分子——據在川大全校批判張默生大會上的發言記錄整理》〔註 256〕發表在《草地》上。此外，《人民川大》也對於林如稷的發言予以了報導，認為張默生，「不僅是個右派分子，而且是個老右派分子！」〔註 257〕當然，面對整個形勢，以及相關批判材料的揭露，林如稷的「轉變」，就與李劼人等所有人的轉變是一樣的，被形勢所裹挾而無法逃避。儘管他們有著重要的身份，是有影響力的作家，但他們與其他人一樣，在「反右鬥爭」下，不但不能逃離，還必須旗幟鮮明地介入到其中，甚至成為一名尖銳的批判者。

〔註 255〕《四川大學師生員工集會 揭發和批判張默生反社會主義言行》，《四川日報》，1957 年 7 月 8 日。

〔註 256〕林如稷：《張默生——老右派分子——據在川大全校批判張默生大會上的發言記錄整理》，《草地》，1957 年第 8 期。

〔註 257〕《右派分子張默生的真面目徹底暴露》，《人民川大》，1957 年 7 月 9 日，第 228 期。

這時的批判文章，也可以說是豐富多彩的。10 月 8 日的《成都日報》發表了王吾的三首詩，仿寫了流沙河的《草木篇》。詩歌中以「鵝」、「猴」為比喻，分別指向流沙河與石天河。在詩歌《鵝》中，他批判流沙河說：它，高視闊步，扭著蛇樣的頸子，睥睨人世。它的語言永遠只有一個字：「我！」／誰的身世最「高貴」，曾經獨霸一方？——「我！」／誰唱得最「美麗」，像「黑色的雲雀？」——「我！」／誰最喜歡橫行擋路，阻擋住車隊的行進？——「我！」／於是它昂然搖搖擺擺地走上公路，高視闊步，去向車隊挑戰……／於是司機同志皺了一下眉頭，付出三塊錢，把一隻死鵝掛在載重汽車後面。車隊繼續前進。在《猴》中，他將矛頭指向了石天河：「『忒兒，』它攀上險枝；『騰！』它躍上絕壁，經驗豐富，訓練有素，它的徒子徒孫們傳授絕技。可惜如今峨眉山上，已沒有當年蔣介石的足跡。『往日城牆我的恩師啊，』也只能遠隔重洋，欣賞它的技藝。於是，它太息了，『山中方七日，世上幾千年！』」〔註 258〕此時，對流沙河、石天河的醜化行動繼續開展。

第四，對李華飛、羅永成等相關人的批判。在這一時期的批判中，對流沙河、石天河周邊相關人員問題的挖掘和批判，也不斷擴大，對李華飛的批判就是其中典型的一例。關於李華飛與《草木篇》的關係，我們前面已經談到，這裡就不再重複。9 月 25 日，《四川日報》刊登的《組織小集團、壟斷曲藝目的、反對黨的領導，李華飛是曲藝界的反黨把頭》一文中，就專門有一部分就是《與臭名遠揚的右派分子流沙河、石天河、曉楓等互相呼應，向黨進攻》，著重揭發李華飛與流沙河，石天河、曉楓等互相呼應，向黨進攻的嚴重問題〔註 259〕。正因為如此，李華飛的問題也就成為了四川文藝界右派集團中的重要問題。除了李華飛受到《草木篇》問題的牽連之外，羅永成也因「草木篇問題」而受到影響。在 10 月 26 日的《四川日報》報導中，專門談到羅永成的問題，《借「草木篇」問題瘋狂進攻省委；篡改「紅領巾」的政治方向》，「在大鳴大放期間，羅永成及這個集團的成員抓住『草木篇』問題，妄圖打開缺口，攻垮省委。他們決定由李莎出面在省文聯座談會上發言，並寫文章發表。羅永成則積極地提供材料、組織傳閱、收集意見。他們經過三番五次的縝密研究和修改，才正式定稿，向文匯報、光明日報等寄去。這篇文章的

〔註 258〕王吾：《鳥獸篇——擬流沙河也》，《成都日報》，1957 年 10 月 8 日。

〔註 259〕《組織小集團、壟斷曲藝園地、反對黨的領導 李華飛是曲藝界的反黨把頭》，《四川日報》，1957 年 9 月 25 日。

內容反動透頂。文中惡毒地攻擊中共四川省委，說對草木篇的批評是那些『拿家法直接下命令的省委負責領導同志』，『用鬥爭地主的辦法來對付貧農』，罵『省委糊塗到連普通常識都不懂』。」〔註 260〕從這裡看到，羅永成實際上與《草木篇》以及流沙河本身之間毫無關係，也僅是借《草木篇》這一事件，抒自己的情而已。據記載，羅永成，筆名羅南，1953 年至 1957 年在共青團委工作，後被錯劃為右派分子。〔註 261〕所以，從羅永成這例個案來看，並非是因為羅永成為《草木篇》或者《星星》詩刊辯護，才受到牽連。而是為了完成批判羅永成的需要，才借用《草木篇》的問題，向羅永成開刀的。

由此，經過一系列的「再次整風」，對流沙河、石天河理論的系統批判，以及《星星》詩刊的改組，四川文藝界最終完成了對《星星》詩刊的整改。正如《四川日報》所說，「『星星』詩刊在清除了右派分子石天河、流沙河以後，自第九期整頓內容，在取捨稿件上堅持社會主義政治方向。」在 10 月號的《星星》詩刊上公布了新的稿約，鮮明地提出「『星星』詩刊是社會主義的詩歌陣地。為工農兵服務的文藝方針，是『星星』詩刊堅定遵循的方針」。並以毛主席提出的辨別香花與毒草的八條標準，作為編輯部在政治思想上的選稿標準。〔註 262〕因此，四川文藝界經過整改，特別是對《星星》詩刊的整改之後，迎來的就是最後的總結工作了。

二、總結大會

在中央八屆三中全會之後，由於《星星》詩刊等相關部門已經進行了系列「整改」，四川省文聯反右也就進入到「總結階段」，需要召開一次全省的代表大會予以總結。

1. 會議情況

在 10 月 29 日《四川日報》的新聞中，就對即將召開的這次四川省文學藝術工作者代表會議作了預告，「四川省文聯決定在 11 月 8 日舉行四川省文

〔註 260〕《羅永成的罪惡陰謀永遠實現不成 共青團四川省委機關反右派鬥爭中粉碎了一個反動集團 野心勃勃、反動透頂的骨幹分子羅永成暴露了猙獰面貌》，《四川日報》，1957 年 10 月 26 日。

〔註 261〕蔣萬永主編，《德陽市優秀戲劇作品選》，德陽市文化局編，成都：四川文藝出版社，2002 年，第 114 頁。

〔註 262〕《堅決地改 大膽地改 徹底地改「星星」詩刊 提出新的稿約》，《四川日報》，1957 年 10 月 21 日。

學藝術工作者代表會議，出席會議的代表約五百名，會期預定為半個月。在這個會議上，將首先由省文聯主席沙汀作五年來的文藝工作報告，總結經驗教訓，改進工作；然後由省委宣傳部副部長李亞群作丁、陳反黨集團問題的傳達報告；由常蘇民等五位同志就文學、音樂舞蹈、美術、戲曲、話劇界的情況作專題發言。會上將著重討論關於文藝工作者接受黨的領導問題，關於文藝工作堅持社會主義的方向和為工農兵服務的文藝方針問題，關於文藝工作者與工農群眾生活在一起、繼續加強思想改造的問題。會上將繼續貫徹鳴放精神，堅持擺事實、說道理，展開文藝戰線上兩條道路這一根本問題的辯論，以達到鍛鍊、教育及團結廣大文藝工作者的目的。同時為今後開展文藝思想的大辯論，和整頓、培養、提高文藝隊伍作好準備工作。會議編印了幾個重要的參考資料：包括 1. 丁、陳反黨集團材料；2. 胡風的反共文章；3. 對「草木篇」的批判；4. 是香花還是毒草？5. 大鳴大放大爭集；6. 文學界右派集團的反動材料（包括政治觀點與文藝觀點兩方面）。」〔註 263〕從這份「預告」中，我們看到四川文聯對這次會議是作了非常充分的準備的：一方面安排有主題報告，包括沙汀的文藝工作報告、李亞群的傳達報告、常蘇民等 5 人的專題發言。另一方面設置有專題討論：黨的領導問題、社會主義方向問題、工農兵方針問題、思想改造問題，最後集中於「兩條道路」的辯論問題。可見，這次會議是一次「總結大會」，這標誌著四川文藝界的反右鬥爭，從「整改階段」進入到「總結階段」。

值得注意的是，按照這份新聞，我們看到四川省文聯為此次大會編印了六份參考資料。到了正式印刷的時候，稱為「會議參考文件」。實際上大會的參考資料共編了 10 份，不過由於資料有限，筆者查閱到其中的 9 份，僅有「會議參考文件之六」未發現。這些會議參考文件有：

《草木篇》（會議參考文件之一）

《對丁、陳反黨集團的批判——中國作家協會黨組擴大會議上的部分發言》（會議參考文件之二）

《在中國作家協會黨組擴大會議上：丁玲、陳企霞、馮雪峰的檢討》（會議參考文件之三）

《胡風的反共文章》（會議參考文件之四）

〔註 263〕《省文代會定下月 8 日召開 將就文藝戰線上的兩條道路問題展開辯論》，《四川日報》，1957 年 10 月 29 日。

《三八節有感、野百合花及其他》（會議參考文件之五）
《「草木篇」批判集》（會議參考文件之七）
《四川省文藝界大鳴大放大爭集》（會議參考文件之八）
《四川文藝界右派集團反動材料》（會議參考文件之九）
《是香花還是毒草？》（會議參考文件之十）

雖然沒有「會議參考文件之六」，但從《四川日報》的「預告」來看，現有的這九份資料，已經基本涵蓋「預告」中的「幾個重要的參考資料」。這些會議參考資料，第一份僅為單頁，為流沙河的詩歌《草木篇》。另外四份「會議參考文件」集中於全國的文藝鬥爭，包括「丁陳問題」和「胡風問題」。最後四份是對四川文藝界反右的總結，包括資料《「草木篇」批判集》（會議參考文件之七）、《四川省文藝界大鳴大放大爭集》（會議參考文件之八）、《四川文藝界右派集團反動材料》（會議參考文件之九）、《是香花還是毒草？》（會議參考文件之十）。相關內容我們已經有論述，這裡就不再展開。由此我們看到，將四大本《草木篇》、「四川文藝界右派」的資料與另外四本「丁陳的檢討」、「胡風的文章」一次性集中呈現在全省五百名代表的面前時，對所有代表的震撼應該是不小的。

根據安排，四川省文學藝術工作者代表會議在 11 月 8 日如約召開。據《四川省文學藝術界工作者代表會議簡報》介紹，「1957 年 11 月 8 日上午，四川省文學藝術工作者會議開幕。出席代表共 465 人，大會選出沙汀、李劼人等 17 位代表組成主席團。主席沙汀在會上致開幕詞。李劼人在開幕式和閉幕式擔任大會執行主席之一。」〔註 264〕這裡我們看到，李劼人擔任了開幕式和閉幕式的大會執行之一，而且排名第二，僅次於沙汀，這表明李劼人雖然受到了批判，但並未對他造成實質性的影響。對於開幕式和會議的具體內容，《四川日報》也作了較為全面的報導，「四川省文學藝術工作者代表會議昨（8）日上午九時在成都總府街省人民委員會禮堂開幕。會議推選沙汀、李劼人、常蘇民、段可情、李漠、朱丹南、張東異、林如稷、施孝長、陳書舫、劉榮升、李德才、楊繩武、底底伊阿提、吳漢家、向楚、位北原等十七位代表組成主席團，然後由四川省文學藝術工作者聯合會主席沙汀同志致開幕詞。沙汀在開幕詞中指出，這次會議是在四川文藝界反右鬥爭已經獲得基本勝利的

〔註 264〕《四川省文學藝術界工作者代表會議簡報》，秘書處編印，1957 年 11 月 8 日，第 1 號。

情況下召開的。他說，會議的任務是：總結五年來四川文學藝術工作中的經驗教訓，大力改進工作；繼續展開文藝戰線上的兩條道路的鬥爭，堅決貫徹黨的文藝政策；提高思想水平，加強文藝隊伍的團結。會議本著整改精神，繼續貫徹大鳴大放；本著擺事實、說道理的精神，辯明幾個重要原則——（1）文藝工作者接受中國共產黨的領導問題；（2）文藝工作的社會主義方向和為工農兵服務的方針問題；（3）文藝工作者長期與工農兵生活在一起，繼續加強思想改造的問題；目的在於使我們的文藝工作，今後能夠更好地為社會主義建設服務。……中共四川省委宣傳部副部長李亞群在會上講了話。……這次文代會有四百七十餘名代表參加，包括省內（除重慶地區）漢、藏、彝等族的專業和業餘的文學、戲劇、音樂、美術、舞蹈、曲藝工作者和文藝組織幹部。」〔註 265〕在開幕式上，有沙汀和李亞群兩人的講話。其中，沙汀的報告《整頓文藝思想，改進領導工作，更好地為社會主義事業服務》，是對五年以來四川文藝工作情況的一次全面總結。該報告首先在《四川日報》上發表了摘要〔註 266〕，然後四川省文聯還以《整頓文藝思想，改進領導工作，更好地為社會主義事業服務！——1957 年 11 月 9 日在四川省文學藝術工作者代表會議上的報告》為名，專門印刷了單行本。〔註 267〕12 月初《草地》雜誌以《整頓文藝思想，改進領導工作，更好地為社會主義事業服務！——在四川省文學藝術工作者代表會議上的報告》〔註 268〕為題再次全文發表。沙汀的報告共分為三個部分：第一部分，簡單介紹了五年來四川文聯的工作情況；第二部分，從「關於文藝戰線上的思想鬥爭」、「關於文學藝術創作的情況」、「關於發掘、整理和繼承藝術遺產問題」、「我們的文藝隊伍」，談到了四川省文藝界五年以來文藝工作的主要成就，以及與資產階級右派分子在某些重大問題上的根本分歧。第三部分，談工作中的問題，包括「對刊物的領導工作」、「文藝

〔註 265〕《本著「整改」精神貫徹大鳴大放 省文藝工作者代表會議開幕》，《四川日報》，1957 年 11 月 9 日。

〔註 266〕沙汀：《整頓文藝思想，改進領導工作，更好地為社會主義事業服務——在四川省文學藝術工作者代表會議上的報告（摘要）》，《四川日報》，1957 年 11 月 13 日。

〔註 267〕沙汀：《整頓文藝思想，改進領導工作，更好地為社會主義事業服務！——1957 年 11 月 9 日在四川省文學藝術工作者代表會議上的報告》，四川省文聯印，1957 年 12 月 5 日。

〔註 268〕沙汀：《整頓文藝思想，改進領導工作，更好地為社會主義事業服務！——在四川省文學藝術工作者代表會議上的報告》，《草地》，1957 年，第 12 期。

工作的組織路線」、「開展文藝理論批評工作」的錯誤和缺點。第四部分，對今後文藝領導工作的意見，「必須加強黨的領導」、「必須堅持文藝的社會主義方向和為工農兵服務的文藝方針」、「必須深入工農兵群眾的生活」、「文藝工作者必須加強思想改造，加強馬克思列寧主義的學習，加強整理理論和時事政策的學習」。而關於《草木篇》的問題，則僅是整個這次報告的一個部分內容而已。

值得一提的是，針對沙汀和李亞群兩人的報告，《四川日報》還專門刊登了農民呂武塘的評論文章，「脫離黨的領導要不得……好高騖遠要不得……這是我聽了沙汀主席報告中『總結經驗教訓』的一項的感想。」〔註 269〕由此，《四川日報》以農民呂武塘的視角，進一步確定和肯定了這次會議的成果。那評論者呂武塘是誰呢？是否就是一個一般的「農民」呢？實際上，此時的農民呂武塘卻也「並不一般」。於和榮曾介紹說：由於呂武塘的自身努力，加上省文聯、縣文化館的著重培養，在一年多時間內發表了 20 多篇文章。此後還獲「成都市曲藝會演」、「四川省第一屆曲藝觀摩會演」創作二、三等獎，並出席了「省文代會」、「四川省文化積極分子大會」。而且他的口頭創作，後經整理定名為《看看帥旗插哪邊》，由四川人民出版社 1958 年《群眾文藝叢書》編輯部納入《呂武塘專輯》出版發行。由此，呂武塘還出席了中國作家協會和團中央聯合舉辦的「全國青年創作會議」。而呂武塘上北京的事蹟，鼓舞著全縣業餘作者，各鄉俱樂部都提出「向呂武塘學習」的口號。〔註 270〕對於他的事蹟，《四川省群眾文化志》中也作了重點介紹〔註 271〕。從這裡可以看到，在 1957 年四川省文學藝術工作者會議召開之前，四川就已經發出了「向呂武塘學習」的口號，呂武塘已經譽滿四川文壇了。所以，由他來回應沙汀和李亞群的發言，是有著重要的象徵意義的。同樣，作為「我們的後勤部長」而且從不推諉的呂武塘，也會主動積極參與到相關的歷史建構中的。而他的積極參與，也得到了更多的回報。當然，從於和榮的文章來看，呂武塘卻又是一個非常認真、嚴肅的人，對新社會真正充滿了激情和憧憬的寫作者，乃至於

〔註 269〕農民呂武塘《聽了沙汀同志的報告以後》，《四川日報》，1957 年 11 月 18 日。

〔註 270〕於和榮：《群眾文藝工作者呂武塘》，《什邡文史資料》，中國人民政治協商會議四川省什邡縣委員會 文史資料工作委員會編輯，1995 年，第 10 輯，第 120～125 頁。

〔註 271〕《四川省群眾文化志》，四川省群眾藝術館《四川省群眾文化志》編委會，1998 年，第 237 頁。

勞累成疾，英年早逝，甚為遺憾。

12 月四川文聯機關刊物《草地》雜誌對於整個會議的內容，也刊登了《四川省文藝工作者舉行代表會議》的「文藝消息」，予以全面報導〔註 272〕。從這裡我們可以看到，在沙汀和李亞群的報告之後，這次會議的具體議程，主要是小組討論、聯組辯論和大會發言三種形式。這些討論、辯論和大會發言，一共舉行了 50 多次：一方面是討論會議所確定的幾個主題，另外一方面，是省文聯單位、報刊、省歌舞團、成都市話劇團、西南音專等不同部門的總結。為了能更好地瞭解整個《草木篇》批判總結階段的「背景」，我們先根據部分四川省文學藝術工作者代表會議秘書處編印的《四川省文學藝術工作者代表會議簡報》，將這次會議的部分議程和部分內容簡單羅列如下：

十二日各組討論情況綜合報導〔註 273〕

十三日各組討論情況綜合報導〔註 274〕

十四日各組討論情況綜合報導〔註 275〕

五年來四川部隊文藝工作——部隊代表李漢在 18 日大會上的發言摘要〔註 276〕

朱丹南、劉湯、熊千舉、劉成基、常蘇民、陳思苓、劉思久等 11 人發言〔註 277〕

曹逐非、段可情、陳書舫、譚洛非、李友欣、張惠霞、沙馬吉——斬斷個人主義的根子——克非、劉湯代表在 19 日大會上的聯合發言〔註 278〕

〔註 272〕《「文藝消息」四川省文藝工作者舉行代表會議》，《草地》，1957 年，第 12 期。

〔註 273〕《四川省文學藝術工作者代表會議簡報》，秘書處編印，1957 年 11 月 14 日，第 5 號。

〔註 274〕《四川省文學藝術工作者代表會議簡報》，秘書處編印，1957 年 11 月 15 日，第 6 號。

〔註 275〕《四川省文學藝術工作者代表會議簡報》，秘書處編印，1957 年 11 月 16 日，第 7 號。

〔註 276〕《四川省文學藝術工作者代表會議簡報》，秘書處編印，1957 年 11 月 19 日，第 9 號。

〔註 277〕《四川省文學藝術工作者代表會議簡報》，秘書處編印，1957 年 11 月 20 日，第 10 號。

〔註 278〕《四川省文學藝術工作者代表會議簡報》，秘書處編印，1957 年 11 月 21 日，第 11 號。

思想改造是長期的——陳書舫代表在 20 日大會上的發言摘要〔註 279〕

「為誰服務？怎樣服務？」——西南音專代表的聯合發言〔註 280〕

23 日繼續大會發言。上午發言的有：朱崇志、陳禹岡、楊美華、吳亮、孔慶安（與李正發、李康民、張之遴聯合發言）、孫由美。下午發言的有：黃化石、陳欣、嚴崇貴（與李家馨、李文鑫、王盛明、周鳳岐聯合發言）、孫錫金、文昭子

我在音專的所見所聞——施幼貽代表在 22 日大會上的發言〔註 281〕

為社會主義歌唱——藏族代表的書面發言〔註 282〕

駁劉思久的謬論——黎本初代表22日在大會上的發言〔註 283〕

把我們教養成什麼樣的人？——音專學生羅祥熙等詩人在 26 日大會上的聯合發言〔註 284〕

豐富的藏族文學藝術——藏族代表格西桑登在 27 日大會上的發言（鄧珠娜姆代表翻譯）〔註 285〕

為鐵路工人說話——王浩代表在26日大會上的發言〔註 286〕

我對音專的文藝的另一看法——西南音專代表李樹庚在 27 日

〔註 279〕《四川省文學藝術工作者代表會議簡報》，秘書處編印，1957 年 11 月 22 日，第 12 號。

〔註 280〕《四川省文學藝術工作者代表會議簡報》，秘書處編印，1957 年 11 月 23 日，第 15 號。

〔註 281〕《四川省文學藝術工作者代表會議簡報》，秘書處編印，1957 年 11 月 24 日，第 16 號。

〔註 282〕《四川省文學藝術工作者代表會議簡報》，秘書處編印，1957 年 11 月 25 日，第 17 號。

〔註 283〕《四川省文學藝術工作者代表會議簡報》，秘書處編印，1957 年 11 月 26 日，第 18 號。

〔註 284〕《四川省文學藝術工作者代表會議簡報》，秘書處編印，1957 年 11 月 27 日，第 19 號。

〔註 285〕《四川省文學藝術工作者代表會議簡報》，秘書處編印，1957 年 11 月 28 日，第 20 號。

〔註 286〕《四川省文學藝術工作者代表會議簡報》，秘書處編印，1957 年 11 月 28 日，第 21 號。

大會上的發言〔註 287〕

四川省文學藝術工作者代表會議擁護「社會主義國家共產黨和工人黨代表會議宣言」及共產黨和工人黨代表會議的「和平宣言」的決議〔註 288〕

28 日發言 李兆鴻、冉友僑、蕭崇素、雷永存、程希一……

廣播電臺在鳴放期中的嚴重錯誤——曹永存同志在 28 日大會上的發言〔註 289〕

對劉思久、蕭崇素兩代表的一些意見——李仁古代表在 22 日大會上的發言〔註 290〕

對歌舞團同志的批評——陳禹代表在 23 日大會的發言〔註 291〕

資產階級思想是否在音專佔了上風——音樂舞蹈聯組 29 日會議紀要〔註 292〕

對一些文藝單位的意見——孫錫金代表在 11 月 28 日大會上的發言〔註 293〕

有關批判「草木篇」的問題——文學聯組 30 日會議紀要〔註 294〕

音專教師思想上接受黨的領導嗎？——十二月一日音樂舞蹈聯組會綜合報導〔註 295〕

〔註 287〕《四川省文學藝術工作者代表會議簡報》，秘書處編印，1957 年 11 月 28 日，第 22 號。

〔註 288〕《四川省文學藝術工作者代表會議簡報》，秘書處編印，1957 年 11 月 29 日，第 23 號。

〔註 289〕《四川省文學藝術工作者代表會議簡報》，秘書處編印，1957 年 11 月 29 日，第 24 號。

〔註 290〕《四川省文學藝術工作者代表會議簡報》，秘書處編印，1957 年 11 月 30 日，第 25 號。

〔註 291〕《四川省文學藝術工作者代表會議簡報》，秘書處編印，1957 年 11 月 30 日，第 26 號。

〔註 292〕《四川省文學藝術工作者代表會議簡報》，秘書處編印，1957 年 11 月 30 日，第 27 號。

〔註 293〕《四川省文學藝術工作者代表會議簡報》，秘書處編印，1957 年 12 月 2 日，第 28 號。

〔註 294〕《四川省文學藝術工作者代表會議簡報》，秘書處編印，1957 年 12 月 2 日，第 29 號。

〔註 295〕《四川省文學藝術工作者代表會議簡報》，秘書處印，1957 年 12 月 3 日，第 30 號。

控訴！揭露！批判！——從「范裕綸事件」吸取教訓！〔註 296〕

音專、歌舞團資產階級思想確實嚴重——音樂舞蹈聯組 12 月 2 日上午會議紀要〔註 297〕

「追查我在鳴放之初嚴重錯誤言論的根源——李劼人代表在 12 月 3 日大會上的發言」

郎毓秀、劉思久、謝文炳、元青、黄化石、孔慶安、雷履平、趙蘊玉、周海濱〔註 298〕

文藝事業由誰領導？——美術組 12 月 1 日聯組會議綜合報導〔註 299〕

曹逐非、徐文耀、克非、羊路由、郭銘彝、陳思苓、譚洛非、夏寶琳、關志勝、彭長登、陳子莊、沈以、肖賽

對文藝領導部門的幾點建議——曹逐非代表在 12 月 4 日大會上的發言〔註 300〕

從動搖到背道而馳——黄化石代表 12 月 3 日在大會上的發言〔註 301〕

我的初步檢查——彭長登代表在 12 月 4 大會上的發言〔註 302〕

「檢查我右傾機會主義的文藝觀點——段可情代表在 11 月 20 日大會上的發言」〔註 303〕

〔註 296〕《四川省文學藝術工作者代表會議簡報》，秘書處印，1957 年 12 月 3 日，第 31 號。

〔註 297〕《四川省文學藝術工作者代表會議簡報》，秘書處編印，1957 年 12 月 4 日，第 32 號。

〔註 298〕《四川省文學藝術工作者代表會議簡報》，秘書處編印，1957 年 12 月 4 日，第 33 號。

〔註 299〕《四川省文學藝術工作者代表會議簡報》，秘書處編印，1957 年 12 月 5 日，第 34 號。

〔註 300〕《四川省文學藝術工作者代表會議簡報》，秘書處編印，1957 年 12 月 5 日，第 35 號。

〔註 301〕《四川省文學藝術工作者代表會議簡報》，秘書處編印，1957 年 12 月 5 日，第 36 號。

〔註 302〕《四川省文學藝術工作者代表會議簡報》，秘書處編印，1957 年 12 月 6 日，第 37 號。

〔註 303〕《四川省文學藝術工作者代表會議簡報》，秘書處編印，1957 年 12 月 19 日，第 38 號。

我們必須加緊改造思想——石璞代表的書面發言〔註304〕

批評「園林好」編輯工作的錯誤——石非石代表的書面發言〔註305〕

初步檢查——蕭賽在12月4日大會上的發言〔註306〕

與此同時，當時的《四川日報》，也對會議中的一些討論、辯論和大會發言予以了報導，如「西南音專的發言」〔註307〕、「四川師範大學老師的發言」〔註308〕、「成都話劇團的發言」〔註309〕。從這裡可以看到，四川文藝界「反右」的這次全面總結大會，可以說規模宏大，而且是全方位予以總結。除了有前面已經提到的省文聯單位、報刊、省歌舞團、成都市話劇團、西南音專、四川師範大學等學校單位的批判和總結之外，還有軍隊、少數民族、學生、工人、民主黨派等各方面代表，可謂盛況空前。由於涉及到人和事過於龐大，且大部分與《草木篇》的關聯不大，這裡就不一一展開。

2. 對流沙河、石天河問題的批判與總結

根據以上內容，我們看到此次四川省文學藝術工作者代表會議，是四川省文藝界對整個「反擊右派」的一次全面梳理。總體來看，在這次會議的內容來中，《草木篇》事件僅是其中一個部分，但雖然只是其中一個部分，卻又是整個會議的一個重點部分。

第一，在大會中展開《草木篇》批判。從《四川日報》的「會議預告」中我們就看到，準備編輯的「參考資料」中，除了丁陳、胡風的資料之外，另外《草木篇》(會議參考文件之一)、《「草木篇」批判集》(會議參考文件之七)、《四川省文藝界大鳴大放大爭集》(會議參考文件之八)、《四川文藝界右派集

〔註304〕《四川省文學藝術工作者代表會議簡報》，秘書處編印，1957年12月22日，第39號。

〔註305〕《四川省文學藝術工作者代表會議簡報》，秘書處編印，1957年12月27日，第40號。

〔註306〕《四川省文學藝術工作者代表會議簡報》，秘書處編印，1957年12月8日(注：實際應為28日)，第41號。

〔註307〕《文藝戰線上兩條道路的辯論——選自省文代會上的發言》《四川日報》1957年11月30日。

〔註308〕《文藝戰線上兩條道路的辯論——選自省文代會上的發言和大字報》《四川日報》1957年12月1日。

〔註309〕《文藝戰線上兩條道路的辯論——選自省文代會上的發言和大字報》《四川日報》1957年12月2日。

團反動材料》（會議參考文件之九）、《是香花還是毒草？》（會議參考文件之十），都是與《草木篇》有關。而且這其中的《「草木篇」批判集》、《四川省文藝界大鳴大放大爭集》、《四川文藝界右派集團反動材料》三本材料，更是對流沙河、石天河的集中批判。所以，這次「草木篇」事件，無疑是這次會議中最有代表性的問題，或者說四川文藝界反右鬥爭最重大的成果。而且在沙汀開幕式上的報告中，就多次提到《星星》詩刊和《草木篇》的問題。在報告中，沙汀首先就將《草木篇》的問題，定性為「文藝戰線上思想鬥爭」：「在1952 年文藝整風的基礎上，5 年來，我們經過批判以胡適為代表的資產階級唯心主義文藝思想和對胡風反革命集團的鬥爭，又經過對《草木篇》的批判和對文藝界右派集團的鬥爭——這幾場眾所周知的鬥爭，是無產階級文藝思想和資產階級文藝思想的戰鬥，是社會主義與資本主義文藝兩條道路的鬥爭在文藝戰線上的反映。」然後，認為《草木篇》事件是這場政治鬥爭的「前哨戰」。沙汀具體分析說，「5 年來，我們對於以石天河、流沙河、茜子、邱漾、白航等為代表的資產階級文藝思想，是經過長期的批評、鬥爭和耐心的幫助的。他們總是企圖把文學引到脫離革命的政治、脫離革命的現實主義以及歪曲現實的道路上去。他們一方面拋出了作品與我們對抗，一方面在文藝理論批評上向我們攻擊。而我們一般都曾經及時予以反擊。在創作方面，我們對資產階級文藝思想的鬥爭，可以說從解放初期對流沙河、茜子的《牛角灣》的批判，和上次大會前後批判茜子的《好姻緣》、邱漾和茜子的《託咐》，就早已開始了的，今年春天，文藝界和廣大讀者對《草木篇》的批判，更是一場尖銳劇烈的鬥爭。圍繞《草木篇》問題，混在四川文藝界的資產階級右派分子曾經推行了一系列反動活動。他們一面拾起臭名昭著的胡風的反動理論，張默生抬出『詩無達詁』論，為之辯護；一面又使用著胡風反革命集團卑鄙的兩面派手法和許多戰略戰術，進行挑撥離間，造謠中傷，辱罵恐嚇，並且爭取人、聯絡人，以擴大反黨勢力。在反黨、反社會主義的共同基礎上，他們和全國資產積極反動派有形無形地發生著千絲萬縷的聯繫，夢想從文藝界下手，推翻黨的領導。因此這場鬥爭，不僅是文藝思想的鬥爭，更是政治鬥爭。這在今年 5、6 月間，文聯召開的 10 餘次鳴放座談會上，大家就已經對資產階級右派分子借題發揮、向黨猖狂進攻的各種嘴臉，看得相當清楚了。由此可見，《草木篇》事件，可以說正是這場政治鬥爭的前哨戰。」進而，沙汀也還對流沙河、石天河的具體作品進行了批判。最後，在第三部分的「談對刊物的領導工作」中，沙汀再一次談到了《星星》詩刊。「但是，當我們去年安排《星星》編輯人員的時候，由於思想上缺乏政治警惕，以致安排在編輯部中的石天河、流沙河、白航等人，得以互相勾結，從而密謀篡奪黨對《星星》的領導，篡改《星星》的政治方向，把《星星》變質成為反黨、反社會主義的陣地。」〔註310〕可以說，沙汀的報告，雖然不是集中活力批判《草木篇》，但整個報告可以說完全是以《草木篇》事件為主線而展開的。

同樣，在《四川日報》記者石倫對會議的報導中，流沙河的問題也是他點名批評的一個重點，「右派分子流沙河一貫對共產黨懷著刻骨仇恨，『草木篇』的出現，他的右派面目完全暴露。但是卻就在他寫作這篇反黨、反社會主義的『草木篇』的那段時間，他還被四川省文聯選派去北京參加全國青年文學創作會議，並且在北京文學講習所學習。去年省文聯召開的文學創作會議上，在有關四川的文學創作情況報告中，表揚了三十二個人的作品，其中就有十個右派分子。」〔註311〕所以，此後在《四川日報》對整個會議的報導中，也就不斷地將《草木篇》問題凸顯出來。就在會議期間，《四川日報》就刊登了若亞的文章《「天堂」、「自由」、「喪家犬」》，就將流沙河、石天河、羅有年、遙攀確定為「文藝界的四個右派分子」。若亞在文章中說，「文藝界的四個右派分子，不約而同地感到亡『國』之痛。他們的『國』乃是蔣介石及其走狗的『中華民國』。他們不樂於茲土，他們的天堂在資本主義世界。」〔註312〕進而認為，「流沙河與石天河就用筆寫過走狗文學，唱出他們的無告的走狗之歌。」而對於石天河，若亞更是極盡批評之能事。如對於石天河的詩歌《洪椿古樹》，若亞認為「石天河把人民坐了江山的中華人民共和國比作『洪椿古樹』來加以詛咒，把社會主義制度看成腐朽的和即將崩潰的東西，這和反動派的盲目估計完全一樣。石天河不提防在這裡露出了本相，因為只有美帝國主義及其走狗，才這樣惡狠狠地反共、反人民、反社會主義。」〔註313〕在若亞最後的批判中，流沙河、石天河等人的問題，最後又成為政治問題、賣國問題。

〔註310〕沙汀：《整頓文藝思想，改進領導工作，更好地為社會主義事業服務！——在四川省文學藝術工作者代表會議上的報告》，《草地》，1957年，第12期。

〔註311〕石倫：《必須嚴格按照共產主義的方向培養青年文藝工作者——省文代會側記之一》，《四川日報》，1957年11月14日。

〔註312〕若亞：《「天堂」、「自由」、「喪家犬」》，《四川日報》，1957年11月19日。

〔註313〕若亞：《「天堂」、「自由」、「喪家犬」》，《四川日報》，1957年11月19日。

第二，文學聯組對「草木篇」集中批判。在30日的文學聯組會議上，專門探討了《草木篇》的問題。這次專題討論，在題為《有關批判「草木篇」的問題——文學聯組30日會議記要》中予以報導，並刊登在1957年12月2日的《四川省文學藝術工作者代表會議 簡報》第29號上。從這個「紀要」中我們看到，30日文學聯組會議的具體情況是，第一階段是川大李昌隲和陳思苓的自我檢討，接著是華忱之的反駁和施幼貽的自我檢討，「在今天的文學聯組會議上，集中談到了有關批判『草木篇』的問題。許多同志就這個問題作了檢查。川大李昌隲同志說他錯誤地支持了張默生的『抗辯』，認為領導說話，會增加群眾對鳴放的顧慮。同時，他又贊助張默生的『集中批判草木篇，就會沖淡整風』的說法。乃至更進一步發出：『批評的矛頭應指向領導，適當批評草木篇就行了』的錯誤言論。這實質上支持了右派分子對黨的進攻。川大陳思苓代表也檢查說：當初，他未能積極寫出批判『草木篇』的文章，是因為他不屑於，不願去重覆別人的論調，他自己有對黨不滿的情緒，但這是張默生對他進行的挑撥和利用的結果。接著，四川大學華忱之代表對李昌隲和陳思苓的檢查，作了批駁。他認為李昌隲應該說自己的政治態度、立場觀點方面去挖掘錯誤的根源，不能以為自己的錯誤只在於文藝思想有問題或盲目地跟著張默生跑的緣故。而陳思岺呢，對黨不滿的心情，是由來已久的；鳴放期間，曾企圖為自己的胡風思想受到批判而翻案，因此，對『草木篇』的被批判是寄予同情的。此外，西南音專施幼貽代表也作了檢查。他說：他雖然認為『草木篇』不好，但對其中的『藤』及『毒菌』卻是欣賞的。他自己是個典型的個人主義者，背著進步包袱，總想黨來禮賢下士，對靠近黨的人則認為是趨炎附勢的假積極分子。因而，『藤』及『毒菌』引起了他思想上的共鳴，這無異於為流沙河的向黨進攻助威。」〔註314〕這其中，只有陳思苓的觀點，全文在「簡報」上刊登，而其他人的發言均只有摘要。而實際上，參加這次討論的李昌隲、陳思苓、施幼貽、華忱之等人，雖然都參與過《草木篇》批判，但卻均不是《草木篇》事件中的主要人物。在這次會議中，《草木篇》事件的主角流沙河、石天河等沒有參與會，因為他們已經沒有參會的資格了。更為值得注意的是，與《草木篇》事件直接牽連的人，一個都沒有來參會。由此我們看到，這次總結會議，便是一次「一邊倒」自我檢查，和徹底批判，並高唱

〔註314〕《有關批判「草木篇」的問題——文學聯組30日會議記要》，《四川省文學藝術工作者代表會議 簡報》，秘書處印，1957年12月2日，第29號。

勝利凱歌的會議。雖然《草木篇》事件的主角和重要配角們都沒有參會，但卻並不影響對《草木篇》的全面批判。而這次參會中的李昌陟、陳思苓、華忱之等人，他們有著許多共同點：第一，他們都是來自四川大學，所以作為高校的學術研究者，他們的參加就非常有代表性。第二，他們都參加過 2 月 8 日四川大學中文系的座談會，也都一致批判過「吻」和「草木篇」。〔註 315〕第三，也更為重要的是，他們都是民盟黨員。當然，從他們的個人問題來說，他們每個人介入到《草木篇》事件的方式和影響又都是不一樣的，這也是值得我們關注的。

在這一階段的座談會上，除了李昌陟、陳思苓和施幼貽的自我檢查之外，還有華忱之對李昌陟、陳思苓的反駁。表面上看，華忱之義正言辭地反駁李昌陟和陳思苓的發言，但實際上從華忱之自身來說他也並非是緊跟政治的學者。在「雙百方針」提出後，《四川日報》就刊登了對他的訪談，「他認為在這一方針提出之後，不管是對發展文學藝術或科學技術都起了很大的推動作用。他說：不過從總的來看，我們的花還是『放』得不夠的。這裡面重要的障礙之一，他認為是教條主義這東西在許多人中還沒有得到清除。」〔註 316〕但在反對教條主義之後的整風運動期間，華忱之卻很少展開「鳴放」。而在此後的《草木篇》批判中，華忱之也並非積極的批判者，而只是將批判的重點指向了張默生，「張默生不看到主流和本質的一面，而是抓住個別現象便挺身而出，為流沙河『抱不平』，為流沙河作辯解，向所有寫批評文章的人向刊登這些文章的報刊提出質問。並有意曲解『詩無達詁』來為流沙河辯解。」然後華忱之對張默生的「自上而下」、「批判黨委」、「無形的壓力」等觀點展開了一一的批判。〔註 317〕之後，在四川大學師生員工大會中，華忱之進一步展開了對張默生的批判。他的發言題為《華忱之說張默生支持流沙河是趁火打劫藉此拉攏青年抬高自己》，也提到，「中文系教授華忱之說張默生打著熱心鳴放，誠懇地幫助黨整風，愛護文學青年，繁榮文學創作的假招牌，散佈右派言論，猖狂地向黨進攻。突出的表現在對流沙河的『草木篇』的支持和反對黨對文藝

〔註 315〕《四川大學中文系教師 座談「吻」和「草木篇」》，《四川日報》，1957 年 2 月 9 日。

〔註 316〕房子固：《讓百花競豔，各吐芬芳——華忱之教授談「百花齊放、百家爭鳴」》，《四川日報》，1957 年 4 月 30 日。

〔註 317〕《川大教師批判張默生右派言行 並揭露石天河曾找過張默生支持流沙河》，《四川日報》，1957 年 6 月 29 日。

批評的領導問題上。」〔註 318〕可見，在整個《草木篇》事件中，華忱之關注的核心是張默生，而不是《草木篇》問題或者說流沙河。在整個《草木篇》事件的大洪流之中，華忱之為何如此將批判的對象集中在民盟成員張默生的身上呢？這也讓我們不能忽視他自己的「民盟」身份。可以說，與李昌陟一樣，華忱之積極批判張默生，就是因為他是民盟成員，他也必須與張默生劃清界限。由此，在 11 月 28 日華忱之再次展開對張默生的批判，「鳴放期間，右派分子張默生為了支持流沙河向黨猖狂進攻，曾經在四川日報、成都日報和文聯座談會上發表了一系列的反動透頂的言論。與此同時，川大中文系幾位同志（包括劉思久）也在文聯座談會上分別發過言。這幾次發言也均在不同程度上犯了錯誤。我覺得這幾位同志在發言中的錯誤性質，不單純是一個文藝思想的問題，從根本上講，仍然是一個政治立場的問題。」〔註 319〕在此基礎上，華忱之也只能在這條路上更加努力，「華忱之代表四川大學中文系提出了躍進的規劃。他說，這個規劃是在比較深入地檢查和批判了我們對待黨的種種錯誤，以及我們在教學思想和文藝思想上的修正主義、頌古非今等資產階級思想基礎上提出來的。中文系教師決心永遠跟著黨走，系統的學習馬克思列寧主義的文學理論。」〔註 320〕當然，由於華忱之的積極「左轉」，也獲得了省委的肯定。張默生免去四川大學中文系主任一職後，在 1957 年至 1959 年期間，便由華忱之代理了這一職務。

在這次聯組會議上的個人檢討中，僅有陳思苓一人的檢討文章，被全文刊登在了簡報上。回頭來看，在整個《星星》詩刊的批判過程中，陳思苓也是非常值得注意的。在《吻》批判中，陳思苓就以「思苓」的筆名，發表了批判《吻》的文章〔註 321〕，成為四川大學第一個介入到《吻》批判的學者。進而，陳思苓還在四川文聯的機關刊物《草地》上發表了《漫談抒情的「情」》〔註 322〕，進一步批判了《吻》。當然，在批判《吻》之前，陳思苓也寫過批判

〔註 318〕《四川大學師生員工集會 揭發和批判張默生反社會主義言行》，《四川日報》，1957 年 7 月 8 日。

〔註 319〕華忱之：《川大中文系幾位教師應該正視自己的文藝思想問題》，《四川日報》，1957 年 11 月 28 日。

〔註 320〕《把文藝事業和工農結合得又深又廣 四川文藝界敲響躍進戰鼓 文藝工作者紛紛保證鼓足幹勁力爭紅專》，《四川日報》，1958 年 3 月 13 日。

〔註 321〕思苓：《略談抒情詩——讀「星星」詩刊「吻」篇有感而作》，《人民川大》，四川大學校刊編輯室編，1957 年 1 月 28 日，第 203 期。

〔註 322〕陳思苓：《漫談抒情的「情」》，《草地》，1957 年，第 2 期。

俞平伯的文章《俞平伯的資產階級文藝思想的發展道路》〔註 323〕，以及他在這次檢查中還提到，自己曾寫過批判胡適與胡風的文章。但是在 5 月 25 日「省文聯第五次整風座談會」上，陳思苓卻在積極為《草木篇》辯護，「我是不同意把『草木篇』的問題提到政治原則上來，這樣作未免提得太高，小題大做，文不對題。『草木篇』的牴觸情緒與政治上的表白是有區別的，只有就作品論作品，從理論上對作品作具體分析，才能解決問題，一棍子打死是教條主義的粗暴行為，做起來固然省事，但卻暴露了教條主義的淺薄與無能。」〔註 324〕當然，陳思苓對《草木篇》的辯護也僅此而已，此後在川大民盟的反右鬥爭中，陳思苓更多的是對川大民盟支委提出質問，以及對民盟省市委發出質問。〔註 325〕從這樣一個簡單的歷史過程中，我們看到，在批判《星星》詩刊的整個過程中，陳思苓的思考是比較複雜的：他從最早的介入《吻》批判，然後再到反對《草木篇》批判，最後積極參加對民盟川大中文支部的批判。由此，在 11 月 30 日文學聯組會議上的發言《檢查我的資產階級文藝思想與反黨情緒——陳思苓代表在 30 日文學組會上的發言》，實際上也正是對他前幾次相關文章和發言內容中所提出的問題的一次全面回顧。對於他自己在文聯犯的原則性錯誤，陳思苓主要檢討了「沒有自覺地改造」、「對文聯的同志也有不滿之處」、「鳴放時相信右派分子張默生的造謠」等問題〔註 326〕。從陳思苓的自我檢查中我們看到，這三大問題實際上也都是非常嚴重的。但在這三條中，相比較而言，更為嚴重的是陳思苓還檢討出了自己的「胡風文藝思想問題」和「相信張默生的造謠問題」。所以，在陳思苓的這次自我檢查中，他對此做了進一步的辯護：第一，關於「胡風文藝思想」的根源問題，陳思苓的檢討便極力為自己開脫，「黨為了教育我，幫助我進步，才在五五年對我的胡風文藝思想進行過嚴厲的批判。」第二，關於支持張默生，他說「我就

〔註 323〕陳思苓：《俞平伯的資產階級文藝思想的發展道路》，《西南文藝》，1955 年，第 3 期。

〔註 324〕《省文聯邀請作家、詩人和文藝批評家座談會 對「草木篇」的批評問題提出不同見解》，《成都日報》，1957 年 5 月 26 日。

〔註 325〕《川大盟員不滿支部負責人在反右派鬥爭中消極退縮 要求川大民盟支部把右派的活動攤出來 張默生郭士堃散佈右傾言論造成不良影響》，《四川日報》，1957 年 6 月 25 日。

〔註 326〕陳思苓：《檢查我的資產階級文藝思想與反黨情緒——陳思苓代表在 30 日文學組會上的發言》，《四川省文學藝術工作者代表會議 簡報》，秘書處印，1957 年 12 月 2 日，第 29 號。

這樣逐漸脫離了黨，離開了政治，抱著一肚皮的牢騷與委屈情緒，走向資產階級個人主義的小天地討生活，因此右派分子張默生以系主任的身份與民盟同志的關係，同時又是鄰居，常來找我傳達一些系上的教學情況，並對我常有些安慰。……我就這樣做了右派分子的朋友。」〔註 327〕然而，陳思苓這次的自我檢查，並沒有得到省文聯的認可。一方面我們看到，一同參加這次討論的四川大學民盟黨員李昌陔、華忱之的發言，都沒有被全文刊登，而只有陳思苓的發言在《簡報》上刊登出來了。可見，將他的發言稿在全文刊登，足以證明陳思苓的問題具有代表性和嚴重性。其中最重要的原因是，與李昌陔、華忱之的「轉變」相比，陳思苓不僅沒有相應的「轉變」，而且自身還背負著嚴重的「胡風文藝思想問題」，所以他是無法輕鬆過關的。所以此後在川大的相關會議上，華忱之還緊緊抓住陳思苓的問題不放，「從他的話裏，正十足地說明了這位同志正是自覺自願地站在支持『草木篇』的錯誤立場上，為右派分子流沙河、張默生『助聲威』,『滿足』他們的『意圖』罷了」〔註 328〕。由此，在反右鬥爭中，陳思苓就難逃被劃為「右派」的一劫。

第三，文學聯組第二階段的批判。在 11 月 30 日文學聯組的這次批判會上，這第二階段的主題是流沙河哥哥余光遠的發言，以及李仁古、張之遴、吳琪拉達等人對余光遠的反駁。《簡報》中記錄的情況如下，「流沙河的哥哥余光遠（列席）也在會上作了檢查。他說他最初很同情流沙河的遭遇，曾寫了一篇《抗辯白楊的「抗辯」》的文章，寄交四川日報（未發）。接著，他冗長而繁瑣地敘述了流沙河在鳴放期間及反右鬥爭中和他的來往情況。最後，軟弱無力地給自己扣了個有『嚴重個人主義』的帽子。他的檢查，引起許多代表的不滿。當即有李仁古，張之遴、吳琪拉達（彝族）等代表發言，予以駁斥。他們一致指出：余光遠能主動檢查，這是好的。但不應毫無批判地客觀地擺過程，似乎流沙河之成為右派分子，僅僅是寫了『草木篇』，這是為流沙河開脫罪行，余光遠避而不談今天自己對『草木篇』的新認識，大膽暴露自己的錯誤思想。可見，余光遠尚有顧慮，尚在護短，思想深處是同情流沙河

〔註 327〕陳思苓：《檢查我的資產階級文藝思想與反黨情緒——陳思苓代表在 30 日文學組會上的發言》,《四川省文學藝術工作者代表會議 簡報》，秘書處印，1957 年 12 月 2 日，第 29 號。

〔註 328〕華忱之《川大中文系幾位教師應該正視自己的文藝思想問題》,《四川日報》，1957 年 11 月 28 日。

的。希望他進一步再作深刻的檢查。(方赫記錄整理)」〔註 329〕。對於流沙河哥哥余光遠的個人情況，我們瞭解不多。從《簡報》的記載來看，邀請余光遠參會的主要原因是他寫過文章《抗辯白楊的「抗辯」》，為流沙河辯護。雖然我們沒有相關的文章材料，但從文章標題看，余光遠為弟弟流沙河辯護是非常明確的。從另外一個方面來看，由於《草木篇》主角流沙河的個人問題極為嚴重，缺席了這次文學聯組的座談會，所以由流沙河的哥哥余光遠出席會議，就有著重要的象徵意義。此外，除了 11 月 30 日的這次集中檢討之外，12 月 1 日的會議也對《草木篇》予以了討論，「12 月 1 日文學組著重討論了以下三個問題：①繼續對批判《草木篇》時的錯誤言論及有意無意所放的毒素進行檢查批判。」〔註 330〕不過，會議的具體討論情況，並沒有刊登在《簡報》上，我們也難以瞭解到相關情況。

此外，李劼人的發言也都涉及到了《草木篇》，而他此時的境遇也是較為複雜的。進入到總結階段後，雖然他已經成為四川省文學藝術工作者代表會議的主席團成員，但是李劼人的問題還是時時被提及。在《簡報》第 36 號中就提到了針對李劼人的「大字報」，「11 月 23 日至 25 日，三天內貼出大字報 253 張。其中針對李劼人的有 3 張。1. 文學方面：(1) 希望李劼人快做檢查。(2) 希望李劼人檢查對川劇胡琴戲的看法。2. 對文藝領導的意見：(1) 希望李劼人等人做檢查。」〔註 331〕緊接著，李崇堯在 11 月 29 日就作了書面發言，再次將目標對準了李劼人，「李劼人老先生在鳴放中放了很多毒藥，放出了一些錯誤的言論，向黨進攻，向中宣部進攻，我要問，你為什麼不檢查自己的反動言論，為什麼要沉默呢？這一點使我們非常氣憤。」〔註 332〕我們看到，從大會到小會，都不約而同地提到了李劼人，這表明李劼人也必須在這一次會議上，對自己錯誤做一次全面的總結。在 12 月 3 日，李劼人以「追查我在鳴放之初嚴重錯誤言論的根源」為題，在上午的大會上作了主題發言，總結

〔註 329〕《有關批判「草木篇」的問題——文學聯組 30 日會議記要》，《四川省文學藝術工作者代表會議 簡報》，秘書處印，1957 年 12 月 2 日，第 29 號。

〔註 330〕《四川省文學藝術工作者代表會議 簡報》，秘書處編印，1957 年 12 月 3 日，第 30 號。

〔註 331〕《四川省文學藝術工作者代表會議簡報》，秘書處編印，1957 年 11 月 23 日，第 36 號。

〔註 332〕《四川省文學藝術工作者代表會議簡報》，秘書處編印，1957 年 12 月 19 日，第 38 號。

了自己的問題和錯誤。在這次發言中，李劼人首先回顧了自己的「三次檢討」，並認為「都很不夠」，其中最主要原因是「尤其像我這樣背有一個『進步』包袱，而資產階級思想原封未動的舊知識分子。」進而，李劼人檢討了在《草木篇》事件上的錯誤：「我還是從舊知識分子的純文藝觀在看這個問題，簡直無視一個人的文藝思想是離不開政治觀點的，因而我的說法，在客觀上是為『草木篇』這棵毒草，和流沙河這個階級異己分子，起了打『掩護』的作用。……對流沙河這個人，我的看法尤其荒唐。我本來不認識這個人，但我應該向文聯的組織上瞭解他的。如果我這樣做了，至少，便不會由於誤聽旁人一面之辭。……所以到機緣湊合，暴露出來的，仍然是我那原封原樣的資產階級思想。」在最後，李劼人提出，「我堅決要改造思想，擺端正我的立場，過好社會主義關，在黨的領導下，為人民事業貢獻我的一切力量！」不過，李劼人的發言，也沒能令人滿意。據《簡報》記載，「李劼人代表發言後主席團收到的條子（摘錄）。主席：李劼人的檢討是不能令人滿意的，是很不深刻的。一、檢討籠統，不具體。當右派向黨猖狂進攻時，你的思想活動如何？為什麼在那個時候你也要和右派分子一唱一和呢？二、解放以後黨對你的關懷，愛護是怎樣的呢？為什麼你要說你有職無權呢？為什麼在今年那樣一個時候你把黨對你的好處都忘記了呢？三、你說：『原來想批評張默生，但一時思想糊塗，感情一時衝動，反而攻擊了黨』。是思想一時糊塗嗎？是感情一時衝動嗎？還是你就是和黨有距離呢？這些你都沒有談清楚。四、你為什麼要同情流沙河，『草木篇』呢？是什麼在支持你呢？總之，我們認為他的檢查太不深刻了，太籠統了。」〔註 333〕由此可以說，到了最後的總結階段，包括李劼人在內的所有人的問題，並不會因為檢討而有所減輕。

3. 會議結束

12 月 5 日，持續了近一個月的會議閉幕。在這次會議中，除了對右派展開批判之外，另外一件大事是通過了兩個宣言，「在昨（28）日舉行的四川省文學藝術工作者代表會議上，參會的代表一致通過了擁護『社會主義國家共產黨和工人黨代表會議宣言』及共產黨和工人黨代表會議的『和平宣言』。……我們，四川省文學藝術工作者代表會議的全體代表，決心以實際行動支持這兩個偉大的革命宣言；在黨的領導下，緊密地團結全省文藝工作者，認真學

〔註 333〕《四川省文學藝術工作者代表會議簡報》，1957 年 12 月 4 日，第 33 號。

習馬克思列寧主義，堅持社會主義文藝路線，反對修正主義和一切資產階級文藝思想，深入工農兵的生活和鬥爭，徹底改造思想，努力藝術鍛鍊，為發展社會主義的民族的新文藝事業艱苦勞動，為偉大的社會主義建設事業忠誠服務！」〔註 334〕我們知道，《社會主義國家共產黨工人黨代表會議宣言》是 1957 年 11 月 14 至 16 日在莫斯科召開的社會主義國家共產黨和工人黨代表會議上通過的文件，簡稱《1957 年莫斯科宣言》〔註 335〕。那麼，在這樣一次會議上，通過「會議宣言」，本身就是對這次文學會議主題的一次提煉和總結。換而言之，不僅世界各國的社會主義建設有著「共同規律」，文學藝術的發展，也必須符合這個「規律」。正如《草地》刊發文章《四川省文學藝術工作者代表會議擁護〈社會主義國家共產黨和工人黨代表會議宣言〉及共產黨和工人黨代表會議的〈和平宣言〉的決議》所言，「四川省文學藝術工作者代表會議的全體代表，決心以實際行動支持這兩個偉大的革命宣言。在黨的領導下，緊密地團結全省文藝工作者，認真學習馬克思列寧主義，堅持社會主義文藝路線，為發展社會主義的民族的新文藝事業艱苦勞動，為偉大的社會主義建設事業忠誠服務。」〔註 336〕

關於會議的閉幕，《四川日報》報導說，「這次會議，是在我省文藝界反擊右派鬥爭獲得基本勝利的情況下召開的。會議本著整風的精神，運用了大鳴、大放、大爭、大字報的群眾路線方法，揭露了文藝工作者的缺點和錯誤，反映了群眾的呼聲和願望，並且總結了第一次文代大會召開以來的五年的經驗。會議為深入開展文藝界的整風運動，進一步改進文藝工作，更好地貫徹黨的文藝方針政策，創造了良好的條件。與會代表受到了一次深刻的社會主義思想教育。」〔註 337〕我們看到，召開了近一個月的四川省文學藝術工作者代表會議，經過一系列的討論、辯論和批判，已經完成了對四川文藝界的全

〔註 334〕《省文代會全體代表通過決議 熱烈擁護兩個偉大的宣言》，《四川日報》，1957 年 11 月 29 日。

〔註 335〕《省文代會全體代表通過決議 熱烈擁護兩個偉大的宣言》，《四川日報》，1957 年 11 月 29 日。

〔註 336〕《四川省文學藝術工作者代表會議擁護〈社會主義國家共產黨和工人黨代表會議宣言〉及共產黨和工人黨代表會議的〈和平宣言〉的決議》，《草地》，1957 年第 12 期。

〔註 337〕《省文藝工作者代表會議閉幕 李大章同志在會上對文藝問題作了重要指示 號召文藝工作者通過深入整風解決立場問題》，《四川日報》，1957 年 12 月 8 日。

面總結和批判。對此，《四川日報》發表了社論《文藝工作者必須堅決走社會主義的道路》作為總結，「四川省文學藝術工作者代表會議勝利閉幕了。這幾次會議，是在我省文藝界反擊右派鬥爭獲得基本勝利的情況下召開的。會議本著整風的精神，運用了大鳴、大放、大爭、大字報的群眾路線方法，揭露了文藝工作者的缺點和錯誤，反映了群眾的呼聲和願望，並且總結了第一次文代大會召開以來的五年的經驗。這就是：必須加強黨的領導，必須堅持文藝的社會主義方向和為工農兵服務的文藝方針；文藝工作者必須和工農兵群眾在勞動與鬥爭中長期結合，必須繼續加強思想改造，加強馬克思列寧主義的學習。會議為深入開展文藝界的整風運動，進一步改進文藝工作，更好地貫徹執行黨的文藝方針，創造了良好的條件。我們希望，會議以後，文藝界氣象一新，文藝工作者也能適應社會主義建設和社會主義革命的需要不斷進步。」〔註 338〕由此，四川文藝界的「反右」，就基本完成。

這次不僅是四川文藝界反右鬥爭的總結會，更重要的是，也對此後四川文藝界的發展產生了重要影響。如《四川日報》的文章《貫徹省文代會精神面向工農兵 本省文藝期刊有所改進》所說：「本省幾個文藝期刊在省文代會議以後採取具體措施，本著會議精神大力貫徹為工農兵服務的文藝方針，使刊物開始出現了新的面貌。『草地』文學月刊……『星星』詩刊正在努力貫徹為工農兵服務的方針，使刊物密切結合當前的政治鬥爭，充分反映工農群眾生活，增強戰鬥性和群眾性；刊物發表的作品，在形式上也儘量講求多樣化，力求為群眾喜愛，使工農兵看得懂、聽得懂。即將出版的『星星』2 月號發表的作品，絕大多數都緊密的結合了目前的重大政治事件，反映了工農群眾的生活。其中很大一部分是來自工農群眾的作品，例如，這一期的十幾首工廠大字報詩歌，都是選自省內幾個大型廠礦的大字報。2 月號的『星星』詩刊，還第一次登載了為工農群眾喜愛的演唱形式的作品。音樂普及刊物『園林好』……」〔註 339〕經過四川文藝界的這次鬥爭，文學界的右派得到全面的批判性總結，《星星》詩刊也呈現出了一種全新的面貌。經過四川文藝界的總結會，反右鬥爭進入到了「劃右階段」。

〔註 338〕社論《文藝工作者必須堅決走社會主義的道路》，《四川日報》，1957 年 12 月 8 日。

〔註 339〕《貫徹省文代會精神面向工農兵 本省文藝期刊有所改進》，《四川日報》，1958 年 1 月 24 日。

第五節 「小集團」

一、劃分標準與處理原則

在 9 月 20 日至 10 月 9 日召開的中國共產黨第八屆中央委員會擴大的第三次全體會議之後，全國的劃分右派的行動也同時展開了。10 月 15 日，中共中央發至縣委和相當於縣級的黨組織的文件《中共中央關於〈劃分右派分子的標準〉的通知》中，提出了「劃分右派分子」和「極右分子」的「標準」〔註 340〕。在劃分右派的同時，對右派的處理也同時提上了日程。1958 年 1 月中央統戰部的文件《對一部分右派分子處理的初步意見》中，就提出了撤職、降職、開除公職、勞動教養、監督勞動等多種辦法。按照《通知》，對於「右派」的處理，第一個做法就是「免職」。如在 1958 年 2 月 1 日至 2 月 11 日在北京舉行的中華人民共和國第一屆全國人民代表大會第五次會議上，全國人大常委會建議罷免「右派分子」職務，並免除 57 名人大委員的職務。在 3 月 10 日的中國人民政治協商會議常務會議上，免除了 21 名成員。在文學界，2 月 13 日中國文聯解除了丁玲、艾青等 7 名中國文聯全國委員的職務。第二個做法，是下放農村。在反右鬥爭之後，幹部下放農村的政策就成為了對右派最重要的一種處理辦法。王永華在《百萬幹部下放勞動始末》中提到，「1957 年反右派鬥爭擴大化中，有五十五萬多人被定性為右派。中央要求，將右派分子下放農村，『讓他們在社員和下放的幹部的監督下進行體力勞動……以便加強對他們的教育和改造」，可見體力勞動對右派分子兼有懲罰性質。』」〔註 341〕此後，這一種處理辦法得到進一步的加強，1958 年 2 月 28 日，中共中央發出《關於下放幹部進行勞動鍛鍊的指示》，把下放幹部作為在和平環境中整頓作風、改進工作、改造幹部思想、提高幹部和知識分子政治覺悟和實際工作能力的根本措施。甚至到了 1959 年 2 月 12 日中共中央發出《關於堅決貫徹執行「各級幹部參加體力勞動的決定」的通知》，要求各級黨委和各單位對中央關於幹部參加體力勞動的決定長期貫徹執行下去，「成為鞏固的制度」。由此，幹部下放勞動制度從 1957 年開始執行，到 1960 年主要執行了 3

〔註 340〕《中共中央關於〈劃分右派分子的標準〉的通知》，《建國以來重要文獻選編》，第 10 冊，中共中央文獻研究室編，北京：中央文獻出版社，1994 年，第 616～617 頁。

〔註 341〕王永華：《百萬幹部下放勞動始末》，《黨史縱覽》，2009 年，第 12 期。

年。按照文化部黨組《關於組織各類藝術工作者參加體力勞動和基層工作鍛鍊問題的報告》的要求，廣大藝術工作者中除了年老病弱不能參加勞動的以外，都紛紛到工廠、農村中參加體力勞動或基層工作。1958 年 1 月，文化部所屬各單位第一批下放 1500 多名幹部，到河北和江蘇農村勞動鍛鍊。之後，一大批作家紛紛下到基層。趙樹理、周立波、張天翼等 63 名在京作家，有的報名到地方安家，有的較長時期到工廠農村去體驗生活。〔註 342〕

在這樣的背景之下，11 月 28 日至 12 月 4 日四川省第一屆人民代表大會第六次會議（擴大）召開，會議通過了《關於處理右派分子的意見》，確定了對右派分子的處理原則。據《20 世紀四川全紀錄（1900～2000）》記載，「10 月至 11 月，省委相繼發出《在全省工商界開展反右鬥爭和整風運動的意見》、《關於在黨外上層人士中進行整風和反右鬥爭的意見》及《關於寒假期間集中小學教師進行整風、反右鬥爭的計劃》，反右鬥爭全面鋪開。反『右派』鬥爭至 1958 年 1 月省委召開四級幹部會議，批判黨內高級幹部 57 人時結束，全省劃定『右派分子』44621 人。」〔註 343〕從這裡我們看到，實際上劃分右派的過程，也是一個長期的過程，並非一次性完成的。而且整個右派分子的數據也並不統一，在中共四川省委組織部編寫的《中國共產黨四川省組織史資料（1949～1987）》中提到，「在反右派鬥爭中被處理的 64724（其中戴右派分子帽子的 50279 人）的錯案，已全部改正。」〔註 344〕而中共四川省委黨史研究室著的《中國共產黨四川歷史（1950～1978）》則提到，「反右運動的嚴重擴大化，使四川 6.4 萬知識分子、民主人士和黨政幹部被錯誤處理，其中被戴上右派分子帽子的有 40808 人。」〔註 345〕不過，相對於整個四川省的整體劃分右派活動，省內各地的劃右活動時間則相對要明確一些。《成都市東城區志》對成都市東城區的劃右就有相對詳細的記錄：「6 月，中共中央發出《關於組織力量，準備反擊右派分子進攻的指示》。7 月 27 日，區委召開擴大會議，決定在各界展開『整風反擊右派鬥爭』。11 月 27 日至 29 日，召開區委第

〔註 342〕王永華：《百萬幹部下放勞動始末》，《黨史縱覽》，2009 年，第 12 期。

〔註 343〕《20 世紀四川全紀錄（1900～2000）》，李紹明等主編，成都：四川人民出版社，2004 年，第 627 頁。

〔註 344〕《中國共產黨四川省組織史資料（1949～1987）》，中共四川省委組織部等，成都：四川省人民出版社，1994 年，第 8 頁。

〔註 345〕《中國共產黨四川歷史（1950～1978）》，中共四川省委黨史研究室著，北京：中共黨史出版社，2010 年，第 144 頁。

8 次擴大幹部會議，參加集中學習的共 458 人。通過展開大鳴大放，共提意見 4078 條。當時認為正確意見 1941 條，錯誤意見 266 條，帶研究考慮的意見 1868 條，反動意見 3 條。在參加學習的 458 人中，被列為批判對象的有 34 人，被認為嚴重右傾 3 人，嚴重右傾和個人主義 12 人，嚴重個人主義 15 人，違法亂紀 3 人，右派分子 1 人。到年底，全區參加反擊右派鬥爭總人數為 11141 人，190 人被劃為『右派分子』，其中『極右分子』13 人，『一般右派分子』177 人，均被作為監督改造對象，使一大批幹部和知識分子受到傷害。『整風反右』運動經過大鳴大放，反擊右派鬥爭、整頓隊伍、提高思想覺悟 4 個階段，於 1958 年 6 月基本結束。」〔註 346〕從這一記載可以看到，成都市東城區的「劃右」工作，是在「11 月 27 日～29 日的成都市東城區區委第 8 次擴大幹部會議」上完成的。而且根據「劃分右派的標準」，主要劃分出了「極右分子」和「一般右派分子」兩類右派。

在整個時代背景之下，四川文藝界的「劃右」工作，也如期開展。不過，由於相關資料的限制，四川文藝界劃分右派的具體過程和名單，我們也不得而知。據記載，「在 1957 年夏天的『反右』擴大化中，成都的一批文學工作者受到不公正的對待，被錯劃為『右派分子』，或被打成『反革命』，他們寫作的權利被強制剝奪。」〔註 347〕從這裡我們看到，在反右鬥爭中，成都文藝界就與成都市東城區的反右鬥爭不一樣，不僅劃分出了「右派分子」，還有被劃成「反革命」的。曉楓曾說，「不但揪出十餘萬個『右派分子』，還揪出了不少『反黨集團』和『反革命集團』，其較為有名的是『重慶張文倫反黨集團』、『四川省文藝界七人反黨集團』（又稱『七君子集團』）、『四川省文藝界二十四人反革命集』、『四川省農學院反革命集團』、『四川成都二師反革命集團』等等，僅這五個『集團』被定為『右派』和『反革命』的人數，竟高達 15000 多人。」〔註 348〕關於四川文藝界的右派，在蕭賽的《人活著為什麼：連載之二》中有一點記錄：「我已經不是什麼入黨、入盟，當先進工作者的問題，而是省委書記李井泉點頭，省長李大章點名，省委宣傳部部長李亞群主持會議，

〔註 346〕《成都市東城區志》，錦江區地方志編纂委員會編，成都：成都出版社，1995 年，第 22 頁。

〔註 347〕李紹明等主編：《20 世紀四川全紀錄（1900～2000）》，成都：四川人民出版社，2004 年，第 595 頁。

〔註 348〕曉楓：《我所經歷的新中國》，《我所經歷的新中國 第一部〈翻天覆地〉》，無版權頁，第 377 頁。

省劇協主席李累掌握小組，被省文藝界抓出來的 82 名『右派分子』之一，其中有『詩無訓詁論』的張默生，『南方神童』劉盛亞，寫《草木篇》的流沙河，『黑後臺』石天河，『諧劇反黨』的王永梭，改《天外》為《遙望》的李慶華，跟我同戴手銬、同登囚車的馮楓……」〔註 349〕除了他提到的人之外，其他 82 名右派的具體名單，我們也難以一一考證。但在蕭賽的回憶中，我們看到，四川文藝界劃右是一次重大的政治事件。從省委書記李井泉到省長李大章，從省委宣傳部部長李亞群到省文聯的李累，他們一起參與到了「劃右」過程。但從蕭賽的記錄中我們看到，與《草木篇》事件有關的成都文藝界的右派就有張默生、流沙河、石天河三人。同樣，在四川文聯的大事記中也提到，「在本年『反右』運動中，我省文學藝術界有一大批同志被錯劃為『右派分子』。省文聯有白航、流沙河、石天河、邱漾、茜子、吳一峰、儲一天、白堤、白峽、方惠生。作協重慶分會有劉盛亞、李南力、溫田豐、張曉、孫靜軒、王余、揚禾、游黎等同志。美協重慶分會有呂琳、宋克君、岑學恭、楊鴻坤、高龍生等同志。這些同志在政治上生活上長期受到不公正待遇，直到黨的十一屆三中全會以後才得以徹底改正。」〔註 350〕整個四川文藝界的「右派名單」，或許就如蕭賽所說有 82 名。同樣四川文聯的「大事記」，僅記錄下來四川文聯的名單，實際上也不完整。

而與「《草木篇》事件」有關的「右派名單」，則是非常明確的。我們知道，在 8 月 31 日《四川日報》的《徹底打垮文藝界中的牛鬼蛇神——常蘇民在省人民代表會上談文藝界反右鬥爭的情況》中，右派名單就已經出現了：「文藝界這個反共、反人民、反社會主義右派集團，除了眾所周知的首領人物石天河、流沙河外，在成都的有陳謙（即茜子，『草地』編輯）、丘原（丘漾，文聯幹部）、白航（『星星』編輯主任）、遙攀（『草地』編輯）、儲一天（『草地』編輯）、白堤（成都音協『歌詞創作』編輯）、曉楓（成都日報編輯）、沈鎮（成都印製廠幹部）、楊干廷（省人民出版社編輯）、華劍（川大學生）、羅有年（『紅領巾』社編輯）、徐航（即徐榮忠，省成二師學生）。成都外，由石天河直接掌握的人馬，自貢市有一幫，有張宇高、李加建、王志傑、李遠弟、

〔註 349〕蕭賽：《人活著為什麼：連載之二》，《綿竹文史資料選輯》，中國人民政治協商會議四川省綿竹市委員會學習文史資料委員會編，2002 年，第 21 輯。

〔註 350〕《大事記》，《四川文聯四十年》，四川省文學藝術界聯合會編，1993 年，第 408 頁。

孫遐齡；樂山的萬家駿、金堂的張望，也是石天河的走卒。」〔註351〕確定了四川文藝界右派集團共21人。而在石天河的回憶中，此後被確定的名單為24人，「直到我坐牢二十二年多，獲得平反以後，我才看到了《會議參考文件》和流沙河的這篇交代材料，同時，也才知道四川文聯黨委曾經作過一個《四川省文藝界反革命小集團的決議》，列名於『反革命小集團』的人，竟有24個之多。按照《決議》所排列的順序，這些人是：石天河、流沙河、儲一天、陳謙、遙攀、萬家駿、徐航、曉楓、丘原、白航、白堤、沈鎮、楊干廷、華劍、羅有年、張宇高、李加建、王志傑、李遠弟、孫遐齡、張望、許君權、李明雋、楊光裕。（其中，除流沙河在這篇材料裏『交代』出來的人和自貢市文聯和張望、萬家駿等受我牽累的人外，還有楊干廷、華劍、羅有年、許君權、李明雋、楊光裕等，只是與流沙河有私交的人，我根本不認識。大概是劃入流沙河檢舉的『裴多菲俱樂部』的人。而這些人之所以被捲入這個『集團』，大半都是由於為《草木篇》鳴不平。）」〔註352〕對比這兩份右派集團的成員名單，我們看到大體上是一致的，相同的有21人：首先是流沙河交代中的「七人反黨同盟」，石天河、流沙河、儲一天、邱原、陳謙、遙潘、曉楓。然後是成都市的徐航、白航、白堤、沈鎮、楊干廷、華劍、羅有年7人，自貢市張宇高、李加建、王志傑、李遠弟、孫遐齡5人，樂山的萬家駿、金堂的張望2人。而在最後的決議中，則另外增加了許君權、李明雋、楊光裕3人。

在1979年的《四川省文藝界反革命小集團的結論》中，也是24人，「在反右鬥爭中，省文聯整風領導小組曾根據省公安廳的意見，作出了《四川省文藝界反革命小集團的結論》。在這一結論中，有二十四人被列為『反革命小集團』的成員，其中當時在省文聯機關工作的有八人，在各地和其他單位工作的而有十六人。」〔註353〕由此，四川文藝界右派集團的最後的名單，應該就是石天河所記載的24人。這份24人名單，首先是8月16日姚丹發表於《人民日報》的文章《在「草木篇」的背後》中的「十大右派」：「在四川文藝

〔註351〕《徹底打垮文藝界中的牛鬼蛇神——常蘇民在省人民代表會上談文藝界反右鬥爭的情況》，《四川日報》，1957年8月31日。

〔註352〕石天河：《逝川憶語——〈星星〉詩禍親歷記》，香港：天馬出版有限公司，2010年，第173頁。

〔註353〕《中共四川省委批轉省委宣傳部〈關於省文聯在五七年反右鬥爭中需要落實政策的幾個問題的處理情況和意見的報告〉的通知》（川委發〔1979〕83號），中共四川省委辦公廳，一九七九年九月十四日印。

界中，以石天河（即周天哲、『星星』編輯）為首，包括流沙河（團員、『星星』編輯）、白航（黨員、『星星』編輯部主任）、丘原（即丘漾、省文聯幹部）、儲一天（團員、『草地』編輯）陳謙（即茜子、『草地』編輯）、遙攀（『草地』編輯）、白堤（『歌詞創作』編輯）、曉楓（即黃澤榮、成都日報編輯）、徐航（即徐榮忠、成都第二師範學校學生）等一大群右派分子。」在姚丹的總結中，實際上就是流沙河所交代的「七人反黨同盟」，在加上與「《草木篇》事件」聯繫最密切的三人徐航、白航和白堤。另外，在姚丹的文章中，另外還重點批判了張默生和范琰。「在這個反黨集團的背後，站著兩個赫赫有名的右派將軍，其中一個就是張默生（盟員、四川大學中文系主任）。」〔註354〕所以，在整個「草木篇事件」中，除了四川省文藝界的「反革命小集團」之外，還有外圍的「右派分子」，其中最有影響的就是范琰和張默生。當然，這還並不包括其他與「草木篇事件」有關的其他人員。另外，據譚興國記載，「『反右』中被定為『《星星》××集團』的24人全都受到懲處。『文革』結束後又全部『平反』。這24人分處不同單位，我們這裡不能一一介紹，只能著重介紹文聯尤其是所謂『七君子』的情況。文連線關涉及此事件除『七君子』中六人外，還有白航、白峽、白堤、李伍丁，共十人。」〔註355〕譚興國也提到了24人名單，但與石天河、姚丹不同的是，他的名單中多出了李伍丁。按照石天河的說法，「四川文聯原先並沒有劃入『小集團』的白峽、李伍丁，隨後，都被劃為右派。」〔註356〕可見，在《決議》中，李伍丁並不屬於「小集團成員」，雖然他也被劃為了右派。總之，我們看到，四川文藝界的劃右行動，是由四川省文聯整風領導小組直接領導之下展開的。雖然我們難以知曉其具體過程，但是在操作過程中，省委書記、省長、省委宣傳部都參與到了全過程，並最終形成了《四川省文藝界反革命小集團的決議》。同樣對於《四川省文藝界反革命小集團的決議》，我們也難以瞭解其具體內容，但可以肯定的是確定了24人的名單。

而此後他們的命運，也隨著時代而波動。四川文藝界在11月份的代表大會後，就掀起了「下鄉、下廠」的熱潮。據《四川日報》報導，「四川省文學藝術工作者代表會議閉幕以後，中共四川省委文聯黨組連續舉行擴大會議，

〔註354〕姚丹：《在「草木篇」的背後》，《人民日報》，1957年8月16日。

〔註355〕譚興國：《草木篇事件的前前後後》，內部自費印刷圖書，2013年，第243頁。

〔註356〕石天河：《逝川憶語——〈星星〉詩禍親歷記》，香港：天馬出版有限公司，2010年，第329頁。

研究了文藝界如何貫徹省文代會的精神，繼續深入整風。在此同時，省市各文藝單位和文藝團體本著省文代會的精神，結合本單位存在的問題，繼續展開文藝戰線上兩條道路的辯論。不少單位的文藝工作者紛紛表示決心，堅決要求下鄉上山，和工農群眾在勞動與鬥爭中長期結合，徹底改造思想，同時積極排練和創作有關農業發展綱要的四十條的宣傳節目，準備到農村、工廠演出。」〔註 357〕為此，席方蜀在《四川日報》發表了《文藝下鄉好處多》，為「幹部下放勞動」作動員。〔註 358〕據《20 世紀四川全紀錄（1900～2000）》記載，「1958 年 1 月四川省省直機關舉行大會，歡送首批下放幹部 6000 餘人到工廠、農村勞動。去年省委制發《關於緊縮機構，下放幹部的初步計劃》決定，精簡下放幹部 181907 人。本年，為響應黨下放幹部的號召，全省在 1 至 4 月即下放幹部 98014 人。」〔註 359〕四川省文藝界對「右派」的處理，也就在這個滾滾的歷史洪流之中。另外，在 1958 年「大躍進」期間，伴隨著科學界和思想文化界搞專業或事業上的「大躍進」的同時，還掀起了程度不同的批判「資產階級學術思想」，批判「修正主義觀點」，批判「白專道路」的運動。這次運動把知識分子分為「高級知識分子」和「一般知識分子」，以及「紅專」與「白專」兩類。按照「文藝界規劃說明」說法，文學界排隊、規劃是根據「省委宣傳部關於建立工人階級隊伍的指示和補充指示，按照我省文學隊伍當前情況進行的」，其隊伍排隊的標準是按「專」「紅」分類。「紅」，指政治情況及態度。「左派」劃「紅」，「中間派」劃「半紅」，「右派」劃「不紅」；但個別「左派」也劃「半紅」；個別「中右」也劃「不紅」，視具體情況決定。「專」，指業務情況。精通某種文學形式，有較優著作者劃「優」；熟悉某種文學形式有一定著作者劃「半專」，寫作還不熟悉者劃「不專」。在 1958 年 6 月省文聯上報省委宣傳部的一份「關於四川省文藝界的規劃說明（58～62 年高級知識分子隊伍）」中，經過這樣劃分後，當時四川省的文學界人士被劃為 9 類：「又紅又專（沙汀）」「紅而半專（山莓）」「紅而不專（任肖丁）」「半紅半專（蕭崇素）」「半紅不專（方赫）」「專而半紅（林如稷）」「專而不紅（張默生）」「半專不紅（劉思久）」「不專不紅（曉楓）」。同時，按其發展「前途」，

〔註 357〕《文藝界整風運動逐步深入 文藝團體準備下鄉下廠宣傳四十條綱要 文藝工作者要求下鄉上山勞動改造思想》，1957 年 12 月 17 日。

〔註 358〕席方蜀：《文藝下鄉好處多》，《四川日報》，1957 年 12 月 21 日。

〔註 359〕《20 世紀四川全紀錄（1900～2000）》，李紹明等主編，成都：四川人民出版社，2004 年，第 635 頁。

把他們分為三類：1. 有培養前途的：主要指「紅」「半紅」中「半專」、「不專」者；2. 有改造前途者：主要指「專」與「半專」中「半紅」、「不紅」者：3. 沒有前途者。〔註 360〕這一分類與《星星》詩刊的關聯不大，這些受牽連的人，已經不在此列了。

二、「24 人小集團」

按照石天河的說法，「四川文藝界右派集團」的 24 人名單如下：石天河、流沙河、儲一天、邱原、陳謙、遙潘、曉楓、徐航、白航、白堤、沈鎮、楊干廷、華劍、羅有年、張宇高、李加建、王志傑、李遠弟、孫遐齡、萬家駿、張望、許君權、李明雋、楊光裕。對他們的處理，大都是「被送勞教」。「所謂『四川文藝界反革命右派集團』的 24 個人中，最初被判刑的，有我和儲一天、陳謙、萬家駿等四個人。曉楓原先本來是送勞教，但後來因逃跑和『反改造』，被先後兩次加判成二十年徒刑。其他人，大都被送勞教，勞教的時間則長短不一。」〔註 361〕但是，隨之而來，他們各自都有了不同命運，「隨後，被誣陷的『四川文藝界反革命集團』的萬家駿、儲一天、陳謙（茜子）諸人也陸續平反歸隊。整個冤案的受害者，除了已經自殺的張望、丘原，和在勞教期間被彝胞火槍打傷死於非命的徐航，其餘的人在平反後都回到了自己的工作崗位，並繼續為文學工作作出了自己的貢獻。」〔註 362〕這 24 人中，張宇高、李加建、王志傑、李遠弟、孫遐齡、萬家駿 6 人的命運我們在前面已經有介紹，這裡我們就介紹「24 人小集團」中的另外 18 人。

1.「為首的三人」

在 24 人中，石天河、流沙河與儲一天，從此前「《草木篇》事件」中的「三角聯盟」變成了以「三人為首」的「四川文藝界反革命右派集團」。在這三人中，石天河與儲一天首先被逮捕入獄。據石天河回憶，在「關於四川文藝界反革命右派集團的決議」中，為首的是三人，其中之一就是儲一天。「是以石天河、流沙河、儲一天三人為首，與後來我看到的『會議參考文件』上，

〔註 360〕《「文學界規劃說明」（無具體時間）》，《「四川文藝工作五年規劃、文藝界排隊統計及情況反映」（1958 年）》，建川 127～131，四川省檔案館。

〔註 361〕石天河：《逝川憶語——〈星星〉詩禍親歷記》，香港：天馬出版有限公司，2010 年，第 376 頁。

〔註 362〕石天河：《逝川憶語——〈星星〉詩禍親歷記》，香港：天馬出版有限公司，2010 年，第 518 頁。

單純『以石天河為首』的提法，有些不同。」〔註 363〕而在譚興國的回憶中，也重點提到了石天河與儲一天的「雙料貨」問題，「就這十人的情況是極不同的，受懲罰最重的是石天河和儲一天。他們被定為極右派兼現行反革命，按照當時說法叫『雙料貨』。在經過機關大會的批鬥之後，由公安局宣布逮捕。石天河判有期徒刑 15 年，服刑期滿又正值『文革』於是順延下去，坐了 22 年牢。直到 1979 年獲釋，得到平反昭雪，恢復黨籍，到江津一所學校任教。」〔註 364〕對此，石天河在《逝川憶語》中的記載更為詳細，我們不再詳述。

我們先看對石天河的處理過程。首先是由公安局逮捕。雖然我們不清楚石天河定罪的具體過程，但對於石天河的定罪，他明確是「雙料貨」。按照石天河的記載，「這天，是 1957 年 12 月 14 號。文聯又召開機關大會。由常蘇民宣布，對我和儲一天作『按現行反革命罪，由公安機關依法逮捕』的處理。」〔註 365〕緊接著，石天河被關進了文廟後街 5 號的看守所，有了 1146 的代號。此時石天河對自己的處境非常清楚，「文聯要陷害我的人，已經在『整材料』這一關，就為我加足了碼；省委宣傳部的李亞群副部長因為我寫了《詩與教條》，是早已恨我入骨的；省委的主要領導人李井泉，因為我的『萬言書』裏面也提到他有官僚主義作風，他當然也不會輕易放過這個敢於對『第一書記』捋虎鬚的『首惡分子』。」〔註 366〕石天河在文廟後街的看守所，一直被關到了 1958 年 9 月間。在此期間，並寫了預審材料。「為了寫這『親筆供詞』，我猶豫了幾乎一整天。因為，在四川文聯，我是一直沒有寫過表示認罪的交代材料的。現在，為了不再在這黑牢裏關下去，我不能不過這一關。但是，怎樣寫呢？我覺得，只能借寫『親筆供詞』為自己作一點無力的辯護，『現行反革命』是無論如何不能承認的，至於『言論』，我也絕沒有『反黨反社會主義』的目的與動機，我的主要錯誤，只能承認是『客觀上違反了馬克思主義立場』。」〔註 367〕之後，石天河被關押到文武路的看守所。因為這裡離法院近些，便於

〔註 363〕石天河：《逝川憶語——〈星星〉詩禍親歷記》，香港：天馬出版有限公司，2010 年，第 359 頁。

〔註 364〕譚興國：《草木篇事件的前前後後》，內部自費印刷圖書，2013 年，第 243 頁。

〔註 365〕石天河：《逝川憶語——〈星星〉詩禍親歷記》，香港：天馬出版有限公司，2010 年，第 359 頁。

〔註 366〕石天河：《逝川憶語——〈星星〉詩禍親歷記》，香港：天馬出版有限公司，2010 年，第 362 頁。

〔註 367〕石天河：《逝川憶語——〈星星〉詩禍親歷記》，香港：天馬出版有限公司，2010 年，第 371 頁。

犯人「過庭」。緊接著，由法院審判。「我現在記不清《起訴書》的詳細內容。只記得其中主要的幾項是：一、該犯是『軍統特務分子』，『混入革命』後『一貫反黨』。自『波匈事件』以來，散佈『反蘇反共』言論，攻擊蘇聯『擴大肅反』、『有大國沙文主義』等等，在群眾中製造混亂。二、該犯攻擊『肅反』運動，同情『胡風反革命集團』，為『胡風集團』喊冤叫屈，並繼承胡風集團反革命衣缽，進行反黨反社會主義活動。三、該犯在四川文聯為首組織『反革命右派集團』，在『整風』期間，借《草木篇》事件，處心積慮地煽風點火，企圖搞垮共產黨的領導，實行反革命復辟，有現行反革命活動，等等。因此是『情節嚴重、罪大惡極、應予嚴懲』云云。」〔註 368〕審判之後，石天河判刑 15 年，送入監獄勞動改造。對於這段歷史，石天河在總名為《寒淵記略》的回憶中做了詳細記載。在判刑之後，石天河便從看守所轉送到了成都寧夏街的第一監獄服刑。經過一段時間，在 1963 年「五一節」前後，石天河又從成都的勞改工廠向涼山雷馬屏農場「轉解」。到 1965 年春耕大忙開始的時候，又下放到山西寨中隊勞動。〔註 369〕1971 年，石天河從集訓隊調到了向陽坪中隊，出獄之前轉到出監隊。1972 年在石天河刑滿之後轉到「出監隊」繼續勞動改造。〔註 370〕經過出監學習，1973 年，石天河到中山坪分場的二坪中隊繼續勞動。直到在文革後，石天河開始了自己的平反之路。石天河說，「到 1979 年初，外面平反冤假錯案已經形成高潮，中央 51 號文件（改正錯劃『右派』的文件）也已經傳入農場，而農場卻還在執行上級關於『不准上訪』的指示。這時，先回到家裏，經過上訪，並已經落實政策的羅鐵夫（他十七歲被劃為『右派』，本來就是個荒唐的笑話，所以，落實政策時也比較順利），從宜賓託人帶給我一瓶人參酒，給了我一個很大的觸動。」〔註 371〕於是，石天河從此開始了自己的平反之路。鑒於石天河的平反，關涉到整個《星星》詩刊的復刊，我們將在《星星》復刊的歷史中予以介紹。

我們再看對儲一天的處理。關於儲一天與「《草木篇》事件」的複雜關係，

〔註 368〕石天河：《逝川憶語——〈星星〉詩禍親歷記》，香港：天馬出版有限公司，2010 年，第 373 頁。

〔註 369〕石天河：《逝川憶語——〈星星〉詩禍親歷記》，香港：天馬出版有限公司，2010 年，第 466 頁。

〔註 370〕石天河：《逝川憶語——〈星星〉詩禍親歷記》，香港：天馬出版有限公司，2010 年，第 473～477 頁。

〔註 371〕石天河：《逝川憶語——〈星星〉詩禍親歷記》，香港：天馬出版有限公司，2010 年，第 496 頁。

我們在前面已經有詳細介紹。從最初參與反對「《吻》批判」開始，他就寫出了《「死鼠」與「吻」》，後來與石天河、流沙河一起找四川日報編輯部總編輯伍陵理論。而在流沙河的《我的交代》中，儲一天與石天河、流沙河結成了「反黨三角同盟」，「儲一天來北京時，主動向我『認錯』，全盤推翻了團組織一兩年來對我的批評。他和我也取得了『諒解』，勾結上了。一個反黨的三角同盟就這樣形成了。」〔註 372〕當然，對此過程中的一些細節，石天河也有過反駁，「只是 1956 年後，因為儲一天想研究文藝理論，他和我住得比較近，有時就來和我談理論問題。我那時候年輕，記性好，又擔任了理論批評組長，常常作理論學習筆記，對『馬、恩、列』和『別、車、杜』的理論文章，相當熟習。儲一天談到某個問題時，我能告訴他，這個問題在馬恩列或別車杜的哪篇文章的哪一頁上有所論述，可作參考。後來，儲一天拿去向別人說，說石天河能記得哪本書的哪一頁，誇我記性好。這就是流沙河所謂儲一天有問題就向我『請教』的真相。」〔註 373〕但是，儲一天在整風座談會上提出「教條主義、宗派主義的老根在省委宣傳部」〔註 374〕之後，他就已經成為了「《草木篇》事件」中被批判的重點人物。在四川省文聯編印的《是香花還是毒草？》（會議參考文件之十）中，就收錄了儲一天的 6 篇文章，包括小說《不敢見太陽的人》；理論文章《不要怕算舊賬》、《談「放」》、《「死鼠」與「吻」》和雜文《人言「可悲」》、《從嬰兒學步說起》〔註 375〕。因此在反右鬥爭中，正如譚興國所說，儲一天與石天河一樣，受懲罰最重，都被定為極右派兼現行反革命的「雙料貨」。「儲一天是《草地》的編輯，共青團員，寫評論、雜文，也發表過小說，是當時比較活躍的青年作家。『鳴放』中，他提出『我省文藝領導上教條主義、宗派主義的老根在省委宣傳部』，發表文章《不要怕算舊賬》。殊不知舊賬正好算到頭上。他是起義人員，正在那時，有人揭發他起義前曾親自指揮手下殺害兩名共產黨員，算是有血債。因此，被定為反革命、『極右派』，開除團籍，逮捕法辦，被判無期徒刑，後改為有期徒刑二十年，是判刑

〔註 372〕 流沙河：《我的交代 1957.8.3 至 8.11.》，《四川文藝界右派集團反動材料》（會議參考文件之九），四川文聯編印，1957 年 11 月 10 日，第 1 頁。

〔註 373〕 石天河：《逝川憶語——〈星星〉詩禍親歷記》，香港：天馬出版有限公司，2010 年，第 175 頁。

〔註 374〕 《省文聯邀請部分文藝工作者繼續座談 對教條主義和宗派主義進行尖銳批評》，《四川日報》，1957 年 5 月 21 日。

〔註 375〕 參見《是香花還是毒草？》（會議參考文件之十），四川省文聯編印，1957 年 11 月 10 日。

最重的。囚於大竹監獄，病死獄中。」〔註376〕不過，譚興國的回憶確實有誤，儲一天並沒有病死於獄中。石天河回憶說，「儲一天當時是共青團員，但因為曾是：『起義人員』，文聯在所謂『關於反革命小集團』的『決議』中，就抓住這一點，把他說成是『血債累累的反革命分子』。……後來，儲一天所受的處分，比我這個『為首』的更重。他先被判『無期徒刑』，後來才改判『有期徒刑二十年』。」〔註377〕而儲一天判刑之後的具體過程，我們已難以知曉。特別是此後的情況，譚興國認為「病死獄中」，這是不正確的。石天河就說，儲一天平反後在繼續工作，「隨後，被誣陷的『四川文藝界反革命集團』的萬家駿、儲一天、陳謙（茜子）諸人也陸續平反歸隊。整個冤案的受害者，除了已經自殺的張望、丘原，和在勞教期間被彝胞火槍打傷死於非命的徐航，其餘的人在平反後都回到了自己的工作崗位，並繼續為文學工作作出了自己的貢獻。」〔註378〕對於儲一天被捕入獄後的情況，我們難以瞭解。但2003年香港天馬圖書有限公司出版了儲一天的《蝸居文集》〔註379〕，可以從中瞭解到他的一些基本情況。

最後來看對流沙河的處理。與石天河與儲一天相比，文聯對流沙河的處理可以說是相當輕鬆的。由於流沙河的交代，雖然他是「《草木篇》事件」的核心人物，是「24人小集團」的「首腦之一」，而且也被劃為右派，並開除了公職，但他卻留在了文聯機關，還領著工資。「我就留下來，留在省文聯整整九年。但是開除公職，開除共青團團籍，留機關監督勞動改造。比較起來，夠寬大了。然後我就做各種體力勞動嘛，就在機關裏做。拉車子，我拉好多糧食，機關裏頭的煤、米、麵。掃廁所我不知道掃了好多。留到機關就一直搞這個。後來又把我弄到圖書資料室去協助管理圖書資料。後來又把我弄到機關農場去，我光是植棉，從溫湯浸種，一直到最後把棉花用車拉到省裏邊去交，最後把棉花票領回來，就做了兩茬。這些我完全做成了植棉內行，油菜內行。一直做到九年以後，文革爆發前夕，才把我弄回老家去了。如果不弄回老家，

〔註376〕譚興國：《草木篇事件的前前後後》，內部自費印刷圖書，2013年，第244頁。

〔註377〕石天河：《逝川憶語——〈星星〉詩禍親歷記》，香港：天馬出版有限公司，2010年，第228頁。

〔註378〕石天河：《逝川憶語——〈星星〉詩禍親歷記》，香港：天馬出版有限公司，2010年，第518頁。

〔註379〕儲一天：《蝸居文集》，香港：天馬出版有限公司，2003年。

留到那兒就拿給他們打死了。……當了右派以後，只領生活費了。反右前我的工資還比較高，是 77 塊。反右後，人家那些都只領 15 塊的生活費了，我是右派中間領生活費最高的，30 塊。我算是毛澤東都點了名了的人，我沒有弄起走，猜想是擔心一會兒毛主席突然想起了，說那個人在哪裏啊？不好回答。其他的人送去勞教，勞改農場，受夠折磨，還有些關到監獄裏頭的，只有我，不能走，留在機關。機關領導宣布這件事情的時候說，毛主席說的右派分子是反面教員，每個單位都留那麼一兩個反面教員，來時刻教育我們這些左派，讓我們提高警惕。」〔註 380〕當然，在此過程中，流沙河也還更多地回憶了自己的讀書和寫作經歷，「勞動之餘，潛心研讀《莊子》」、「工餘研讀《詩經》、《易經》、《屈賦》」、「病中研讀摩爾根《古代社會》與恩格斯《家庭、私有制和國家的起源》」、「搜集有關曹雪芹的資料，寫出敘事詩《曹雪芹》」等〔註 381〕。不過，「文革」開始後，流沙河也受到衝擊，被下放到金堂接受勞動改造。「1966 年春天，黑茫茫的長夜來臨了，我被押解回故鄉金堂縣城廂鎮監督勞動改造，此後全靠體力勞動計件收入糊口了。這年的七夕我結婚了。接著來的是抄家、遊鬥、戴高帽。」〔註 382〕隨後，流沙河正式平反，「1978 年 5 月在故鄉我被宣布摘帽，年底被調到縣文化館工作。……1979 年 9 月，由中共四川省委下達正式文件，為 1957 年的《星星》詩歌月刊平反，為包括我在內的四個編輯平反，也為《草木篇》平反。至此，我被錯劃為右派的結論才得到改正。10 月，《星星》復刊，我被調回原單位四川省文聯，仍在《星星》做一名普通的編輯人員。」〔註 383〕相比較而言，作為《草木篇》作者的流沙河，比起因《草木篇》事件而受牽連的人來說，他還是較為幸運的。

2.「四大核心成員」

在「24 人小集團」中，還有邱原、陳謙、曉楓、遙攀等核心成員，文聯對這大部分人的處理是開除公職。他們與石天河、流沙河、儲一天一起稱為「四川文藝界七人反黨集團」，也被稱為「四川文藝界的七君子」。

首先說邱原。對於邱原，我們前面有相關介紹。「邱原是文聯創作輔導部

〔註 380〕何三畏整理：《「如果不寫這個，我就來還要當右派」——流沙河口述「草木篇詩案」》，《看歷史》，2010 年第 6 期。

〔註 381〕流沙河：《自傳》，《鋸齒齧痕錄》，北京：三聯書店，1988 年，第 20～21 頁。

〔註 382〕流沙河：《自傳》，《鋸齒齧痕錄》，北京：三聯書店，1988 年，第 22～23 頁。

〔註 383〕流沙河：《自傳》，《鋸齒齧痕錄》，北京：三聯書店，1988 年，第 24 頁。

電影組組長，很有創作才華，無論小說、詩歌、散文都在行。他的電影文學劇本《青蛙少年》正在《草地》上連載，文筆十分不錯。……其實他是個道道地地的成都人，一個有獨立見解、從不人云亦云的文士，言談舉止雖比茜子理智，但也是個性情中人。」〔註 384〕在反右鬥爭，邱原（或者說丘原、邱漾）的問題，最主要的是流沙河在《我的交代》中對他的檢舉〔註 385〕。當然，邱原的突出問題是，他在整風座談會上批評省文聯的存在著嚴重的宗派主義作風〔註 386〕，由此引出了《四川日報》上「工人、農民、知識分子寫信寫稿到四川日報對邱漾（丘原）反動言論的駁斥」的多篇批判文章。此後，正是由於他在整風座談會中發表了「書面聲明」，以及他的「軟化」和「中途退場」，才獲得了「開除公職」的這樣一個處分。不過，邱原這樣一個「開除公職」的較為寬待的處分，卻並沒有給他帶來好運。「邱原、陳謙屬於另一種情況：邱原，極右派，開除公職。兩條路自行選擇：留機關監督勞動，或是自謀生路。他選擇後者。在成都開美術館謀生。『文革』時期，茜子潛會成都，相約逃往新疆，企圖逃出國去，被抓回以『叛國集團策劃人』罪名待審，關寧夏街市大監獄，用刀片割破股動脈自殺身亡。」〔註 387〕對此，在石天河的回憶中，有更為詳細的記載，「丘原離開文聯以後，我在成都監獄裏聽說他開了一家美術商店，能勉強維持生計。但後來，文革時期，我在涼山農場的監獄裏，聽從成都新來的犯人說，丘原自殺了。究竟是因為什麼事情被捕，無從知道，只聽說他是在被捕後，和檢察院的預審員隔著個桌子對話的時候，用刮鬍子的小刀片，切斷大腿的動脈。等到預審員看到他臉色變白，又發現地下流的一大灘血時，已經搶救不及了。」〔註 388〕另外，曉楓也記錄下了邱原的歷史，並對他的經歷做了悲壯的記錄，「邱原是個天生的鬥士，有『不自由勿寧死』的風骨。獄吏曾脅迫他說『只要你交待出同夥，我們可以立即釋放你，如抗拒不交待只有死路一條。』在生與死的兩條路面前，邱原選擇了『慷慨捐軀易，從容就義

〔註 384〕鐵流：《四川文壇的多事之秋》，《我所經歷的新中國 第一部〈翻天覆地〉》，無版權頁，第 347～348 頁。

〔註 385〕流沙河：《我的交代 1957.8.3 至 8.11.》，《四川文藝界右派集團反動材料》（會議參考文件之九），四川文聯編印，1957 年 11 月 10 日，第 9 頁。

〔註 386〕《省文聯邀請部分文藝工作者繼續座談 圍繞「草木篇」問題發表意見》，《四川日報》，1957 年 5 月 17 日。

〔註 387〕譚興國《草木篇事件的前前後後》，內部自費印刷圖書，2013 年，第 244 頁。

〔註 388〕石天河：《逝川憶語——〈星星〉詩禍親歷記》，香港：天馬出版有限公司，2010 年，第 237 頁。

難』的絕路。在小監裏你想死也死不了，沒有毒藥，沒有利器，沒有繩索，連褲帶也被獄吏收去，除此防範極嚴，每隔兩三個小時就有人巡示。為了保護朋友，他立意翻新，將吃飯用的一隻竹筷在地上磨尖，然後在一個風雨如磐的夜晚，他蓋著被子躺在床用手摸著股動脈，咬牙對準跳動的血管舉起磨尖的竹筷用力插去，插進去後再用力不停攪動，直到鮮血汩汩外流時才蒙頭睡去。第二天早晨待獄吏發現時，他仰睡血泊中已悄然長逝。後監獄通知他妻子張天秀來領取遺物，那床血跡浸透的被蓋重達幾十斤。張天秀拿著血被去錦江河沖洗（因家裏沒有自來水），使半河水都染成了紅色。」〔註 389〕

第二位是陳謙（茜子）。在「《草木篇》事件」中，陳謙的主要問題，就是所謂的「裴多菲俱樂部」組織者。「今年 1 月一天晚上，曉楓、流沙河以及邱漾（即邱原）聚集在茜子（即陳謙）家裏，談了很多見不得天日的私房話。其中最惡毒的是污蔑毛主席是『大個人主義』；茜子並聲稱『我們這裡就是裴多菲俱樂部！』」〔註 390〕而在流沙河的交代中，陳謙與邱原、遙攀等人一樣，還與石天河形成了小圈子。「每隔三四天，我總有一個夜晚去陳謙家裏，彼此交流在機關內所見所聞，發洩不滿。……陳謙在寫東西。他愛人作招待。我和丘原對談波匈事件。我說：『布達佩斯的知識分子上裴多菲俱樂部原是出於不得已。因為在拉科西統治下，知識界一片荒涼，又不准自由討論，逼得上裴多菲俱樂部，也顧不得那兒是否有反革命了。全國只有那一小塊地方有民主自由！』陳謙的愛人問裴多菲俱樂部是什麼東西。陳謙笑著說：『我們這裡就是裴多菲俱樂部！』」〔註 391〕這些交代材料，對陳謙的定罪具有重要的意義。對此，石天河回憶說，「『小集團』裏面的陳謙，就四川文聯所作的『結論』來說，是把他列為所謂『裴多菲俱樂部』的組織者，罪名是很嚇人的。但實際上，那只不過是陳謙偶然說了一句玩笑話。」〔註 392〕關於陳謙此後的情況，譚興國也有過介紹，「陳謙（茜子），極右，他和邱原都由文聯和團省委聯合組成『人民法庭』，開庭審判，判勞動教養，後因與邱原策劃逃跑被判刑。

〔註 389〕鐵流：《四川文壇的多事之秋》，《我所經歷的新中國 第一部〈翻天覆地〉》，無版權頁，第 349 頁。

〔註 390〕《成都市工人農民機關幹部及新聞文藝界人士舉行大會 聲討右派分子曉楓的反動言行》，《四川日報》，1957 年 7 月 13 日。

〔註 391〕流沙河：《我的交代 1957.8.3 至 8.11.》，《四川文藝界右派集團反動材料》（會議參考文件之九），四川文聯編印，1957 年 11 月 10 日，第 5 頁。

〔註 392〕石天河：《逝川憶語——〈星星〉詩禍親歷記》，香港：天馬出版有限公司，2010 年，第 250 頁。

『文革』後『平反』，調回文聯，在《四川文學》任編輯，直到退休。」〔註 393〕儘管經過了這樣的不幸，陳謙最終還能得以在文學界繼續從事自己的事業，也是較為幸運的人之一。為陳謙定罪的過程，在曉楓所記錄下的陳謙的兩份判決書中，有一些記載。第一份是成都市中級人民法院刑事判決書：

四川省成都市中級人民法院

刑事判決書

（80）刑申字第 165 號

陳謙。原名黃獅威，男，四十九歲，四川省內江市人。原任四川省文聯《草地》編輯部編輯。

一九五七年十二月三十日成都市西城區第二人民法庭 1957 年度法庭刑二字第 011 號刑事判決書以反革命罪判處陳謙徒刑五年。宣判後本人不服。提出上訴，一九五八年四月二十一日經本院 1958 年度刑上字第 11 號刑事判決書判決：維持原判，駁回上訴。

現經審理查明：原判認定陳謙參加文藝界反革命集團，組織「裴多菲俱樂部」。積極進行反革命活動的罪行不能成立。據此，本院依法判決如下：

一、撤銷成都市西城區第二人民法庭 1957 年度法庭刑二字第 011 號刑事判決書和本院 1958 年度刑上字第 11 號刑事判決書；

二、對陳謙宣告無罪。

四川省成都市中級人民法院（章）

一九八〇年六月十四日〔註 394〕

從這裡我們看到，在反右鬥爭之後，對陳謙的審判有兩次，罪名是「反革命罪」。另外一份成都市金牛區人民法院刑事判決書，又提到了陳謙的另外一個問題：

成都市金牛區人民法院

刑事判決書

（80）刑申字第 055 號

〔註 393〕譚興國：《草木篇事件的前前後後》，內部自費印刷圖書，2013 年，第 244 頁。

〔註 394〕鐵流：《四川文壇的多事之秋》，《我所經歷的新中國 第一部〈翻天覆地〉》，無版權頁，第 347 頁。

陳謙，原名黄獅威，男，四十九歲，四川省內江市人，家住本市西安路一巷十號，原係四川省磨床廠就業人員，現在阿壩監獄勞改。

……

一九七二年二月四日中國人民解放軍成都市金牛區公安機關軍事管制小組、成都市金牛區革命委員會人民保衛組以（72）成金人保刑字第4號刑事判決書，認定邱漾（已自殺死亡）、陳謙等人犯叛國投敵罪，分別判處首犯陳謙徒刑十五年；劉漢鼎、繆文裕各徒刑八年，此外還認定張天秀、陳秉先、白翼、張雯、繆文華、肖維剛等人參與犯罪活動，但因罪行輕微，分別予以訓斥和批評教育。判處後，陳謙、劉漢鼎、繆文裕等人不服，曾先後提出申訴。

現經我院覆查審理，原判在認定事實和適用法律上均屬不當。據此，本院依法判決如下。

一、撤銷中國人民解放軍成都市金牛區公安機關軍事管制小組，成都市金牛區革命委員會人民保衛組（72）成金人保刑字第4號刑事判決書；

二、對陳謙、邱漾、劉漢鼎、繆文裕及張天秀、陳秉先、白翼、張雯、繆文華、肖維剛宣告無罪。

成都市金牛區人民法院（章）

一九八〇年六月五日〔註395〕

在1958年維持對陳謙的原判之後，在1972年增加了「叛國投敵罪」。這段歷史，曉楓也有簡短的記載，「茜子被判刑勞動改造五年刑滿後仍不准回家，強制留場就業『繼續改造』，他實在忍受不住那非人生活，於1968年趁『文化革命』大亂的時候，準備逃跑出國另尋人生出路。他從勞改隊跑出來找上當時被開除公職、自謀職業度日的邱原想辦法，恰好半年前有位邱原任編輯時改發過稿件的一位老相識，在『文革』中舉旗造反，一下成了新疆某造反兵團頭目。發跡後從新疆回成都探親得知邱不幸的遭遇，邀邱原去新疆被婉拒，於是留下兩張空白介紹信說：『只要你願意來新疆，我們任何時候都歡迎。』現在茜子想逃亡，出於友誼和同情，邱原將其中一張空白介紹信給

〔註395〕鐵流：《四川文壇的多事之秋》，《我所經歷的新中國 第一部〈翻天覆地〉》，無版權頁，第347～348頁。

了西子，另送一百多斤糧票和幾百元人民幣的路費。西子企圖到新疆後出境未果，又轉到上海想泅渡到公海上爬上外國商輪，當然更是癡心妄想，最後潛入山西在一處煤窯挖煤度日。不久全國對西子發出了紅色通緝令，很快將他抓捕歸案，邱原作為支持『叛國集團』的策劃人也啷當入獄。公安部門立即對他採取刑訊逼供和誘供，邱拒理抗辯。只好將它單囚一室，並經常侮辱其人格。」〔註 396〕儘管在 1980 年被宣告無罪，但對陳謙來說，這些事已經改變了一生的命運。對此，曉楓回憶說，「西子，又名陳謙，本名黃獅威，四川內江人，出身於書香世家，母親是地方上有名的書法家，父親曾任過國民黨軍官訓練團的團長，後遷居金堂縣城關鎮，自幼與流沙河要好，1949 年兩人攻讀於四川大學，與邱原是同學。三人思想『激進左傾』，常在報上寫文章嘲罵國民黨。西子曾嘲罵國民黨獨裁專橫下的中國是『家家朱門，戶戶餓殍』。1950 年春三人均投筆從戎『獻身革命』，離開四川大學，率先參軍，後被西戎（《呂梁英雄傳》作者）發現了他們的創作才華，紛紛調入川西區軍管會文藝處（四川文聯前身）。西子先後與西戎合寫了較有影響的作品《秀女翻身記》。1953 年並省，三人同時轉入四川省文聯，邱原、流沙河在創作輔導部，西子出任《草地》文藝月刊編輯。西子生性直率，情感多於理智，嘴上從不加鎖，想說什麼就說什麼，是個典型的『文士風流大不拘』的人物，愛人陳秉先稱他是『莽子』。」「中國不少民謠深含哲理，『病從口入，禍從口出』想不到這一夜的瞎侃經一個『覺悟者』的告發後，竟成為西子為首組織『裴多菲俱樂部反革命』的鐵證，先後兩次判處徒刑二十年，致使邱原於 1969 年慘死在成都四大監的監獄，我被『開除公職，強制勞教』引發二十三年的牢獄歲月，這裡不得不作一個『特別介紹』。」〔註 397〕

第三位是曉楓。在這「24 人小集團」中，可以說除了石天河與流沙河之外，最有影響力的作家就是曉楓。在 50 年代他就曾出版短篇小說《生活在前進》、《風水樹》等作品集。曉楓不僅與「《草木篇》事件」有著密切的關聯，而且他自己的作品《給團省委的一封信》、《向黨反映》、《上北京》本身，也引起過一系列的批判，被戴上了「反黨、反人民、不滿現實……」等各種罪名。

〔註 396〕鐵流：《四川文壇的多事之秋》，《我所經歷的新中國 第一部〈翻天覆地〉》，無版權頁，第 348～349 頁。

〔註 397〕鐵流：《四川文壇的多事之秋》，《我所經歷的新中國 第一部〈翻天覆地〉》，無版權頁，第 341～342、347 頁。

為此，7 月 19 日成都日報還專門召開一千多人參加的批判大會，對曉楓予以批判。12 月 28 日，成都日報社召開全體採編人員大會，宣布「開除右派分子黃澤榮（曉楓）公職，送勞動教養，強制改造」，最後判處重刑。具體情況，按照譚興國的介紹，「曉楓，『極右』，公職，勞動教養，他自稱有工資和公民權，算是『最高行政處分』。後因在勞教地逃跑和參加某個地下組織，兩次被判刑，一次十二年，一次八年。1980 年平反回到《成都晚報》，去北京經商，賺了錢，出了國，轉而投入寫作，化名鐵流撰寫和出版了不少赤裸裸攻擊共產黨、醜化新中國的文章。」〔註 398〕我們看到，一方面曉楓確實是受到懲罰最重的作家之一，另一方面他也是一個最具反抗性的作家。此後，他還以鐵流為筆名，寫出了系列回憶著作《我所經歷的新中國》，重現了這段歷史。

第四位是遙攀。關於遙攀，石天河認為他實際上並沒有什麼大問題，「關於『小集團』在文聯裏面的另兩位，遙攀和白堤，大概是因為他們並沒有在座談會上發言，對外界的影響並不很大，所以，文聯並沒有把他們作為重點批判對象，在《會議參考文件》裏面，也沒有專列對他們的批判材料。文聯裏面對他們的批判，也只是因為他們都是在流沙河的『交代』材料裏面屬於『有名在案』的人物，不能不在批判之列。而就他們個人的情況來說，實際上並沒有什麼突出的『罪行』是值得在社會上大張旗鼓公開批判的。所以，對他們的批判，只是在文聯機關內部了結。但在運動後期對他們的處理，卻並不輕。」〔註 399〕不過，在《草木篇》事件」中，遙攀也是被找出了嚴重問題的。在蕭然的《衣缽真傳》中，就重點提到過遙攀的小說《寶刀未老》，「遙攀雖未參加座談會，卻在同一個時間拋出了反動小說『寶刀不老』，載『紅岩』7 月號，替同夥曉楓辯護的『我們的意見分歧』論文，『草地』未予發表。兩者均極其惡毒，已另文駁斥。」〔註 400〕另外，若亞在《「天堂」、「自由」、「喪家犬」》一文中，還將他與流沙河、石天河、羅有年並稱為「文藝界的四個右派分子」〔註 401〕。因此，遙攀雖然被稱為四川文藝界的「七君子」之一，然而他進入「七人集團」則有點「名不副實」，「遙攀是小地方人，有點土裏土氣，

〔註 398〕譚興國：《草木篇事件的前前後後》，內部自費印刷圖書，2013 年，第 245 頁。

〔註 399〕石天河：《逝川憶語——〈星星〉詩禍親歷記》，香港：天馬出版有限公司，2010 年，第 250 頁。

〔註 400〕蕭然：《衣缽真傳》，《四川日報》，1957 年 9 月 12 日。

〔註 401〕若亞：《「天堂」、「自由」、「喪家犬」》，《四川日報》，1957 年 11 月 19 日。

但話語幽默，不顯俗套。在這五人中我水平最低，但在處境上比他們都好，不但是黨報編輯、記者，還是中共市委機關團委副書記，政治上正在走上坡路。我看重他們是能學到一些寫作技巧，他們喜歡和我接近是想知道更多的現實事情。但誰也沒有想到這個正常的人際交往，半年後竟成為『四川文藝界七人反黨小集團』。」〔註 402〕譚興國在著作中也說，「所謂『七君子』中的遙攀，《草地》編輯，他被扯入『集團』大約是流沙河交代中提到他的名字，找不到什麼具體事實，作為『罪狀』的只有一個被列入『毒草』的短篇小說《寶島不老》（載《紅岩》1957 年 7 月）。照今日來看，真正稱得上是『鮮花』，可惜沒有『重放』；還有一篇評論曉楓《給團省委的一封信》的文章《我們的意見分歧》（1957.8.31《草地通訊》，是正常的文藝爭論。他出生地主家庭，被劃為右派，開除公職，送回老家交群眾管制，歷經磨難，『文革』結束後平反，在南充師範學校任教，病逝。）」〔註 403〕他具體的情況，按照石天河的記載，「遙攀是『戴著地主分子、右派分子、反革命分子三頂帽子，下放農村勞動』。據遙攀在平反後告訴我：『文革』開始後，在上級號召『橫掃一切牛鬼蛇神』的時候，他所在農村的基層幹部，曾預先動員了十四個彪形大漢，準備在一次鬥爭大會上，把他當場打死。幸虧當地有一位愛好文學、經常向他學習寫作的共青團員，在得知這一消息以後，立即在深夜裏，把這一緊急信息告訴他，叫他趕快逃走。從那一夜起，遙攀就在農村裏隱姓埋名地作了個補鍋補鞋的修補匠，走村過縣地到處流浪，直到『文革』結束時，有一個石油單位招收『流散知識分子』，他才有了一個落腳點。平反後，他曾就這些經歷，構思成一篇小說。後來，他落實在南充的四川師範學院任教，80 年代在那裡去世。」

3. 其餘成員

在四川文藝界的反右鬥爭中，「24 人小集團」其他成員主要與「《草木篇》事件」有關。我們先來看白堤。如前面石天河的回憶中所言，白堤其實也並沒有什麼問題。然而，白堤實際上又與石天河、流沙河有著密切的關係。如石天河在《五月二十五日我給流沙河的回信》中，就對流沙河說，希望將他的《萬言書》「可交給丘原、白堤或白峽、方赫等同志朗誦」。可見，白堤是石天河比較信任的人之一。另外，在胡子淵的揭發材料中，白堤又是流沙河的

〔註 402〕鐵流：《四川文壇的多事之秋》，《我所經歷的新中國 第一部〈翻天覆地〉》，無版權頁，第 347 頁。

〔註 403〕譚興國：《草木篇事件的前前後後》，內部自費印刷圖書，2013 年，第 245 頁。

連絡人，「流沙河在西安時還和成都音協幹部白堤秘密通信，白堤一面向流沙河發洩了對黨的不滿情緒，並且用暗號互通消息，一面又把自己打扮成反右派的積極分子。」〔註 404〕所以他的問題也在所難免。當然，他的問題也來源於流沙河的「交代」，「我的活動採取了單線方式：我——石天河，這是主線；我——丘陳二人，我——曉楓，我——白堤，都是副線。這以後，5 月 5 日，我和白堤在人民公園談到鳴放。我告訴他我已經退團了，今後無牽掛了，要大鬧一場。他罵傅仇等人為『市儈』，罵肅反，他說：『現在我無事就看看眾生相，怪有趣的。』他罵李友欣『肝火旺』是因為『性慾沒有得到滿足』。他比手劃腳地模仿李累在會上的『兇惡』狀態。我和他早在第一次進攻中就有往來。那時他主動寫了攻擊李友欣的文章給報社，要我『保密』。當時我和他單獨地坐過兩三次茶館。他談的都是肅反中所受的『摧殘』，要求『精神上和物質上的賠償』。以後很快地和他的關係斷了。這次（5 月 5 日）又聯起來。以後，他兩次去重慶前，都到我這裡來，說路由要他放，他才不幹呢。我勸他放，他也說不上當。從重慶回來後，他向我談：（1）《重慶日報》故意用政協發言塞滿篇幅，不讓作協鳴放發言刊出，這是陰謀；（2）邵子南之死和宗派主義對他的排斥有關，曾克是禍首，她最近躲了；（3）洪鐘承認自己是以被告心情參加鳴放的；（4）楊禾如何聲淚俱下，王余如何拍桌大罵。我向白堤問起重慶方面對我的問題看法如何。他說：『章晶修向我問起你。』我去西安前，他又來，給我留下通信處，叮嚀我給他去信不能寄到文聯。我說：『你真聰明，這回沒有上當！』他說：『所以學學阿 Q 也有好處！』以後通信一事，茲從略。」〔註 405〕正是因為有了流沙河的這份證詞，特別是白堤在人民公園中的鳴放言論，也使得白堤被劃為右派。對於白堤的劃右過程，以及此後的經歷，僅有石天河的記載，「白堤是勞教；……而白堤，則是在剛剛平反回到四川文聯的時候，就去世了。聽說，是因為朋友們為他的平反表示祝賀，請他喝酒，他一時高興而喝過了量，猝發心臟病而去世的。」〔註 406〕他個人的

〔註 404〕胡子淵：《省文聯機關工作人員向右派分子追擊 揭露流沙河石天河狼狽為奸的黑幕 文藝界右派的哼哈二將篡改「星星」詩刊的政治方向，率領著黑幫嘍囉，處心積慮地向黨進攻》，《四川日報》，1957 年 8 月 3 日。

〔註 405〕流沙河：《我的交代 1957.8.3 至 8.11.》，《四川文藝界右派集團反動材料》（會議參考文件之九），四川文聯編印，1957 年 11 月 10 日，第 10～11 頁。

〔註 406〕石天河：《逝川憶語——〈星星〉詩禍親歷記》，香港：天馬出版有限公司，2010 年，第 250～251 頁。

具體情況，我們也還有很多未知的地方。

除了前面提到的人員之外，其他成員中最慘的是徐航和張望。在「《草木篇》事件」中，徐航是非常突出的一個人物。關於徐航與石天河、流沙河的交往，我們在前面已經有詳細的介紹。石天河在去峨眉山之前，認識了徐航。徐航是省立成都第二師範學校的學生，本名徐榮忠，當時才十九歲。之後他們就有了更多的書信交往，也就引出了更多的問題，這之前已有相關的論述。從石天河的回憶來看，他與徐航的交往並不多，也並不深。〔註 407〕然而，即使是這樣，徐航的一些激進的理論就足以引火燒身，更何況還碰到了「《草木篇》事件」這樣一個火藥桶上。黎本初在對石天河、流沙河文藝理論的批判中，就重點提到了徐航，「要徹底推翻教條主義的統治，主要的還是新的科學的文藝理論體系之完成。」「走在我們前面的人跌倒了，我們不訕笑他，但更重要的還是吸取經驗教訓，另闢新天地，走另外的新的路。這話不錯！」由此認為，他以胡風的承繼者自居，決心反共反人民反社會主義，他們與我們在文藝戰線上進行著你死我活、不可調和的鬥爭。」〔註 408〕因此，在理論上，經過胡風集團案之後，徐航的理論也非常危險。關於徐航被「劃右」過程及其具體歷史，我們已難以知曉。僅在石天河的回憶中，瞭解到他的「死亡」，「他們雖然都遭受了終身不幸，但比起在勞教期間因忍不住飢餓、偷吃彝民包穀而被打成重傷死去的徐航，和勞教後回到安徽家鄉因不能忍受社會歧視與生活逼迫而撞車自殺的張望，他們總算熬過了黑夜，見到了黎明。……而徐航和張望的死，則是我無法想像的。我只是在為平反進行申訴時，才偶而聽到一句『徐航死了』的不明不白的話，後來，經過很長時間的打聽，才從成都的吳遠度那裡，聽到了徐航慘死的信息。」〔註 409〕關於金堂張望，我們所能瞭解的更少。我們僅能在石天河的回憶中瞭解到相關的歷史。與其他的人相比，張望與「《草木篇》事件」並沒有什麼較深的牽連，石天河曾有詳細的回憶〔註 410〕。當然，張望與石天河有一些通信，留下了證據。這其中，就有

〔註 407〕石天河：《逝川憶語——〈星星〉詩禍親歷記》，香港：天馬出版有限公司，2010 年，第 183～186 頁。

〔註 408〕黎本初：《是反對教條主義還是復活胡風思想？——斥右派分子石天河、流沙河等的反動文藝理論》，《四川日報》，1957 年 9 月 14 日。

〔註 409〕石天河：《逝川憶語——〈星星〉詩禍親歷記》，香港：天馬出版有限公司，2010 年，第 251 頁。

〔註 410〕石天河：《逝川憶語——〈星星〉詩禍親歷記》，香港：天馬出版有限公司，2010 年，第 69～70 頁。

張望給石天河寄 30 元錢這樣的一些事情。不過，我們很難說這就是張望被劃為右派的原因。但是，張望最後卻成為了「24 人小集團成員」，這是我們難以瞭解的背景。此後他受難和自殺的經過，我們也更難以知曉了。

另外，在「24 人小集團」中，沈鎮、華劍、羅有年確實與「《草木篇》事件」有著非常密切的關係。關於沈鎮，石天河曾介紹說，「我在文聯，他在《四川日報》印刷廠工作。本來他與文藝工作並沒有多少關係。只是在『《星星》詩禍』發生以後，在《四川日報》發動對我進行批判的時候，他在開會時說了一句：『說石天河是反革命，我敢說，鬼都不相信。』就為這一句話，他被株連劃進了『小集團』。在遭到批判、開除黨籍後，也送了勞教。」〔註 411〕而實際上，在整個「《草木篇》事件」中，沈鎮的問題，並非石天河所說的那麼簡單了。早在 2 月 8 日成都文學藝術界座談《草木篇》和《吻》的時候，沈鎮就發出了「反批判」的聲音，「沈鎮說，『吻』，不是黃色的，難道人們在吻的時候也要喊一聲共產主義萬歲嗎？『草木篇』只是有些含糊，從這方面來講，它並沒有錯。沈鎮、曉楓還說：四川日報編輯部開展對『草木篇』和『吻』的批評討論，是一家獨鳴，違反了『百家爭鳴』的政策，態度不公平。」〔註 412〕在流沙河的《我的交代》中，就兩次提到沈鎮的問題：第一次是沈鎮反對《吻》批判，「沈鎮來找石天河談過，又來找我談，說他要寫為《吻》辯護的文章，叫我為他當參謀。是否寫了，我不知道。曉楓的文章未和我商量過。我始終沒有看見過。」〔註 413〕第二次，是沈鎮「洩露機密」的問題，「沈鎮在會上向我洩露了機密（他說他親眼看見《火中孤雁》的鉛印本）。他要發言攻擊省委，和我商量，我據石天河吩咐的策略，堅決制止了。只是李伍丁打了前站，我們才出來支持。」〔註 414〕這成為了沈鎮受到批判的最直接的原因，也是沈鎮受到批判的最重要的原因。進而，沈鎮的問題就被一一挖掘出來。在帥士熙的揭發中，還重點提到過沈鎮的其他問題。「帥士熙說，流沙河、石天河（文聯幹部）、曉楓、沈鎮（成都印製廠幹部）等還指責報紙壓制了反批評，說是

〔註 411〕石天河：《逝川憶語——〈星星〉詩禍親歷記》，香港：天馬出版有限公司，2010 年，第 249 頁。

〔註 412〕《成都文學藝術界座談「草木篇」和「吻」》，《四川日報》，1957 年 2 月 14 日。

〔註 413〕流沙河：《我的交代 1957.8.3 至 8.11.》，《四川文藝界右派集團反動材料》（會議參考文件之九），四川文聯編印，1957 年 11 月 10 日，第 4 頁。

〔註 414〕流沙河：《我的交代 1957.8.3 至 8.11.》，《四川文藝界右派集團反動材料》（會議參考文件之九），四川文聯編印，1957 年 11 月 10 日，第 11 頁。

報紙不讓他們有說話的機會。帥士熙說，他們指責報社的根據之四是報紙的報導不真實。曉楓和有一個叫沈鎮的就如此說。他們曾經說明自己的發言是乾吼、沒有談清楚、沒有談多少道理，一方面卻又誣衊四川日報的報導不真實，沈鎮並且謾罵四川日報『不道德』，四川日報編委『可恥』，記者的良心要痛苦。還說『我要有報紙的話，也要幹一下』。沈鎮所說的本報報導不真實，是指今年2月8日省文聯召開的一次座談會的報導，參加開會的人都可證明，我們用不著解釋那篇報導是否真實。這裡倒不妨問一句：這樣仇視人民的報紙的人，是一個什麼樣的角色，他說的話有幾分可靠性，明眼人是可想而知了。」〔註415〕應該說，流沙河與帥士熙的揭發，一起使沈鎮成為了四川文藝界的右派。

四川大學生華劍，與沈鎮一樣，他也是首先起來反對「吻」批判的人。在2月8日座談會上，他與邱乾昆、曉楓、沈鎮等一起發言支持「草木篇」和「吻」，認為它們不應該受到人們那樣的批評。進而在5月21日「省文聯第三次整風座談」上，華劍還將批判的矛頭直接指向了省委宣傳部副部長李亞群，「他認為四川地區『鳴』『放』得很不夠，省委宣傳部李亞群副部長要負主要責任，李亞群同志雖然檢討了，但不深刻。他建議文聯領導上把李累找回來，使他頭腦清醒清醒，石天河也應該找回來。他說，石天河受了委屈，要讓他發言。」〔註416〕不僅如此，在胡子淵的揭露中，華劍在川大還有著嚴重的問題，「流沙河對川大一個叫做華劍的學生講，說川大校刊室編輯田原向李累說過擁護『草木篇』的都是地主、資本家的少爺和肅反對象。事實上，田原並沒有向李累說過。華劍回川大後即據此向共產黨員田原進攻，在川大點起了一把火。」〔註417〕由於華劍的積極的反批評姿態，在《右派分子把持「星星」詩刊的罪惡活動》中，被看作是《星星》重點培養和扶持的右派勢力，「他們從來稿中物色對黨對新社會不滿的青年，加以重點『培養』，這些青年如成都的華劍，自貢的李加建（即玉笳），王志傑，峨眉的萬家駿，南充的魯

〔註415〕《省文聯繼續舉行作家、詩人、批評家座談會 駁斥張默生流沙河等的錯誤言行 傅仇對文匯報歪曲報導有關「草木篇」問題提出抗議》，《四川日報》，1957年6月29日。

〔註416〕《省文聯邀請部分文藝工作者繼續座談 對教條主義和宗派主義進行尖銳批評》，《四川日報》，1957年5月21日。

〔註417〕胡子淵：《省文聯機關工作人員向右派分子追擊 揭露流沙河石天河狼狽為奸的黑幕 文藝界右派的哼哈二將篡改「星星」詩刊的政治方向，率領著黑幫嘍囉，處心積慮地向黨進攻》，《四川日報》，1957年8月3日。

青，舒占才，都得到他們的賞識。他們美其名曰『培養新生力量』，其實是招兵買馬，搜羅心腹，擴充右派勢力。」〔註418〕由於以上這些原因，華劍被列入了「24人小集團」名單中。

與沈鎮、華劍相比，《紅領巾》雜誌社的羅有年的問題則嚴重得多。正如石天河所說，「《四川青年報》的劉冰，《紅領巾》雜誌社的羅有年，都因為曾在座談會發言，對《草木篇》受到的粗暴批評，表示反對；（羅有年寫了長達六千言的發言稿，題為《同志們，請先對準宗派主義開炮，狠狠的揍》），兩人都被認為是『四川文聯反黨集團』的『走卒』、『是窮凶極惡的右派打手』，在他們各自的單位，受到了非常嚴厲的批判，自然也逃不脫『劃右』的厄運。」〔註419〕所以，在此時的《四川日報》中，就有兩篇專門批判羅有年的文章。在這兩篇批判文章中，羅有年與「草木篇事件」還只是其中的一部分問題，當然也是致命的問題。如在《羅有年是右派中的兇惡打手 他向黨的報刊射出了一系列的毒箭》中，說「他把對流沙河、茜子、曉楓等右派分子的批判，統通說成是省委的『宗派主義』的『圍剿』。大家指出，羅有年把我們對流沙河、曉楓、茜子等的批判誣衊為共產黨『宗派到六親不認的程度了！』其實這只能證明羅有年與這些右派是『一丘之貉』罷了。」〔註420〕另外一篇批判文章《羅有年要什麼樣的自由？》中提到，「羅有年不是這樣的指責過我們嗎？說我們對『草木篇』的批評『不是為了全民的利益』，『而是為了幾個領導者的利益』；說人民的報刊沒有刊登他那作過『這樣或那樣誇大』的、黑色的、黃色的所謂『作品』是『排外』。他把對流沙河、茜子、曉楓等右派分子的批判，統統斥之為『宗派主義』的『圍攻』；並且還惡毒的叫嚷著要把那些『手握大權的領導者』『先揍倒』。」〔註421〕所以，在若亞的《「天堂」、「自由」、「喪家犬」》文中，羅有年因為說過，「社會主義不如資本主義好，假如我生在帝國主義國家，生在臺灣，我就可以把自己出賣給資本家，我的生活比現在好。」〔註422〕就與流沙河、石天河、遙攀一起成為了「文藝界四個右派份子」。「右

〔註418〕《右派分子把持「星星」詩刊的罪惡活動》，《星星》，1957年，第9期。

〔註419〕石天河：《逝川憶語——〈星星〉詩禍親歷記》，香港：天馬出版有限公司，2010年，第329頁。

〔註420〕《羅有年是右派中的兇惡打手 他向黨的報刊射出了一系列的毒箭》，《四川日報》，1957年8月17日。

〔註421〕洛軍：《羅有年要什麼樣的自由？》，《四川日報》，1957年9月12日。

〔註422〕若亞：《「天堂」、「自由」、「喪家犬」》，《四川日報》，1957年11月19日。

派」也就成為了的必然命運。而楊干廷、許君權、李明雋、楊光裕等人，由於我們沒有具體的材料，我們也難以瞭解他們被列入「24 人小集團」的具體原因和劃為右派的詳細歷史了。實際上，正如石天河所說，他們與「《草木篇》事件」的關係並不密切。

經過對《草木篇》批判中涉及到的人的處理，《星星》事件或者說《星星》問題就畫上了一個句號。但這其中所牽涉到的人、事，卻並沒有隨之而塵埃落定，在以後四川詩歌史上，還將繼續發酵，持續地影響著當代詩歌的發展。

第六章　李累時期的《星星》詩刊

經過 1957 年的反右鬥爭，《星星》詩刊編輯部成員全軍覆沒，改組《星星》詩刊編輯部已成為必然。然而，在相關的研究中，對改組後《星星》詩刊的歷史並沒有得到清晰的認識，以至於這段歷史事件幾乎完全不清楚。如果不弄清楚這段歷史，也就難以瞭解《星星》詩刊在 1958 年的新發展了。由於《星星》詩刊從創刊初，其刊物上沒有出標示編輯部成員的名字，以及相關資料的遺失，使得一直以來我們對改組後的《星星》瞭解不多。但通過對各種資料的收集整理，我們看到，改組後的《星星》詩刊，也就是從 1957 年 8 月起《星星》詩刊，是由李累「帶班」，或者說全權負責。總之，在《星星》詩刊的歷史上，有了一個被遺忘，但卻非常值得注意的「李累時期」。

第一節　《星星》詩刊的李累時期

一、《星星》詩刊的「帶班主編」

最早記錄下李累負責改組後《星星》詩刊這一事件的，是《星星》詩刊前任主編白航。白航以辛心（即「星星」）為筆名，回憶了這段歷史。他說，「四個編輯，全被錯誤地劃成了右派，編輯部大改組。之後，由李累帶班一段時期，後由安旗主編，高纓副主編，執行編輯為傅仇。做過編輯的，先後有賃常彬、溫舒文、唐大同、藍疆、趙秋葦（女）、黃明海、劉忠鳳（女）、鄒絳、王余等。開本改為大 32 開，查看到 1960 年 10 月，因精簡調整刊物而停刊了。」〔註 1〕

〔註 1〕辛心：《我們的名字是星星——〈星星〉創刊史話》，《星星》，1982 年，第 4 期。

1957年8月以後的白航，由於已被劃為右派，不能再執掌《星星》詩刊了。由於白航被下放到會理勞動，相關時間至少要到1958年11月的反右總結大會之後。所以對於此時《星星》詩刊內部人事的具體調整，應該很清楚。同時，作為《星星》詩刊最重要的創始人之一，白航在1962年後回到了省文聯，對於《星星》詩刊發展和變化，也應該是很十分關注，而且十分瞭解。由此白航所說「李累帶班一段時期」，是完全可信的。另外，值得注意的是，與其他人的敘述不同的是，白航並沒有說李累是《星星》詩刊的主編，而是說他「帶班一段時期」。換句話說，通過白航的敘述，我們看到，李累並沒有被文聯正式任命為「主編」，而只是一個臨時的管理者、負責人而已。所以，我們在1958年的《文聯及舞協歷年職工名冊》中看到，李友欣則明確指出為草地編輯部主任，帥雪樵為草地編輯部副主任，而並沒有提到李累在《星星》詩刊的職務。此時李累的職務還是「創作輔導部部長」〔註2〕，並沒有文聯被正式任命為「星星詩刊主編」。可以，李累是《星星》詩刊改組後這一過渡時期，沒有被文聯正式任命，而只是「帶班主編」。

儘管李累沒有被文聯正式任命為《星星》詩刊的「主編」，但此時他完全管理著《星星》詩刊，負責著《星星》詩刊的業務，又在實際意義上成為了《星星》詩刊的「主編」。所以，2000年四川省地方志編纂委員會編纂的《四川省志·文化藝術志》中就指出，「反右運動中，四川作家遭受沉重打擊，《星星》詩刊幾位編輯都被打成『右派』，改組後由李累任主編。」〔註3〕我們看到，在這裡的敘述中，李累成為了改組後《星星》詩刊的正式「主編」。同樣，作為《星星》詩刊的創始人之一的石天河，他也提到了多次提到了李累掌管著《星星》詩刊。「第九期起，李累、傅仇已經奪取了《星星》詩刊編輯部。」〔註4〕所以，石天河也認為1957年《星星》詩刊改組後，是由李累負責的。雖然他用了「奪取」一詞，但不可否認，此時的《星星》詩刊已經換了主人。此後，《星星》詩刊在編輯《〈星星〉五十年大事記》中也提到，「1958年李累、

〔註2〕《文聯及舞協歷年職工名冊》，《四川文聯工作人員名單（1958年）》，《四川省文聯（1952～1965）》，建川127～18，四川省檔案館。

〔註3〕《四川省志·文化藝術志》，四川省地方志編纂委員會編纂，成都：四川人民出版社，2000年，第48頁。

〔註4〕石天河：《逝川憶語——〈星星〉詩禍親歷記》，香港：天馬出版有限公司，2010年，第205頁。

李友欣同志分別輪流主事《星星》。」〔註5〕可以說，在《星星》詩刊編輯部，也是完全把李累作為1958年《星星》詩刊的負責人或者說主編的。但在《〈星星〉五十年大事記》這裡，又認為李累和李友欣輪流主事《星星》詩刊，把李友欣列為了《星星》詩刊的主編之一，這是不正確的。譚興國回憶說，「在一段時間，文聯的日常工作，多半落到李累的肩上。指向上級指示和黨組決定，大至領導運動、組織會議、搞總結報告，小至處理吵架割孽、偷雞摸狗之事情。……省文聯辦了兩個文學期刊，按黨組分工，李友欣分管《草地》、李累負責《星星》。他不一定終審全部稿件，但重要稿件他可以抽看。」〔註6〕譚興國於1958年畢業於四川大學中文系，之後便到了四川文聯的《草地》月刊做編輯，歷任四川文聯評論組副組長、《四川文學》雜誌副主編、《當代文壇》雜誌副主編等職，他對李累、李友欣的「分工說」，即李友欣分管《草地》、李累負責《星星》，應該是可靠的。同樣，曾任《星星》詩刊編輯、《四川文學》編輯部主任、《四川文藝》代理主編的唐大同也在回憶中提到，「有時『二李』都留在機關值班。李累分管行政事務和《星星》，李友欣主要分管《四川文學》。有時『二李』輪換值班，值班的『李』行政事務、刊物編輯事務、文學組織工作以及黨的工作都得管。當然作協五十年來的日常實際工作，並非全部都是『二李』去完成的，其他黨組成員也曾分管過一段時間，但時間都不長，只有『二李』做實際工作的時間最長，因而擔負的實際工作量也最大。」〔註7〕他在這裡也提到了李友欣分管《草地》、李累分管《星星》的「分工說」。雖然在這裡，唐大同提到了「輪換值班」，在輪換值班時李友欣可能也會管理《星星》詩刊，但從實際上來看，李友欣只是偶而負責《星星》詩刊的編輯、審稿等方面的事物，對《星星》詩刊整體規劃和發展，還是由李累來負責的。特別是在處理「詩歌下放」討論中雁翼、紅百靈的問題時，我們也可以明確地看到，李累就是當時《星星》詩刊的主編。同樣，在1961年7月8日兩份報告中，我們可以看到，李累的表述是以「我們」代替「星星」詩刊編輯部，這完全是作為《星星》詩刊主編的口吻。如在《關於雁翼的原稿及處理情況》中，李累寫道，「（一）我們找出了1958年5月份雁翼的原稿，即《對詩歌下放的

〔註5〕《〈星星〉五十年大事記》，《中國〈星星〉五十年詩選．附錄》，《星星》詩刊雜誌社，2007年，第974頁。

〔註6〕譚興國：《草木篇事件的前前後後》，內部自費印刷圖書，2013年，第82～83頁。

〔註7〕唐大童：《「二李」》，《歧路難回》（下），無版權頁，第264頁。

一點看法》一文。從原告看，可以說明，這不是『信』，這不是我們隨便把煙癮的一封『信』發表了；而是一篇稿件。這稿件，確實是用『信』的形式寫的。(二)、我們刪去了頭尾。這頭尾，今天看來，還是廢話。不過是表明作者自己是忙人而已。」〔註8〕同樣，在《關於紅百靈的部分原稿及處理情況》中也是用「我們」這樣的表述，「我們找出了1958年紅百靈的部分原稿。」「我們發表他的第二篇文章，只選擇了信的一部分發表。發表前，也徵求了本人的意見，他要求全文發表，但因他未堅持，我們加以說服，才發表的。」「關於紅百靈稿件處理過程，以及紅百靈的原稿，當時川大中文系總支瞭解並且調閱了原稿的。我們很奇怪，川大總支×××同志重在此次會議上不顧事實談說編輯部的處理情況。我們附上傳達中文系總支在1958年12月17日給我們的信件，便是以說明他們知道全部情況。」〔註9〕所以，1957年8月改組後的《星星》詩刊由李累負責，這是確定無疑的。

那改組後的《星星》為什麼要由李累來負責呢？其實，在《星星》詩刊創刊時，星星編委會最能確定的編委之一就是李累。石天河回憶說，「李累當時是文聯黨支部書記、創作輔導部長，兼任《星星》的編委，是直接監督《星星》工作的領導人。」〔註10〕因為他既是文聯領導，同時他的工作之一就是分管《星星》詩刊。「李累是從川東調來的，擔任了創作輔導部長。當時文聯沒有成立作協，所有從事文學創作的幹部，都歸創作輔導部領導；加上他又兼任了文聯的黨支部書記，並是文聯機關黨委的成員之一，音協、美協的事，他都可以干預。所以他是文聯掌握實權的人物。」〔註11〕特別是在此後的「草木篇事件」中，石天河特別提到了「草木篇」是專門給李累看過的，「本來，在《草木篇》由流沙河交給我的時候，發稿之前，李累曾拿去看過，並私下向我說：『這篇東西，有點像王實味的《野百合花》，是不是不發？』」〔註12〕可

〔註8〕《關於雁翼的原稿及處理情況》，《四川省文聯（1952～1965）》，建川127～208，四川省檔案館。

〔註9〕《關於雁翼的原稿及處理情況》，《四川省文聯（1952～1965）》，建川127～208，四川省檔案館。

〔註10〕石天河：《逝川憶語——〈星星〉詩禍親歷記》，香港：天馬出版有限公司，2010年，第17頁。

〔註11〕石天河：《逝川憶語——〈星星〉詩禍親歷記》，香港：天馬出版有限公司，2010年，第35～36頁。

〔註12〕石天河：《逝川憶語——〈星星〉詩禍親歷記》，香港：天馬出版有限公司，2010年，第25頁。

見，在審稿過程中，李累有著直接的決定作用。同時，李累的政治敏感，也符合了反右之後四川文聯對《星星》詩刊負責人的政治要求。「李累政治上敏感，注意時時緊跟形勢，但『左』的東西來了就必生偏差、錯誤；他工作上潑辣簡練，放手讓下面大膽工作，在工作中鍛鍊提高，三難免有些粗疏，細緻謹慎不足。」〔註 13〕所以，改組後的《星星》，由星星編委會的委員李累，來掌管《星星》詩刊，便是四川省文聯非常合理的一種人事安排。

由此，1957 年改組後的《星星》詩刊，一個新的「四人編輯部」成立了。在具體的人事安排上，根據四川省檔案館《四川省文聯（1952～1965）》的《文聯及舞協歷年職工名冊》，加上作為主編的李累，就可列出 1957 年 9 月到 1958 年 12 月之前《星星》詩刊的編輯名單：李累（創作輔導部部長）、傅仇（「星星」編輯部）、賃常彬（「星星」編輯）、趙秋葦（「草地」、「星星」編輯部）〔註 14〕。在名單中，除了李累之外，其他幾人是明確注明為「星星」編輯部的編輯。雖然在備註欄目中，有「星星編輯部」、「星星編輯」等不同稱呼，但我們可以看到，一個新的「四人編輯部」成立了。李累、傅仇、賃常彬、趙秋葦組成了改組後《星星》詩刊的新編輯部。其中編輯傅仇（為傅仇的簡寫），曾經作為創辦《星星》詩刊的倡議者之一，並積極參與了籌劃，此時進入到《星星》詩刊編輯部，而且還成為了執行編輯。當然曾提到，傅仇沒有進入到《星星》詩刊初期編輯部，這應該與他的經歷有關。在《工作人員花名冊 55 年 11 月 1 日》中對傅仇的記載是：「傅仇（46 年前在萬縣讀書，教小學，加入過方字袍哥。46 年在重慶偽警校人體育室任事務員，48 年 2 月加入國民黨。47 年底辦過『虹長』月刊，離偽警校後在重慶教書，並辦過『東風』、『寫作』等刊物，解放前在萬縣辦過『中聲新聞』。」〔註 15〕其中他參加過袍哥、在國民黨警校讀書等經歷，對他進入《星星》詩刊編輯部來說，是極為不利的。但經過 1957 年的反右後，傅仇的政治態度，以及創作得到了重新認可。特別是在建國初，傅仇的詩歌創作得到了高度認可，《新華日報》就專門介紹過他的詩歌創作，「為了紀念中國共產黨誕生三十二週年，本期發表的作品中

〔註 13〕唐大章：《「二李」》，《歧路難回》（下），無版權頁，第 265 頁。

〔註 14〕《四川文聯工作人員名單（1958 年）・文聯及舞協歷年職工名冊》，《四川省文聯（1952～1965）》，建川 127～18，四川省檔案館。

〔註 15〕《工作人員花名冊 55 年 11 月 1 日》，《四川省文聯（1952～1965）》，建川 127～18，四川省檔案館。

有傅仇的報告『柳樹和石碑』，該文記述了紅軍在長征途中的一個動人的故事，反映了人民群眾對於紅軍的擁護、愛戴和懷想，以及對於白匪軍的堅強不屈的反抗意志。」〔註 16〕之後，傅仇進入海拔 3000 多米的川西高原的原始森林體驗生活，魏巍讚美他的詩「是詩人對伐木者的讚歌，也是伐木者對祖國忠貞的讚歌」。更為重要的，在 1957 年進入星星詩刊編輯部時，傅仇就已經出版了《雪山謠》、《伐木者》、《赤樺信》三本詩集，此後他繼續出版《種子・歌曲・路》、《珠瑪》（插圖本長詩）、《鋼鐵江山》、《伐木聲聲》、《竹號》等詩集。所以，傅仇進入了《星星》詩刊新的「四人編輯部」，就與他的詩歌創作實績有著重要的關係。而且，此前在反右鬥爭中，就涉及到了傅仇的問題。如流沙河的交代說，「抵制傅仇來《星星》是我的主意，怕他來扭轉資產階級方向。這是我和石天河早就商量好了的辦法。三月底，我又向石天河說此點不能動搖：『要留一片乾淨土地！』白航提出要傅仇來，目的是為了改善和重慶方面的關係。白航本人對傅仇是沒有好感的。所以，我一反對並以『不幹』相要挾，加以白峽也不願意（他希望葛珍來），所以白航也就同意了。他說：『好吧，我們三人好好幹！』」〔註 17〕這表明，文聯早就有安排傅仇到《星星》的想法了。此外，在《文聯及舞協歷年職工名冊》中，除了文聯領導以及表明了具體身份的人員之外，還有一部分人，並沒有標示具體的身份，僅以「編輯」表明。其中被標明為編輯的有，流沙河、唐大同、王益奮、藍萬倫、黃明海、潘壽麒、鍾朝復、譚興國等人。流沙河雖然被保留了編輯身份，但已經不可能參與到編輯工作了。那麼其他的這些編輯，他們就都有可能也參與到《草地》、《星星》的編輯工作中。

從 1958 年起，《星星》詩刊的編輯者和出版社均為「星星編委會」。而 1957 年的《星星》，編委者為「星星編委會」，出版者為「四川人民出版社」。此時，《星星》詩刊的印刷廠由原來的「四川人民印刷廠」變為「成都印刷廠」。這些細節表明，此時的《星星》詩刊已經徹底變了。因此，從 1957 年第 9 期開始《星星》詩刊由李累負責，一直到 1959 年 2 月安旗正式成為《星星》詩刊的主編。總之，李累主編了《星星》詩刊從 1957 年總第 9 期至 1959 年總

〔註 16〕《「西南文藝」一九五三年七月號內容介紹》，《新華日報（重慶版）》，1953 年 7 月 10 日。

〔註 17〕流沙河：《我的交代 1957.8.3 至 8.11.》，《四川文藝界右派集團反動材料》（會議參考文件之九），四川文聯編印，1957 年 11 月 10 日，第 8 頁。

第 25 期的 17 期《星星》。在《星星》詩刊初期的白航、李累、安旗這三大主編的任期中，白航僅主編了 8 期《星星》，安旗主編了 21 期《星星》詩刊。從主編《星星》詩刊的時間長度來說，李累任職的時間是僅次於安旗，而遠大於首任主編白航的。所以李累時期的《星星》，是《星星》詩刊歷史上不可忽視的重要階段，也是非常值得我們注意的。

二、李累生平與創作

作為帶班《星星》一段時期的主編李累，也作為兩大主編白航、安旗之間的李累，我們需要對他的生平有一個詳細的瞭解。

在一份《訃告》中，比較詳細地介紹了李累的早期經歷，「李累同志原名李懷智，筆名陶曉卒，1924 年 10 月生於重慶。1942 年 8 月至 1944 年 7 月就讀於江安國立戲劇專科學校。1945 年參加革命，在新四軍（鄂豫皖邊區）15 旅文工團任表演組長。同年 7 月加入中國共產黨。曾參加了震驚中外的中原大突圍，後經組織批准化裝轉移，輾轉經山西、河南、山東、南京、漢口、上海返回重慶，由此轉入地下鬥爭。1947 年 1 月至 1949 年 11 月，在重慶負責黨內刊物《反攻》、《挺進報》的後期編印工作。並任重慶特支委員、黨內思想教育宣傳工作組長，《挺進報》支部書記。1949 年 12 月至 1952 年 5 月在川東區委宣傳部任幹事、副科長，並負責籌建川東文聯。1952 年合省後，一直在四川省文聯工作，先後擔任過創作研究部副部長、創作研究部部長，及《四川文藝》、《草地》、《峨眉》副主編，《戲劇與電影》主編。」由於只有《訃告》的一頁，所以對李累建國後的其他具體工作，以及對他的具體評價，我們不得而知。不過，就在這樣的一頁《訃告》中，也已經為我們提供了李累生平的豐富信息，是我們瞭解李累一個重要資料。另外，在《四川省文聯幹部編製名冊一九五二年十月七日》中，專門提到了 1952 年新成立的四川文聯的情況，其中陳翔鶴文聯副主任、常蘇民文聯副主任、西戎創作研究部部長、羊路由創作研究部副部長。而對李累的介紹是，「李累 創作研究部副部長 四川重慶（44 年曾任偽教育部實驗劇團團員，45 年在鄂豫地皖邊區五師十八旅文工團團員，中原軍區文工團表演組長，重慶民間中學教員，編印『反攻』，《挺進》編輯），川東區黨委宣傳部幹事。」〔註 18〕而《四川文聯 美術工作室 西

〔註 18〕《四川省文聯幹部編製名冊 一九五二年十月七日》，《四川省文聯（1952～1965）》，建川 127～18，四川省檔案館。

南音協 幹部名冊 53 年 10 月 19 日》還作了一點補充，「李累 創作輔導部部長（補：四五年在鄂豫邊區新四軍第五師十五旅文工隊隊員。四六年在中原軍區文工團表演組。）」〔註 19〕在這兩份資料中，則補充了李累在 1944 年參加偽教育部實驗劇團團員的歷史，以及在重慶民間中學任教員一職。這一革命經歷，對於李累建國後的仕途是有著很大影響。

李累建國前生平的一系列經歷中，他在國立江安劇專的求學，特別是在民建中學教書和辦《挺進報》的事情，得到了較多的關注。首先關於李累在國立劇專的求學經歷，《宜賓教育志》就曾提到李累，「國立戲劇專科學校在江安期間，還輸送了不少人到解放區。……四川省文聯主席李累即是當時輸送人員中的幾人。」〔註 20〕但這並沒有具體介紹李累在國立劇專的生活情況。李累、燕霞也回憶過自己的這段生活，「我倆是劇專話劇科第八屆同班同學。燕霞原是育才學校戲劇學生，李累是重慶市市立高中二年級學生，互不相識。我們不僅在江安同學了，相戀了，結婚了，而且生死相依……我們有不少好老師。馬彥祥教我們的表演，章泯教戲劇概論，丁易教文學；我們先後還旁聽曹禺給高年級同學上的劇本選讀，洪深的導演課，還看了焦菊隱為國立劇專劇團排練的《哈姆雷特》……終於藝術天地約束不了我們的政治思想的翅膀。我們離開了江安母校，在 1945 年初春，投奔了鄂豫皖邊區。」〔註 21〕我們看到，在江安國立劇專，李累不僅收穫了愛情，而且也充分感受到了戲劇的魅力。此外，正如他自己所言，從家裏偷偷跑出來求學，以及特別深刻的貧窮體驗，對於他奔赴鄂豫皖邊區走向革命之路，是有著非常重要的影響的。除了江安劇專求學之外，在李累生命中，民建中學是他生命的另一個重要關節點。他說，「一九四七年春，何其芳同志向我提出，要找一個作為掩護的社會職業。經成善謀同志介紹去民建中學，（成善謀就是辦《挺進報》收聽廣播，後來與陳然同志一道在大坪犧牲的革命烈士），我請示何其芳同志，何其芳同意，並布置我兩個任務：一是參加學運，二是要完成《中原突圍》。於是，我

〔註 19〕《四川文聯 美術工作室 西南音協 幹部名冊 53 年 10 月 19 日》，《四川省文聯（1952～1965）》，建川 127～18，四川省檔案館。

〔註 20〕《宜賓教育志》，宜賓市教育局編，重慶：西南師範大學出版社，2005 年，第 177 頁。

〔註 21〕李累、燕霞：《對「戲劇搖籃」——江安的一段回憶》，《江安文史資料》，中國人民政治協商會議四川省江安縣委員會文史資料研究委員會編，1994 年，總第 7 輯，第 210～212 頁。

在一九四七年的初春，來到民建中學當教員。以後我才瞭解到當時黨組織為什麼同意我到民建中學工作，吳朝禧校長告訴我，早在亞洲中學時期，他與南方局青年組的張佛翔（張黎群）、朱語今同志就有聯繫。」〔註22〕李累到民建中學任職，是組織上的安排，因為民建中學一個特別任務就是保護革命幹部和培養革命幹部。唐祖美曾提到，「民建中學的師生，無論已犧牲的或是健在的，都經歷了血與火的考驗，在一個一百多人的學校經過學校的培養，解放前入黨入社的不下五十餘人，為黨培養了大批幹部，被譽為『革命的搖籃』應是當之無愧的。」唐祖美還進一步介紹了李累在民建中學的經歷，「從解放區回來的李累老師把解放區盛行的秧歌劇《兄妹開荒白毛女》片斷帶到學校，使全校師生大開眼界。……1947年黨的地下刊物《反攻》在這裡創刊。它是一個以登載黨的文件為主的32開的油印小冊子，由民建教師李累、蘇仲扶、陳明德主辦，陳明德為此付出了生命。一共辦了六期。1948年重慶地下市委的機關報《挺進報》遭到敵人破壞後，是民建教師李累、程謙謀和我，按著黨的指示復刊的，歷時半年多。1949年6月，不帶《挺進報》刊頭的《挺進報》又在民建校內由李累、閻斌等老師繼續刻印發出，直到11月的最後一期《告黨員書》，迎接重慶的解放。」〔註23〕我們看到，李累到民建中學是承擔著特別的任務，表面上是民間中學的老師，實際上更承擔了宣傳革命思想和保護地下工作者等任務。

創辦是《反攻》、《挺進報》，則是李累生命中最重要的事件。關於辦《反攻》，他說，「1947年3月，中共四川省委和《新華日報》被國民黨特務武裝包圍並強迫從重慶撤退到延安之後，留下來蔭蔽的由南方局領導的育才學校支部書記廖意林同已失去組織關係的趙隆侃、蘇仲扶、李累一起研究為傳播黨的聲音，籌辦一個秘密地下刊物。當時，解放軍正對國民黨進攻解放區發起大反攻，因此，刊物定名為《反攻》。……以磐溪民建中學任教的李累（現四川省戲劇家協會主席）、蘇仲扶（現任洛陽解放軍外語學院教授）和趙隆侃（市人大常委會秘書長、已故）、陳明德（因攜帶一份刊物，被敵特發現而壯

〔註22〕李累：《憶一九四七年民建中學的黨的活動》，中共重慶市沙坪壩區委、江北區委、璧山縣委黨史工作委員會編，《亞洲．民建中學黨史資料彙編》，1988年，第52～58頁。

〔註23〕唐祖美：《我在民建中學的學習和生活》，《江北區文史資料選輯》，政協重慶市江北區委員會文史資料委員會，1994年，第第9輯，第103～106頁。

烈犧牲）為主，分頭參加工作的還有羅廣斌、黃冶等 10 多人。」〔註 24〕在《反攻》之後，李累接著辦《挺進報》。當然，這裡的《挺進報》，並不是在長篇小說《紅岩》中所提到的《挺進報》。《紅岩》中的《挺進報》僅僅是「第一代《挺進報》」，而李累等所參與的是「第二代《挺進報》」，以後還有朱鏡領導的「第三代《挺進報》」。《重慶市志》中記錄了《挺進報》的歷史，非常清晰地展現了李累的這段經歷。〔註 25〕雖然李累所參與恢復創辦的《挺進報》僅僅是「第二代《挺進報》」，並不是《紅岩》中的「第一代《挺進報》」。但也正是因為紅色經典《紅岩》的影響，《挺進報》也成為被不斷重述的一個重要報刊。由此，參與恢復並創辦了《挺進報》第二階段的李累，也成為了他生命中的一個重要事件。「川東特委於 1949 年 6 月決定由民建中學的校長吳宇同、教師李累和南京派來重慶工作的廖伯康 3 人組成重慶宣教小組。主要任務是恢復被敵人破壞的《挺進報》，接過殉難戰友的旗幟，創辦第二代《挺進報》，稱為後期《挺進報》。具體任務由民建中學教師李累、程謙謀、教務員閻斌等擔任。」〔註 26〕當然，由此這些回憶，最後便將李累塑造成為了一個重要英雄。李累也在《懷戀羅廣斌》一文中，也同時回憶了他自己辦《反攻》、《挺進報》的這段歷史。對於李累的這段歷史，陳之光給予了高度的歌頌，「你突出的這種精神品格，當令多麼寶貴，又多麼難以形成。那是你青年時期，千里奔王震率領的三五九旅，參加震驚中外的中原突圍，身上留下的炮火硝煙；那是白色恐怖最嚴重的時間，陳然被捕之後，你毅然擔起《挺進報》支部一書記的重任，繼續將報紙撒向重慶街頭，面對敵特的四面搜捕無怯無畏的凜然氣質。」〔註 27〕

也正是由於李累辦《挺進報》的經歷，使得他在建國後有了更大的發展，如參與籌建川東文聯。四川四個行署合省後，1952 年李累進入到四川省文聯，開始了他在四川省文聯創作輔導部的工作。在紀念「毛主席在延安文藝座談

〔註 24〕魏仲云：《後期〈挺進報〉在磐溪》，《江北區文史資料選輯》，政協重慶市江北區委員會文史資料委員會，1993 年，第 8 輯，第 89～90 頁。

〔註 25〕見《挺進報》，《重慶市志 第 10 卷 教育志，文化志，文藝志，廣播電視志，檔案志，文物志，報業志》，重慶市地方志編纂委員會編著，重慶：西南師範大學出版社，2005 年，第 945 頁。

〔註 26〕魏仲云：《後期〈挺進報〉在磐溪》，《江北區文史資料選輯》，政協重慶市江北區委員會文史資料委員會，1993 年，第 8 輯，第 91～92 頁。

〔註 27〕之光：《遙寄李累》，《當代文壇》，1995 年，第 6 期。

會上的講話發表十一週年」活動上，李累發言說，「目前文藝創作中的主要問題是：違反黨的政策的作品，和歪曲勞動人民的形象、以小資產階級的思想感情來代替勞動人民的思想感情的作品，還沒有杜絕；公式化、概念化和形式主義的創作方法，還沒有得到完全的克服，違反生活真實的作品仍在出現。」〔註 28〕這篇報導，其實比較全面地展現了李累在文藝創作活動、組織創作、開展文藝批評方面的文學思想。在李累的文學觀念中，儘管他也提出了藝術性等問題，但可以看出，「黨的政策」和「勞動人民形象」構成了創作的核心支柱。所以，他認為「脫離政治」、「脫離群眾」的傾向，是他當前文藝創作中的主要原因。之後，李累便是相關文藝批判運動中的重要成員之一。如在對胡風的批判中，「四川省文學藝術工作者聯合會李累等十一人、四川省文化局音樂工作組鄭隱飛等八人、中國音樂家協會成都分會辦公室羊路由等十一人分別給本報來信說他們收聽廣播後，無比憤怒。他們堅決表示一定要徹底清除一切暗藏的反革命分子。」〔註 29〕李累便是其中有力的批判者之一。另外，此時的李累，不僅是四川省文聯創作輔導部的部長，他還被補選為成都市政協委員〔註 30〕。

當然，作為四川省文聯的負責人之一，創作也是李累一條重要的生命線。作為代表之一，李累參加了 1956 年 3 月 15 日至 30 日，中國作協與團中央聯合召開的全國青年文學創作會議。當時整個西南地區有 27 位作家參加，其中四川的代表有李累、雁翼、流沙河、傅仇、高纓、文辛等 16 人。而且會議結束後，還於 22 日上午在省人民委員會禮堂向成都市的部分業餘青年文學寫作者和有關的文學藝術部門的工作幹部傳達了全國青年文學創作者會議的精神和內容。李累、文辛、雁翼 3 人分別傳達了周恩來總理「關於培養和擴大文藝界的新生力量」的報告；以及大會中關於堅持業餘創作、發展業餘創作、擴大文藝隊伍，青年文學創作者的修養和創作問題等報告。〔註 31〕於 5 月 13

〔註 28〕《紀念毛主席在延安文藝座談會上的講話發表十一週年 四川省、成都市文藝界舉行座談會》，《四川日報》，1953 年 5 月 27 日。

〔註 29〕《成都、重慶人民收聽關於胡風集團第三批材料的廣播後 要求嚴厲鎮壓胡風反革命集團》，《四川日報》，1955 年 6 月 11 日。

〔註 30〕《政協四川省成都市委員會全體會議本月 20 日舉行》，《四川日報》，1956 年 3 月 15 日。

〔註 31〕《本省出席全國青年文學創作者會議的代表在成都進行傳達》，《四川日報》，1956 年 5 月 23 日。

日至19日在重慶召開的中國作家協會重慶分會第一屆會員大會上，李累成為中國作家協會四川分會（相當於現在的四川省作家協會）的理事。〔註32〕實際上，李累的文學創作，主要是以「報告文學」而著稱。他曾根據三臺縣農業社的情況，寫出了《王華立的道路——三臺縣尊勝農業合作社的第二個故事》、《山都擋不住——三臺縣尊勝農業合作社的第三小故事》等作品。有人評價說，「李累所寫的『初升的太陽』一篇通訊，作者簡練地描寫了六年以來的概況，生動而又細緻地描寫了在當前搶收搶種中農民的衝天幹勁」。〔註33〕在這些報告文學作品中，《從水牢裏活出來的人們——大邑縣地主莊園陳列館調查記》可以說是李累的代表作。在1961年，該集作為四川人民出版社為適應廣大工農讀者需要編選的「文藝小叢書」出版。〔註34〕該報告問世對此後地主莊園的保留，以及劉文采形象的塑造，有著非常重要的作用。1958年召開的全國文物博物館現場會議，四川省文化局提出決定將該莊園（新舊公館）保留設立地主莊園陳列館。10月22日，中共大邑縣委員會、大邑縣人民委員會發出《關於在我縣安仁公社成立「地主莊園陳列館」的通知》，同時成立地主莊園陳列館籌備委員會〔註35〕。1962年李累、之光的這本《從水牢裏活出來的人》再版，進一步擴大了地主莊園的影響。正如笑蜀所說，「『紀實文學』《從水牢裏活出來的人》在中國最權威的文學雜誌《人民文學》上發表，舉國震驚。水牢和冷月英從此走出夔門，成了全國人民關注的熱門話題。一大批以水牢和冷月英為素材的文藝作品相繼問世。同年，戲劇《水牢記》、《水牢仇》相繼公演。川劇《水牢仇》劇組在成都首次公演後赴安仁、唐場演出，竟華等主要演員並到『冷媽媽』冷月英家『體驗生活』。關於水牢和冷月英的新聞報導、宣傳畫、連環畫更是不計其數。後來水牢還寫進了中小學教科書。」〔註36〕此後，到了1964年還完成了泥塑「收租院」，講地主是怎麼樣心狠手辣剝削農民的。〔註37〕在這些作品中，我們都可以看到李累報告文學的影子。

〔註32〕《中國作家協會重慶分會舉行會員大會》，《四川日報》，1956年5月20日。

〔註33〕見《四川日報》，1959年5月21日。

〔註34〕李累、之光：《從水牢裏活出來的人們——大邑縣地主莊園陳列館調查記》，成都：四川人民出版社，1961年。（1961年出第1版，1963年出版第2版。）

〔註35〕轉引自笑蜀：《劉文采真相》，西安：陝西師範大學出版社，1999年，第5～6頁。

〔註36〕笑蜀：《劉文采真相》，西安：陝西師範大學出版社，1999年，第34頁。

〔註37〕吳宏口述，曹曉波整理：《我見證劉文采地主莊園變遷》，《羊城晚報》，2013年9月28日。

此外，《四川日報》還專門介紹並隆重推出了包括《從水牢裏活出來的人們——大邑縣地主莊園陳列館調查記》在內的這套文藝小叢書，「四川人民出版社為適應廣大工農讀者需要編選的『文藝小叢書』，最近又陸續出版了五種，其中有沙汀的小說『你追我趕』和『假日』，馬識途的小說『找紅軍』，黃謀運的小說『永不凋謝的花朵』，李累、之光的報告文學『從水牢裏活出來的人們』。這些作品都先後在全國或省內的文藝刊物上發表過。『文藝小叢書』所收編的作品，主要是與四川有關的革命鬥爭回憶錄和歌頌三面紅旗及新人新事的小說散文。」〔註38〕

反右後，雖然李累有著非常正確的政治態度，但是在文革期間也受到了衝擊和批判。相關批判說，「『黨組』會後，沙汀這夥黑幫就起勁地幹起來。《四川文學》副主編、黑幫分子李累在三月九日至十一日三天內，接連召開了七次座談會，動員文學、戲劇、音樂等各界都來『放』。……黑幫分子李累便在編輯部連續開了一個多月的會，惡毒地污蔑毛澤東思想、黨的方針政策是『框框條條』，叫囂要『一律打倒』。」〔註39〕對於這段歷史，我們無法予以一個完整的評價。而作為同事的唐大同則認為，這種批判也是出於人與人之間的矛盾，「而做了工作就必然有缺點、錯誤，會得罪人就會引起人們的議論和意見。於是在『文革』前的最後一次政治運動——機關『四清』運動中，『二李』就成為必然的重點對象。……加上『二李』的頂頭上司亞公，水到渠成運動的對象就成了『三李』。而『文革』開始後，他們又成立『回鍋肉』——『走資派』、『返革命修正主義分子』中的『回鍋肉』，再一次被推上挨整挨鬥的政治案板。」〔註40〕到了新時期，李累又將全部的經歷投入到了刊物《戲劇與電影》中〔註41〕。其實，早在1963年6月四川省戲劇家協會成立時，李累是常務理事兼秘書長，而且還寫過電影小說《姍姍的獨白》。1995年7月17日李累逝世，之光評價說，「幾十年來，你拜望作家，組織座談，修改文稿，編輯刊物；為此，你受過批，挨過打，遊過街，關過『牛棚』，吃盡苦

〔註38〕《四川人民出版社出版「文藝小叢書」五種》，《四川日報》，1961年9月24日。

〔註39〕聞連兵：《徹底清算沙汀等一夥黑幫把持〈四川文學〉進行反黨活動的罪行》，《四川日報》，1966年7月24日。

〔註40〕唐大童：《「二李」》，《歧路難回》（下），無版權頁，第265頁。

〔註41〕文辛：《曲折的道路　艱辛的歷程——四川省戲劇家協會歷史的回顧》，《四川文聯四十年》，四川省文學藝術界聯合會編，1993年，第38～39頁。

頭，但每場風雨過後，你又樂呵呵硬朗朗地為文藝界效勞、奔走。你藐視權位、勇於直言、胸懷磊落、赤誠待人的種種事蹟，還在朋友們中間流傳，使大家驚歎不已。」〔註 42〕

總之，在李累紛繁複雜的生涯中，掌管《星星》詩刊僅僅只有一年多的時間，雖然時間很短，在他的生命中只是一件小事，但這卻是《星星》詩刊歷史的重要組成部分。

三、李累與《星星》詩刊

在帶班《星星》之前，也就是《星星》創刊之初，李累就已經與《星星》接下了不解的淵源。我們在《吻》批判和《草木篇》批判中有所介紹，這裡僅作簡單回顧。

李累不僅是「草木篇」批判的發起者，也是整個「草木篇」批判過程的操縱者。我們已經談到，《草木篇》的第一個讀者是石天河，而《草木篇》問題的發現者，則是李累。可以說，李累與《草木篇》批判的有著重要的關係。李累有兩次提到了《草木篇》有問題，第一次是在《草木篇》發表前。〔註 43〕李累當時是四川省文聯創研部部長（即作協主席），而且分管《星星》，是主管《星星》的負責人，所以《星星》詩刊的創刊號這麼重要的一期，在發稿前，他必須要全面看一看的。換句話說，《草木篇》問題的發現，是作為《星星》主管領導李累，在審閱《星星》創刊號稿件過程中發現的。於是他便私下找到作為執行編輯的石天河，並對石天河說《草木篇》像《野百合花》，建議不發。但石天河堅持自己的詩學觀念和編輯思想，對「李累的話不以為然」〔註 44〕，不僅沒有聽取李累的意見，也沒有向白航反映《草木篇》的問題，而直接在《星星》創刊號上把《草木篇》硬性發出來了。這就引起了李累的不滿。於是，有了李累第二次對《草木篇》問題的關注，「當著文聯黨組書記常蘇民同志的面向白航提出自己的看法，說，看了流沙河的《草木篇》，很容易叫人想起王實味的《野百合花》，當然，絕對不是說流沙河在政治上和王實味一樣。李累還當場告訴了白航，省委宣傳部的一個同志對《吻》的意見。」

〔註 42〕之光：《遙寄李累》，《當代文壇》，1995 年，第 6 期。

〔註 43〕石天河：《逝川憶語——〈星星〉詩禍親歷記》，香港：天馬出版有限公司，2010 年，第 25 頁。

〔註 44〕石天河：《逝川憶語——〈星星〉詩禍親歷記》，香港：天馬出版有限公司，2010 年，第 215 頁。

〔註 45〕但李累兩次對星星編輯部的提醒，都沒有得到星星編輯部的相應的支持。由此，向更高的領導反映《草木篇》的問題，尋求更高領導的支持，或許就成為了李累的選擇。但有一點是可以肯定的，由於李累對星星編輯部的不滿，使得他多次提到了《草木篇》的問題，或者在不同場合提到《草木篇》的問題，特別是在給省委領導彙報工作的過程中有提到《草木篇》問題的可能〔註 46〕。所以，《草木篇》能引起省委宣傳部的注意，乃至被後來確定為重點批判對象，就完全與李累對《草木篇》的印象有關了。由於李累的「印象」，以及星星編輯部對李累意見的反對，因此《草木篇》發表後就成為了省委宣傳部關注的重點。省委宣傳部的兩位副部長明朗、李亞群，都發現了《草木篇》的問題，而且開始思考對《草木篇》的批判了。

回到原初，李累最初又是如何盯上《草木篇》的呢？他為何盯著流沙河不放呢？曉楓同意茜子、邱原的觀點，認為對《草木篇》的批判，這「完全是人與人之間矛盾引起」〔註 47〕石天河也說，「四川文聯的文藝幹部，本來是從川東、川南、川西、川北四方面調到一起來的。人和人之間，一開始就不免會有一些感情隔膜、個性與作風不協調、領導與被領導關係不相適應的矛盾。加上，從『反胡風』、『肅反』運動中積累起來的人際關係被破壞而形成的嫌隙，互相猜忌、勾心鬥角的情況，便在暗中發展起來。」〔註 48〕但是，這裡他也只談到了他與李累之間的矛盾關係。他認為，他在 1954 年批判了李累表現農村統購統銷的劇本《螞蟥》，引起了李累的不滿，之後便有了對他的報復。雖然在《草木篇》批判之前，李累與流沙河有著極好的關係，對流沙河非常好。但此時流沙河的作風，確實引起了李累對流沙河的「特別關注」：「1956 年 11 月初，匈牙利事件爆發以後，流沙河表現得更不好，對團組織就越來越疏遠。團的生活，他高興參加就參加，不高興參加就不到會，或是半途離席而去。」〔註 49〕作為創作輔導部的部長，作為分管《星星》的領導，從這些

〔註 45〕《省文聯揭發黨內右派分子白航　他在石天河流沙河的反共小集團中充當坐探》，《四川日報》，1957 年 8 月 8 日。

〔註 46〕石天河：《逝川憶語——〈星星〉詩禍親歷記》，香港：天馬出版有限公司，2010 年，第 29 頁。

〔註 47〕鐵流：《我所經歷的新中國　第一部〈翻天覆地〉》，無版權頁，第 354～355 頁。

〔註 48〕石天河：《逝川憶語——〈星星〉詩禍親歷記》，香港：天馬出版有限公司，2010 年，第 35 頁。

〔註 49〕《對流沙河進行所謂「政治陷害」是不是事實？省文聯昨日召開座談會弄清真相判明是非》，《四川日報》，1957 年 6 月 14 日。

事實可以看出，李累對流沙河的態度已經有了很大的轉變。雖然是李累極力推薦下，流沙河才參加了全國青年文學創作者會議，也是在李累的推薦下，流沙河才成為了《星星》的編輯。但經過這些事件，李累對流沙河很不滿。同樣在這次座談會上，李伍丁補充了一些關於流沙河的事實，也讓我們看到了李累要拿流沙河「開刀」的原因：「李伍丁說，文連線關內部對流沙河進行的批評，他認為是對的，不然文聯黨的組織就不知跑到那裡去了。他說，那時我都感到必須向流沙河同志進言，因為發展得已經很不像話了。」〔註 50〕李伍丁也著重談到了流沙河的言行，不僅認為流沙河發展得「不像話」引起了文聯內部同志的不滿，而且建議對流沙河進行嚴峻的教育，以打擊這股邪氣。從李累等人的敘述中我們看到，李累對《草木篇》不好印象，直接與流沙河本人有關。即流沙河在省文聯自由散漫的工作態度，以及他對蘇聯、社會主義和領導不滿的言論等問題，導致了李累對他的批判，也就使得李累一直抓著《草木篇》不放，啟動了對《草木篇》的批判。

正是因為有了與《草木篇》或者說與《星星》詩刊之間的複雜淵源，所以李累在此後的《草木篇》批判中，有著舉足輕重的地位。首先，李累不僅發起了《草木篇》批判，李累也是《草木篇》批判總結大會的組織者之一。在《草木篇》批判初期的總結大會上，李累所作的大會發言，基本上成為了《草木篇》初期批判的總結意見。〔註 51〕。其次，正是由於李累在《草木篇》批判過程中的「積極」，所以在「雙百方針」政策宣布之後，李累成為了被批判的重點，又成為了四川文聯宗派主義集團的首腦。在 1957 年 5 月 17 日《四川日報》刊登的《省文聯邀請部分文藝工作者繼續座談 圍繞「草木篇」問題發表意見》〔註 52〕中，李累便是這次被批判的核心人物。於是在批判過程中，原來對流沙河的批判，轉變為了對李累的批判。其中邱原和流沙河的發言，矛頭都對準了李累。然後以一系列的事實，認為文聯有「李累為首的宗派主義集團」，而且認為對《草木篇》的批評也是從李累開始展開的。所以，邱原認為，這次整風最重要目標就是，將李累這個宗派主義集團整掉。同樣，在

〔註 50〕《對流沙河進行所謂「政治陷害」是不是事實？省文聯昨日召開座談會弄清真相判明是非》，《四川日報》，1957 年 6 月 14 日。

〔註 51〕《成都文學藝術界座談「草木篇」和「吻」》，《四川日報》，1957 年 2 月 14 日。

〔註 52〕《省文聯邀請部分文藝工作者繼續座談 圍繞「草木篇」問題發表意見》，《四川日報》，1957 年 5 月 17 日。

同一篇報導中流沙河也表達了對李累不滿，認為李累有嚴重的教條主義和宗派主義問題〔註 53〕。所以我們看到，這就成為了《草木篇》批判事件中的重要的「李累問題」。雖然在李伍丁的《李伍丁的發言》〔註 54〕和蕭長濬的《蕭崇素就邱原 16 日的發言提出自己的意見 對邱原同志發言的意見》〔註 55〕中，為李累辯護，但由於李累在整個《草木篇》事件中的核心地位，他已經成為了《草木篇》事件中不可缺少的一個組成重要部分。總之，我們看到，對於《草木篇》的批判，其實就隱含了一個核心問題，即如何看待李累是否是宗派主義，是否構成了宗派主義集團的「李累問題」。因此，在整風運動開始後，以宗派主義為實質的「李累問題」，在文聯內部展開了多次爭論。由此，李累與《草木篇》批判完全聯繫在了一起。沒有對「李累問題」的理解，是不能理解《草木篇》事件的。

進入反右之後，原本還不清楚的「李累問題」，一下子變成了不容質疑的「李累真相」。在《對流沙河進行所謂「政治陷害」是不是事實？ 省文聯昨日召開座談會弄清真相判明是非》中的《李累談所謂的「政治陷害」的真相》一文裏，李累從宗派主義集團的首腦一下子又變成了一個「受害者」。這表明，從「李累問題」到「李累真相」，不僅是關於李累的爭論發生了逆轉，而且是整個《草木篇》的論爭，也發生了逆轉。〔註 56〕從「李累問題」轉向「李累真相」的背景，非常明顯是源於反右鬥爭的部署和需要。所以，澄清「李累問題」，正是進一步展開《草木篇》批判，推行反右鬥爭的有效路徑。因此，李累這篇「談真相」文章的內容，應該就不再僅僅是李累一個人的寫作了，應該是整個四川文聯的集體寫作。也正是在這個基礎上，由李累與《草木篇》的糾葛而引發了「李累問題」，到了這裡成為「李累真相」，這又恰好為反右鬥爭提供了重要的事實依據。正是這樣的大背景，所以此後在「李累真相」後，所有的發言和文章，出現了向李累一邊倒的傾向，所有人都在為李累辯護。而「李累真相」最終確立，還與四川文藝界展開對《文匯報》的批判有

〔註 53〕《省文聯邀請部分文藝工作者繼續座談 圍繞「草木篇」問題發表意見》，《四川日報》，1957 年 5 月 17 日。

〔註 54〕《省文聯邀請部分文藝工作者繼續座談 討論有關對「草木篇」的批評等問題》，《四川日報》，1957 年 5 月 22 日。

〔註 55〕《省文聯舉行作家、詩人、批評家座談會 對「草木篇」問題的討論逐漸深入》，《四川日報》，1957 年 5 月 26 日。

〔註 56〕《對流沙河進行所謂「政治陷害」是不是事實？ 省文聯昨日召開座談會弄清真相判明是非》，《四川日報》，1957 年 6 月 14 日。

關。擴大「李累問題」影響的是《文匯報》上所發表的《流沙河談「草木篇」》一文，那麼要向將「李累問題」轉向「李累真相」，對《文匯報》的批判也就勢在必行，因此宋禾、傅仇的文章便集中批判了《文匯報》上的報導。〔註 57〕之後，傅仇對《文匯報》的細緻批判〔註 58〕，最後以流沙河離開並發言承認錯誤〔註 59〕，進一步確立《草木篇》事件中的「李累真相」。由此，正是在這樣一系列的「談真相」過程中，最終確立起了「李累真相」，實際上也就是確立了批判流沙河的正確性和合理性。

正是由於「李累問題」關涉到文聯、乃至整個四川地區的反右鬥爭，所以「李累真相」的確立就非常重要。更值得注意的是，正是由於《草木篇》事件中確立起了「李累真相」，在此後對流沙河、張默生、曉楓、石天河、白航等的批判過程中，「李累問題」都是考量的一個重要問題。此時的李累「真相問題」，已經成為了「正義」的化身，甚至成為了一種標準，一種「李累標準」。此前對「李累問題」有不同意見的人，如果反對過「李累真相」，都將因此而受到批判。也就是，對「李累問題」的態度，成為了判斷他是否是右派的一種標準。在批判張默生的時候，張默生的問題，便是「否認李累真相」。「李伍丁等並證明李累的發言內容屬實以後，張默生還到處散佈說：『李累的發言不是事實』，『流沙河當天沒有到會，沒有對方的意見，李累的發言不可靠』。」〔註 60〕文聯對石天河展開批判的一個重要原因，也源於他曾批評過李累，「石天河在萬一面前一再搬弄是非，陰險地說：省文聯以李累為首的小集團說我們搞『裴多斐俱樂部』，我看李累是不是在搞只利亞集團？」〔註 61〕同樣，導致《文匯報》記者范琰災難的，也是他在處理「李累問題」時候的錯誤：當李累在座談會上說出了流沙河等人所謂的「政治陷害」的真相後，他在發出這

〔註 57〕宋禾：《「客觀」何在？——由文匯報的一條「專電」引起的疑問》，《四川日報》，1957 年 6 月 25 日。

〔註 58〕《省文聯繼續舉行作家、詩人、批評家座談會 駁斥張默生流沙河等的錯誤言行 傅仇對文匯報歪曲報導有關「草木篇」問題提出抗議》，《四川日報》，1957 年 6 月 29 日。

〔註 59〕《省文聯繼續舉行作家、詩人、批評家座談會 駁斥張默生流沙河等的錯誤言行 傅仇對文匯報歪曲報導有關「草木篇」問題提出抗議》，《四川日報》，1957 年 6 月 29 日。

〔註 60〕《四川大學師生員工集會 揭發和批判張默生反社會主義言行》，《四川日報》，1957 年 7 月 8 日。

〔註 61〕李中璞：《右派分子石天河在峨眉山進行的反共活動》，《四川日報》，1957 年 7 月 22 日。

則消息之前，深夜找流沙河對證，徵求他的意見，並對李累的發言作了許多宰割。以前，他在寫「流沙河談草木篇」時，根本不找文聯任何負責人或有關人核對事實，而李累公布真相時，他卻這樣「負責」，范琰的立場不是已十分鮮明了嗎？〔註62〕可以說，整個《星星》詩刊的政治問題，也都和「李累問題」有著緊密的內在關聯，「更惡毒的是，在大『鳴』大『放』期間，正當右派分子流沙河、邱原等誣衊黨對他們進行所謂政治陷害的時候，白航在文聯創作輔導部與『星星』編輯部的一次聯組學習會上，白航公開洩露黨內情況來為石天河等人的反動言論辯護，並且造謠說：石天河、流沙河幾個人的問題並不是那麼嚴重，主要是因為李累在黨支委會上把他們的問題說成是『政治問題』，支部決議也說是政治問題，所以在批判會上才有人言之過火，說什麼反蘇、反共、反人民的話。」〔註63〕總之我們看到，在帶班《星星》詩刊之前，李累就已經是《草木篇》事件中的一個核心問題了，已經成為《星星》發展歷史中的一個重要人物。

而從「李累問題」，到「李累真相」，再到「李累標準」，我們完全可以看到創刊初期《星星》詩刊作為「官方期刊」發展的困境。在這個事件中，李累只是凸現出來的四川省文聯領導的代表，其實「李累們」還也包含了沙汀、常蘇民、李亞群等四川省委文聯領導。所以，以李累為代表的作為《星星》詩刊主管機構的四川省文聯，在《星星》創刊初期，在複雜的歷史中他們有著既支持又反對，既放寬政策又約束管制的複雜心態。在複雜的政治事件中起伏波動，《星星》詩刊隨政治的變化而變化，起伏不定。這既是建國初期文學期刊發展中時代特徵，也是當時大多數期刊發展的共同命運。

第二節　持續批判

就在李累「帶班」《星星》後，由於李累自身的革命經歷，以及《星星》創辦後的複雜關係，所以他上任後第一件事情，就是對於白航時期《星星》的持續批判。當然，此時整個文藝界都在對「右派」展開乘勝追擊，《星星》詩刊也無法例外。

〔註62〕《文匯報記者范琰在四川幹了些什麼》，《四川日報》，1957年7月22日。

〔註63〕《省文聯揭發黨內右派分子白航 他在石天河流沙河的反共小集團中充當坐探》，《四川日報》，1957年8月8日。

在李累「帶班」《星星》的第一期，也就是 1957 年的《星星》第 9 期上，就重點刊發了對批判白航時期《星星》的文章《右派分子把持「星星」詩刊的罪惡活動》。而這《星星》詩刊第 9 期，期刊自身一個重大的失誤是，封底印為「第八期」。這一方面是《星星》詩刊換屆時交接的失誤，另外一方面，也應該是時代問題的急迫造成。對於《星星》詩刊的發展來說，1957 的《星星》第 9 期上的《右派分子把持「星星」詩刊的罪惡活動》這篇文章意義重大，值得重點關注。在這文章前，刊有用方框圍起來的一段文字，表達了編輯部對《星星》詩刊過去與未來發展的態度：「『星星』詩刊 1～8 期，為右派分子石天河、流沙河、白航所把持，篡奪了黨對『星星』詩刊的領導，篡改了『星星』的政治方向。現在，『星星』詩刊編輯部已經改組。改組後的編輯部，對『星星』詩刊 1～8 期作了初步的檢查；在這裡，向『星星』詩刊的讀者以及關心『星星』詩刊的同志們和朋友們作一次彙報。」〔註 64〕從這段文字我們看到，這首先是對白航時期《星星》的定性，認為他們篡奪了黨對「星星」詩刊的領導，篡改了「星星」的政治方向。值得注意的是，這裡對《星星》負責人沒有按照職務主任白航、執行主編石天河、編輯流沙河這樣的順序來說，而是以石天河、流沙河、白航他們幾人的罪名大小來排序的。這說明此時四川省文聯對於《星星》刊物的態度，已經不是誰的領導的問題了，而是所犯的錯誤的大小的問題了。由此，文章在對初期《星星》的介紹中，是以石天河排在第一，流沙河排在第二，白航排在第三的這樣順序來呈現的。而這樣的排列，當然不是指初期《星星》是由石天河負責的，而是認為石天河的問題最大。第二，這篇文章，是《星星》詩刊轉向，進入到一個新的時期的明確標誌。在此以後，改組的《星星》詩刊，將以新的面目出現。第三，這篇文章，以「本刊編輯部」的身份，對白航時期的《星星》作了全面的檢討和彙報，但實際上這是對白航時期「星星編輯部」的一次整體的、全面批判：「右派分子石天河、流沙河、白航，篡奪了黨對『星星』詩刊的領導，篡改了『星星』詩刊的政治方向，把『星星』詩刊作為他們反黨、反社會主義的陣地。他們在『詩歌，為了人民』的幌子下，煽動人民和黨離心離德，分裂人民；他們在『詩歌，美化生活』的幌子下，散佈資產階級思想感情，阻礙社會主義改造和社會主義建設；他們取消文藝為工農兵服務的方針，反對社會主義現實主

〔註 64〕本刊編輯部：《右派分子把持「星星」詩刊的罪惡活動》，《星星》，1957 年，第 9 期。

義。」〔註 65〕在這篇檢討總結文章中，雖然提到了石天河、流沙河、白航他們個人的問題和錯誤，但都是納入到「星星編輯部」的問題來展開的。所以，以「本刊編輯部」的名義所寫的這篇文章，不僅對初期《星星》問題的予以總結，也提出了一個「星星 1～8 期（或者說白航時期《星星》）之後如何發展」的問題。

具體來看，與初期《星星》詩刊第 1～8 期相比，《星星》詩刊第 9 期就發生了很大的變化。

〔註 65〕本刊編輯部：《右派分子把持「星星」詩刊的罪惡活動》，《星星》，1957 年，第 9 期。

在形式結構上，我們看到《星星》第 9 期的一個重要的變化是增加了評論，並恢復了從 1957 年第 4 期開始就去掉了的《編後記》。當然，《星星》的變化主要體現在內容，「反擊右派」、「建設社會主義文學」等主題成為了《星星》的重要主題。在整個反右鬥爭的形式之下，李累「帶班」《星星》時期的「反擊右派」的編輯方針，與整個中國的反右鬥爭形式是完全一致的。如《詩刊》，早在 7 月 25 日的《詩刊》7 月號刊出「反右派鬥爭特輯」。這一期《詩刊》，不僅刊有臧克家的代卷頭語《讓我們用火辣的詩句來發言吧》和袁水拍《糖衣炮彈之戰》、鄒荻帆《右派一、二、三》、徐遲《縱火者》等詩歌。《編後記》也提到，就重點提到了「反擊右派」的詩歌主題：「戰鼓已經擂響，號角吹起來了！在我們編輯這一期的時候，徹底粉碎資產階級右派分子陰謀的一場激烈鬥爭，業已在全國範圍內發動起來了。文學藝術界同時展開了對資產階級右傾思想的批判。……我們希望全國各地的詩人積極地投人戰鬥，以雄健的歌聲，火熱的諷刺，更猛烈地戰鬥。『詩刊』願意提供它的篇幅給這偉大的政治鬥爭。」〔註 66〕《詩刊》也在《反右派鬥爭在本刊編輯部》中做了反右總結，「本刊其他幾個編委和編輯部工作同志都積極參加了對艾青的揭發和鬥爭。與這同時，編輯部也積極地開展著對呂劍、唐祈的鬥爭，要他們老老實實、徹底地交代問題。鬥爭將堅決地、深人地進行下去，不獲全勝，決不收兵！」〔註 67〕由此，「反擊右派」可以說是這個時期文學期刊的共同主題，四川文聯的《草地》第 9 期編輯了《向右派追擊，追到底！》，《紅岩》雜誌第 9 期也編輯了《反擊右派！剷除毒草！》欄目，「反擊右派」都成為了他們的共同主題。但在全國反右派的形勢之下，《星星》詩刊的「反右」著重凸顯出來的是對白航時期《星星》的持續批判。因此，持續批判「白航時期《星星》」為問題，成為這一時期刊物的一個重要指向，或者說編輯方針。當然，這也不是說只有《星星》詩刊在展開「自我批判」。由於「《草木篇》事件」的影響，《星星》的問題首先已經成為了全國性的問題，所以在其他刊物上也都刊發了相關的批判文章。如田間提到，「『星星』詩刊創刊號就出現了一些色情的和有反黨情緒的詩，現在我們知道它是被右派分子霸佔的一個反社會主義的陣地，直到最近這個情況才改變的。」〔註 68〕同樣，《草木篇》事件，更是四川省文藝界的「反右鬥爭」的重要事件，所以《四川日報》、《草地》、《紅岩》等報刊，也都在不斷地對《星星》詩刊展開持續批判。儘管有其他的一些刊物都在反擊「《星星》右派」，但此時的《星星》詩刊自身對「白航時期《星星》」的批判，則更為突出和深入。而且這類文章，一直持續地在《星星》詩刊上出現。

第一、「公木批判」。在李累「帶班」時期，《星星》詩刊凸顯了對「公木問題」的批判。「1957 年，當流沙河的《草木篇》遭到圍攻時，公木甘冒風險，寫信鼓勵他樹立信心，繼續寫出更美好的詩篇，不料這封公正的信後來反而成為公木被錯劃為『右派』的罪狀。」〔註 69〕具體而言，《星星》第 9 期中發表了公木的詩歌，同時提到了「公木問題」，「這裡應特別揭露出來的是公木的詩『懷友二首』(7 期)，這兩首詩是在大『鳴』大『放』時，公木表示支持

〔註 66〕《編後記》，《詩刊》，1957 年，第 7 期。
〔註 67〕《反右鬥爭在本刊編輯部》，《詩刊》，1957 年，第 9 期。
〔註 68〕田間：《艾青，回過頭來吧！》，《詩刊》，1957 年，第 9 期。
〔註 69〕王廣仁、周毓方編：《公木年譜》，長春：東北師範大學出版社，2004 年，第 14 頁。

流沙河而寄給他的，原詩有這樣的注解：『去年九月，由武漢去南京，於江新輪上想起天藍同志，他被扣上胡風分子的帽子，已一年多沒有消息，但我深知他決無問題，似有所感，因成此詩，今轉贈流沙河同志一哂。』發表時，他們在注解上塗去了一些不可告人的密語。很顯然，『懷友二首』是公木在為天藍、流沙河的『冤屈』鳴不平，又是給流沙河煽風。」〔註 70〕此後《星星》便進一步展開了對「公木問題」的批判，這集中體現在山莓的《公木支持了什麼——「懷友二首」讀後》文章中。公木的《懷友二首》原詩為：「（一）我遊揚子上／默誦大江詩／迴蕩有奇氣／浩然賦偉姿／晚霞披麗采／夜冥傾幽思／滿月凌波起／孤星拂浪垂／浮雲兩三片／哪得掩光輝／（1956.9.寫於江心輪上）」、「（二）滄茫萬里憶長安／皓月沉江江浪寒／逝者如斯水水水／恍今若夢煙煙煙／濤聲未已不眠夜／霞色微明欲曙天／眼看東方紅日出／任它冷霧侵衣衫 去年九月，由武漢去南京，於江新輪上，想起一同志，因有所感，成此詩。」〔註 71〕在山莓的文章中說道，「公木的幽思為誰而傾？注曰：為天藍而傾，因為『天藍自被扣上胡鳳分子』後，已一年多沒有消息了。而天藍又是為公木所『深知』的『決無問題』的一個人。為了這『深知』，公木不惜懷疑黨的正直和無私，不惜把黨說作是『莫須有』的罪名的製造者，天藍之成為胡風分子，好像是黨給他扣了帽子的結果。……因此我說，公木的《懷友》二首，所抒之情，對黨所抱的態度，可用三個字來說明，即怨、怒、恨。『怨』者，怨黨之不明；『怒』者，怒黨之不公；『恨』者，恨黨之不情。『不明』、『不公』、『不情』，何以服人。」〔註 72〕從山莓的批判來看，公木詩中的原注是「去年九月，由武漢去南京，於平江新輪上，想起天藍同志，他被扣上胡風分子的帽子，已一年多沒有消息，但我深知他絕無問題，似有所感，因成此詩。今特轉流沙河一哂。」其問題就在於，發表在《星星》第 7 期時，被流沙河、白航刪改為「去年九月，由武漢去南京，於江新輪上，想起一同志，因有所感，成此詩。」但是，公木的來稿詩歌稿件原本怎樣，也只能是編輯部才清楚。那對公木詩歌的修改，到底是誰告發的呢？他為什麼要告發呢？我們就不得而知了。

〔註 70〕本刊編輯部：《右派分子把持「星星」詩刊的罪惡活動》，《星星》，1957 年，第 9 期。

〔註 71〕公木：《懷友二首》，《星星》，1957 年，第 7 期。

〔註 72〕山莓：《公木支持了什麼——「懷友二首」讀後》，《星星》，1957 年，第 10 期。

實際上，公木與流沙河之間，是有著複雜的關係的。在張菱的《我的祖父——詩人公木的風雨年輪》中，就專門有《指點流沙河》一章。其中提到，「青年詩人流沙河參加過 1956 年的全國青年文學創作者會議，然後留在文學講習所學習了三個月。我的祖父是他的輔導老師」，所以在 1958 年的一次批判大會上，質問公木「如果說流沙河這個右派是您指點成的，你怎麼說？」而且，在《草木篇》批判的時候，「流沙河於是給我的祖父寫信，說自己犯了錯誤，請老師給予批評。我的祖父馬上就給他回信，說：犯了錯誤，自己知道，注意改正就好了。」〔註 73〕此後，由於《文匯報》的批判，公木還在 1957 年 5 月 18 日給流沙河的一封信，去安慰和鼓勵流沙河：「這不奇怪。你可以從切身感受中，瞭解教條主義——主觀主義是怎麼回事。這也算是一段小小的閱歷，在人生的徑途上，這些都是免不了也不要企望避免的。——年終結帳，它對您來說，仍然還是一筆收入。認識不能再溫室裏成長的。其次，對於那些猜謎式的批評，不要過分注意。」「是的，不好受。但不必過分在意。凡是不公正的東西，轉眼就會過去的。」「黨是講真理的，人民的眼睛是亮的。你怕什麼？但是你自己決不可放縱自己對同志們的對抗情緒，包括對你們本單位的領導。都是同志。都可能有不正確之處，都可能發表主觀主義、教條主義、的言論，都可能有些宗派主義、官僚主義的作風。所以，要整風。都可能會被整好。你自己有什麼歪風，也應該歡迎別的同志來整。用力過猛，亂扣帽子，由它去！心裏要有底。相信黨，相信人民，相信一條絕對的真理——心裏沒病死不了人。心裏有病得治療——比如小資產階級情調，也是一種病。」〔註 74〕正是在這封信中，公木附上了《江上懷友》這兩首詩歌：「附信抄了兩首詩《江上懷友》，注明『1956 年 9 月寫於江新輪上，1957 年 5 月抄贈流沙河同志』」〔註 75〕對此，5 月 29 日流沙河也回了信：「同志的愛往往使人愈加慚愧，愈加猛省。大棍一擊，只能使人閉上眼睛。同志的愛卻能使人睜大眼睛，看清自己的錯誤。我目前的生活和工作情況很好了。領導上也告訴我，說要做些為我去下帽子的工作。這使我更加信任黨、信任同志。我不

〔註 73〕張菱：《我的祖父——詩人公木的風雨年輪》，北京：中國廣播電視出版社，2004 年，第 244 頁。

〔註 74〕張菱：《我的祖父——詩人公木的風雨年輪》，北京：中國廣播電視出版社，2004 年，第 245～246 頁。

〔註 75〕張菱：《我的祖父——詩人公木的風雨年輪》，北京：中國廣播電視出版社，2004 年，第 246 頁。

會像受了委屈的小孩子，倒在地上哭哭啼啼，不肯起來，硬要父母來抱。絕不會這樣。我知道應該自己站起來。」〔註 76〕應該說，此時流沙河的態度是非常真誠的，而且急需要得到公木的支持。當然，也正由於對流沙河的問題，公木受到了牽連，「為給他寫信這事，我的祖父在講習所幹部會議上進行檢討，並向作協總支和黨組寫過書面檢討。當《星星》詩刊在九月號提出《江上懷友》是毒草，十月號又等批判文章之後。我的祖父也寫過一一封信給《星星》編輯部辯解，但是，禍根已經種下了。」〔註 77〕在批判大會上的檢討中，公木說，「這封信，充分暴露出我對黨的仇恨和日常我對黨的兩面派態度……信末附詩，是反革命的詩。」另外，公木說明給流沙河寫信，「是想給他一種鼓舞，讓他從『浮雲三兩片，那得掩清輝』、『眼看東方紅日出，任它冷霧侵衣衫』等句子中尋找安慰，吸取力量」，並承認他「對黨是仇恨的，對黨發起的批評是仇恨的，對流沙河是同情的……我既然自己仇恨黨的文藝批評，自己反黨恨黨，當然只能挑動流沙河也更加仇恨黨對他展開的批評，更加反黨恨黨」。〔註 78〕進而，《文藝報》1958 年發表楊子敏《公木在「談詩歌創作」中宣揚了什麼？》，對公木展開了進一步的批判，「他把黨和同志們對反黨分子的批評咒罵為『浮雲』和『冷霧』，這就是他的資產階級個人主義文藝思想的實踐。」〔註 79〕

但問題在於，公木與流沙河之間這樣的私人通信，又是怎樣被披露的呢？「我的祖父跟流沙河通信的事情，只是發生在他們兩個人之間，頂多就是《星星》其他編輯看過，這些信件是怎麼交到其他人的手裏，回來又作為罪證出現在我的祖父的批判材料之中呢？……不知我祖父寫的那封信是被有關部門查抄出來的，還是流沙河先生主動交上去的？或者是另兩個流沙河讓他們看過信的編輯揭發出來的？無論何種情況，處在那種特殊情勢之下，也都是可以理解的吧。」〔註 80〕應該說，公木受到批判，與流沙河有著直接的關係。

〔註 76〕張菱：《我的祖父——詩人公木的風雨年輪》，北京：中國廣播電視出版社，2004 年，第 247～248 頁。

〔註 77〕張菱：《我的祖父——詩人公木的風雨年輪》，北京：中國廣播電視出版社，2004 年，第 248 頁。

〔註 78〕高昌：《公木傳》，廣州：廣東人民出版社，2008 年，第 167～169 頁。

〔註 79〕楊子敏：《公木在「談詩歌創作」中宣揚了什麼？》，《文藝報》，1958 年，第 17 期。

〔註 80〕張菱：《我的祖父——詩人公木的風雨年輪》，北京：中國廣播電視出版社，2004 年，第 248～249 頁。

在《星星》創刊時，老詩人公木大力支持，主動寄來文章，其《詩經譯解（卷耳・柏舟）》也在創刊號上發表。繼而，《星星》詩刊第 7 期又刊發了公木的《懷友二首》，落款時間為 1956.9，並備註「去年九月，有武漢去南京，於江新輪上，想起一同志，似有所感，因成此詩。」〔註 81〕事實是，1956 年八九月間，公木、穆木天、彭慧等作家被安排到南方去參觀旅遊。公木在長江輪船上，因想起天藍，揮筆賦詩。公木和天藍在延安魯迅藝術學院曾經長期共事，彼此交往甚厚。當時天藍在北京馬列學院工作，因為胡風案的牽連正在接受審查。正是因為「天藍被扣上胡風分子」這樣的一個嚴重的罪名，所以公木詩歌的問題，並不在於詩歌本身，而在提到了胡風分子天藍，才使得公木成為批判的對象。因此「回國後剛下飛機，他自己就立即就被宣布為與中宣部李（之鏈）黎（辛）反黨集團相呼應的一員，頭上意外地卻又是結結實實地扣上了一頂資產階級右派分子的大帽子。此時中國的反右運動已接近尾聲，差點漏網的公木在『補課』中成為作協機關的最後一尾『大魚』。」〔註 82〕當然，此後，公木的進一步被批判，也肯定與他發表在《星星》詩刊上的這兩首詩歌有密切關聯。

第二、「諷刺詩批判」。我們知道，《星星》詩刊批判規模的升級、擴大，與流沙河的諷刺詩《草木篇》有著直接的關聯，所以李累帶班時期的《星星》，著力檢查並批判了初期《星星》中的「諷刺詩」。施幼貽《黑色的歪詩》集中批判了《星星》第 2 期中長風的兩首諷刺詩《我對金絲雀觀看了很久》和《步步高升》，他說，「『我對金絲雀觀看了很久』和『步步高升』是兩篇對新社會污蔑、誹謗的挑戰書，是兩支對黨對人民放出的冷箭，是兩篇造謠中傷，歪曲生活的反社會主義的充滿了毒素的作品。」〔註 83〕劉振邦也在《白鴿飛往哪裏「飛」？》中批判了白鴿飛的「諷刺詩」，「這三首『詩』在滿天烏雲的季節裏出現，不是偶然的，他們正是緊密地配合著右派分子猖狂地向人民進攻之際，連續放出的三支毒箭。」由此分別批判了這三首詩，並認為，諷刺詩《泥菩薩》污蔑了忠實貫徹上級意圖的所有幹部，諷刺詩《黑漆盒子》是攻擊我們整個社會。最後劉振邦在論文中得出結論說，「我是一個普通公民，不能容忍白鴿飛這樣對我們社會主義的污蔑。我不會分析，但是嗅出了裏面的

〔註 81〕公木：《懷友二首》，《星星》，1957 年，第 7 期。

〔註 82〕高昌：《公木傳》，廣州：廣東人民出版社，2008 年，第 4 頁。

〔註 83〕施幼貽：《黑色的歪詩》，《星星》，1957 年，第 10 期。

『惡臭』，不能不提出來！白鴿飛往哪裏『飛』？不管他『飛』到天涯海角，我們都要窮追猛打」！〔註 84〕當然，由於詩人長風、白鴿飛這兩位詩人的具體身份不明，這樣相關的批判也就沒有了針對性。所以對長風、白鴿飛的批判，也就沒有進一步的展開和擴大。不過，從對長風、白鴿飛的批判來看，對「諷刺詩」的警惕，並遠離諷刺詩、批判諷刺詩，是李累主編《星星》後，《星星》詩刊發展的一個特點。

第三、「讀者批評」。借助「群眾」、「人民」、「讀者」，進一步展開對初期《星星》的批判，是此時《星星》評論的另一個特點。第 10 期《星星》的本刊編輯部整理的《讀者對「星星」詩刊的批評》，就非常具有代表性。前言說，「右派分子石天河、流沙河等把持『星星』詩刊的罪惡活動，我們已在『星星』第九期向讀者作了一次彙報；現在，我們將讀者對『星星』的批評，整理成這篇文章。讀者的批評信件與文章，一直被右派分子石天河、流沙河等把它壓制下來了，從來沒有公開答覆讀者；讀者對『星星』的政治方向提出質問；對毒草和壞作品提出批評，他們置之不理。如巫山龍澤書寫了一篇『白楊』，駁斥流沙河的『草木篇』，此稿是由流沙河處理，一直沒有下落，作者寫了很多信來詢問，也不答覆。某些讀者對『星星』的不適當的讚揚，他們看來就狂妄的叫囂『有群眾支持我們』，以此來抵制正確的批評。」進而，《星星》編輯部「整理」出了三個方面的批評意見。第一部分為《「星星」詩刊應該堅決向左轉》，認為「右派分子篡改了『星星』的政治方向，讀者提出了嚴厲的質問。」這類來信的有福建倪希錯、四川魏治文、廣東鄭自強、瀋陽新華印刷廠的史德奎、西安李竟索等。第二部分為《堅決剷除毒草》，內容為「右派分子在『星星』詩刊有意放出大批毒草，讀者紛紛來信駁斥。」包括大連學鳴、某地讀者朱高志、瀋陽牛奔、天津張振東批、四川止戈、山東黃瑞琦等對《吻》與《草木篇》的批判。第三部分是《對壞詩的批評》，包括唐山鐵道學院丁梅榮、長春拖拉機製造學院王正學、段非敏、X 讀者、胡育群等的批判意見。通過這些「讀者」，編輯部最後總結，「讀者們的這些批評，我們是同意的。我們很感謝讀者對我們的幫助。反擊右派鬥爭正在深入地進行，我們願和讀者一道，就行戰鬥，剷除毒草，堅決拔掉右派的毒根。」〔註 85〕反觀這些人「讀者」的觀點，實際上並沒有具體的文本分析和理論探討，大多數為表態性的

〔註 84〕劉振邦：《白鴿飛往哪裏「飛」？》，《星星》，1957 年，第 12 期。

〔註 85〕本刊編輯部 整理：《讀者對「星星」詩刊的批評》，《星星》，1957 年，第 10 期。

批判。但這些「讀者批評」，是來自於「群眾」，可以說體現了批判初期《星星》詩刊的紮實的群眾基礎。如在這篇整理後的「讀者批判」中，各個行業、各個地區的人都不約而同地來信，表達了對於《星星》詩刊及相關作品的批判主題。而另一方面，這些批判又是由「星星編輯部」主導，體現出鮮明的傾向性。由此，以「讀者批評」來對初期《星星》詩刊展開批判，這成為了改組後星星編輯部的一個重要而且有效的辦刊策略。

在批判初期《星星》的過程中，李累主持的《星星》還發出了另外一種聲音，即對「壞作品和帶有壞傾向的作品」的反思，甚至是肯定。如刊發讀者群夫的《大力鋤草，防止傷蘭》，便是「讀者批判」中的「另一種聲音」。在這篇文章前，附有編輯部的《編者按》：「我們在本刊第九期發表了『右派分子把持『星星』詩刊的罪惡活動』一文後，收到了群夫同志的來信。群夫同志尖銳地揭露了右派分子的一個謊言，那就是右派分子口口聲聲反對『藝術為政治服務』，其實，從他們放出的毒草來看，可以鮮明的看出：『他們是只要有利於他們的政治目的的，就不管藝術不藝術的，他們是毫不含糊地貫徹政治標準第一，藝術服從政治的』。群夫同志提出一個建議，希望『星星的讀者們都來參加進一步的檢查，使今後的星星能夠很好地貫徹百花齊放的方針』。我們歡迎這一建議，熱情地請讀者們幫助我們檢查曾為右派分子把持的一至八期的星星；希望經常地對我們的刊物提出批評，督促我們辦好刊物。」〔註 86〕在群夫的這篇文章中，一方面他贊同大力剷除毒草，並完全贊同《傳聲筒》、《泥菩薩》、《步步高升》、《我對金絲雀觀看了很久》這些作品是毒草。但另一方面，他認為其中有個別的和少數的作品並不是。他說，「我認為（《一粒煤》）這首詩所體現的思想感情是健康的，看不出有什麼毛病。其次是戀歌中的《心曲》。這詩的語言不夠新穎，到是事實；但詩的情感可說是健康的。……給這首詩戴上『戀愛至上』的帽子是值得考慮的。此外，壞的或有壞傾向的作品，與不好的，或可疑的作品，似乎也應有適當的區別。如《婚禮》、《致小燕子》，格調不高，感情庸俗，是真的，但這些詩不一定就是壞的或有壞傾向的作品。」由此，該篇文章最後得出結論，「鑒別香花與毒草，『既要防止誤認未成型的幼苗為毒草，又要防止鋤草傷蘭』，是一件不易掌握其準確性的工作。」〔註 87〕在批判初期《星星》、全面反擊右派的過程中「一邊倒」的背景

〔註 86〕讀者群夫：《大力鋤草，防止傷蘭》，《星星》，1957 年，第 11 期。
〔註 87〕讀者群夫：《大力鋤草，防止傷蘭》，《星星》，1957 年，第 11 期。

之下，群夫為一些「壞作品和帶有壞傾向的作品」辯護，這是很值得關注的。更為重要的是，在這個特殊的時刻，李累的《星星》詩刊為什麼還要刊發這樣一篇帶有「反思」的理論文章？不過，如果回到文章本身來看，其實群夫的這篇文章也並非「很出格」。他首先是肯定了一些「毒草」，而且這也是他的立論基礎。然後他所為之辯護的詩篇，也僅僅是關於抒情類的作品，並沒有直接涉及到有諷刺性內涵的作品。換句話說，《星星》詩刊刊登這樣的文章，反而進一步肯定了對「諷刺詩」批判的正確性。

第四、「理論批判」。由於此前對白航時期《星星》中石天河、流沙河等人的政治問題已經有了深入的批判，所以此時李累時期的《星星》詩刊，重點對他們的「詩歌理論」展開批判。在對初期《星星》詩歌理論展開批判的時候，李累親自出馬，化名陶曉卒寫了《剝皮》一文，針對石天河《七絃交響》和邱爾康的《抒情詩雜談》中的理論，專門批判了初期《星星》詩刊的「人情觀」，「『七絃交響』和『抒情詩雜談』二文，都把七情六欲的客觀標準，即階級標準趕跑了，這不是別有含意是什麼？但是，這並不是說邱爾康、石天河的看法，沒有他們的階級立場和觀點。他們，是喬裝的『超階級論』者，實質是堅定地站立在資產階級立場，宣揚反動的資產階級文藝觀。」〔註 88〕可以說，這個時候，李累也赤膊上陣，帶頭對石天河、流沙河展開批判，體現出他對這一問題重視。之後，《星星》詩刊還對以石天河、流沙河為代表的「題材論」展開了批判。在 1957 年第 11 期《星星》上，重新刊登了申志林的詩歌《給我一隻槍》，並配有《編者按》，回顧了整個事件的來龍去脈，對石天河的「題材重複論」進行了批判：「這首詩，作者於去年 11 月投寄星星，被右派分子石天河退回去了，並寫了一封信給作者：『給我一支槍』，是寫得很好的，但因為我們第一期上，已經發過用同一題材寫的一首短詩，現在如果再發，似乎題材上重複了。所以，這首詩，只好仍然退還你。現在，作者把這首詩再寄給我們。我們認為，在支持埃及人民的正義的鬥爭的時候，這首詩是應該發表的。右派分子所謂的『題材上的重複』，就不予發表，完全是錯誤的；我們認為，同樣的題材使可以用不同的藝術手法來表現它的。這裡，還不僅是一個題材問題，嚴重的是右派分子對埃及人民反侵略的正義鬥爭採取的是什麼態度？這是非常明顯的。右派分子用『題材上重複』這個『理論』，是無

〔註 88〕陶曉卒：《剝皮》，《星星》，1957 年，第 10 期。

法掩飾他們的反動立場的。」〔註 89〕而安旗則在《略談詩歌的題材——兼斥流沙河關於題材問題的謬論》中，更加詳細地分析，然後反駁了流沙河的「題材論」，「胡風罵我們是『題材主義』、『題材差別論』，流沙河則更進一步，罵我們是『題材至上主義』。在『反對題材至上主義，解開束縛，為題材打開廣闊而自由的天地』這樣一個『堂皇』的旗號之下，流沙河對描寫偉大的社會主義建設的題材，極盡污蔑嘲笑之能事。」〔註 90〕當然，這石天河、流沙河的詩歌「題材論」，其核心便是詩歌「個性論」。正如山莓在《流沙河的「個性」》中所說，「流沙河提出個性論的目的，就是要用來否定今天的詩歌的，就是要用來證明毛主席的文藝批評標準是公式化和概念化作品產生的根源的。」〔註 91〕在對石天河、流沙河等人歷史問題批判的基礎上，李累主持《星星》詩刊後，進一步清除了石天河、流沙河詩學理論的影響。

總之，從 1957 年 9 月號開始，李累時期《星星》詩刊的一個重要任務，便是在「反右鬥爭」的大背景之下，展開了對白航時期《星星》的持續批判。而且通過發現白航時期《星星》的「新問題」，以及對「諷刺詩」和「詩歌理論」等問題的深入批判，將《星星》詩刊帶入到了一個新的發展階段。而如何建構起《星星》的新詩學方針，則是擺在他們面前的一個新任務。

第三節　從「社會主義詩歌」到「新民歌」

面對著白航時期《星星》編輯部的全軍覆沒，李累接受《星星》詩刊後，在時代背景之下，第一個重點工作便是對白航時期《星星》的持續不斷的批判。但是在批判之後，如何編輯新的《星星》，便是擺在李累和《星星》編輯部的一個重要命題。由於《星星》在創辦初期出現的問題，所以緊跟時代的腳步和要求，便是《星星》詩刊辦刊的必然之路。但在急劇變化的時代中，李累時期《星星》詩刊的辦刊方針，也處於不斷的變化之中。

一、社會主義詩歌或「六條標準」

雖然李累帶班《星星》詩刊只是一個過渡時期，但他其實為《星星》的

〔註 89〕《編者按》，《星星》，1957 年，第 11 期。

〔註 90〕安旗：《略談詩歌的題材——兼斥流沙河關於題材問題的謬論》，《星星》，1957 年，第 11 期。

〔註 91〕山莓：《流沙河的「個性」》，《星星》，1958 年，第 1 期。

發展也做出了較多的思考。在 1957 年 9 月的《星星》「編後記」中，他們首先提出了新《星星》的發展方向是「社會主義的詩歌陣地」:「『星星』是反擊右派的陣地，『星星』是社會主義的詩歌陣地！」〔註 92〕在改組之後，《星星》詩刊提出了「社會主義詩歌的陣地」這一新的辦刊方針。但《星星》詩刊提出的這一「社會主義詩歌」方向，並沒有多少具體的內涵。那麼「社會主義詩歌」的具體體現，也就只能是「戰鬥的詩篇」。另外，由於第一個五年計劃到了最後一個季度，《星星》詩刊的「社會主義詩歌」含義，又增加了一層「歌頌偉大的時代」。儘管此時的「星星編輯部」說一定努力辦好「星星」，但實際上，此時的《星星》詩刊還沒有找到屬於自己的辦刊方針。

正是由於「社會主義詩歌」這一辦刊方向的不明確，在 1957 年第 10 期的《星星》上，便刊登了新的辦刊方針，即「六條標準」。「『星星』詩刊，是社會主義的詩歌陣地。為工農兵服務的文藝方針，是『星星』詩刊堅定遵循的方針。我們的詩歌，應該是社會主義偉大時代的戰鼓，鼓舞人民去建設社會主義事業。我們的詩歌，在政治思想上，應該符合毛主席所提出的六條標準：（一）有利於人團結全國各族人民，而不是分裂人民；（二）有利於社會主義改造和社會主義建設，而不是不利於社會主義改造和社會主義建設；（三）有利於鞏固人民民主專政，而不是破壞或者削弱這個專政；（四）有利於鞏固民主集中制，而不是擺脫或者削弱這種制度；（五）有利於鞏固共產黨領導，而不是擺脫或者削弱這種領導；（六）有利於社會主義的國際團結和全世界愛好和平人民的國際團結，而不是有損於這些團結。我們的詩歌，在這六條標準之下，作者可以有自己的風格、形式、體裁，讓我們的詩歌百花齊放。」〔註 93〕我們知道，這「六條標準」，是毛澤東提出的檢驗「香花與毒草」的標準。從 1957 年 10 月開始，《星星》詩刊一直在封三刊登「六條標準」的稿約，並持續到 1958 年第 3 期。表面上看，這「六條標準」讓《星星》詩刊有了自己的辦刊方針，但實際上，在當時這也不僅僅是《星星》詩刊的辦刊理念，而且也是絕大部分刊物共同的辦刊理念。此後，《星星》詩刊便不在有「獨唱」了，完全融入到了時代的洪流之中。

但《星星》詩刊對「社會主義詩歌」的追求，一直是念念不忘的。在 1957 年這一年的年末，《星星》的「社論」《到工農兵群眾中去！》，總結了這一年

〔註 92〕《編後記》，《星星》，1957 年，第 9 期。

〔註 93〕《稿約》，《星星》，1957 年，第 10 期。

的詩歌創作，又提到「社會主義詩歌」，「1957 年，戰鬥的一年；我們反右派的鬥爭，取得了很大的勝利。我們保衛了社會主義視野，我們也保衛了社會主義的詩歌。……在反右鬥爭中，考驗了我們每一個人；在今天，我們必須擔負起建設社會主義詩歌的任務，也是一個嚴重的考驗！」〔註 94〕在這期《社論》中，《星星》詩刊回顧了反右鬥爭的一年，看到了「反右鬥爭的偉大勝利」，再一次提出了一個「如何建設社會主義詩歌」的問題。李累帶班時期的《星星》，由於反右鬥爭的急轉直下，導致了 8 月底白航等人《星星》的全軍覆沒，所以李累在 9 月份接手《星星》的時間是很緊迫的。因此，李累在剛剛接手《星星》詩刊之後，也就沒有相應的個人辦刊方針和理念。到了 1957 年 12 月，《星星》詩刊開始設置欄目，除了社論《到工農兵群眾中去！》之外，還有《社會主義保衛戰》、《整風詩選》、《農村在戰鬥》等詩歌欄目。並且在第 1 頁刊登《四川省文學藝術工作者代表會議擁護「社會主義國家共產黨和工人黨代表會議宣言」及共產黨和工人黨代表會議的「和平宣言」的決議》，發出「為發展社會主義的民族的新文藝事業艱苦勞動，為偉大的社會主義建設事業忠誠服務」的呼聲。〔註 95〕即使到了 1958 年的大躍進時期，雖然「新民歌」是詩歌創作的唯一方向，但 1958 年 4 月號的《星星》詩刊依然提出「堅決走社會主義文學道路」。〔註 96〕另外，《星星》詩刊也還專門刊登了沉重的批判艾青的文章，「統觀全文，它卻每一個字都在明確地告訴我們，艾青是一個反動資產階級的『忠實的士兵』。」〔註 97〕這其中，就重點批判了艾青的反社會主義文學思想。與此同時，1958 年《星星》詩刊也刊登了一定數量的社會主義詩歌，如在《星星》1958 年第 6 期，封底有廖代謙的詩歌《東風得意勝西風——歡呼第三個人造衛星》〔註 98〕，以及 1958 年《星星》第 9 期封底馬吉星的詩歌《第二十塊石碑就要豎立起來》等等〔註 99〕。所以，在李累帶班《星星》之後，儘管辦刊的具體方針在不斷地變化，他們也發表大量的「新民歌」。

〔註 94〕《社論　到工農兵群眾中去！》，《星星》，1957 年，第 12 期。

〔註 95〕《四川省文學藝術工作者代表會議擁護「社會主義國家共產黨和工人黨代表會議宣言」及共產黨和工人黨代表會議的「和平宣言」的決議》，《星星》，1957 年，第 12 期。

〔註 96〕《金鼓齊鳴，百花齊放》，《星星》，1958 年，第 4 期。

〔註 97〕沉重：《艾青是資產階級的百靈鳥》，《星星》，1958 年，第 6 期。

〔註 98〕廖代謙：《東風得意勝西風——歡呼第三個人造衛星》，《星星》1958 年，第 6 期，封底。

〔註 99〕馬吉星：《第二十塊石碑就要豎立起來》，《星星》，1958 年，第 9 期封底。

但總的來說，這個時期的《星星》辦刊方向，完全可以用「社會主義詩歌陣地」來概括。當然，站在另外一個方面來看，《星星》詩刊的「社會主義詩歌」與「新民歌」訴求，其界限也是並不那麼涇渭分明。

二、「新民歌運動」

到了1958年，社會環境又發生了變化，李累還來不及精心構建自己主編《星星》詩刊的方針，很快就被納入到更為廣闊的「新民歌運動」中了。由於毛澤東對於「新民歌」的重視，以及四川作為「新民歌」的重要發源，所以四川省委以及《星星》詩刊，便不遺餘力地參與、推動「新民歌運動」。

我們知道，毛澤東是「新民歌運動」的總導演，他對新民歌有著獨特的感情。早年的毛澤東對收集民歌產生了極大的興趣，之後多次開展有意識的民歌收集工作做。〔註100〕在1958年3月22日召開的「成都會議」這次會議上，毛澤東再一次提出進行民歌的搜集和整理工作建議，掀起了一場全國性的新民歌運動。「印了一些詩，盡是些老古董（指他在成都親自編選的一本唐、宋、明三代詩人寫的有關四川的一些詩詞和一本明朝人寫的有關四川的詩）。搞點民歌好不好？請各位同志負個責，回去搜集一點民歌。各個階層都有許多民歌，搞幾個試點，每人發三五張紙，寫寫民歌。勞動人民不能寫的，找人代寫。限期十天搜集，會搜集到大批民歌的，下次開會印一批出來。中國詩的出路，第一是民歌，第二是古典。在這個基礎上，兩者結合產生出新詩來，形式是民族的，內容應當是現實主義和浪漫主義的對立統一。」〔註101〕同時，

〔註100〕見謝保傑《1958年新民歌運動的歷史描述》，《中國現代文學研究叢刊》，2005年，第1期。具體如：1929年1月，毛澤東起草的紅四軍第九次代表大會決議案中明確規定：「各級政治部負責徵集並編製表現各種群眾情緒的革命歌謠。」（見《中國共產黨紅軍第四車第九次代表大會決議案》，《毛澤東文集》，第1卷，北京：人民出版社，1993年，第101頁。）1933年在江西瑞金搞社會調查時，他就有意識地收集了一些民歌，並寫在自己的調查報告裏。（見毛澤東：《尋烏調查》，《毛澤東文集》，第1卷，北京：人民出版社，1993年，第204～205頁。）1938年4月，他在魯迅藝術學院的講話：「農民不但是好的散文家，而且常常是詩人。民歌中便有許多好詩。我們過去在學校工作的時候，曾讓同學在假期搜集各地歌謠，其中有很多很好的東西。」（毛澤東：《在魯迅藝術學院的講話》，《毛澤東文藝論集》，北京：中央文獻出版社，2002年，第19頁。）

〔註101〕轉引自陳晉：《文人毛澤東》，上海：上海人民出版社，1997年，第448頁。在《建國以來毛澤東文稿》第7冊的《在成都會議上的講話提綱》裏有「收集民歌」一條。

在隨後的漢口會議中，毛澤東又提到民歌，「各省搞民歌，下次開會，各省至少要搞一百多首。大中小學生，發動他們寫，每人發三張紙，沒有任務，軍隊也要寫，從士兵中搜集。」〔註102〕於是，1958年4月14日《人民日報》發表社論《大規模地搜集全國民歌》，「中國新詩的發展，無疑將受到這些歌謠的影響。」〔註103〕就在《人民日報》發表收集民歌的社論的同一天，郭沫若關於「民歌」的回答，進一步加速了新民歌運動的進程，「我們是走社會主義的道路，用多快好省的方法來採集和推廣民歌民謠，不僅不允許『躊躇』，一定要鼓足幹勁！」〔註104〕此後，1958年4月26日，中國文聯、中國作協和民間文學研究會等單位在北京聯合召開「民歌座談會」，周揚主持會議，郭沫若、老舍、鄭振鐸、臧克家等人參會，提出收集、整理民歌、民謠，建議成立全國編選機構，統一規劃。〔註105〕1958年《紅旗》創刊號發表了周揚的《新民歌開拓了詩歌的新道路》，更指出「新民歌成了工人、農民在車間和田頭的政治鼓動詩，他們是生產鬥爭的武器，又是勞動群眾自我創作、自我欣賞的藝術品。社會主義的精神浸透在這些民歌中。這是一種新的、社會主義的民歌，它開拓了民歌發展的新紀元，同時也開拓了我國詩歌的新道路。」〔註106〕在這樣的背景之下，各地方黨委和各文學刊物也就積極行動起來，參與到「新民歌」運動中。如1958年4月9日的《人民日報》，就在第一版報導了雲南省委宣傳部向各地縣委發出的《立即組織收集民歌》通知。「通知指出搜集民歌的辦法，是由各地縣委宣傳部利用會議機會，向縣、區、鄉黨的負責幹部說明意義，然後動員水庫工地、農業社、工礦的幹部和群眾，發給三張紙，寫和記錄民歌。不能寫的可找人代寫，少數民族群眾口述的民歌，都應加以記錄和翻譯。」〔註107〕同樣，作為「國家詩歌刊物」的《詩刊》，也從1958年2月號開始，《詩刊》的「迎春特輯」就發表多篇「躍進」主題的詩歌，之後相繼推出「農村大躍進」專輯（3月號）、「工人詩歌一百首」和「工人談詩」

〔註102〕陳晉：《文人毛澤東》，上海：上海人民出版社，1997年，第448頁。

〔註103〕社論：《大規模搜集民歌》，《人民日報》，1958年4月14日。

〔註104〕《關於大規模收集民歌問題——郭沫若答「民間文學」編輯部問》，《人民日報》，1958年4月21日。

〔註105〕《東風得意詩萬篇——中國民間文學工作者大會發言集錦》，《文藝報》，1958年，第15期。

〔註106〕周揚：《新民歌開拓了詩歌的新道路》，《紅旗》，1958年，第1期。

〔註107〕《雲南省委宣傳部發出通知：搜集各族民歌 豐富人民生活》，《人民日報》，1958年4月9日。

專輯（4月號）、「民歌選六十首」（5月號），「太陽光芒萬丈長（歌頌黨的新民歌四十首）」（6月號）、「戰士詩歌一百首」和「戰士談詩」專輯（7月號）、「民歌選一百首」（8月號），「日出唱到太陽落（二十首）」「新民歌五十首」（10月號）、「雲南兄弟民族民歌百首」（11月號），「天津海河工地民歌選」「河南登封縣民歌選」「河北豐潤縣萬詩鄉民歌選」「湖北應城七香姑娘民歌選」（12月號）等專欄，成為「新民歌運動」的一支重要力量。1959年9月，由郭沫若與周揚共同編選《紅旗歌謠》，則成為「新民歌」、「新民歌運動」最重要的總結。

1958年3月12日，四川省市文藝界五百人在省文聯聚會，舉行文藝大躍進誓師大會，提出了五年躍進計劃。省委宣傳部的杜心源、李亞群到會講話。「四川文藝界經過反右派鬥爭和這一時期整風運動，提高了政治覺悟，在工農業生產大躍進的推動下，政治熱情高漲，幹勁十足，紛紛制訂躍進規劃。昨天，省市文學藝術工作者五百餘人，包括文學、戲劇、音樂、美術各方面的代表人物，在四川文聯舉行了文藝界大躍進會議。……文藝月刊『草地』、詩刊『星星』、音樂刊物『園林好』都提出了要使他們的刊物面向工農兵，反映社會主義建設中的新人新事和新的思想感情，促進工農業生產的大躍進。」〔註108〕由於《四川日報》中專門提到了《星星》詩刊，所以4月號的《星星》詩刊也詳細記載了這次「大躍進會議」，並提出了明確的「詩歌大躍進」的計劃，「3月12日，四川文藝界敲起戰鼓，舉行大躍進會議。作家、詩人、音樂家、畫家、戲劇家和文藝工作者五百多人，訂出了集體的和個人的躍進計劃。許多單位和個人，幹勁很大，下定決心，爭取三、五年內要紅透專深，成為工人階級的文藝戰士，永遠跟著黨，把心交給黨，堅決貫徹為工農兵服務的文藝方針，堅決走社會主義文學道路。戈壁舟提出了五年計劃，在1958年至1959年，去四川灌縣的一個鄉里，坐好黨支部書記工作。1960年至1962年，去灌縣紫坪鋪水電站或去石油勘探隊工作。在五年內完成一萬行的長詩一部，反映抗戰初期知識分子經過重重困難和鬥爭，到了延安，得到革命的鍛鍊和改造；並計劃每年出四本詩集。段可情在大字報上表示，堅決打掉身上的暮氣，變暮氣為朝氣；他計劃在1958年寫詩一千行，散文和特寫五萬字。彝族詩作者阿魯斯基，計劃三年翻譯整理彝族民間文學九本，其中有長詩『洪水

〔註108〕《把文藝事業和工農結合得又深又廣 四川文藝界敲響躍進戰鼓 文藝工作者紛紛保證鼓足幹勁力爭紅專》，《四川日報》，1958年3月13日。

朝天』、『彝族民族』、『留歌』、『誇言巧語』等；並完成彝族文學講稿和反映民族改革的短詩。工人詩作者景宗富在兩年內寫短詩四十首，散文十篇。許多詩人和業餘詩作者也訂出了一年到五年的創作計劃。戰鼓，越來越響，鼓舞著詩人們和全體文藝工作者，躍進，再躍進！」〔註 109〕從這裡我們看到，在3 月 12 日的文藝界大會上，整個四川文藝界的時代主題還是「大躍進」。到了4 月 1 日《星星》第四期出版之時，《星星》詩刊就將「大躍進之歌」作為自己的重要辦刊方向。在同一期《星星》的封底、封三均不再發「六條標準」的稿約，而是刊登在延安出現的油印詩刊「新詩歌」的照片，就提出「請大家來寫大躍進之歌」的口號：「親愛的作者們、讀者們：在社會主義大躍進的日子裏，我們編了這一期刊物；同時也在為紅五月準備，我們決定出版一張『詩傳單』，獻給紅五月。這張『詩傳單』，隨五月號的『星星』詩刊送給讀者；也單獨印發，送到工廠和農村，送到街頭。我們希望作者們，讀者們，幫助我們編好這張『詩傳單』，希望大家動手來寫大躍進之歌！工廠大字報的詩歌，農村流傳的新民歌，也請大家抄給我們。」〔註 110〕

作為專門的詩歌刊物《星星》，也時刻關注、并積極參與到這一全國性的詩歌運動之中。當然，由於成都是「新民歌」重要的發源地之一，由於這是一次具有極強政治性的詩歌運動，所以在「新民歌運動」中，《星星》詩刊更多是融入到了到四川省委「新民歌運動」的統一安排中，並非四川「新民歌」運動的中心。在 3 月 22 日的「成都會議」，以及 4 月 11 日的《人民日報》以社論《大規模地搜集全國民歌》之後，4 月 20 日《四川日報》發表《中共四川省委關於收集民歌民謠的通知》，「通知」指出，「中國詩的出路，第一是民歌，第二是古典詩詞歌曲，在這個基礎上發展起來的新詩，才可能更為人民群眾所歡迎」。於是，1958 年第 5 期《星星》，也就不再提「大躍進之歌」，而是緊跟收集民歌的新形勢。這一期《星星》，首頁刊登陳嶽峰攝影的《毛主席在灌縣蓮花一社查看麥子生長情況》的照片，並在照片後附上對《中共四川省委於 4 月 20 日發出關於搜集民歌民謠的通知》的介紹：「通知說：中國詩的出路，第一是民歌，第二是古典詩詞歌曲，在這個基礎上發展起來的新詩，可能更為人民群眾所歡迎。這種新詩應該具有民族的形式和風格，應該是現實

〔註 109〕《金鼓齊鳴，百花齊放》，《星星》，1958 年，第 4 期。

〔註 110〕《星星詩刊紅五月出版詩傳單 請大家來寫大躍進之歌》，《星星》，1958 年，第 4 期。

主義和浪漫主義的結合。……今天我們為著豐富、提高和充實人民的文化藝術生活，並為著中國新詩的發展攝取樸素美麗、富有情感的營養資料，因而不斷的在廣大工農中採集一批民歌民謠，那是非常必要的。」〔註 111〕就在這同一期《星星》詩刊，又在 15 頁另外全文轉載了《人民日報》的社論《大規模地收集全國民歌》。因此，從這裡可以看到，《星星》是非常及時地抓住了「新民歌」這一時代主題，並積極跟進的。《星星》詩刊也在欄目中，開闢了大量的新民歌欄目，努力在「新民歌運動」中作出自己的貢獻。《星星》詩刊積極推進「新民歌」的努力，也得到了一定程度的認可。倪芽在《四川日報》上的文章《好詩要發得又多又快——讀「星星」4 月號工農作者寫的詩有感》，就是對《星星》發表的「新民歌」作品的肯定：「最近，『星星』編輯部提出『詩歌下放』，接著讀了 4 月號的『星星』的校樣，立刻抓住了我。可以說，這是我不喜歡詩到又喜歡詩的開始吧。……我喜歡這些詩。這些詩，是生活的真實記錄，是鼓動生活大躍進的促進歌。他們雖然是沒有名氣的詩作者，但是，他們的詩，應該列入詩歌領域內的最前線，應該稱為開路先鋒的詩歌。」〔註 112〕不過我們也看到，雖然這是一篇讚揚《星星》詩刊「下放」的文章，但其實質上讚揚的是新民歌詩歌作品本身，而不是《星星》詩刊。特別是在結尾的時候，作者不僅認為《星星》詩刊所刊發的作品不多，而且還抓住《星星》的老問題不放。「這樣的好詩，『星星』詩刊還發得不多。我主張，這樣的好詩要發得又多又快，才能抵制那些妹妹的眼睛一類的貨色，才能徹底做到『詩歌下放』。當然，我可以想到，那些少數醉臥在情郎情妹是床上的作者與讀者，是不會喜歡這些詩的。」可見，由於在反右鬥爭中的問題，《星星》在「新民歌」中的努力，還是被《星星》此前的問題所掩蓋。另外，在發表「新民歌」作品方面，《星星》也希望能以「歌詞」的形式突破常規，尋找新民歌的出路。常蘇民提出，「歌詞是詩歌文學中底獨特形式之一，由於它和音樂的結合，它就更能被千百萬群眾引喉高唱，使它成為插翅膀高飛的詩篇，使它能能廣泛地深入地流傳，從而深刻教育和鼓勵人民。……星星要為我們開闢歌詞的園地，我們重新擁護熱烈歡迎，願詩人們伸出友誼之手，使這塊園地

〔註 111〕《中共四川省委關於 4 月 20 日發出關於搜集民歌民謠的通知》，《星星》，1958 年，第 5 期。

〔註 112〕倪芽：《好詩要發得又多又快——讀「星星」4 月號工農作者寫的詩有感》，《四川日報》，1958 年 4 月 1 日。

百花怒放朵朵茂盛。」〔註113〕

《星星》詩刊雖然這種努力，但也沒有提供出有力的作品，並沒有收到多大的成效。此後，《星星》詩刊首先就與文聯的其他組織一起，積極參與到了街頭劇的活動中。如在《四川日報》的報告中提到的，「6月2日晚上起，省文聯創作輔導部、音協成都分會、『草地』月刊、『星星』詩刊、省文化局美術工作室、省歌舞團、省戲曲演員講習會、成都市話劇團、成都市群眾藝術館籌備處等單位，連夜創作了一批唱詞、街頭劇、時事活報劇、群眾歌曲、洋片。省文聯創作輔導部等單位已創作出街頭劇『教歌』、『遍地開花』，時事活報劇『有眼不識泰山』，唱詞『支持』等，音協成都分會已創作出群眾歌曲三首，省文聯已編印了建設社會主義總路線的宣傳材料。」〔註114〕《星星》詩刊還直接面對工農兵，發掘工農兵詩人，發表了大量的作品。「將於10月初出版的草地和星星，大量刊載了來自工農兵的群眾創作，反映了當前鬥爭和我省工農業生產戰線上的重大事件。在10月號的草地和星星裏，為解放我國領土臺灣的詩篇，猛烈地打擊了美國侵略者；為鋼鐵而戰的特寫和詩歌，讓我們看見了鋼花開放、鐵水奔流的壯麗情景；建立人民公社的散記，熱情洋溢地抒寫了廣大農民的辦社熱潮。此外，通過現場編輯的方式，編出了川中石油、西充車子化、利用野生纖維等三個專輯。除以上內容外，本期還刊載了郭沫若等同志關於毛主席的『清平樂』(會昌)的討論文章，就這首詞如何解釋，展開了討論。」〔註115〕總之我們看到，《星星》詩刊是如此積極地參與了「新民歌」的建設工作之中。

不過，在四川的「新民歌運動」中，《星星》詩刊僅僅是其中一部分而已，並沒有顯示出自己作為「詩歌刊物」的優勢，或者僅在「新民歌」運動的外圍。據天鷹的新民歌研究專著介紹，「截至1958年10月，出版了民歌3733種，僅古藺一縣就達600多種。……四川到六月為止，全省農民已組織起二萬二千多個文藝創作組。」〔註116〕另外，1958年6月19日《人民日報》刊

〔註113〕常蘇民：《向詩人倡議協作，讓詩篇插翅飛翔》，《星星》，1958年，第5期。

〔註114〕高天：《以排山倒海之勢宣傳貫徹總路線 大規模地宣傳總路線 省市文藝界連夜創作排練宣傳節目 川劇京劇演員到街頭工廠農村演出》，《四川日報》，1958年6月5日。

〔註115〕《現場編輯面向工農 草地、星星10月號內容介紹》，《四川日報》，1958年9月15日。

〔註116〕參見天鷹：《1958年中國民歌運動》，上海：上海文藝出版社，1959年，第11～12頁。

出新華社的報導《田埂邊，牆壁上，詩句琳琅滿目——四川農村已經詩化了》，報導中說：「四川農村已經詩化了。」「今天，無論走到哪個地方，田埂邊，牆壁上，山岩間，樹幹上都可以看見琳琅滿目的詩句。僅古藺縣農民創作的各種歌謠，就有十萬首之多。……像『李有才』那樣有才能的民間歌手，不是幾十人，甚至幾百人。只是宜賓、古藺兩縣，農民組成的民歌隊和山歌劇作小組就在八千個以上。許多地方不僅農民能編會唱，不少區鄉幹部、中共區委書記和縣委書記也是創作民歌的積極分子。這些歌手中，有青壯年，有老農民，有婦女，也有兒童。遂寧縣河東鄉紅光農業社十個老農組織的老農山歌隊，已有四年多歷史，他們編寫的山歌數以百計，幾乎社裏開展每一項工作，他們都編成山歌唱起來。」〔註 117〕在這樣轟轟烈烈的社會運動中，《星星》詩刊是無法成為中心。而且從《星星》詩刊 10 月號的總結來看，《星星》詩刊的位置也是顯得較為尷尬的，「中共四川省委於 4 月 20 日發出關於收集民歌民謠的通知後，全省各地的新民歌，真是社會主義的東風，吹得人心怒放，百花齊開。省委宣傳部編印了《四川民歌選》第一輯，接著各地委、縣委宣傳部也編印了許多民歌集子，如馬邊的《躍進民歌》、涪陵的《民歌民諺》和《東風歌謠》、古藺的《躍進歌聲》、綿陽的《民歌民謠選》、劍閣的《躍進山歌》、墊江的《上游格選》、大竹的《大竹民歌》、宜賓的《宜賓民歌選》，等等。本刊 10 月號發表了 63 首新民歌，都是從以上各個民歌集子（《四川民歌選》第一輯除外）中選出來的。限於篇幅，還有很多很好的沒有選錄，這裡發表的只不過是極少的一部分罷了；雖然極少的一部分，卻極其豐富多彩地反映了我省勞動群眾的大躍進的精神面貌。」〔註 118〕這段時間，《星星》詩刊的稿件來源，可以說幾乎都是地方編好的稿件。此時，《星星》詩刊到了「無事可做」的境地，只能談一些空洞的詩歌理論而已。當然，這種尷尬還不僅僅是《星星》詩刊，作為四川省文聯主辦綜合雜誌的《草地》，也被認為在「新民歌」運動不積極，受到「讀者」的批評：「近來，我們發現與我們較接近的一些愛好文學的工人同志，很喜歡訂閱上海出版的文學雜誌『萌芽』；據我們所知，四川省內也有幾個文學雜誌，如『草地』『紅岩』，但是他們很少訂閱。願意訂閱外地文學雜誌，而不願訂閱本省的文學雜誌的現象，我們認為是值得省內

〔註 117〕《田埂邊，牆壁上，詩句琳琅滿目——四川農村已經詩化了》，《人民日報》，1958 年 6 月 19 日。

〔註 118〕本刊編輯部：《大躍進的讚歌》，《星星》，1958 年第 10 期。

文藝界同志注意和考慮的。」〔註 119〕由此可以說，在整個四川「新民歌運動」，由於是四川省委領頭，所以各地方黨委收集民歌的行動積極。同時由於他們更有現實優勢，更容易發現「新民歌」，所以他們在編輯新民歌集子的時候，佔有了先機，成果也更為豐富。而《星星》詩刊，則只能選錄地方上的「新民歌詩集」，在發現和推出新民歌這一點上，《星星》的貢獻並不大。

而此時四川「新民歌」的中心，毫無疑問是四川省委宣傳部。四川省委宣傳部副部長李亞群，是「新民歌運動」在四川的最積極的推動者。他較早地開始了新民歌的搜集工作，而且在四川的「新民歌運動」中，成就最大。「毛澤東在『成都會議』上提出要重視新民歌的搜集整理工作後，亞群同志親自指導搜集工作，並自己動手挑選和修改，出版了一本《四川新民歌選集》，其質量與藝術性，受到中央及全國的重視，對新詩的健康發展是起到很好的影響。」〔註 120〕這裡所說的李亞群主編的《四川新民歌選集》，是指 1958 年 6 月，由四川人民出版社出版社《四川民歌選 第一輯》。儘管此後，並未出版第二、第三輯，但也並沒有減弱該書的影響。當然，1958 年 10 月成都市委宣傳部也編輯了《成都民歌選 第一輯》，但影響不及這本《四川民歌選》。之後，1959 年 10 月由四川人民出版社，在這本《四川民歌選》的基礎上，進一步出版了由中共四川省委宣傳部編的《四川歌謠（彩色插圖本）》，成為人民文學出版出版的「中國各地歌謠集」《四川歌謠》，以及 1960 年四川人民出版社出版的《四川歌謠（普及本）》的底本。李亞群主編的《四川民歌》，共入選民歌 185 首，並配有插圖 21 張。進而，四川人民出版社還出版了專門研究「新民歌」的理論著作〔註 121〕，將四川的新民歌運動推到一個高峰。圍繞李亞群主持編選的這部《四川民歌選》，四川還展開了一系列的討論，奠定了新民歌在當代文學創作中的地位，也進一步擴大了這本書的影響。石火說，「讀完『四川民歌選』第一輯（中共四川省委宣傳部編）以後，我沉浸在一個波濤澎湃、氣勢壯闊的詩歌海洋中。這本民歌選集，反映了大躍進時代中，廣大工人、農民、士兵的共產主義風格。……讀了這些民歌，人們會深信不疑的認為，

〔註 119〕工人楊賢緒、王晉川：《希望「草地」等刊物多登反映工人生活的作品》，《四川日報》，1958 年 5 月 3 日。

〔註 120〕李友欣：《回顧與祝願》，《四川文聯四十年》，四川省文學藝術界聯合會編，1993 年，第 27 頁。

〔註 121〕《詩的時代 詩的人民》，四川人民出版社編，成都：四川人民出版社，1958 年。

民歌是開拓我國詩歌的新道路的主力。民歌是我國詩歌的主流」。〔註 122〕而席方蜀更是通過這本「四川民歌選」，則看到了新民歌的「十好」，認為新民歌就是新時代的「詩經」。他說，「『勢如江海氣如虹，／萬眾歌聲一代風，羨煞謫仙驚杜老，／風流人物數工農。』這四句詩是中共四川省委宣傳部編的『四川民歌選』第一輯的題詞。這可以看作是包括在這個集子裏的一百五十五首民歌民謠的評語。可以說，這個評語毫無誇張之處，這些民歌民謠的政治價值和藝術價值確實是難能估價的。它是新的詩經。」〔註 123〕另外，白非也充分肯定了新民歌的價值。他說：「這些歌，是廣大人民對政治生活與勞動生活的親身感受，它不僅真實而形象地反映了我們時代的社會面貌和精神面貌，而且在藝術價值上，在反映生活的深度和廣度上，充分地說明了廣大勞動人民的巨大創造才能，閃耀著不可磨滅的藝術光輝。」〔註 124〕可以說，眾多的評論，全方位闡釋了《四川民歌選》的價值和意義，使得《四川民歌選》成為四川「新民歌」重要的，乃至唯一的「樣板」。

當然，面對《四川民歌選》這樣的樣板文本，《星星》詩刊只能以刊發相關評論文章的方式介入其中。1958 年第 8 期《星星》詩刊刊登了袁珂的《向民歌學習——讀〈四川民歌選〉第一輯有感》文章，他就以《四川民歌選》中的兩首詩，得出結論，「向民歌學習，這是我們新詩革新的唯一可行的道路，也只有這樣，我們的詩歌才能深入到群眾中去，為群眾所接受。」更為重要的是，在學習的基礎上，還提出了改造思想的問題，「不過話又說回來，學習民歌，但是學習它的形式、表現方法和藝術技巧等等，那時永遠也學不好的。民歌的形式乃是為人民群眾的生活內容和他們的思想感情所決定的，於是學習民歌的先決條件，這裡就來了一個文藝工作者與群眾相結合，改造思想的任務。」〔註 125〕也就從側面肯定了《四川民歌選》的重要意義。同樣，沙汀雖也讚譽說，「『星星』、『草地』的編輯同志，也都全部下到工礦農村，而且

〔註 122〕石火：《大珠小珠落玉盤——讀「四川民歌選」以後所想到的》，《四川日報》，1958 年 7 月 13 日。

〔註 123〕席方蜀：《民歌十好——讀中共四川省委宣傳部編的「四川民歌選」第一輯》，《四川日報》，1958 年 8 月 3 日。

〔註 124〕白非：《研究民歌 學習民歌——「四川民歌選」第一輯讀後記》，《四川日報》，1958 年 8 月 24 日。

〔註 125〕袁珂：《向民歌學習——讀〈四川民歌選〉第一輯有感》，《星星》，1958 年，第 8 期。

已經獲得了顯著成績。但是，在鼓勵群眾創作的同時，我們還應該根據省委的指示，進一步讓一切較有經驗的作者都能充分發揮出他們應有的作用。」〔註 126〕與此同時，他也提到了《星星》等刊物的努力，但並沒有對他們的努力給予更多的肯定，而是認為應該「根據省委的指示」來開展活動。由此，各界對於《四川民歌選》的重點關注，使我們看到，在 1958 年四川「新民歌運動」，四川省委宣傳部，及其所編選的《四川民歌選》，其影響是大大超過了《星星》所刊登的「新民歌」作品的。而最重要的原因就在於，「新民歌運動」實質上是一次政治運動，是一次由黨委組織的建設社會主義的運動。所以，這場運動，就不能由《星星》詩刊等文學期刊來承擔如此重任。《四川日報》本報評論員的文章《使新民歌回到群眾中去》，就對這樣『新民歌運動』的實質，有著非常清晰的闡述，「倘使只搜集、整理，而不叫它回到群眾中去，或者不積極地叫它回到群眾中去，那就僅僅完成了黨交給我們搜集民歌任務的一半；倘使有人低估新民歌回到群眾中去所產生的作用，那就是還不瞭解文藝為政治服務為生產服務的意義。」〔註 127〕推動生產建設，推動社會主義建設，是「新民歌」最重要的指向。同樣，在《四川日報》本報評論員的《大放文藝「衛星」》，也再次提到了「文藝衛星」對建設共產主義的作用。「黨中央關於在農村建立人民公社問題的決議中說，共產主義在我國的實現，看來已經不是什麼遙遠將來的事情了。而過渡到共產主義的根本條件之一，就是要極大地提高人民群眾的共產主義思想覺悟和道德品質。這就賦予了廣大文學藝術工作者一個光榮偉大的歷史任務，創作出具有高度思想性和藝術性的文藝作品，運用文學藝術的力量鼓舞千百萬人民向前邁進。能不能大放文藝衛星，也就是考驗人們能不能使文學藝術起到時代先鋒的作用。」〔註 128〕正是在這樣的強烈時代政治需求之下，在「新民歌」運動中，《星星》詩刊只能跟隨著四川省委宣傳部的腳步前進。

當然，《星星》詩刊不是四川「新民歌運動」的主要推手，不是「新民歌」的中心，這也並不表明《星星》詩刊在「新民歌運動中」能置身事外。面對這樣的時代大潮，以及整個國家對「新民歌」進一步的龐大的需求，《星星》詩刊必須積極參與到其中。此時，「新民歌」運動，還在持續發酵，「在社會主義

〔註 126〕沙汀：《迎接國慶祝賀群眾創作的大豐收》，《四川日報》，1958 年 10 月 1 日。
〔註 127〕本報評論員：《使新民歌回到群眾中去》，《四川日報》，1958 年 9 月 7 日。
〔註 128〕本報評論員：《大放文藝「衛星」》，《四川日報》，1958 年 11 月 22 日。

建設大躍進的時代，為了適應新民歌及其他群眾創作氣勢磅礡、空前繁榮和全黨全民動手采風的新形勢，首都召開了全國民間文學工作者大會。來自全國各省、市、自治區的民間詩人、歌手、民間文學工作者、群眾文化工作幹部和作家、藝術家的代表二百多人，從 7 月 9 日到 17 日，熱烈地討論了如何加強民間文學的工作，以便跟上生產躍進和群眾創作的發展，使民間文學更好地為社會主義建設服務。」〔註 129〕四川省也還在強力推動「新民歌」運動，「省委在 4 月 22 日發出收集民歌民謠的通知後，全黨全民收集民歌的運動即在全省廣泛展開。各級黨委宣傳部門都組織力量，組成采風工作組分別到工礦、農村去采風；許多地方還成立了采風辦公室，專門負責這一工作。省委宣傳部在省委的通知發出後，立即組織了四個工作組，分赴三十三個縣收集了大批鼓舞人心、氣魄雄偉的民歌。……這種規模空前的群眾性的采風工作，四個月來有了很大的成績，到現在為止，各地收集的民歌還沒有統計數字，估計約在千萬首以上。」〔註 130〕所以，天鷹在其著作《1958 年中國民歌運動》中，描寫了這樣的「新民歌」盛況〔註 131〕。在這樣的時代背景中，《星星》詩刊，是沒有遠離「新民歌」來談詩歌的。由此，並沒有處在「新民歌」中心的《星星》詩刊，也並沒有離開「新民歌」這個中心。雖然在「新民歌」的外圍，但也並不是沒有毫無施展才華的地方。而是在詩歌理論方面，以「詩歌下放」討論與實踐，不僅構成了四川「新民歌運動」的另外一個中心，而且為「新民歌運動」的發展，提供了重要的理論基礎。

三、《星星》詩刊的「五年規劃」

四川文聯檔案中的星星編輯部於 1958 年 6 月 20 日制定的《「星星」詩刊五年規劃（草案）1958～1962》，非常值得我們注意。這篇文獻，便較為全面的呈現了在「新民歌」階段李累主持《星星》詩刊的發展思路，不僅對於我們理解李累時期的《星星》詩刊有著重要的意義，而且對於理解《星星》詩刊與「新民歌」的關係有著重要意義。

〔註 129〕《全黨全民動手收集民間文學　首都召開全國民間文學工作者大會　毛主席曾接見到會全體代表》，《四川日報》，1958 年 8 月 2 日。

〔註 130〕《收集民歌整理民歌學習民歌　全省收集整理民歌民謠規模巨大》，《四川日報》，1958 年 9 月 7 日。

〔註 131〕見天鷹：《1958 年中國民歌運動》，上海：上海文藝出版社，1959 年。

「星星」詩刊五年規劃（草案）〔註 132〕

1958～1962

「星星」詩刊堅決貫徹鼓足幹勁，力爭上游，多快好省地建設社會主義的總路線。在 5 年內（1958～1962），做到以下 5 條指標。

（一）「星星」詩刊堅持貫徹為工農兵服務的方針，堅持貫徹「百花齊放、百家爭鳴」的方針，發表反映社會主義建設總路線的作品為主，以社會主義思想教育讀者，做到詩歌下放，要使詩歌真正到工廠、到農村、到部隊、到街頭、到勞動群眾中去。

在 1962 年，刊物上發表的新詩，應該有顯著的變化；在民歌和古典詩詞歌曲的基礎上發展起來的新詩，應該成為主流，占 60%以上。革命的現實主義和革命的浪漫主義相結合的詩歌，在刊物上應該占主導地位。

刊物上發表的詩歌，在 1959 年達到這樣的標準：90%的詩歌，識字工農群眾看得懂，讀起來朗朗上口；不識字的，念起來，聽得懂。並且要求有半數以上的詩歌，工農群眾讀了或聽了很喜歡。

「星星」的詩歌評論，現在情況十分薄弱。我們一定逐步做到：對資產階級的詩歌論調（修正主義觀點），有展開鬥爭的文章；對詩歌創作中存在的問題和優秀詩歌、毒草，有評介和鋤草的文章；對初學寫詩者，有分析幫助的文章；詩歌評論，必須厚今薄古。

（二）「星星」詩刊的讀者，現在主要還是知識分子；爭取在 1959 年內，有三分之一的讀者是工農；在 1962 年，刊物應該在工農群眾中扎根，應該有三分之二以上是工農讀者。其中主要是四川地區的工農讀者。

「星星」詩刊的發行數字，逐年達到這樣一個指標：

1958 年第四季度，每期發行 5 萬份。

1959 年，每期發行 8～10 萬份。

1960 年，每期發行 10～15 萬份。

1961 年，每期發行 15～20 萬份。

1962 年，每期發行 20 萬份。

〔註 132〕《「星星」詩刊五年規劃（草案）1958～1962》，《四川省文聯（1952～1965）》，建川 127～208，四川省檔案館。

勤儉辦刊物，保證在1958年內自給自足；爭取在1959年起，有盈餘上繳給國家。

（三）「星星」詩刊，應該走群眾路線，這是辦好刊物的關鍵。通過刊物，建立一支工人階級的詩歌隊伍。

1958年6月號起，以後每一期應該以三分之一篇幅完全發表工農兵作者的詩歌；以後陸續增加到二分之一的篇幅發表工農兵的作品多登社會主義詩歌，多登工人的詩歌。同樣，在澆花鋤草上，提倡「大家談詩」的方法，把專家的意見和群眾的議論密切地結合起來。詩歌評論要走群眾路線。

「星星」詩刊。現在聯繫的作者基本隊伍200名，其中工人作者50名，農民戰士、少數民族作者不到10名。在5年內應從根本上改變這個情況；5年內發展500名詩歌作者，工農兵和少數民族作者占250名：

工人作者，5年內發展為150名，寫作水平多數能達到工人作者于質彬的標準。

農民作者，5年內發展80名，寫作水平多數能達到農民作者杜貴平的標準。

少數民族作者，5年內發展為20名：藏族6名，彝族8名，羌族2名，苗族2名，回族2名，寫作水平達到彝族作者吳琪拉達的標準。

在培養作者中，特別注意將強政治思想教育。

（四）在培養工人階級詩歌隊伍時，培養出一批詩歌刊物編輯和詩歌評論工作者，以適應文藝工作發展的需要。

（五）為保證實現以上規劃，必須採取以下具體措施：

1. 和四川各地位、市委、縣委宣傳部密切聯繫。瞭解各地群眾詩歌創作情況，收集各地編印的民歌集子，選出優秀民歌在刊物上發表。從民歌中發掘優秀作者，約請各地黨委宣傳部同志寫詩歌評論文章，特別是社會主義大躍進民歌，還要具體地、深入地評論，以促進向民歌學習的風氣，以促進新詩的發展。

2. 和四川各主要工廠黨委宣傳部加強聯繫。瞭解工人詩歌創作情況，收集各工廠編印的詩刊，選出優秀作品發表，發掘工人作者。

3. 現在舉辦詩歌講習班，應從中發掘出優秀的工作作者，作為重點培養。

4. 編輯部建立工農作者和少數民族作者的「創作情況卡片」。登記各作者的來稿和創作思想情況。在一定時期進行研究，給予具體切實的幫助。

5. 編輯部定期研究詩歌創作情況，三月一次；提出創作問題，解決創作問題。

6. 選擇而一個工廠和一個農業社種「試驗田」；編輯下廠、下鄉，輔導工農群眾創作，在現場編輯刊物。

7. 在工廠、農村舉辦「詩歌朗誦會」。把「星星」詩刊發表的二十個交到群眾中去受檢驗。先是定期舉辦，逐步擴大為群眾性的經常性的朗誦會，並不定期舉行讀者座談會。

8. 把「詩傳單」辦下去。密切配合當前政治運動，以多快好省的方法辦下去。

這個簡要規劃（草案），在實踐中不斷修訂。

「星星」編輯部

1958 年 6 月 20 日

從時間上看，這個規劃草案是在 1958 年 6 月 20 日最後確定下來的。此時，李累在《星星》詩刊的地位已經完全確立下來了，而且距離 1959 年 2 月安旗任《星星》詩刊的主編，還有半年之久。因此，這份《「星星」詩刊五年規劃（草案）1958～1962》，應該是李累帶領星星編輯部共同起草的。而且這份「規劃草案」，還是一份五年規劃，是一個長遠打算，所以星星編輯部應該也是相當慎重的。當然，《星星》詩刊編制五年計劃，也與整個國家的「第二個五年計劃」有關。早 1956 年 9 月召開的黨的「八大」，正式通過由周恩來主持編制的《關於發展國民經濟的第二個五年計劃的建議的報告》，就明確規定了第二個五年計劃的基本任務，提出了從 1958 年到 1962 年五年內的發展指標。但是，由於「八大」後冒進思想的影響，許多計劃指標不斷修正，乃至於大幅度提高。星星編輯重新提出「五年計劃」，既符合了整個時代對於「五年計劃」修正的要求，也符合了李累在接手《星星》後，全盤重新思考《星星》詩刊發展方向的要求。

這份「規劃草案」，涉及到五個方面，只有其中第四個方面「關於培養詩歌編輯和詩歌評論工作者」沒有具體闡釋。而且在探討作品問題的時候，雖然也提到了評論問題，但也只是說逐步做到，也沒有具體可行的方案。而所涉及到的評論，僅有資產階級詩歌論調，以及評介、分析毒草這些方面的文章。由此看來，李累時期的《星星》，並不著力於詩歌評論的開拓和發展。回到李累等編制的《「星星」詩刊五年規劃（草案）1958～1962》，我們來看另外四個方面的問題：前面三個方面分別關於《星星詩刊》的作品、讀者和作者的問題，最後一方面是具體措施的問題。第一，在選擇詩歌作品方面，星星編輯部提出了一個具體的原則即「詩歌下放」。即在原有的「社會主義詩歌」、「六條標準」之下，《星星》詩刊對刊登的詩歌作品有了更為明確、具體的要求，「要使詩歌真正到工廠、到農村、到部隊、到街頭、到勞動群眾中去」。而且到了 1959 年後，「要求有半數以上的詩歌，工農群眾讀了或聽了很喜歡」。也就是說，「詩歌內容下放」，是這一時期《星星》詩刊辦刊的主要方針。因此，在長時間喊「社會主義詩歌」、「六條標準」口號之後，李累終於為《星星》詩刊找到了一套具體可行的辦刊思路。同時，在「詩歌形式」上，《規劃》提出讓民歌和古典詩詞歌為基礎的新詩應該占主流；在創作方法上，認為革命現實主義與革命浪漫主義相結合的作品應該占主導。從這裡我們可以看出，儘管李累等辦刊方針，雖然抓住了時代的精神特徵，但是由於他們沒有專業的詩歌理論視野，以及成體系的社會主義詩歌理論，他們無法在「古典加民歌」、「兩結合」這些問題上有具體的和深入的思考。這樣，李累主編的《星星》詩刊，更多的就是在「詩歌下放」這一主題方面的推進。第二，在讀者方面，《星星》詩刊明確提出，辦給工農讀者看，以工農為服務對象。正是因為李累時期的《星星》詩刊的核心目標是「詩歌下放」，那麼除了讓「詩歌作品內容下放」之外，另一個重要的內容便是「讀者下放」，讓《星星》的讀者，從知識分子「下」到「工農」。在這份草案中，就是以發行數量的目標，來呈現為工農服務的方向。第三，建立一支工農詩歌隊伍，努力發掘工農作者，實現「作者下放」。這表現在《星星》詩刊不僅要在刊物版面上要求用三分之一的篇幅來發表工農兵作者的詩歌，而且還明確了農民詩人、工人詩人、少數民族詩人的發展數量。發掘出工農詩人，讓工農詩人成為《星星》詩刊的「作者」，這是李累時期《星星》詩刊的又一努力。因此，可以說「詩歌下放」，成為了李累主編《星星》詩刊的重要理念。正是有了這樣的編輯方針和理念，他們也就制定出了相應措施。如收集各地編印的民歌集子、從民歌中發掘優秀作者；收集各工廠編印的詩刊、發掘工人作者；舉辦詩歌講習班；建立工農作者和少數民族作者的「創作情況卡片」；編輯下廠、下鄉，輔導工農群眾創作，在現場編輯刊物；在工廠、農村舉辦「詩歌朗誦會」、繼續辦「詩傳單」……這些措施，也就實現了他們寫工農群眾生活，培養工農詩人，由工農寫詩歌等的「詩歌下放」主張。

《星星》詩刊 1958 年第 12 期刊出該刊編輯部的文章《放射又多又亮的詩歌衛星》，便總結了他們這一年「詩歌下放」的成就，那就是「廣大群眾已開始掌握文化，成為文化的真正主人」，「群眾創作風起雲湧，空前繁榮。幾乎所有地、縣、區、鄉（社）都有民歌選集，全省民歌選集的印數即有三千七百二十三種之多，印數更無法估計。詩傳單更是遍地開花。單是一個三百多人的敘永縣魚堯鄉五星社，即已創作詩歌 40，000 多首。生產大躍進，詩歌成海洋。正如萬縣農民唐天榮所唱的，『千社萬社是詩社，千村萬村是詩村，千萬男女是歌手，驚煞天上文曲星』。」〔註 133〕除了他們的自我表彰之外，安旗在《反右以後的「星星」》一文中提到，「經過一場嚴重的鬥爭，揭露並清除了反革命分子和右派分子，『星星』編輯部進行了徹底的改組，從今年年初以來，這片園地就完全改觀了。代替過去鷗嫋陰森的怪叫的，是黎明的頌歌；代替資產階級和小資產階級的柔靡之音的，是一片剛健清新的合唱。」〔註 134〕從這裡，我們就看到了《星星》的變化，同時肯定了《星星》詩刊詩歌下放的成績。

第四節　「詩歌下放」討論

一、「詩歌下放」筆談

在 1958 年《星星》詩刊的歷史中，最重要的大事件就是「詩歌下放」討論。從 1958 年 2 月期起《星星》詩刊的開設了集中「詩歌下放筆談」專欄，這不僅是最早、最集中探討「詩歌下放」問題，而且在建國後詩歌發展問題的討論中，也是影響最大的一次。崔西璐在《中國當代文學研究概論》說，「一九五八年開始的關於新詩歌發屏問題的討論，是『十七年』期間當代詩歌研究中影響最大、爭論最烈的一次。」「其中尤以《星星》關於『詩歌下

〔註 133〕本刊編輯部：《放射又多又亮的詩歌衛星》，《星星》，1958 年，第 12 期。
〔註 134〕安旗：《反右以後的「星星」》，《詩刊》，1958 年，第 11 期。

放』的討論和《處女地》關於『新詩發展問題』的討論，產生了較大的影響。」〔註 135〕同樣，謝冕、李矗主編的《中國文學之最》中也說，「中國當代規模最大的關於詩歌發展道路問題的討論，是 1958 年至 1959 年間在全國展開的關於新詩發展道路問題的討論。這次討論的背景，是『大躍進』期間毛澤東倡導開展的轟轟烈烈的新民歌運動，以及毛澤東提出的『在民歌和古典詩歌的基礎上發展現代新詩』的倡議。在這個過程中，首先是四川的《星星》詩刊開展了關於『詩歌下放』問題的討論。《星星》是在批判了流沙河等人的所謂『罪行』以後，為了貫徹新的辦刊方針，針對過去的新詩『嚴重脫離勞動人民』這一傾向而提出『詩歌下放』的。」〔註 136〕他們都看到了《星星》詩刊「詩歌下放」討論的獨特性和重要性。於可訓在《當代詩學》中更為詳細地分析了《星星》詩刊「詩歌下放」討論的詩學意義，「與何其芳和卞之琳的這兩篇短文所引起的討論先後開始、互相呼應、交叉進行的，是在『反右』鬥爭後經過了改組的《星星》詩刊上開展的關於『詩歌下放』問題的討論及其所引起的反應和爭鳴。這場討論雖然是由一個地方刊物發起的，討論的範圍起先也基本上是侷限在這個刊物所在的地區之內，但由於發起這場討論的《星星》詩刊所在的四川省最先獲悉、也是最先以文件的形式公布毛澤東在成都會議上關於詩歌發展道路問題的講話精神，因而討論便逐漸轉向新詩的發展道路問題，同時也波及到全國許多重要報刊正在開展的，包括上述由何、卞二人的文章引起的討論在內的關於新民歌和新詩問題的討論，與這些討論匯合一起，成為 1958 年有關新民歌和新詩發展道路問題的一場最為引人注目、也最具代表性的理論爭鳴。」〔註 137〕但是，1959 年《詩刊》編輯部在編輯《新詩歌的發展問題》的「編輯說明」中提到，「自 1958 年春出現了社會主義的生產大躍進，同時也出現了新民歌的大躍進，形成了一個全國性的詩歌創作高潮。《紅旗》創刊號上發表了周揚同志的《新民歌開拓了詩歌的新道路》一文，對於新民歌和『五四』以來的新詩作了重要的闡發。《詩刊》曾提出『開一代詩風』的問題，緊接著《星星》展開了『詩歌下放』的討論，《處女地》展開了『新詩發展問題』的討論，《詩刊》也而開闢了『新民歌』筆談。此外《文

〔註 135〕崔西璐：《中國當代文學研究概論》，天津：天津教育出版社，1990 年，第 182、184 頁。

〔註 136〕謝冕、李矗主編：《中國文學之最》，北京：中國廣播電視出版社，2009 年，第 628 頁。

〔註 137〕於可訓：《當代詩學》，長沙：湖南人民出版社，2000 年，第 113～113 頁。

藝報》、《人民文學》、《蜜蜂》、《火花》、《紅岩》、《萌芽》、《人民日報》等報刊也都先後發表了文章。目前討論正在展開。」〔註 138〕從這裡看，雖然是《紅旗》和《詩刊》提出了「開一代詩風」的問題，但在 1959 年《詩刊》編輯部的總結中，就已經將「開一代詩風」、「詩歌下放」、「新詩發展問題」這幾者混在一起討論，並沒有梳理清楚每次討論自身所關注的核心問題。1958 年第 2 期《星星》詩刊發表了賃常彬的《詩要下放》後，開始了「詩歌下放」的討論。而《詩刊》到了第 4 期才有邵荃麟的《門外談詩》、聞山的《漫談詩風》、宋壘的《第三種「化」》。可以看到這兩次討論，所展開的背景是不一樣的。如果沒有將《星星》詩刊的這次「詩歌下放」與全國的「開一代詩風」、「詩歌形式」等討論區別看來，就不能更為清楚地認識到這次討論的重要價值和意義。何其芳作為捲入論爭的當事人，在 1959 年發表的《再談詩歌形式問題》一文中，指出 1958 年 6 月開始的「詩歌形式」爭論，並非是一個，而是兩個，「最近的爭論有兩個。一個是一九五八年六月到十一月的《星星》刊上的爭論。這個爭論是由雁翼向志和紅百靈同志的文章引起的。《星星》上發表了李亞群同志的發言後，這個爭論就告一段落了。另一個是從了一九五八年七月的《處女地》上開後來擴大到並多報刊上的爭論。這個爭論是由我的一篇小文章引起的。現在許多報刊不見再看法這方面的文章了，但還不能說爭論已經結束，因為許多問題都沒有鬧清楚。這兩個爭論表面上有相類似之處，實際上爭論的焦點和爭論的意義都並不相同。有些文章把這兩個爭論混為一談，看不見它們的不同，就把問題弄得更混亂了」。〔註 139〕所以，將《星星》詩刊的「詩歌下放」討論單列出來討論，是非常有必要的。

「詩歌下放」的討論與實踐，首先與李累時期《星星》的辦刊方針密切相關。我們知道，在李累帶班《星星》詩刊後，《星星》的編輯方針是是起伏不定的。從 1957 年底的「社會主義詩歌陣地」，「六條標準」，再到 1958 年初的「大躍進之歌」以及「新民歌」，雖然具體的觀點上有不同的傾向性與差異性，但在核心觀點上，即「為工農服務，為社會主義服務」，是這些不同方針的共同指向。另外，從整個當代詩歌的發展來說，也出現了需要討論「發展道路」的具體問題。洪子誠就認為，「詩歌發展道路討論中對新詩合法性的懷

〔註 138〕《編輯說明》，《新詩歌的發展問題 第一集》，《詩刊》編輯部編，北京：作家出版社，1959 年，第 1 頁。
〔註 139〕何其芳：《再談詩歌形式問題》，《文學評論》，1959 年，第 2 期。

疑，和新詩民歌化的主張，引起一些詩人和批評家的憂慮。重要的分歧點在於，『新詩』是否已形成了自身的『傳統』？新詩發展道路是否也應以新詩自身的『傳統』作為基礎？何其芳在 50 年代初提出，『五四以來的新詩本身也已經是一個傳統』。他們由此認為，不贊成為新詩另設『基礎』，與此相關也不贊成過高評價『民歌』(或『新民歌』)，反對以民歌來規範、統一新詩。上述這些觀點，在討論中有或隱或顯的表現，並出現了幾次引人矚目的爭論。第一，1958 年詩刊《星星》（成都）上關於『詩歌下放』的爭論。」〔註 140〕由此，著力於「詩歌下放」的討論與實踐，便成為了李累時期《星星》詩刊在改組後發展的一個重要方向。另外，在此後「新民歌運動」的蓬勃發展中，也缺少相對完整的理論建構，《星星》詩刊的這一努力，又剛好彌補了「新民歌運動」的短板。這種理論優勢，又使得《星星》詩刊的「詩歌下放」具有了更為重要的時代意義。

關於《星星》詩刊的「詩歌下放」討論，星星編輯部是如何開始的，我們不得而知。但是，「詩歌下放」的討論，與星星編輯部編輯賃常彬在 1958 年 2 月 1 日發表於《星星》詩刊的《詩要下放》一文，有著直接關係。賃常彬在這篇文章中提出，「詩要好好地為工農兵服務，詩人就要跳出『自我檢驗』的小圈子，到山上去，到鄉下去，到街頭去，到車間去，到沸騰的勞動戰線上去，把自己剛剛寫成的詩稿，朗誦給工農群眾聽聽，看看他們是否打瞌睡。……詩要下放，要在勞動群眾中鍛鍊！詩的生命才能茁壯堅實。詩才能成為響亮的戰鬥的號角。……各種流派各種風格的詩，都可以拿到山上、鄉下、街頭、車間去朗誦，去檢驗，只要它的語言是人民大眾的語言（經過提煉），它的內容是歌頌社會主義的內容。否則，否則，那位老師傅還會打瞌睡的。」〔註 141〕我們看到，賃常彬這篇文章在談論詩歌時，其實一直在重複著改組後《星星》的編輯方針，所不斷談論的核心就是「為工農兵服務」、「在勞動群眾中鍛鍊」、「到山上、鄉下、街頭、車間去檢驗」等這樣的時代主題和需要，並由此提煉出了「詩歌下放」這一觀點。當然，我們無法得知賃常彬這篇文章的寫作，是否代表了整個《星星》詩刊的想法，或者是否與作為主編的李累有關。但不管怎樣，「詩歌下放」成為了《星星》詩刊一個重要欄目，《星星》詩刊開始了

〔註 140〕洪子誠、劉登翰：《中國當代新詩史》，北京：北京大學出版社，2010 年，第 108 頁。

〔註 141〕賃常彬：《詩要下放》，《星星》，1958 年，第 2 期。

「詩歌下放」的大討論。但由於 3 月份的《星星》詩刊並沒有沒有及時開展「詩歌下放」的計劃，此時的「詩歌下放」還應該僅為星星編輯賃常彬的個人想法。但文章發表後，就被李累採用並實施，並成為《星星》詩刊的一項重點工作。因此，到了 3 月 7 日，《四川日報》就開始正式報導了星星編輯部關於「詩歌下放」問題舉行筆談的計劃。「『星星』詩刊決定於紅五月印發五萬份詩傳單，把短小精悍的街頭詩送到車間、農業社、商店、學校，讓洋溢著社會主義精神的詩歌投入躍進行列，促進工農業生產大躍進。『星星』編輯部正在廣泛發動詩人和工人、農民中的詩作者就詩歌下放問題舉行筆談。『星星』自第三期起已經進一步密切結合當前的政治任務進行鼓動宣傳，第三期發表的稿件已有 60%是識字的工人、農民看得懂的；念出來，不識字的人也聽得懂。他們將繼續這樣做。」〔註 142〕在這個報導中，首先報導了《星星》詩刊的「詩傳單」行動，然後才報導星星編輯部的「詩歌下放」計劃，進而再談到星星編輯部已經在開始行動，發動詩人和工人、農民中的詩作者來討論「詩歌下放」問題。當然，這還只是《星星》詩刊「詩歌下放」一個宣傳策略，並不是一個具體的時候實施計劃。

在四川省文聯的檔案中，我們看到一份《星星》詩刊與「詩歌下放」有關的文件，具體時間是 3 月 24 日。這份文件比《四川日報》上的消息更為豐富完整，這也是關於星星編輯部有關「詩歌下放」的正式文件：

> 本刊準備大力革新內容，希望在你們的協助下，能夠更好地為工農兵服務。茲送上消息一則，請撥出一定的篇幅予以刊登。
>
> 致
>
> 敬禮
>
> 星星編輯部
>
> 1958 年 3 月 24 日
>
> 消息如下：
>
> （1）「星星」詩刊提倡詩歌下放，使詩歌更好地為工農兵服務。但詩歌該不該下放？怎樣下放？……還有許許多多的問題值得研究、討論。因此，該刊從 4 月號起舉行「詩歌下放筆談」。希望大家踊躍參加筆談（來稿來信在信封注明「筆談」二字）。
>
> （2）該刊決定出版一張「詩傳單」，獻給紅五月。這張「詩傳

〔註 142〕《詩歌「下放」》，《四川日報》，1958 年 3 月 7 日。

> 單」，隨著五月的「星星」詩刊送給讀者，也單獨印發，送到工廠和農村，送到街頭。該刊希望作者們、讀者們，幫助該刊編好這張「詩傳單」，希望大家動手來寫大躍進之歌，工廠大字報上的詩歌，農村流傳的新民歌，也請大家抄給該刊。
>
> 該刊接到不少讀者和投稿者的來信，一致要求：對初學寫詩者，在創作上舉行具體的幫助。因此，該刊準備從 5 月號起，在刊物上開闢「與初學寫詩者談詩」專欄，發表初學寫詩者萌芽狀態的作品或提出的問題，同時刊出分析這些作品或問題的文章，以便鼓勵廣大愛好詩歌與初學寫詩的青年朋友們。〔註 143〕

這份文件，從其性質來說是星星編輯部發給其他報刊的一份宣傳廣告，希望宣傳改組後《星星》詩刊的大變化。雖然這只是一份廣告，但卻讓我們看到了《星星》詩刊在 1958 年發展的思路。第一，開展「詩歌下放」問題的討論。其中涉及到「該不該下放？」和「如何下放？」這兩大問題的筆談討論。第二，是「星星」詩刊要出版、編輯「詩傳單」，希望大家動手來寫「大躍進之歌」。第三，還提到將設置「與初學寫詩者談詩」專欄。《星星》詩刊要為初學寫詩者提供平臺，分析詩歌寫作中的問題，幫助他們成長。我們看到，3 月 24 日的這一消息與 3 月 7 日《四川日報》上的消息，是有一定差別的。首先在順序上，星星編輯部最看重的「詩歌下放」討論，將之排在了消息的第一位，而且還說明了「詩歌下放」要討論的具體問題，以及來稿的要求。但在《四川日報》中，卻將之放在第二位，並只是提了一句要展開「詩歌下放」討論，並沒有補充說明。在談到「詩傳單」的時候，《四川日報》也沒有將約稿的具體要求一同刊登出來。另外，在 3 月 24 日的這個消息中，還重點提到增加了「與初學寫詩者談詩」的專欄，這在《四川日報》中就根本沒有。但回到整個文本，應該說這「兩個版本的消息」都是出自星星編輯部。之所有這樣的不同，應該是星星詩刊編輯部編輯方針的不斷變化所導致。在 3 月初，《星星》詩刊著重考慮的是「詩歌作品」，所以重點宣傳「詩傳單」。到了 3 月下旬，《星星》詩刊則偏重了「詩學理論」，更注重為「大躍進之歌」提供新的理論基礎。因此，他們增加了「與初學寫詩者談詩」這一欄目，也還是為詩歌寫作者提供詩學理論。當然，在實際操作中，從 1958 年 4 月起《星星》詩刊

〔註 143〕《四川省文聯（1952～1965）》，建川 127～208，四川省檔案館。

的編輯方針也是詩歌理論與詩歌作品並重的，既不斷推出討論「詩歌下放」的文章，也繼續編輯出版「詩傳單」。另外，在雁翼在 5 月 7 日給星星編輯部的《對詩歌下放的一點看法》的件中，還提到了在「詩歌下放」問題上《星星》對他個人的邀請，「你們希望我談對貴刊提出的詩歌下放的意見和看法，沒有什麼意見可談，只說些個人的看法吧。」〔註 144〕從雁翼的回信，我們可以看到，《星星》詩刊不僅在《四川日報》上刊登「詩歌下放」廣告，也有針對性地給一些作家、詩人發去了「詩歌下放的邀請函」。所以，既在《四川日報》等刊物上刊登信息，又給一些作家個人發邀請，這讓我們看到，「詩歌下放」成為了此時《星星》詩刊的一個重要工作。總之，經過兩個多月的努力，4 月 1 日的《星星》詩刊，就出現了專門「詩歌下放筆談」專欄，刊出了默之《為詩歌「下放」進一言》、冬昕《誰看？誰聽？》、碎石《讓詩歌活在群眾的口頭上》、工人 景宗富《讀「詩要下放」後》等的 4 篇關於「詩歌下放」討論的文章。《編者按》提到，「我們提倡詩歌下放，使詩歌更好地為工農兵服務。但詩歌該不該下放？怎樣下放？……還有許許多多的問題值得研究、討論。因此，本刊舉行『詩歌下放筆談』，希望大家踴躍參加筆談。」〔註 145〕這個表述與 3 月 24 日《四川日報》的消息，是如出一轍。由此，「詩歌下放」討論就在《星星》詩刊上全面展開了。

在第一批討論「詩歌下放」的文章中，最重要的是探討「下放」的實質。正如默之所說，「詩歌『下放』的含義，不外有兩個方面：一是詩人『下放』；一是作品『下放』。詩人下放也正是為了作品下放，歸結起來只有一條，就是如何更好地使詩歌到群眾中去，也就是如何正確地貫徹『為工農兵服務』的方向問題。……『下放』主要是要求詩人加強勞動鍛鍊，徹底改變思想感情。這是一個帶有根本性質的問題。」〔註 146〕默之的文章，最重要的是點出了「詩歌下放」問題的實質，是兩方面的下放，即「詩人下放」和「作品下放」。所以，在為工農服務，為群眾服務的基礎上，詩人需要「下放」和詩歌需要「下放」，成為了一個不可否認的基本點。也成為了此後所有「詩歌下放」討論的一個前提。在這個前提條件下，最後認為「詩歌下放」問題的討論，就是「詩

〔註 144〕《對詩歌下放的一點看法》，《四川省文聯（1952～1965）》，建川 127～208，四川省檔案館。

〔註 145〕《編者按》，《星星》，1958 年，第 4 期。

〔註 146〕默之：《為詩歌「下放」進一言》，《星星》，1958 年，第 4 期。

人如何下放？」「作品如何下放？」問題的討論，而這也構成了此後整個「詩歌下放」討論的基本格局。而在默之的文章中，他就主要討論了「詩人如何下放」的問題。另外，冬昕認為，「寫給誰看和誰聽，看起來是詩歌方法問題，實際上首先是態度問題，是對工農兵的社會主義文藝方針，是否擁護和擁護的程度的問題。」〔註 147〕他認為，「詩人如何下放」實質上就是解決詩人的態度問題。這與默之的「改造思想」的方法是一致的。這一討論中的另外兩篇文章，也都是在談「作品如何下放」的問題。同樣，碎石提出，「詩的下放，必須出現更多的活在生活裏面，活在廣大群眾口頭的詩歌。」〔註 148〕工人景宗富在《讀「詩要下放」後》中也說，「寫詩，一定要讓廣大的勞動人民看得懂；否則，你的詩的生命就受到威脅！要讓廣大的勞動人民看得懂，首先要求你，要有勞動人民的思想感情和勞動人民的語言，要多多的反映廣大勞動人民的生活和思想。這就要求詩人下來，下到工廠來，下農村來。詩要下放，大概就是要解決這個問題吧。」〔註 149〕他們都一致地看到，「作品如何下放」關鍵在於兩點，一是作品要有廣大人民的思想感情，二是有廣大群眾的語言。如果說在第 4 期《星星》中的「詩歌下放」討論，提出了問題，並規定了討論問題的方向，那麼此後的「詩歌下放」討論，就是在不斷地探討如何解決這些問題。1958 年第 5 期《星星》詩刊的《詩歌下放筆談》，便是在著力解決「作品如何下放的問題」。雖然在第 4 期《星星》中，碎石和景宗富都對「作品如何下放」提出了自己的意見，但並不具有實際操作的針對性和指導性。工人司徒奴則明確了車間、工人是「作品如何下放」問題解決的著力點。而廖代謙則提出，「作品的無產階級思想，工農兵的語言，這兩者是詩歌下放的必須具備的首要條件。」〔註 150〕他認為，在「作品如何下放」中，我們已經有解放區很好的經驗，如街頭詩、詩傳單，以及山歌，我們完全可以學習這些經驗，有章可循。廖代謙關於吸取解放區經驗的想法，也得到了較多的關注。在這一期的另外兩篇文章中，則談到了「作品如何下放」中的語言問題，這將「詩歌下放」討論本身推進了一步，但也帶來了問題。楊雅都說，「從詩歌下放的角度出發，我贊成合轍押韻、字句比較整齊、節奏明快的詩歌，其

〔註 147〕冬昕：《誰看？誰聽？》，《星星》，1958 年，第 4 期。
〔註 148〕碎石：《讓詩歌活在群眾的口頭上》，1958 年，第 4 期。
〔註 149〕工人景宗富：《讀「詩要下放」後》，《星星》，1958 年，第 4 期。
〔註 150〕廖代謙：《詩歌如何才能下放》，《星星》，1958 年，第 5 期。

道理，是它更適合於我國群眾的欣賞習慣。」〔註151〕他實際提出了如何面對「生字怪詞」、「歐化句子」的問題，而認為，要「下放」的作品，就必須押韻，結構整齊。特別他提出的如何面對歐化句子、或者說如果面對外國現代詩歌傳統的問題，引起了更多的爭議。孫曜冬則直接提出，「這裡所說的口語化，是指工農兵的口語，它首先必須是寫工農群眾的事情。也只能用群眾自己的口語，才能來描寫群眾、表現群眾。真正工農兵的語言，是生動的、是形象化的，有些簡直就是好詩。」〔註152〕他認為，口語化，即以工農兵的口語來寫詩，才是好詩。而實際上，這些「詩歌下放」討論，卻也又回到了「古典加民歌」的路子上。

到了1958年的《星星》第6期，關於「詩歌下放」的討論，開始出現了新的局面，不過「詩歌下放」的總體思路並沒有多大的變化。雁翼在《對詩歌下放的一點看法》一文對「詩歌下放」提出了另一種聲音，由此而引發對雁翼的討論或者說批判，便成為了此後「詩歌下放」討論的另外一個起點。而在這一期中，其他三篇「詩歌下放」討論的文章，並沒有更多的新意，更多的是表態的肯定「詩歌下放」。如工人周生高說，「不但『星星』詩刊要多登街頭詩，希望四川、成都日報的文藝副刊也能用一定的篇幅登一些街頭詩，讓詩歌能真正第下放到工農群眾中去，為我們生產大躍進而高歌猛唱。」〔註153〕他提到要多刊街頭詩，但對於如何吸取街頭詩經驗等問題，並沒有展開。工人馬鐵水也一樣，「當一見到《星星》喊出了『詩要下放』的戰鬥口號，自己即感到了非常的高興。當再見到『省委同志搜集民歌民謠』時，自己就更是加倍地欣喜若狂。因為這樣一來，詩歌下放就指日在望了。」〔註154〕他也只是在態度上，歡迎「下放」，歡迎新民歌而已。工人山童也只是在重複地肯定「新民歌」，「凡是讀起來順口易聽、節奏上音韻上鏘鏘有聲，有著一種音樂性質，使人讀後感到意味深長，我就認為是好詩了。有人提倡在古典詩歌和民歌基礎上創造出一種而又非全同於古典詩歌和民歌的新的形式。我作為一個讀者，非常期待詩人們能夠做到這一創舉。」〔註155〕所以，雁翼發出的不同聲音才引人注目。但在「詩歌下放」討論中，儘管刊登了具有不同聲音的

〔註151〕楊雅都：《詩歌下放有感》《星星》，1958年，第5期。
〔註152〕孫曜冬：《詩要寫得口語化》，《星星》，1958年，第5期。
〔註153〕工人周生高：《從街頭詩想起》，《星星》，1958年，第6期。
〔註154〕工人馬鐵水：《我鼓掌歡迎》，《星星》，1958年，第6期頁。
〔註155〕工人山童：《我對詩歌的要求》，《星星》，1958年，第6期。

評論文章，而肯定「詩歌下放」才是《星星》詩刊的主要目的。在第 7 期中，就有韓風、雪梅以詩歌《活活氣死老龍王》、《明秋變成一庫量》為例，提出「這就雄辯的證明了：詩歌必須下放，才能獲得廣大的讀者。」他們還以鍾鏘的《山間寄詩》和顧工的《邂逅在蒼茫的海面》為例說明，「裝腔作勢、故弄玄虛的詩，是不能獲得廣大的讀者的，在群眾中是經不住考驗的。」〔註 156〕工人彭家金則以 1957 年 9 月號《人民文學》上的《沿著鋼鐵大街》一詩為例，進而指出，「『星星』詩刊提倡詩歌下放，作的好，深受工人們歡迎，這才是為工農兵服務、為生產服務、為政治服務的聚義表現，鼓舞著勞動人民向共產主義邁進。」〔註 157〕沈耘比較了一位歌手的《東風壓倒西風》與林如稷的作品，並得出結論，「農民不但懂得詩歌，而且能創作詩歌，特別是創作一些反應當前生產大躍進、具有藝術形象的詩歌。我們有什麼理由不叫『詩歌下放』呢？我們有什麼理由不向農民學習呢？認為只有知識分子才能寫詩或寫詩有什麼神秘的種種迷信，不是也可以破除了嗎？」〔註 158〕他們都從不同的層面，肯定了詩歌下放的合理性，同時也認為只有「下放」才是詩歌發展的唯一出路。

從這裡我們看到，「詩歌下放」從最初的設計到此後的具體操作，其實都是在闡釋「為工農服務」，都是說明「如何為工農服務」。從 1957 年 4 月《星星》詩刊展開討論，到 1957 年第 7 期的討論轉向，每期都發表 4 篇文章，可以說數量是較大的，星星編輯部也是努力在推動的。但在整個討論過程中，多數為表態的文章，而且一部分作者是工人、農民，沒有多大的理論根基，最終也沒有為「詩歌下放」提供出更為有效的理論建構。

二、對雁翼的批判

可以說，如果沒有雁翼文章的出現，「詩歌下放」的討論也許會提前結束。同樣，如果沒有雁翼文章的出現，「詩歌下放」也許不會留下更多的理論思考。在「詩歌下放」討論中，對於雁翼的批判，是一個重要轉折點，讓「詩歌下放」討論進入到了「第二個階段」。雁翼是《星星》詩刊「詩歌下放」討論中首先發出「不同意見」的人，他的文章引發了一系列的連鎖反應，導致「詩歌下放」討論，進而走向了「詩歌下放」批判。但如果回到詩歌理論上，也正是

〔註 156〕韓風、雪梅：《我們歡迎詩歌下放》，《星星》，1958 年，第 7 期。
〔註 157〕工人彭家金：《一點意見》，《星星》，1958 年，第 7 期。
〔註 158〕沈耘：《向農民學詩》，《星星》，1958 年，第 7 期。

因為有了對雁翼的批判，「詩歌下放」問題才得到了縱深的推進。

在 1958 年第 6 期《星星》的《詩歌下放筆談》中，《編者按》提出：「我刊發表了一些關於『詩歌下放』的文章，文章中已經有了不同的意見。這是正常的。我們希望大家展開討論，經過討論，認識一致，有利於詩歌創作更健康的發展。」〔註 159〕如果說《星星》第 4 期的《編者按》是星星編輯部關於「詩歌下放」緣起的說明，那麼第 6 期的《編者按》就是星星編輯部關於「詩歌下放」從建構轉向批判的一個信號。這一期《詩歌下放筆談》共有四篇文章：雁翼《對詩歌下放的一點看法》、工人周生高《從街頭詩想起》、工人馬鐵水《我鼓掌歡迎》。其後，工人山童對雁翼的《對詩歌下放的一點看法》提出了「不同的意見」。但實際上我們看到，在雁翼的文章開篇就肯定「詩歌下放」這一口號的積極性、適時性、戰鬥性，肯定「詩歌下放」是這篇文章的基本觀點，而且文章也是在這個基點上展開的。「『詩歌下放』這一口號的提出是積極的、適時的，是富於戰鬥性的。我反對那種把『詩歌下放』的口號曲解成是對過去詩歌成績的否定。這種說法和看法，實質上是反對『詩歌下放』，反對詩歌為工農兵服務，反對黨的文藝方針。」同樣在結尾中，他也再次強調，「詩歌下放」的正確性，他完全擁護「詩歌下放」觀點，「『詩歌下放』，也正是為了更具體、更好地執行我們黨提出的為工農兵服務的文藝方針的一個更實際的行動口號，如果不是這樣，我是不會擁護它的。」〔註 160〕但在這篇文章中雁翼的「不同意見」在於，第一，他提出了一個「如何看待過去的詩歌」的問題。由於他沒有具體說明「過去的詩歌」到底指什麼，所以「過去的詩歌」可以指古典詩歌，也可以指現代詩歌，當然也就還包括現代派詩歌。由此雁翼提出的「不能否定過去的詩歌」、「承認和肯定過去的詩歌」，以及「過去的詩歌成績是主要的，方向是正確的、明確的，發展也基本是健康的」等等觀點，無疑就包含著極大的危險。第二，他一再肯定「詩歌下放」更重要的是內容而否定「形式」，這實際上是對「古典」、「民歌」的否定，而且特別提出了「自由詩」，這也是對整個「新民歌」運動的否定。雁翼這兩個問題的提出，實際上是非常小心的，而且也是比較隱晦的。然而，即使是這樣的隱晦的表達，卻也引起了爭議。

在 1958 年第 7 期的《星星》的《詩歌下放筆談》中，就發表了兩篇討論

〔註 159〕《詩歌下放筆談．編者按》，《星星》，1958 年，第 6 期。
〔註 160〕雁翼：《對詩歌下放的一點看法》《星星》，1958 年，第 6 期。

雁翼觀點的文章。這兩篇文章，就直接抓住了雁翼文章的核心。沙裹金著重談了雁翼提出的「過去的詩歌」問題，「我不能同意雁翼同志的意見：我覺得雁翼同志的文章中隱約暗示了對自己過去在詩歌創作上的成績是主要的，對於今天所提出的『詩歌下放』『向民歌學習』的口號含有一種消極的、抱怨的情緒，從而對過去詩歌創作上的成績與缺點作出了不全面、不確切的估價。」他首先發現了雁翼談「過去詩歌的成績」，實際上是否定「詩歌下放」，否定「向民歌學習」。更重要的是，在對於「過去詩歌」的態度上，他卻得出了與雁翼完全不同的觀點，他認為「過去詩歌有嚴重的脫離群眾的傾向」。〔註 161〕而悟遲則專門分析了雁翼隱晦曲折的態度問題，並力圖解讀出雁翼的真實觀點，「我反覆讀了幾遍，弄不清詩人雁翼的『實質上』到底是贊成詩歌下放？還是反對詩歌下放？說他在反對，他又反覆提到黨的為工農兵服務的文藝方針，說他是贊成，卻又說了許多相反的原因，……我認為詩歌不是詩人的專利品，因此詩就不僅『是靠詩人的感受』才能『寫出來的』。……我勸一些詩人要放下架子，目前要做普及工作，以後看情形再慢慢去做『提高』工作吧。」〔註 162〕所以，悟遲認為雁翼並沒有真心接受改造，也沒有忘掉自己的詩人身份，並認為他就是反對「詩歌下放」。從而，他從根子上否定了雁翼的觀點。可見，雁翼的文章一發表出來，就受到了極大的關注。

而對雁翼觀點更有力的批判，來自於石火的文章，「誰也沒有否認過去詩歌——雁翼同志指的是『自由詩』的成績（右派分子的污蔑狂吠不算）。雁翼同志這些看法發表在 6 月，對省委在 4 月下旬提出的：『中國詩歌的出路，第一是民歌，第二是古典詩詞歌曲，在這個基礎上發展起來的新詩，可能更為人民群眾所歡迎』沒有提到隻字片語，相反地卻大談其『我是個無產者，為了無產階級的利益我才寫詩，為了保衛無產階級我才寫詩，如果不這樣，我寧願改作其他工作。』『無產者』詩人應不應該向無產者學習？學習民歌，新詩走民歌的道路，創造社會主義的民族的新詩歌，是我們這一代詩人的錦繡前程。」〔註 163〕由於這篇文章是來自《四川日報》，就非常值得我們注意了。在這篇文章中，他首先對雁翼的「自由體」詩上綱上線，認為雁翼認同「自由

〔註 161〕沙裹金：《我不同意雁翼同志的看法》，《星星》，1958 年，第 7 期。

〔註 162〕悟遲：《詩歌，不是詩人的專利品》，《星星》，1958 年，第 7 期。

〔註 163〕石火：《大珠小珠落玉盤——讀「四川民歌選」以後所想到的》，《四川日報》，1958 年 7 月 13 日。

體」詩就是在反對黨提出搜集民歌。石火重點談到了雁翼文章中的「自由體」詩的問題，他以《四川民歌選》為事實依據，將「新民歌」與「自由詩」進行比較，不僅強調了新民歌的優勢，同時也展現了出雁翼的立場問題：「把自己擺在工農群眾之上或者在群眾面前當英雄，把自己的「自由詩」放在群眾創作的民歌之上或比民歌高貴。」正如 1957 年對《吻》、《草木篇》的批判，首先是來自《四川日報》一樣，這篇文章肯定會也引起了星星編輯部的注意。面對著雁翼的「不同意見」，《星星》詩刊的「詩歌下放筆談」欄目，到 1958 年第 8 期變成了《關於詩歌下放問題的爭論》欄目。換句話說，以前關於「詩歌下放」是中性的「筆談」，從這一期開始，成為了帶有傾向性的「爭論」。在這一期「爭論」文章中，有余冀洲《雁翼同志的看法是正確的》、紅百靈《讓多種風格的詩去受檢驗》、韓郁《詩歌下放的真正涵義是什麼》、愚公《詩歌下放是指什麼》四篇相關文章，其中前兩篇是在為雁翼辯護。當然，《星星》詩刊在這時，發表了一組為雁翼辯護的文章，其動因怎樣，我們不得而知。但在一定程度上，發表這兩篇辯護的文章，或許就是星星編輯部對當時轟轟烈烈的「新民歌」運動的一種反思，或許是為了開展更大規模的批判。

雁翼的文章，實際上又引出了紅百靈的反思文章。值得注意的是，在刊登了紅百靈的反思文章之後，《星星》詩刊對雁翼的批判就暫時放緩，而轉向了紅百靈。《星星》詩刊對紅百靈的批判，我們後面再談。我們先來看余冀洲的辯護文章。他首先旗幟鮮明地說，同意雁翼同志的看法，而不同意沙裏金、悟遲同志的看法。進而他對於雁翼所提出的敏感問題，如「自由體」詩、「過去的詩歌」，以及「詩歌形式」，都做了一個全面的回應。「那麼詩歌下放，是否意味著否定了過去的『自由體』的詩歌的成績了呢？不是的。如李季同志的《玉門詩抄》和雁翼同志過去在各個報刊上面發表的一些詩篇，都受到了群眾的好評。因此我們說，過去的『自由體』，的詩歌是有成績的，而且成績是主要的，絕對不像沙裏金同志所說的：『過去詩歌有嚴重的脫離群眾的傾向』。」「詩，它包括各種形式的詩，都可以下放，因為詩是為群眾服務和欣賞的，這就是說只有某種形式的詩才是唯一能夠下放的詩。在這一點上。我也同意雁翼同志的看法：『街頭詩這種短小精悍的形式應當提倡，但也不應當否定其他的形式，街頭詩不是唯一能夠下放的詩。』我反對悟遲同志對雁翼的『街頭詩不是唯一能夠下放的詩』所提出的責難。」當然，他也對雁翼的文章有一定的反思，「我認為，『詩歌下放』是指詩歌的內容，詩歌的形式、詩歌的語言等，都屬於『詩歌下放』的範疇」〔註 164〕可以看出，他不僅充分肯定了雁翼的觀點，而且也是站在另外一個層次上來談論「詩歌下放」的。即他認同「詩歌下放」，但是也認為我們需要用更為寬廣的眼光來看待「詩歌下放」，不能僅僅將「詩歌下放」侷限在某一範圍中。可以說，余冀洲與雁翼並沒有離開「詩歌下放」的核心，而是試圖以更多樣的資源來豐富「詩歌下放」。不過，余冀洲似乎沒有注意到《四川日報》上的批判文章，所以他支持雁翼的觀點，也很快成為了被批判的對象。

然而，余冀洲和紅百靈的辯護文章，並不能阻擋更大範圍的批判。韓郁在《詩歌下放的真正涵義是什麼》中，重申了「詩歌下放」的含義，「詩人和詩的刊物，應該面向工農兵，積極為工農兵服務，才是詩歌下放的真正含義。」〔註 165〕並再次強調了「詩歌下放」的實質，就是面向工農兵，就是要通俗的形式。他強調通俗形式，也從側面批判了雁翼「忽視形式」觀點。愚公直接針對雁翼的觀點，也反對「忽視形式」:「詩歌下放不僅僅是指內容，同時也指形式，從形式到內容的完全來一個徹底的革新，這也就是說，詩歌下放不僅要求內容上能夠反映勞動人民的生活和鬥爭、抒發勞動人民的情感，而且要求採用為群眾所喜聞樂見的形式。」〔註 166〕當然對雁翼的批判並沒有就此結束，而是與紅百靈的問題一起進一步擴大，成為「詩歌下放」的重要事件。在此後，更多的批判指向了紅百靈，但由於雁翼是反對「詩歌下放」始作俑者，所以對他的批判也在持續。1958 年 9 月的《星星》詩刊，就有三篇文章繼續對雁翼展開了批判。冬昕針對雁翼的「過去詩歌」問題說到，「過去的新詩恐怕可以說成績大，但缺點也大，主要表現就是他們並沒有多少傳到工農群眾中去，並沒有真正受到工農勞動群眾的喜愛。」〔註 167〕余音則批判雁翼的「忽視形式」問題，「向民歌和民族傳統學習，我認為主要是讓我們的詩歌更多地具有中國作風和中國氣派，讓我們的詩人寫出為勞動人民所喜聞樂見的作品。」〔註 168〕當然在他們的批判中，也只是在重複以前的觀點而已。石火紅主要是在批判紅百靈觀點，但他提出了另一個重要的觀點，雁翼與紅百靈之間有著密切的關係:「如詩人雁翼同志在為『自由詩』請命於前，紅百靈同志

〔註 164〕余冀洲:《雁翼同志的看法是正確的》,《星星》，1958 年，第 8 期。
〔註 165〕韓郁:《詩歌下放的真正涵義是什麼》,《星星》，1958 年，第 8 期。
〔註 166〕愚公:《詩歌下放是指什麼》,《星星》，1958 年，第 8 期。
〔註 167〕冬昕:《新民歌是共產主義詩歌的萌芽》,《星星》，1958 年，第 9 期。
〔註 168〕余音:《重要的是改變詩風》,《星星》，1958 年，第 9 期。

在為『階梯詩』爭地位，提出要『讓多種風格的詩去受檢』呼籲於後，而其形式都是曲曲折折的。」〔註 169〕所以，此後雁翼、余冀州、紅百靈，都被以「反對詩歌下放」名義，一起困在了繩索上，予以批判。到了十月，由於紅百靈文章的出現，對雁翼批判的文章已經很少了，僅有一篇益庭的《我對詩歌下放的意見》。在論述上，該篇文章也都沒提出更新的觀點，「以上這些都說明了雁翼同志對過去的詩歌形式是留戀的。」〔註 170〕但是，這並不表明對雁翼的批判就銷聲匿跡。繼之而來的是文聯對「詩歌下放」的總結，以及省委宣傳部的總結，以最終完成對雁翼的批判。

在對雁翼的批判過程中，還有評論者又從雁翼的詩歌作品出發，來批判雁翼的理論的。柯崗、安旗等都發表文章，就是從對雁翼的詩歌批判開始，展開對雁翼「詩歌下放」理論的批判。首先是柯崗，他說，「我只是在讀了他的一些作品之後，感覺到從他的創作態度和創作實踐上所反映的問題，倒比他寫出的那點看法更為明確些。他對於詩歌為誰服務的根本問題，並沒有解決，再加上近年來又受了資產階級個人主義的嚴重侵襲，使他一步步走上了『開端就是頂點』的邊緣。……在這裡，我們應該直截了當地忠告雁翼同志，這是一種極其不健康的思想，是政治情緒衰退的具體反映，是紅旗退色的表現。作為一個共產黨員來，這不是一個技術性的錯誤、而是根本性的問題。」〔註 171〕接著是安旗，她也繼續批判了雁翼的文學創作，她說，「讀完雁翼同志的主要作品以後，我們不能不產生這樣的感慨：從 1955 年到 1958 年，曾幾何時，那種剛健樸素的風格就已經消失殆盡；代之而起的是什麼呢？是一些虛無縹緲的東西越來越多，美化了的個人主義越來越多，陳腐的洋腔洋調越來越多，甚至在一些作品中已經成為雁翼同志創作的主要特點了。……問題的實質是很清楚的，雁翼同志在如何前進一步、如何提高一步問題的面前，離開了黨的方針，迷失了正確的方向，作了資產階級文藝思想的俘虜。」〔註 172〕安旗從雁翼的文學創作入手，從側面展開了對雁翼文學理論的批判。同樣，1958 年 12 期《星星》的「工農兵談詩」一欄中，也還有工人彭家金提到，「我不喜歡詩人雁翼發表在《星星》七月號的兩首詩。不喜歡，倒不是他選

〔註 169〕石火紅：《漫談〈讓多種風格的詩去受檢驗〉》，《星星》，1958 年，第 9 期。
〔註 170〕益庭：《我對詩歌下放的意見》，《星星》，1958 年，第 10 期。
〔註 171〕柯崗：《還是為誰服務的問題——關於學習民歌及對雁翼同志創作傾向的意見》，《紅岩》，1958 年，第 9 期。
〔註 172〕安旗：《雁翼同志怎樣走上了歧路》，《紅岩》，1958 年，第 12 期。

擇的題材不好，而是寫的太枯燥，乾巴巴，讀起來像喝白開水。」〔註 173〕他在文中，對雁翼的兩首詩歌展開了批判，認為他的詩要麼題材不好、要麼晦澀。這批判表面上與批判雁翼肯定「過去詩歌」的理論無關，但實際上，可以說或是對此前批判雁翼詩歌理論的一種肯定。也正是這樣一種批判，將詩學批判與詩歌批判結合起來，構成了對雁翼的完整批判。

當然，「詩歌下放」討論的最高峰，是星星編輯部的批判總結大會。在 10 月 11 日，由星星編輯部召開的一次「擴大座談會」上，雁翼和紅百靈是被批判的主角。對於雁翼，《四川日報》記載，「專業詩作者雁翼、川大中文系學生紅百靈在參加『星星』詩刊討論『詩歌下放』問題的時候，從文章和座談中，對詩歌問題提出了許多值得商榷的原則性問題。在 6 月號『星星』上，雁翼同志在『我對詩歌下放的一點看法』中，除說詩歌下放，首先要詩人下放，去同勞動人民結合，大家認為是正確的論點外，其他的論點都是需要研究的。雁翼一方面提出詩歌的形式是個無關緊要的問題，主張凡是『讀能讀懂、聽能聽懂』的詩歌，都應往下放，一方面卻千方百計抬高『自由詩』的身價，籠統地認為『過去的詩歌』『方向是正確的、明確的，發展也是基本上健康的』。雁翼的文章發表後，成都的余冀洲寫了一篇題為『雁翼同志的看法是正確的』文章，拍手叫好。」〔註 174〕最後，針對雁翼的問題，李亞群在這次擴大座談會上總結說，「我看，首先表示不同意見的是雁翼同志。……雁翼同志說自己『是一個無產者』，紅百靈今天的發言首先聲明自己『是農民的兒子』，這些多餘的聲明，目的無非是要辯解自己並無資產階級的文藝思想，其實這是不能說服人的，因為我們不是唯成份論者。據我看，一個文藝工作者對待勞動人民及其作品，特別是對今天的新民歌的態度如何，卻可有力的說明他有無資產階級的思想。」〔註 175〕由此，李亞群的發言，實際上就成為了對雁翼批判的最終總結。

三、對紅百靈的批判

雁翼的文章是《星星》「詩歌下放」討論的一個轉折點，而紅百靈的文章則使《星星》詩刊「詩歌下放」討論達到頂峰。從 1958 年 6 月的《星星》詩

〔註 173〕工人 彭家金：《對詩人雁翼的意見》，《星星》，1958 年，第 12 期。

〔註 174〕《走民族民間的道路 堅持詩歌發展方向 「星星」詩刊討論「詩歌下放」問題雁翼等的錯誤意見受到批判》，《四川日報》，1958 年 11 月 9 日。

〔註 175〕李亞群：《我對詩歌道路問題的意見》，《四川日報》，1958 年 11 月 9 日。

刊發表雁翼的《我對詩歌下放的一點看法》後，「詩歌下放」進入到了第二個階段，即「詩歌下放」的「批判階段」。《星星》第 8 期紅百靈的《讓多種風格的詩去受檢驗》發表後，更加劇了對「詩歌下放」中「反對詩歌下放」聲音的批判，這可以說是《星星》詩刊「詩歌下放」討論的「第三階段」。我們先來看紅百靈的文章，內容簡短：

> 我們的詩歌要下放，要下工廠農村去參加社會主義建設，為廣大工農大眾服務，這是我們詩歌事業的一個大躍進。我們要學習民間的歌手，用人民自己的聲音來歌唱，像今天的「躍進山歌」和工廠歌謠就是人民自己的最好的歌聲，產生新國風的已在我們勞動的轟響中到來了。詩人們應該大步地走去參加人民的合唱隊。但是，是不是叫詩人們千口一致地唱一個調子的民歌呢？是不是叫詩人們的原來跳動著時代脈搏的各種風格都不要了呢，在百花齊放的今天，誰也不能過早地下這道命令。詩歌下放，除了多用民歌體唱給人民外，還必需詩人仍帶著自己風格的詩去受大眾的檢驗。不一定在形式上死套民歌，像民歌一樣樸實優美的用語簡明、韻調和諧、形象生動、氣魄宏偉的他種風格的詩，也同樣是人民需要的、歡迎的。
>
> 馬雅可夫斯基是用詩歌參加蘇維埃建設、忠心地為人民服務的典型。幾十年前，詩人在工人中朗誦《好》中「槍，在我手中，列寧，在我們腦中。」的當兒，一個工人馬上一下子站起來說：「馬雅可夫斯基同志，還有你的詩在我們心中。」看吧，蘇聯的工人不是喜愛馬雅可夫斯基的帶著濃厚的民歌風味的詩嗎？但這位擂鼓詩人——被斯大林稱為蘇維埃最優秀的詩人——的詩不是和列寧的形象一起閃在人們的心中麼！
>
> 有人說這種階梯詩不合中國人口味，但這可能是少數人的看法，我和周圍的青年朋友們是喜歡它們的。這種詩是強烈的政治抒情詩，是響亮的戰鼓，它號召我們去投入火熱的鬥爭生活。郭小川同志學習馬雅可夫斯基是正確的，無論在語言上、形象上都得到青年們的喜愛。在很多集會上，都有人在朗誦他的《向困難進軍》等詩。當然除了這種階梯式的詩外，多種風格的凡是充滿生活激情的詩都是大家歡迎的。為了表達我們大建設生活的磅礴的思想感情，

有的人在用潮水一樣洶湧的詩句來歌唱，這是適合時代的要求的。可是，目前卻有人在鞭著這些待人的脊樑！比如說很費勁才讀完朱子奇同志的《我高唱共產主義勝利進行曲》等等，理由是句子長。但到底是不是這樣的呢？我們年輕人讀這些詩時卻很有勁，按「頓數」抑揚頓挫地讀下去，並不覓得念不斷句。我們對蔡其矯、朱子奇等人的熱情的詩句都喜愛。

各種風格的詩都有它們廣大的讀者。在今天詩歌下放的時候，出來優美的民歌外，應該把各種風格的詩帶到群眾中去受檢驗。讓詩人們像馬雅可夫斯基一樣，帶著自己的詩去受大眾檢閱吧。〔註 176〕

我們看到，如果說此前雁翼、余冀州的文章，在起點上還是贊同「新民歌」，並試圖為「新民歌」尋找更多的資源的話，那麼紅百靈的文章，就是直接「反對新民歌」、「反對詩歌下放」。在他的表述中，對於「新民歌」紅百靈在文章中，左一個「千口一致地唱一個調子」，右一個在「形式上死套民歌」，完全反對新民歌，並提出「要有他種風格的詩」。具體而言，紅白靈還重點提到了馬雅可夫斯基「階梯詩」，以及蔡其矯、朱子奇的詩都受到群眾的喜愛。只有接受了大眾檢閱的詩歌，也就是大眾喜歡的詩歌，才是真正的詩歌下放。所以紅白靈認為，詩歌需要百花齊放，詩歌需要多種風格。正是因為紅百靈態度鮮明地反對新民歌，激烈的否定新民歌，所以他也就比觀點模糊的雁翼，受到更多的關注。

出現紅百靈這樣激烈地反對新民歌的文章，是《星星》詩刊「詩歌下放」討論所期待的，當然這類文章的出現也是極為危險的。緊接著《星星》詩刊第 9 期，就發表了針對紅百靈的「一個調子的民歌」「不一定在形式上死套民歌」觀點的商討文章：「對民歌的看法如何？現在看來，大家都在說新民歌好，是不是也有認為新民歌不好的？實際上是有的。」〔註 177〕在文章中，冬昕就以新民歌的成就，來否定紅百靈的觀點。但這篇文章還限於理論探討，關注的是到底新民歌好與不好的問題。而在石火紅的《漫談〈讓多種風格的詩去受檢驗〉》中，就直接將紅百靈的觀點定性為「資產階級思想」，這就造成了整個「詩歌下放」討論的變質，「如詩人雁翼同志在為『自由詩』請命於前，

〔註 176〕紅百靈：《讓多種風格的詩去受檢驗》，《星星》，1958 年，第 8 期。
〔註 177〕冬昕：《新民歌是共產主義詩歌的萌芽》，《星星》，1958 年，第 9 期。

紅百靈同志在為『階梯詩』爭地位，提出要『讓多種風格的詩去受檢』呼籲於後，而其形式都是曲曲折折的。……輕視民歌是輕視勞動群眾的具體表現，是一種資產階級思想的反映。」〔註 178〕石火紅的文章，首先將對「新民歌」質疑的雁翼與紅百靈捆綁在一起。特別是在對紅百靈觀點展開批判的時候，站在群眾的制高點上，語氣強硬地說到，「群眾是不答應的」、「是一種資產階級思想的反映」等，將「詩歌下放」討論，最終變成了思想問題、政治問題。

但是，激烈反對新民歌的紅百靈，似乎沒有注意到「反對詩歌下放」問題的嚴重性。雖然他不可能看到下一期上的石火紅的文章，但是他應該是看到了此前《星星》詩刊對雁翼的持續批判以及《四川日報》上的批判文章。實際上，紅百靈卻絲毫沒有注意到這些，而他卻緊急地就在《星星》詩刊第 9 期又發表了一篇補充性的第二篇文章《我對詩歌下放的補充意見》。問題是，他的這篇文章，不僅沒有過濾掉他第一篇文章《讓多種風格的詩去受檢驗》中的反對新民歌的激烈姿態，反而還以更加激進的姿態，批判「新民歌」的諸種缺點。雖然提首先到，「民歌有不少優點，將為我們的新民歌供給豐富的養份，在我們當代的詩歌改造和建設上將發揮大的作用。」但實際上提出的觀點是，「把目前的民歌看成是我國當代不可逾越的詩的頂峰是不能成立的。……那些把我們今天的詩歌事業看成只有唱好民歌才是唯一的路徑，把唱好民歌就認為是達到了詩的最高峰的『一元論』，不能不說是理由太不充足了呵！」然後，他就重點論述了新民歌的缺點，在內容上「不能有更大的容量」，「思想、境界、面積是限度的」；在語言上「不合語言的自然律」、「生硬」，「不順口也不順耳」。「然而我們的民歌還是有其欠缺之處，不可忽視。為了發揮它唱的本能，不得不編得短小、句子齊整、韻律嚴，才易記易唱。但正由於這，使它不能有更大的容量，其思想、境界、面積是限度的。……而且，有些民歌為了押韻、句子匀整，使詩句反顯得不合語言的自然律、生硬，聽來讀來倒恰是不順口也不順耳的。……這一切都影響詩歌的流傳面積和年代，對我們目前語言規範化也是有損的。」最後得出兩個結論，「詩人們的詩要下群眾中去受檢驗，民歌也要在詩人們的幫助下加工提高——改造，各種能反映時代生活的詩歌就再沒有進博物館的危險了。」同時紅白靈還提出，「至於說句子長就是歐化，也是值的討論的。我們說要歐化，是指詩句的形象和用語有西歐外洋氣派；而句長句短是以詩人感情的律動為標準的，時代

〔註 178〕石火紅：《漫談〈讓多種風格的詩去受檢驗〉》，《星星》，1958 年，第 9 期。

的大事件需要詩人用潮水似的長句子歌唱，這是時代的要求。馬雅可夫斯基初期的詩，人謂不習慣，但後來人民熱愛它們。蔡其矯、朱子奇等同志的詩，只要下去改造，和民歌與其他詩歌一樣，是會成為我們社會主義現實主義詩歌大森林的大榕樹的。」〔註 179〕我們看到，儘管紅百靈的文章得出兩個結論，但在整個行文、論述中，他並沒有論述「詩人們的詩要下群眾中去受檢驗」，而側重論述的是第二觀點，即「民歌也要在詩人們的幫助下加工提高——改造」。由此，他真正的觀點就是「讓詩歌回到詩人」，也再次否定了「新民歌」的「詩歌下放」。為此，他在論述中多次提到馬雅可夫斯基、蔡其矯、朱子奇等詩人，並認為「詩歌下放」只有將「詩人」作為詩歌寫作的基礎，「讓新民歌回到詩人」，才能真正實現「詩歌下放」。這便成為了紅百靈的「詩歌下放」理論，即新民歌需要「向詩人學習」、「向藝術學習」。

而在發表紅百靈《我對詩歌下放的補充意見》的同一期《星星》詩刊，也發表了黎本初的文章，再次重申了「詩歌下放」的基本觀點，並提出「我認為這次討論中，雁翼同志以及和他有類似看法的同志的意見是錯誤的。其實質正是反對詩歌下放和省委這個《通知》中關於詩歌出路的提法的。」〔註 180〕黎本初文章，旗幟鮮明地提出「新民歌」發展的方向是「向群眾學習」、「向民間的民族傳統學習」，這恰好是與紅百靈的文章針鋒相對的。所以《星星》詩刊在這一期同時刊登紅百靈和黎本初的文章，也是有深意的。因此，在《星星》1958 年第 10 期中，紅百靈的文章就成為了被集中批判的對象，將此前的「詩歌下放」討論推向了最高點。在這一期「關於詩歌下放問題的爭論」欄目中，有五篇文章：愚公《必須向民歌學習》、工人小曉《我的看法》、碎石《不要對民歌百般挑剔》、傅世悌《對〈我對詩歌下放的補充意見〉的意見》、益庭《我對詩歌下放的意見》。其中有三篇是對紅百靈展開批判的文章。首先，愚公認為，「近幾年整理出版的《阿詩瑪》、《百鳥衣》等，不就是較大型的民歌嗎？李季的《王貴與李香香》、柯仲平的《邊區自衛軍》和《平漢工人破壞大隊》、阮章竟的《漳河水》等，不都是運用民歌形式寫出的巨型詩篇嗎？誰說容量不大，其思想、境界、面積有限度呢？」「要弄清楚『人民』指的是誰？如果『人民』是指工農兵，而不是指資產階級知識分子，那麼，毫無疑問，人民是不喜歡歐化的自由詩的。」「對蔡其矯和朱子奇同志的詩作，我不能作出

〔註 179〕紅百靈：《我對詩歌下放的補充意見》，《星星》，1958 年，第 9 期。
〔註 180〕黎本初：《論詩歌下放和詩的出路》，《星星》，1958 年，第 9 期。

評價；但是，我敢說人民並不愛他們的作品。」〔註181〕碎石得出結論，「很明顯，紅百靈對中國詩的出路的看法和主張，是在為自由詩爭地盤；不服氣向勞動人民的創作學習，企圖以知識分子的文藝觀點去改造勞動人民的詩歌。」〔註182〕進而，在愚公的《必須向民歌學習》、碎石的《不要對民歌百般挑剔》的基礎上，傅世悌則是對紅百靈文章予以定性，認為其是「貫穿著對社會主義時代的新民歌的虛無主義，對於所謂『各種風格的詩』瞎吹亂捧的資產階級態度。……我們的民歌不需要紅百靈這種『改造』。這裡很明顯，要改造的倒不是民歌，而是紅百靈的資產階級文藝思想。」〔註183〕在1958年第10期《星星》中，值得注意的是還有另外兩篇文章，一篇是批判雁翼的，前面已經提到是對雁翼批判的延續。另外一篇文章是工人小曉的《我的看法》，雖然是以「工人」身份，卻提出了與主流觀點不同的「新民歌需要形式」這一觀點，「我認為形式根本就不會影響詩歌下放。……詩人們，是作者不管你使用那一種形式，只要為工農服務，為社會主義建設服務，我們會拍手歡迎的。我們建議詩人們、詩作者，站在工農的行列裏用不同的風格放聲高唱吧！用形式束縛住脖子唱歌是不好聽的。」〔註184〕有意思的是，工人小曉對多種形式的歡迎，也是對新民歌「向民歌學習」的否定。更重要的是，作者小曉以「工人」的身份出現，這就很有意思了。在這個時候再次發表「質疑新民歌」的聲音，也許是《星星》詩刊辦刊的一種策略，試圖進一步擴大「詩歌下放」討論，以引出更多的爭論。但這種策略在有效的同時，當然也就存在著更大的政治風險。

不過，《星星》第10期以後，《星星》詩刊上對紅百靈的批判就停止了，而進入到了「詩歌下放」的「總結階段」。但從對紅百靈的批判來看，既然紅百靈文章的問題如此嚴重，而且在《星星》第10期才剛剛開始開展對紅百靈的批判，又為何突然就戛然而止，不持續進行論爭或者說批判呢？我個人認為，由毛澤東提出的「古典加民歌」的文藝思想和詩歌道路，這本身就是不容討論的。而《星星》詩刊「詩歌下放」的這種討論本身，就是一個悖論，就是在質疑「古典加民歌」，質疑「詩歌下放」。而且從這次對雁翼、余冀州、紅

〔註181〕愚公：《必須向民歌學習》，《星星》，1958年，第10期。

〔註182〕碎石：《不要對民歌百般挑剔》，《星星》，1958年，第10期。

〔註183〕傅世悌：《對〈我對詩歌下放的補充意見〉的意見》，《星星》，1958年，第10期。

〔註184〕工人小曉：《我的看法》，《星星》，1958年，第10期。

百靈的批判來說，我們看到由雁翼的文章引起了余冀州的認同，進而又引出了紅百靈的質疑等一連串反思。因此，如果再繼續討論，或許還會有更多的否定的觀點出來。所以，如何繼續討論，《星星》詩刊不刊登反對「詩歌下放」的意見，「詩歌下放」進一步討論的空間不大。反之，如果《星星》詩刊繼續刊登「反對詩歌下放」的意見，又是對「詩歌下放」意見的一種否定。這種悖論，或許是李累主編《星星》詩刊，展開「詩歌下放」討論始料未及的。由此，在《星星》詩刊「詩歌下放」討論中，及時對雁翼、余冀州、紅百靈的「總結性批判」，勢在必行。

四、「詩歌下放」座談會

我們看到，在 1958 年 10 月 1 日的《星星》詩刊對紅百靈的集中批判中，其實也留下了「詩歌下放」進一步繼續探討的空間，也並沒有看到「詩歌下放」討論有收尾總結的跡象。但在 10 月 9 日，即 1958 年第 10 期《星星》詩刊出刊後第 8 天，星星編輯部就突然著手總結大會，即召開「擴大座談會」了。我們先來看這次「擴大座談會」的通知：

> 同志
>
> 關於詩歌下放問題的討論，我刊已經進行了 9 個月，特別是對於詩歌的出路問題，有了針鋒相對的意見。因此，我刊決定召開一次擴大座談會，會上請省委宣傳部副部長李亞群同志發言，與會同志也請準備意見，參加討論。
>
> 時間：10 月 11 日（星期 6）午後 2 時
>
> 地點：布後街 2 號省文聯禮堂
>
> 星星編輯部
>
> 10 月 9 日〔註 185〕

按照這個通知，我們看到星星編輯部決定召開「擴大座談會」有兩個原因，第一是「詩歌下放」的討論，已經有 9 個月了，需要有總結。第二，對於新詩的出路，出現了針鋒相對的意見。由此我們看到，決定召開這樣一次「擴大座談會」，最重要的原因，就是「有針鋒相對的意見」，特別出現了雁翼、紅百靈的「發對詩歌下放」的文章。另外還值得注意的是，通知還專門提到了「請」省委宣傳部副部長李亞群發言。如果從通知來看，是星星詩刊編

〔註 185〕《四川省文聯（1952～1965）》，建川 127～208，四川省檔案館。

輯部「請李亞群發言」。那麼，星星編輯部如何「請」的呢？從實際上看，應該是李亞群要主動發言。換句話說召開這次「擴大座談會」，就是省委宣傳部副部長李亞群決定、并安排召開的一次總結大會。第一，從《星星》詩刊自身來看，在《星星》第10期對紅百靈文章的批判過程中，星星編輯部還刊發了「工人小曉」的否定民歌形式的文章，有著進一步展開「詩歌下放」討論的想法，所以，《星星》詩刊是不可能主動召開這樣一次總結大會。第二，從通知的口吻來看，雖然落款是「星星」編輯部，但要召開一次擴大座談會，而且要求「與會同志也請準備意見，參加討論」，這種可能性不大。雖然我們沒有看到參加「擴大座談會」的具體名單，但根據《星星》的《關於詩歌下放問題座談會的報導》報導，「十月十一日，本刊編輯部邀請成都市詩歌作者和文學教學單位一部分教師、同學，座談『詩歌下放』問題，參加座談會的共有兩百多人。」〔註186〕我們看到，這是一次規模極大的「擴大座談會」，如果沒有省文聯的支持、沒有省委宣傳部的同意，會議要召開是不可能的，而且星星編輯部也是「決定」不了的。在雁翼文章《對詩歌下放的一點看法》發表後不久，《四川日報》就發表石火批判雁翼的文章。我們也不知道「石火」到底是誰，但他的觀點肯定也引起了省委宣傳部主管文藝的副部長李亞群的注意。當然這也不能排除，「石火」就是李亞群的化名。正如在1957年1月14日，李亞群化名「春生」，在《四川日報》上發表了《百花齊放與死鼠亂拋》，對《星星》創刊號上《吻》展開批判一樣，此時他又一次化名為「石火」，在《四川日報》上展開了對雁翼的批判。正如他在《我對詩歌下放問題的意見》中所說：「關於詩歌下放問題的爭論文章，在《星星》詩刊上發表的，我都看了，但研究得不夠。現在談談個人的意見。我今天要談的，不按問題的輕重、大小為順序，而以這次爭論的發展過程為順序。」〔註187〕他一直關注這「詩歌下放」討論的發展方向，便化名「石火」，試圖以文章來扭轉雁翼等的觀點。但此後紅百靈的文章，卻有著更加激烈的否定觀點。因此，李亞群決定召開這樣一次總結會議，就是必然的了。於是，他在總結大會上作了《我對詩歌下放問題的意見》的發言，同時刊登於《星星》詩刊和《四川日報》。所以，李亞群肯定是全程關注著「詩歌下放」討論的發展的。當然，「石火」是否是李亞群的化名，我們還不能肯定。但從這份通知我們可以看到，這次「擴大

〔註186〕本刊記者：《關於詩歌下放問題座談會的報導》，《星星》，1958年，第11期。
〔註187〕李亞群：《我對詩歌下放問題的意見》，《星星》，1958年，第11期。

座談會」的召開，省委宣傳部是最重要的發起者。

在這份通知後，還附上了《關於詩歌下放問題的討論資料》，提供了相關文章的全文。討論資料的文章標題抄錄如下：《中共四川省委通知各地大量搜集和發表民歌民謠豐富群眾的文藝生活，並為新詩發展攝取養料》、雁翼《對詩歌下放的一點看法》、沙裏金《我不同意雁翼同志的看法》、悟遲《詩歌，不是詩人的專利品》、韓風雪梅《我們歡迎詩歌下放》、工人彭家金《一點意見》、沈耘《向農民學詩》、石火《大珠小珠落玉盤——讀「四川民歌選」以後所想到的》〔註 188〕。由於相關文章我們在論述中已經列出，這裡就只抄錄了文章的標題。通知首先以四川省委關於收集民歌民謠的通知為理論基礎，作為選錄文章的第一篇。然而奇怪的是，這裡僅僅選錄了與雁翼有關的文章，並沒有紅百靈的文章。不過，另外附錄的《詩歌下放問題爭論的要點》，就有紅百靈的文章，並詳細地總結歸納了「詩歌下放」中「爭論」的各種觀點，或者說是與「詩歌下放」針鋒相對的觀點：

詩歌下放問題爭論的要點

（一）對過去詩歌的估價

1. 我們過去的詩歌成績是主要的，方向是正確的，明確的，發展也是基本健康的；但仍有某些脫離群眾的傾向。

2. 對過去詩歌成績的否定，實質上是反對「詩歌下放」。

3.「詩歌下放」的積極性，不僅首先承認和肯定過去詩歌的成績，而且為了更好的，更積極的發展這種成績。（以上意見雁翼：「對詩歌下放的一點看法」），星星，6 月號）

4. 過去的「自由體」的詩歌是有成績的，而且成績是主要的，絕對不像沙裏金同志所說的：「過去詩歌有嚴重脫離群眾的傾向。」

5. 句子十分冗長，不過是過去詩歌的缺點之一，是占著次要地位的，而過去詩歌的優點還是占著主要地位的。（以上見沙裏金《我不同意雁翼同志的看法》，星星 7 月號；余冀州《雁翼同志的看法是正確的》，星星 8 月號。）

（二）對新民歌的看法

1. 在「百花齊放」的今天，不能叫詩人們千口一致地唱一個調

〔註 188〕《關於詩歌下放問題的討論資料》，《四川省文聯（1952～1965）》，建川 127～208，四川省檔案館。

子的民歌。(以上見紅百靈《讓多種風格的詩去受檢驗》星星 8 月號)

2. 認為民歌達到了詩歌的最高峰，是「一元論」的說法，理由太不充分。

3. 民歌有缺點，要在詩人們幫助下好好改造一下才行。

4. 像《和平最強音》(石方禹) 這樣的思想深刻、形象具體，感情奔放的巨型詩篇，民歌體的詩是辦不到的。

5. 民歌的句子短小齊整，韻律嚴，限制了詩的思想境界，如《天上沒有玉皇》這首民歌就是一個顯著的例子。

6. 民歌為了押韻，句子勻整，反而使詩句生硬，不和語言的自然律，讀不順口，聽不順耳。(以上見紅百靈《我對詩歌下放的意見》，見 9 月號)

(三) 關於詩的內容和形式

1.「詩歌下放」主要是指詩歌的思想內容，至於形式，他只是表現思想內容的一種手段。

2. 街頭詩不是唯一能都下放的詩，其他形式如自由詩之類，還同樣可以下放。

3. 提倡詩歌的下放，除了思想內容是主要的外，應當提倡讀能讀懂，聽能聽懂。(以上見雁翼《對詩歌下放的一點看法》，星星 6 月號)

4. 詩，它包括各種形式的詩，都可以下放，因為詩是為群眾服務和欣賞的，這就不能說只有某種形式的詩才是唯一能都下放的詩。(以上見余冀州《雁翼同志的看法是正確的》，星星 8 月號)

5. 各種風格的詩都有廣大的讀者。不一定在形式上死套民歌。

6. 說「階梯詩」不符合中國人的口味，可能是少數人的看法，青年人都喜愛它。

7. 用長句子來表達建設生活，是適合時代的要求的，如朱子奇、蔡其矯等同志的詩，年輕人都喜愛。

8. 好的「洋腔」要接受。句子長不一定是歐化，所謂歐化指詩句的形象和用語有西歐派洋氣派。(以上見紅百靈《我對詩歌下放的意見》，星星 9 月號。)〔註 189〕

〔註 189〕《詩歌下放問題爭論的要點》，《四川省文聯(1952～1965)》，建川 127～208，四川省檔案館。

我們看到，這裡集中選取了雁翼、余冀州、紅百靈三人「質疑詩歌下放」的觀點，這些觀點主要是發表在《星星》詩刊第 6～9 期上。但這裡卻完全沒有提及紅百靈發表在第 10 期上的《我對詩歌下放的補充意見》，從這裡可以看出，這次座談會應該是在 9 月份開始組織的。這份資料主要是歸納了過去「詩歌下放」討論中出現三個方面的問題：對過去詩歌的估價、對新民歌的看法、詩的內容與形式。而在「肯定過去詩歌的成績」方面，主要是選取雁翼的觀點；在「否定新民歌的價值」方面，主要是選取紅百靈的觀點；在「反對形式下放」方面，是雁翼和紅百靈的共同觀點。這些與「詩歌下放」針鋒相對的觀點，為這次「擴大座談會」提供了基本的批判方向。10 月 11 日，座談會如期召開。《星星》詩刊和《四川日報》均報導了這次會議，但兩篇報導內容完全不一樣。11 月 1 日第 11 期《星星》詩刊，對這次會議的情況作了如實報導，「十一日，本刊編輯部邀請成都市詩歌作者和文學教學單位一部分教師、同學，座談『詩歌下放』問題，參加座談會的共有兩百多人。會上譚萬貞、華忱之、李永年等同志，對雁翼、紅百靈的看法提出了不同的意見，並予以批評。紅百靈同志也作了長篇發言，修正了過去的某些觀點，並作了聲明；但仍然堅持了他原來總的看法，「可是他在修正自己對民歌的看法時，仍然對新民歌評頭論足，吹毛求疵，認為是『牧童、農叟的竹笛單響』，『思想境界的面積有限』，『不合漢語語法的規範』，民歌形式不足以反映當前宏偉、澎湃的大事件。」值得注意的是，報導中還提到「座談中，中共四川省委宣傳部副部長李亞群同志，就爭論的問題作了發言（全文另發）。」〔註 190〕在《星星》詩刊上的這篇報導中，並沒有詳解介紹座談會的參會人員情況，也沒有介紹這座談會的議程。從報導來看，對雁翼、紅百靈的批判，是這次座談會的主題。不過，這篇報導也沒有記錄下譚萬貞、華忱之、李永年等具體的批判觀點，只重點記錄了紅百靈的自我批判。可見，在《星星》詩刊看來，紅百靈才是整個「詩歌下放」討論的一個關鍵人物。由此，這篇報導以紅百靈的自我批判，來進一步肯定《星星》詩刊「詩歌下放」的合理性。李亞群的發言文章全文刊登，不僅是對這次座談會的總結，也是對整個「詩歌下放」討論的總結。

但《四川日報》與《星星》詩刊的報導就完全不一樣了。11 月 9 日的《四川日報》上的這篇報導，則主要是梳理了這次「擴大座談會」的背景，而對於這次座談會本身的情況，涉及很少。「『星星』自今年 2 月起，開展了關於『詩

〔註 190〕本刊記者：《關於詩歌下放問題座談會的報導》，《星星》，1958 年，第 11 期。

歌下放』問題的討論。九個多月來，參加討論的有工人、學生、教師、專業和業餘的詩歌作者。先後發表了三十來篇文章，各抒己見，充分論爭。自省委發出了關於搜集民歌、民謠的通知後，絕大多數的文藝工作者覺得黨給詩歌提出了一條廣闊的道路，因而衷心擁護。但同時也產生了一些不同的意見。專業詩作者雁翼、川大中文系學生紅百靈在參加『星星』詩刊討論『詩歌下放』問題的時候，從文章和座談中，對詩歌問題提出了許多值得商榷的原則性問題。在 6 月號『星星』上，雁翼同志在『我對詩歌下放的一點看法』中，除說詩歌下放，首先要詩人下放，去同勞動人民結合，大家認為是正確的論點外，其他的論點都是需要研究的。……雁翼、紅百靈及其支持者的意見發表後，引起了四川文藝界的極大重視，紛紛參加討論，批判他們的錯誤意見。到了 6 月以後，這個討論就達到了高潮。10 月 11 日由『星星』詩刊編輯部召集的座談會，參加者達二百餘人。中共四川省委宣傳部副部長李亞群在會上發了言（全文另發）。李亞群同志這篇文章在 11 月號『星星』詩刊發表後，『星星』詩刊的編者加了按語。按語說：『我們完全同意李亞群同志的意見。今後有新的意見，本刊繼續刊登』。」〔註 191〕《四川日報》對「詩歌下放」討論的梳理，實際上也是對整個「詩歌下放」討論發展的基本脈絡的重新梳理。首先可以肯定的事情是，從 2 月份開始的「詩歌下放」討論是由《星星》詩刊主動展開的一次討論。而 4 月份四川省委所發出的搜集民歌、民謠的通知，除了受到毛澤東在「成都會議」上講話的影響之外，也在一定程度與《星星》詩刊自身「詩歌下放」辦刊思路有關。因此，《星星》詩刊「詩歌下放」的討論，也得到了省委宣傳部的支持。但由於雁翼、紅百靈在討論中的「原則性錯誤」，引起了省委宣傳部的高度重視，所以才有了最後的「擴大座談會」對「詩歌下放」進行總結。在這裡除了提到雁翼肯定過去詩歌的成績之外，《四川日報》也與《星星》詩刊一樣，重點剖析了紅百靈三篇文章的觀點。這裡所說的紅百靈「三次文章和意見」，除了《讓多種風格的詩去受檢驗》、《我對詩歌下放的意見》之外，再包括紅百靈在 10 月 11 日上的自我批判發言。由於沒有資料，我們不能完整地瞭解到這次發言的內容。而從《星星》的報導記錄來看，主要還是紅白靈的自我批判。

這次會議，以李亞群的總結文章而結束。李亞群的發言，首先以《我對

〔註 191〕《走民族民間的道路　堅持詩歌發展方向　「星星」詩刊討論「詩歌下放」問題雁翼等的錯誤意見受到批判》，《四川日報》，158 年 11 月 9 日。

詩歌下放問題的意見》為題刊登在《星星》1958 年 11 期上。在李亞群的文章前，還有一個《編者按》，「為了詩歌更好地為工農兵服務，為了正確認識詩歌的出路問題，《星星》開闢的『關於詩歌下放問題的爭論』專欄，已歷時 9 月。爭論中，涉及到一系列爭論問題，並有針鋒相對的意見，在本刊編輯部召集的座談會上，李亞群同志的發言，針對討論的問題作了論述。我們完全同意李亞群同志的意見。文內的插題，是我們加上的。今後如有新的意見，本刊繼續刊登。」〔註 192〕這裡所說的「插題」，應該是文章中的小標題。在《星星》詩刊上發表此文，也應該是由於省委宣傳部的特別安排，目的是先在《星星》詩刊上發表，然後才便於《四川日報》的轉載。於是不久後，這篇《我對詩歌下放問題的意見》便更名為《我對詩歌道路問題的意見》發表於 11 月 9 日的《四川日報》上，進而該文還被 1958 年第 12 期的《紅岩》轉載。而且在《紅岩》上的這篇文章前也有「編者按」，「關於學習新民歌、建立新詩風問題，本刊自八月號起即在刊物上展開了討論，大家就這一問題發表了自己的意見。我們認為這個討論是有收穫的。10 月 11 日，《星星》詩刊在成都召開了一個座談會，會上，李亞群同志就《星星》展開的『詩歌下放』問題的爭論作了發言，闡明了一個根本性的問題。我們認為李亞群同志的發言，對於過去的一些爭論及今後問題的進一步討論都是有很大意義的，故轉載在這裡。今後，關於如何向新民歌及中國古典詩詞傳統學習，並在這個基礎上建立共產主義內容和民族形式的新詩及革命的現實主義和革命的浪漫主義相結合等問題，還望大家繼續發表意見。」〔註 193〕在這篇文章的開頭，李亞群首先談到了他文章的寫作背景，「關於詩歌下放問題的爭論文章，在《星星》詩刊上發表的，我都看了，但研究得不夠。現在談談個人的意見。我今天要談的，不按問題的輕重、大小為順序，而以這次爭論的發展過程為順序。」這篇文章的主題，包括六大部分：「詩歌形式問題」、「五四以來的詩歌評價問題」、「誰是主流的問題」、「民歌侷限性問題」、「學習外國改造民歌的問題」，以及「民歌藝術性不強的問題」。由此可以說，這篇文章不僅是對《星星》詩刊「詩歌下放」爭論中出現的問題的全面總結，也是對新民歌的全面肯定的文章。李亞群在第一部分《形式問題的爭論，還是一個誰跟誰走的問題》中提到，「這問題從表面上看來，好像是單純的文藝理論問題，其實還是有關文藝方

〔註 192〕《編者按》，《我對詩歌下放問題的意見》，《星星》，1958 年，第 11 期。
〔註 193〕《編者按》，《紅岩》，1958 年，第 12 期。

針的問題，亦即願不願為工農兵服務的問題，也是誰跟誰走的問題。」在第二部分《「五四」以來的詩歌應該怎樣評價》他認為，「我們估價『五四』以來的新詩的成績，從歷史觀點來看，那時是民主革命時代，主要是以郭沫若為代表的、充滿了民主革命的激情的新詩。……另一方面，毛主席『在延安文藝座談會上的講話』發表前後，革命根據地的紅軍戰士們，創作了許多的槍桿詩、快板詩；以及專業詩人們寫的『王貴與李香香』、『邊區自衛軍』等作品。……其中有些作品，雖然是知識分子寫的，但他們是革命的知識分子，從創作傾向說，他們還沒有完全與勞動人民相結合；但是，是逐漸與勞動人民更加接近了。我們肯定的是這些詩歌，特別是革命根據地的詩歌。至於如像李金髮等的詩，以及胡風信徒們的詩，不僅內容完全是資產階級的一套，形式也是『翻譯體』。他們毫不考慮中國詩的民族、民間的傳統，硬搬外國的東西。要說『濫流』，我以為這類的所謂自由詩就是濫流，而且在詩壇上濫得相當廣泛。雁翼同志不加區別地、含糊地肯定自由詩的成績，這是不能使人同意的。」第三部分是《關於誰是主流之爭，實質上是知識分子要在詩歌戰線上爭正統、爭領導權的問題》，李亞群提出，「紅百靈推舉的自由詩的標兵，都是脫離民族、民間傳統基礎的東西。」在第四部分《說新民歌「有侷限性、容量不大」是沒有道理的》中提到，「民歌有侷限性、容量不大，不能寫史詩的說法，不僅這裡有，別處也有。關於這個問題，我的看法完全不同。」第五部分《關於學習外國詩歌和所謂「改造」民歌的問題》提出，「要不要向外國詩歌學習？我想，一個有出息的中國人，決不會閉關自守，不敢與外國的東西接觸，排斥一切外來的東西，更不應完全丟掉自己的傳統，卑躬屈膝地仰仗、奉承外國的一切東西。……我們不妄自尊大，也不妄自菲薄，要尊重自己，也尊重別人。否定自己，把自己的一腳踢開，完全硬搬外國的，外國的就是好的，這是半殖民地思想的殘餘。」第六部分《關於新民歌藝術性強不強的問題》說，「我奉勸那些認為新民歌『不過是一些標語口號』的人們，擔心新民歌缺乏藝術性，或藝術性不強的人們，最好到實際中去多看看。單是多看還不行，還必須從自己感情深處去多多的對比一下，特別是寫詩的人，把自己的產品，從思想感情的深度上，從藝術概括能力的強弱上，好好地跟新民歌對比一下。看誰比誰強。」〔註 194〕《四川日報》注明「本文原載 11 月號『星星』詩刊，本報發表時，作者在個別地方又作了補正」。但實際上《四川

〔註 194〕李亞群：《我對詩歌道路問題的意見》，《四川日報》。1958 年 11 月 9 日。

日報》上文章對《星星》詩刊上發表的文章，除了文章標題之外，其他地方並沒有補正。在文章末尾有這樣一個說明，也正是省委為了以「補正」的名義，來隱藏轉載文章的真正目的。我們看到，《四川日報》轉載後，主要是在標題上作了改動，將「詩歌下放」改為了「詩歌道路問題」。但是在這標題小小的變動，就帶有明顯的傾向性。在《四川日報》上用「詩歌道路」一詞，就符合省委宣傳部對「詩歌下放」討論的定性，認為「詩歌下放」問題的首先是原則性、立場性的問題。

另外，在《星星》詩刊所發表的《我對詩歌下放問題的意見》原文，從《編者按》看是沒有章節小標題的，小標題是《星星》詩刊編輯部加上去的。李亞群的發言中，其核心觀點就集中在這些小標題上，如：關於形式問題的論爭，還是一個誰跟誰走的問題；關於誰是主流之爭，實質上是知識分子要在詩歌戰線上爭正統、爭領導權的問題；新民歌「有侷限性、容量不大」的問題。當然，面對李亞群的觀點，我們會認為他站在省委宣傳部的位置，提倡「詩歌下放」，認同「新民歌」的觀點有著非常強烈的意識形態性。但與此同時，擁護「詩歌下放」，其實本身就是一種時代的共同聲音，「從上面的簡略的敘述看來、雁冀同志和紅百靈同志的論點是有共同之處，也有差異的。共同之處是他們都肯定自由持，都認為各種不同形式的詩都能『下放』。差異是雁翼同志並沒有像紅百靈同志那樣貶抑民歌。從上面的簡略的敘述看來，雖然這個爭論中的某些問題還可以進一步討論，在批評和反對的意見集中的三個問題上，雁翼和紅百靈同志的論點的確是有錯誤的。雁翼同志是對新詩的弱點估計不足，對新詩的形式問題的重要性也估計不足，而紅百靈同志對於民歌的貶抑，更應該受到批判和反對。」〔註 195〕何其芳也認為雁翼、紅百靈的觀點是錯誤的，對他們的批判也是應該的。特別是在另外一份關於「詩歌下放」的一組統計數據的檔案中，我們看到擁護「詩歌下放」也是大多數人的觀點：

詩歌下放問題〔註 196〕

	擁護的	其中已用
工人	14	7
農民	2	
兵	2	

〔註 195〕何其芳：《再談詩歌形式問題》，《文學評論》，1959 年，第 2 期。
〔註 196〕《四川省文聯（1952～1965）》，建川 127～208，四川省檔案館。

學生	13	
幹部	14	2
教師	5	
不明成份	28	19
	70	28

	反對的	其中已用
工人	0	1
學生	2	2
幹部	4	1
不明成份的	3	
專業作者	1	1
	9	5
共來稿來信	79	
共刊用	33	

從這份統計數據看，《星星》在「詩歌下放」討論中，總共來稿 79 篇文章，其中擁護詩歌下放的文章 70 篇，占 89%，而反對文章總計 9 篇，僅占 11%。所以《詩刊》編輯部後來在編輯《新詩歌的發展問題》的討論集時，對這期間的討論所作的一個「編輯說明」，就指出了關於這個問題的討論的一個「特點」:「雖說意見還不一致，但參加討論者，大都主張新詩應有格律，新詩應在民歌和古典詩歌的基礎上來發展。對這兩個問題，還沒有聽到分歧意見。」〔註 197〕這份文件沒有標出時間，但這份文件放在 10 月 11 日的「擴大座談會」通知後，所以這個「詩歌下放」的統計數據應該是與這次會議的召開有關。由於沒有具體的事實依據，所以我們可以質疑這份數據的真實性。不過，從另外一個方面來看，這也可以作為理解當時「詩歌下放」問題一個重要參照。是否認同「詩歌下放」，這並不僅僅是一個詩學問題，更是政治問題。所以，在這組統計數據中，有這麼多擁護和支持「詩歌下放」的文章，這不僅是完全可以理解的，而且也應該是非常真實的。由此，隨著四川省文聯和四川省委宣傳部的總結大會的結束，對雁翼、紅百靈的批判也就隨之結束，

〔註 197〕《編輯說明》,《新詩歌的發展問題》，第四集，《詩刊》編輯部編，北京：作家出版社，1961 年。

「詩歌下放」討論也就此結束。此後，《星星》詩刊開展了「詩歌道路」問題的討論，開始了「開一代詩風」的建設工作。

五、批判中的雁翼

對雁翼的批判，是因為他在 1958 年第 6 期《星星》上發表了《對詩歌下放的一點看法》，提出了對於「詩歌下放」的不同意見。然而對雁翼的批判，一發而不可收拾。此後三個月，幾乎每月都有三篇討論雁翼的文章：7 月《星星》上有沙裏金的《我不同意雁翼同志的看法》、悟遲的《詩歌，不是詩人的專利品》，以及石火紅發表在《四川日報》的文章《大珠小珠落玉盤——讀「四川民歌選」以後所想到的》；8 月《星星》上有余冀洲的《雁翼同志的看法是正確的》、韓郁的《詩歌下放的真正涵義是什麼》、愚公的《詩歌下放是指什麼》三篇文章；9 月《星星》有冬昕的《新民歌是共產主義詩歌的萌芽》、石火紅的《漫談〈讓多種風格的詩去受檢驗〉》、余音的《重要的是改變詩風》三篇文章；10 月的《星星》還有益庭的《我對詩歌下放的意見》；11 月星星編輯部在擴大座談會上對雁翼的集中大批判；12 月份的《星星》也還有工人彭家金的《對詩人雁翼的意見》，批判雁翼的詩歌……可以說，在「詩歌下放」中，對雁翼的批判，是四川文藝界的一件大事。

那麼，對雁翼的這次批判到底因何而起？我們看到，五十年代的雁翼，在四川詩壇上，可以說是一位極為引人注目的詩人。雁翼有著革命經歷，他是新中國自己培養起來的詩人。在《詩刊》對雁翼的介紹中，就重點記載了他的革命經歷：「雁翼同志，原名顏洪林，1927 年 6 月 4 口出生，河北省館陶縣人，1942 年 15 歲時正式參加八路軍，同年加入中國共產黨。在抗日戰爭和解放戰爭中三次受傷致殘。先後參加了淮海、渡江等重大戰役，受到多次嘉獎。1953 年轉業到地方。歷任冀魯豫九團警衛員、偵察員，西南鐵路工程局文工團團長，重慶作協專業作家，峨眉電影製片廠專業編劇。重慶市第二、三屆人大代表，四川省第五、六屆人大代表。……1946 年開始創作文學作品，其作品後收錄於《勝利的紅星》詩集。1949 年開始發表作品。1956 年加入中國作家協會。……雁翼同志的作品貼近人民，關注祖國和人類命運，閃爍著時代精神的光芒。」〔註 198〕在五十年代，雁翼更是一位創作豐富的詩人。出版了多部詩集，如《大巴山的早晨》（詩集）（重慶人民出版社，1955 年）、《在

〔註 198〕《著名詩人雁翼同志逝世》，《詩刊（下半月刊）》，2009 年，第 12 期。

雲彩上面》（詩集）（中國青年出版社，1956 年）、《外孫的生日》（劇本）（通俗 1956 年）、《森林的雷管》（偵探小說）（四川人民出版社，1956 年）、《勝利的紅星》（詩集）（作家出版社，1957 年）、《黑山之歌》（詩集）（長江文藝出版社，1957 年）、《紅百合花》（詩集）（新文藝出版社，1958 年）、《金色的鳳凰》（詩集）（長江文藝出版社，1958 年）、《唱給地球》（詩集）（上海文藝出版社，1958 年）、《黃河帆影》（詩集）（長江文藝出版社，1958 年）等，邵燕祥也曾在《文藝報》發文給予了相當的讚譽，「你現有的寫寶成（鐵）路的詩卻也證明了一點：社會主義建設——社會主義建設者的題材範圍是十分廣闊的。」〔註 199〕洪鐘也曾對雁翼作品進過了全面的研究，「他的詩篇是帶著勞動人民淳樸的感情，帶著生活的熱情，炭墨畫似的描繪了人民為祖國而忘我勞動的詩篇。他的詩篇把讀者帶到（熱血）沸騰的寶成鐵路工地，帶到為古代多少詩人所詠贊過的古戰場和古代的交通要道中去，讓人們體察到人民今天改造大自然的豪邁精神，讓人們領會到建設社會主義的生活中詩的境界。」〔註 200〕因此，雁翼不僅出席了全國青年文學創作者會議，並在返回成都後，還作為代表傳達會議精神，「返回成都的代表於 22 日上午在省人民委員會禮堂向成都市的部分業餘青年文學寫作者和有關的文學藝術部門的工作幹部傳達了全國青年文學創作者會議的精神和內容。出席全國青年文學創作者會議的四川省代表、青年作者李累、文辛、雁翼 3 人分別傳達了周恩來總理『關於培養和擴大文藝界的新生力量』的報告；傳達了大會中關於堅持業餘創作、發展業餘創作、擴大文藝隊伍，青年文學創作者的修養和創作問題等報告。」〔註 201〕另外，也值得注意的是，在《星星》詩刊創刊時在批判流沙河的時候，雁翼的作品還作為政治上正確的代表被專門提出，「人們如果把『星星』創刊號上另一首雁翼的『白楊』拿來與『草木篇』中的『白楊』對照一下，那就更不能不提出這樣的問題了。……同樣是寫白楊的抒情詩，同樣是抒情，為什麼雁翼所抒之情是喜悅之情，是歌頌新社會之情，而流沙河所抒之情卻是悲哀之情，是不滿現實之情呢？」〔註 202〕

〔註 199〕邵燕祥：《致雁翼——評雁翼的詩集〈大巴山的早晨〉等》，《文藝報》，1956 年，第 17 期。

〔註 200〕洪鐘：《雁翼的詩》，《紅岩》，1957 年，第 4 期。

〔註 201〕《本省出席全國青年文學創作者會議的代表在成都進行傳達》，《四川日報》，1956 年 4 月 24 日。

〔註 202〕何小蓉：《「草木篇」抒發了個人主義之情》，《四川日報》，1957 年 2 月 9 日。

既然雁翼是這樣一位創作豐富，又在政治上正確的詩人，他為什麼會在「詩歌下放」的時候，發表出不同的意見呢？1959 年雁翼在《對新詩歌發展的幾點看法》中，首次敘述了此事，「去年四月份《星星》詩刊來信要我就『詩歌下放』問題寫點文章，或談談周圍同志對『詩歌下放』的反映。我當時就『擠』出了一點時間，把我所遇到的、聽到的、想到的，寫了兩封短信告訴了《星星》，一封是談『詩歌下放』的，經過《星星》刪改後發表了（我當時曾提出一、最好不改，二、改了，最好不發。他們沒有接受）。另一封是談向新民歌學習的，因給《紅岩》也寫了一篇類似的短文，（見《紅岩》58 年 6 月號），故又寫信通知《星星》也不發表。」〔註 203〕在這份敘述中，我們看到，雁翼寫「詩歌下放」方面文章，有這樣幾個值得注意的事情：第一，雁翼說他寫「詩歌下放」文章，並非主動，而是由於《星星》詩刊的來信約稿，所以才寫的。第二，他同時寫了兩封「短信」。一篇談「新民歌」發在《星星》，即《我對詩歌下放的一點看法》；另一篇是談新民歌的，因在《紅岩》上發了一篇類似的短文，所以就要求《星星》不發。第三，他談了最重要的一點，他的這篇文章正是《星星》詩刊刪改後才發表的。為此他特別提到，「我當時曾提出一、最好不改，二、改了，最好不發。他們沒有接受。」換句話說，雁翼認為，他的這篇文章，不僅有《星星》詩刊的約稿在先，而且還有《星星》詩刊的刪改在後。所以，雁翼認為，他文章出現問題，《星星》詩刊應該也要承擔責任。

此後 90 年代，雁翼在《囚徒手記》中《苦難多真話》的兩個地方再次記錄了這件事，補充了與 1959 年記錄中有差異的一些細節。第一處，雁翼回憶了對他批判的整個過程，他說，「那是一九五八年，我給《星星》詩刊一位詩人寫了一封私人信，對『詩歌下放』問題的看法提出了不同的意見，誰能料到，那封信不經過我同意就發表了。幸虧我恰去成都，見了大樣，要求不要發表，但主持人說為了討論的需要非要發表不可，我又提出要發表就全文發表，不要刪節。權在人家手裏，不聽，不僅發表了，還加了編者按語，要大家展開討論，這不是故意整人嗎？我就給那位詩人寫了長信罵這件事，但那封長信又落到了主持人的手裏。於是由李亞群副部長帶頭，在全四川對我展開了大批判；說我是反對毛澤東主席關於新詩發展要以民歌和古典詩歌為基礎的批示。並說我『妄圖和無產階級爭奪領導權！』勒令我寫出檢討，我拒絕

〔註 203〕雁翼：《對新詩歌發展的幾點看法》，《紅岩》，1959 年，第 5 期。

了！因此給了我處分，下放到工廠勞動改造。在這種情況下，四川還能呆嗎？就要求回家鄉工作，中宣部也同意。但李亞群副部長已發現對我批錯了，他究竟詩人氣質重，知錯就改，主動給我平反認錯，要我不要離開四川。」〔註 204〕在這一次，雁翼認為在「詩歌下放」討論中發表他的文章，是《星星》詩刊在「故意整人」。他敘述的最重要的變化是，將他在 1959 年文章中所說的《星星》對他的約稿遺漏，同時將約稿後他寫去的兩篇「短信」，說成了「給《星星》詩刊一位詩人寫了一封私信」。將「約稿短信」變成了「私信」，這使得《星星》詩刊對他的這次批判變得更為複雜。另外雁翼還說到一個問題，《星星》詩刊沒有經過他的同意就將文章刊登了。雁翼在這裡也特別強調，他的信是《星星》詩刊在刪改後才發表的。並且還指出，《星星》詩刊之所以發表他的文章，就是為了「討論」的需要，而且還在發表的時候增加了「編者按」，所以他認為這是《星星》詩刊在「故意整人」，而且雁翼也補充了《星星》詩刊「故意整人」的細節。同時，雁翼還提到由於文章已經刊發了，他寫信去罵了這位詩人。雁翼提到的這封「長信」，也是一個關鍵問題，特別是引起主持人（這裡應該是指李累）的注意，由此才引發了以後的批判。不過在 1959 年的文章中，雁翼並沒有提到這封「長信」。進而雁翼認為，正是由於這封「長信」，四川文藝界才對他展開了大批判。在這篇文章中，雁翼還記錄在文革期間他與李亞群的對話，也就再次證實了《星星》詩刊「故意整人」的細節。「他也笑了，笑得有些孩子氣：『向你實說吧，那次批判你，我也有私心雜念，你的那封給《星星》××人的信，寫的不是時候，毛主席剛在金牛壩批示了新詩要向民歌和古典詩詞學習，剛批示了要收集民歌民謠，你的信就來了，有人說你是反對毛主席批示的。』我插話道：『我根本不知道毛主席的批示。』『是呀，後來我知道你沒有看到批示。我要不批你，人家會寫小報告告我，事情會鬧大。』他又孩子似的笑了。我知道他所說的『人家』指的是誰：『他們好像很聽你的話哩！連你也敢告！？』他咯咯地笑出了聲：『你這個人只會寫詩，政治上的事一竅不通，政治上的鬥爭，那真是你死我活一點情面也不講嘞。』聽了他的這些背景情況的講述，我似乎明白了許多事，更覺得自己太簡單了，當時他賠禮道歉時不該批評他那樣凶。『不過你那封長信也把人家罵得太那個了。』『那信你也看見了？』『要我批你，還能不叫我看！』『可是，

〔註 204〕雁翼：《苦難多真話》，《囚徒手記》，安徽：花山文藝出版社，2000 年，第 236 頁。

我都是寫給私人的信，把我的信交上去，也太不夠朋友了。』『你還是太傻，政治鬥爭，哪還有什麼朋友？』他見我也陷入思索，又說：『「我還有一個錯，不該只聽一面之辭，應當把你叫來，當面聽聽你的意見，掌握的真實情況多一些，就不會那樣處理了。』『我還是十年前的那句話，錯不在你，在那些彙報假情況的人身上。』『不，在聽彙報的人身上。人家要整一個人，當然只彙報要整的那一面，所以當領導的最容易辦壞事情的是偏聽偏信。』」〔註 205〕雁翼這裡提到的「他」，是李亞群。在雁翼的回憶中，李亞群提到了討論「詩歌下放」的「信」，即「你的那封給《星星》××人的信」。不過這裡表述也比較模糊，並沒有說清楚是「約稿信」還是「私信」，也沒有說是一封還是兩封。在雁翼看來，李亞群不僅看過「長信」，並且看的正是雁翼寫給一位詩人那一封私信。另外，在雁翼的回憶中，他還專門強調了是那位詩人打了小報告，說「有人說你是反對毛主席批示的」，這更讓我們看到了他的受害者形象。

綜合來看，關於對雁翼的批判，在雁翼自己兩次敘述中是有很大不同的，當然也是由於不同的環境造成的。雁翼的第一次敘述，是 1959 年記錄，距離批判事件發生的時間近，也是在大批判之後的表態性發言，所以他更多的是為自己的錯誤辯護。雁翼的第二次敘述是在 90 年代，由於時過境遷，雁翼的這次回憶則突出了自己的「被害者形象」，突出自己是政治的犧牲品。但如果回過頭來，我們還是可以澄清「雁翼批判」背後的一些事實。那麼，到底雁翼的文章是「約稿信」還是「私信」？《星星》詩刊有沒有「故意整人」呢？在李累的一份《關於雁翼的原稿及處理情況》的檔案中，專門回答了在「雁翼批判」中雁翼提出的問題，讓我們看到了「雁翼批判」的另外一種版本的歷史：

關於雁翼的原稿及處理情況

（一）我們找出了 1958 年 5 月份雁翼的原稿，即《對詩歌下放的一點看法》一文。從原稿看，可以說明，這不是「信」，這不是我們隨便把雁翼的一封「信」發表了；而是一篇稿件。這稿件，確實是用「信」的形式寫的。

（二）我們刪去了頭尾。這頭尾，今天看來，還是廢話。不過是表明作者自己是忙人而已。

〔註 205〕雁翼：《苦難多真話》，《囚徒手記》，安徽：花山文藝出版社，2000 年，第 239～240 頁。

（三）這篇稿件，作者從來沒有寫信要求退回。僅僅在我們看了清樣，打了紙型之文，雁翼因別的事情來到成都，當時傅仇曾向雁翼說明編輯部在處理時刪去頭尾，雁翼聽了很不滿意，曾要求恢復頭尾，不能恢復即要求不發表。傅仇很不瞭解，為了紙型，實在不便處理。至今我們還不能判斷：究竟是因為頭尾損傷文章原意呢，還是詩人的文章一字不能更改？

這篇文章，是 5 月 7 日寫的。從雁翼 7 月 4 日的信看，他當時應未由於刪去了頭尾生了很大的氣，因為在 7 月 4 日的來信裏寄出了第二篇文章，即《關於學習民歌的一點看法》。

（四）在爭論展開之後，在雁翼的第一篇文章受到批評之後，他確實來信要求退回第二篇文章，即《關於學習民歌的一點看法》。這篇文章，我們尊重作者的意見退了，這是必須說明的情況。因為雁翼要求把來信退回來第二篇文章的情況，現在說成是要求退回第一篇文章；我們退回了他的第二篇文章，他現在又隻字未提。他這麼一說，我們就感到事實不明，難辨是非了。這個情況，可以從他在 7 月 4 日的來信裏，得到充分的說明。從 7 月 4 日信中的一句話：「我覺得，上次我當面給您說的想法和看法是對理了。」也可以說明，我談到的第三次情況，而不是來信索稿。

（五）從 7 月 4 日的來信，所以「人為的爭吵和無謂的抗辯」以及「我不準備參加這一所謂的討論」，可以看出雁翼自己對詩歌問題的討論及編輯部的態度。

（六）查明省委搜集民歌民謠的通知，是 1958.4.20 日，雁翼的文章是 1958.5.7 日。

送上原稿原件三件，請閱信保存或退還我們。

李累 1961.7.8〔註 206〕

對於李累為何在 1961 年 7 月 8 日撰寫的這份《關於雁翼的原稿及處理情況》文件，我們不得而知。但從文章可以看出，這與雁翼因為受到了批判，要求查清事件真相是有關係的。所以，這份文件，應該是李累向文聯黨組的彙報材料。在這份文件中，李累分要點說了「雁翼批判」的一些事實：第一，雁

〔註 206〕《關於雁翼的原稿及處理情況》，《四川省文聯（1952～1965）》，建川 127～208，四川省檔案館。

翼的文章，是稿件，是用「信」的形式寫成的稿件；第二，雁翼的文章有刪改，但刪改僅為「刪去頭尾」的技術處理，而絲毫不涉及文章內容；第三，雁翼曾要求退回文章，但所要求退回的文章是第二篇文章，並非受批判的《對詩歌下放的一點看法》這篇文章。而且在信中，雁翼自己也認為對他的批判是「人為的爭吵」，並沒有提及《星星》「故意整人」。更為重要的是，在此前後雁翼給《星星》詩刊寫的三封信，在李累的《關於雁翼的原稿及處理情況》中，都附上原件。但在李累的附信中，卻並沒有雁翼與李亞群在文革談話中提到的那封「長信」。是否有這封長信，或者說是李累故意隱瞞，我們也不得而知。

值得注意的是，在這份處理情況後面，所附的三封信，都是雁翼的手筆原件，均寫在「中國作家協會重慶分會」的稿紙上。第一封的落款時間是 1958 年 5 月 7 日，雁翼給《星星》詩刊，而不是寫給個人「信」，標題便是《對詩歌下放的一點看法》：

對詩歌下放的一點看法

雁翼

星星：

信早讀過了。因忙，遲到今天才回信，請諒。

你們希望我談對貴刊提出的詩歌下放的意見和看法，沒有什麼意見可談，只說些個人的看法吧。【筆者注：在檔案中，以上文字均用紅筆劃掉】

……【筆者注：此處為雁翼《我對詩歌下放的一點看法》的正文，與《星星》上正式發表的文章完全相同。】

因忙，雜雜亂亂的寫了這麼多，不見得對，請指正。至於學習民歌的民謠的問題，因馬上開會，這裡就不寫了，下封信再專門寫出我的看法。

好了，不寫了。

敬禮。

祝你們更好的執行詩歌下放的口號。

雁翼 5.7.

【筆者注：在檔案中，以上文字以上均用紅筆劃掉】〔註 207〕

〔註 207〕《對詩歌下放的一點看法》，《四川省文聯（1952～1965）》，建川 127～208，四川省檔案館。

這裡雁翼的第一封信，我們將正文《對詩歌下放的一點看法》的內容省略了。信中的開頭和結尾部分，在檔案中均被星星編輯部用紅筆劃掉，這就是雁翼和李累所共同關注的「刪改」。我們看到，雁翼的《對詩歌下放的一點看法》，確實是由於《星星》詩刊「希望我談對貴刊提出的詩歌下放的意見和看法」的約稿而寫。但這雖然是一封「信」，但從內容來看，更應該是一封稿件。這封信的抬頭，並不是寫給個人的，而是寫給「星星」。而且在信的開頭、結尾多用「你們」這樣的表述。可以說，這是一封投稿信，而不是「私信」。而且，從刪改的內容來看，也確實沒有影響信的主要內容。接著，6 月 4 日雁翼的第二封信，則是給《星星》執行編輯傅仇寫了「私信」，內容很短：

傅仇：

向民歌學習的文章寫了，因忙，擠時間寫的，沒有考慮，有錯誤之處請批評。

印出了兩本小冊子，另寄去，請指教。

敬禮

代向李累等問好

雁翼

6.4〔註 208〕

在雁翼的這第二封信中，主要內容是向傅仇再寄去了「向民歌學習」的文章，也就是《關於學習民歌的一點看法》這篇文章。但這份文件中，沒有《關於學習民歌的一點看法》這篇文章的附件。雁翼在這封信中還補充了一點，說自己出版了兩本小冊子（兩本書），表示將給傅仇寄去。這是雁翼響應《星星》詩刊「希望我談對貴刊提出的詩歌下放的意見和看法」所寫的第二篇文章。由於《星星》詩刊第 6 期剛發出雁翼的文章之後，雁翼按照原來的約定，再次寄去了討論「詩歌下放」的文章。因此，也就完全沒有涉及到第一篇文章的問題。雖說是「私信」，其實也並沒有涉及到個人問題。同樣這裡還表明，雁翼與李累關係還比較好。7 月 4 日的雁翼第三封信，也是寫給傅仇的「私信」：

傅仇同志：

星星七月號收到了，謝謝。

上封信說的要寄的一篇文章（第三封信）「關於詩的形式和我的

〔註 208〕《四川省文聯（1952～1965）》，建川 127～208，四川省檔案館。

教訓」看樣子不需再寄了，同時也因工作老忙，沒有時間寄，請你原諒這一改變。

寄去的第二封信「關於學習民歌的一點看法」，請能寄回，因為第三封信不寄了，第二封信沒有發表的必要了。況且，第二封信說的事在紅岩七月號上一篇小文已經說了。請能同意我的意見。

另：第一封信的原稿和一、二封信附給你和他人的信也請求你能幫助找出寄回，我想重新看一看，以便反省和修正自己。

請您千萬不要誤會，這不會有其他的動機。當然讀了七月號悟遲的文章是有點不□□，這也是理所當然的。我覺得，上次我當面給您說的想法和看法是不對的。

人為的爭吵和無謂的抗辯，都是不利於黨的文藝動作的。我不準備參加這一所謂的討論。

好了，敬禮。

祝你和文□好

雁翼

7.4〔註 209〕

在這第三封信中，雁翼因為收到了七月號《星星》，也就是看到了這期《星星》上沙裏金《我不同意雁翼同志的看法》和悟遲《詩歌，不是詩人的專利品》對他的批判文章，所以雁翼說他的第三篇文章「關於詩的形式和我的教訓」不能寄來。這表明，雁翼一直在《星星》詩刊「希望我談對貴刊提出的詩歌下放的意見和看法」的約稿下，寫下了第三篇文章。然而，由於這期《星星》詩刊上發表了兩篇批判他的文章，引起了雁翼的警惕，於是在這封信中，他要求索回第一封信及稿件《對詩歌下放的一點看法》，第二封信及稿件《關於學習民歌的一點看法》。並特別說明了這第三篇文章不寄的原因，是因為在《紅岩》上發表了類似觀點第二篇文章，所以不能在《星星》上繼續發表了。但實際上，正是由於《星星》7 月號中兩篇的激烈的批判文章，讓雁翼感到壓力。所以，他要求撤回文章，同時要求索回所有的稿件。

總之，依據這三封信件，我們可以得出以下結論：首先，雁翼之所以寫「詩歌下放」的文章，是因為有《星星》詩刊「希望我談對貴刊提出的詩歌下放的意見和看法」的約稿。我們知道，《星星》詩刊發起的「詩歌下放」的討

〔註 209〕《四川省文聯（1952～1965）》，建川 127～208，四川省檔案館。

論，不僅在《四川日報》上刊登了宣傳廣告，而且還有針對性的對一些作家發出了邀請函。雁翼，便是被邀請參加「詩歌下放」討論的作者之一。這些被邀請參加「詩歌下放」討論的作者，他們寫了些怎樣的文章，我們不得而知。但雁翼對這次邀請是非常看重，不僅積極參加，還寫出了連續性討論「詩歌下放」的《對詩歌下放的一點看法》、《關於學習民歌的一點看法》，以及《關於詩的形式和我的教訓》等篇文章。但第一篇文章剛一發出，就引起了激烈爭論或者反對。於是雁翼向《星星》詩刊去信，要求索回前篇文章，不再發表第三篇文章。其次，關於《星星》詩刊刪改《對詩歌下放的一點看法》問題。從雁翼信件的原稿來看，星星編輯部確實是對這篇文章做了刪改。而雁翼這篇文章本身也是很奇怪的，一方面他在信中加入了正標題《對詩歌下放的一點看法》，另一方面他又在正文中以書信的形式體現。如果這是一篇完整的文章，就需要去掉書信的格式和內容；但如果這是一篇書信的話，就應該將標題改為「給《星星》詩刊的一封公開信」。星星編輯部按照一篇文章的格式，作了刪頭去尾的處理，也算是比較合理的。但「刪去頭尾」也正是問題的焦點所在：在李累的記述中，雁翼看到了刪改後的文章清樣，不同意刪頭去尾。李累在報告中說，雁翼因別的事情來到成都，具體時間不詳，當時傅仇曾向雁翼說明編輯部在處理時刪去頭尾，但雁翼聽了很不滿意，曾要求恢復頭尾，不能恢復即要求不發表。這表明：第一，傅仇已將刪改文章的事情告知了雁翼；第二，雁翼不同意對文章的刪改。然而實際上，在 6 月 4 日雁翼也應該收到了發表有他文章的《星星》詩刊第 6 期，他給傅仇的信中，並沒有提到刪改問題，不僅寄去了第二篇文章，還表示要寄去另外兩本小冊子。可見，在當時，雁翼對「刪去頭尾」刪改文章這件事，並沒有多大的意見。不過，由於對雁翼批判的升級，這一「刪改」也就正好有著特別的含義。因此可以說，雁翼始終抓住「刪去頭尾」這一問題，實際上是在批判中為自己辯護所尋找的一個理由。

最後，回到雁翼的敘述，他認定《星星》詩刊對他的批判是「故意整人」的表述意味著什麼呢？在雁翼的「故意整人」的看法中，他提出，「那封信不經過我同意就發表了。幸虧我恰去成都，見了大樣，要求不要發表，但主持人說為了討論的需要非要發表不可，我又提出要發表就全文發表，不要刪節。權在人家手裏，不聽，不僅發表了，還加了編者按語，要大家展開討論，這不是故意整人嗎？」這些表述，我們前面看到，也不太可能。在雁翼的《苦難多真話》中，他與李亞群的談話中就還提到打小報告上交私信的問題：「有人說你是反對毛主席批示的」、「你那封長信也把人家罵得太那個了」、「我都是寫給私人的信，把我的信交上去，也太不夠朋友了」。對於這個問題，我認為：第一，這裡的「有人」指的是傅仇。從整個「詩歌下放」討論來看，雁翼說傅仇將他的「不同意見」向李累反映，李累再向李亞群報告，應該是事實。第二，由於檔案中沒有見到「那封長信」，所以我們無法瞭解雁翼寫了怎樣的「長信」去罵傅仇。如果有這樣「長信」，也應該與雁翼的第一篇文章無關。我們看到了雁翼 5 月 7 日，6 月 4 日，7 月 4 日的三封信，信的內容連續，所以如果有這樣的「長信」，也不可能出現在這段時間。也就是說，如果有雁翼罵傅仇的「長信」，也應該是在開展批判的 7 月份以後了。第三，如果雁翼真的寫了「長信」去罵傅仇，而且罵的很凶的話。那麼，其結果就不是 7 月份的對雁翼的批判，而應該是 9 月份星星編輯部組織的對雁翼、紅百靈的總結性批判的那次「擴大座談會」。但由於沒有看到「長信」，我們無法確認，這次「擴大座談會」是否是由於雁翼「罵傅仇」的長信，而引起的。當然，也完全可以肯定的是，對雁翼、紅百靈的總結性批判，是一次由星星編輯部、四川省文聯、省委宣傳部共同組織、安排的批判大會。而個人之間恩怨，或許也是大規模批判的一根導火線。問題在於，雁翼為什麼要這樣說呢？其實原因也很簡單。在「詩歌下放」討論之初，雁翼是積極參與到其中，寫出了連續性的討論文章，力圖在「詩歌下放」討論中有所建樹。此時，雁翼與傅仇之間的通信，並沒有一點恩怨，而是相當的友好。但正是由於他的文章，引起了「詩歌下放」討論的轉向，特別是引起了對他的集中批判。為了自保，引起更多人的同情，他可能寫出了「長信」，但由此又引起了更大規模的批判。所以，此前他與《星星》之間關於文章的刪改問題、信件問題，便成為了他翻案而大書特書的一個大問題。雁翼內心的這種複雜心理波動，其實在當時並沒有表現出來。我們沒有看到他「罵傅仇」那封「長信」中的激憤，但看到了他寫於 1959 年 4 月 8 日的一篇文章中的「調整」和「悔改」。「經過近一年的討論和實踐，使我明白了這個道理，而我也就為自己原來的想法和做法吃驚！在過去較長一段時間裏，我只要求一點，那就是如何更自由、更好的表達自己的思想內容，而這種追求，又多半乞求於外國詩歌。這樣，在我的詩裏，句子長和歐化傾向，越來越嚴重。這種追求，反映在思想上，是忘記了叫誰看，是為誰服務的問題，這是嚴重的。這不僅是文藝思想問題，也是政治思想問題。

對過去詩歌的缺點估價不足，也是這種思想支配。這個嚴肅的教訓，我一生也不會忘記。」〔註210〕在這篇文章中，我們看到了雁翼對自己觀點的全面清算和重建。關於詩歌主流、關於評價過去的詩歌、關於詩歌形式，他都以新的觀點重新闡釋。在這裡，我們也看到了雁翼生活的一個變化，從最後的落款來看，此時他已經離開了原來的「中國作家協會重慶分會」，來到了「通用廠」。這應該是雁翼在遭受批判後，所受到的直接影響，被「下放」。

關於對雁翼《對詩歌下放的一點看法》批判，到底是如何開始的，又是如何擴大的呢？到底是誰第一個發現雁翼文章「有問題」呢？可以肯定，作為星星編輯部的執行編輯傅仇，或者是帶班主編李累，他們應該是最先發現了雁翼這篇文章的「不同意見」。所以他們才會將「詩歌下放討論」改為「詩歌下放爭論」，並特別強調討論中出現了「不同意見」。那對雁翼的批判是怎麼擴大的呢？怎麼在《星星》七月號上一下子就出現了兩篇批判文章，而且還在《四川日報》上也刊登了專門的批判文章呢？由於涉及到的人事較多，政治原因複雜，我們也難以一言蔽之。回到《星星》詩刊編輯部，他們發現了雁翼文章的「問題」，而且也在《星星》詩刊上正式提出了雁翼的問題，所以這是導致對雁翼批判擴大的一個重要原因。但作為《星星》詩刊來說，需要展開討論，需要引起爭論，這也是他們辦刊的一個重要策略，很難說是否是有意針對某一個人。另外，正是由於《星星》詩刊關於「詩歌下放」討論的宣傳已經在《四川日報》上刊登，所以《星星》詩刊所發出的「不同意見」，引起《四川日報》乃至省委宣傳部的關注，也就是很必然的了。慶幸的是，雖然下放，但詩人「下放」後身份的變化，導致了雁翼的創作被重新認可。如尹在勤就說，「《川江行》與《涼山行》，深深地呼吸著詩篇散發出的馥郁的生活芳香，不禁為雁翼同志新的探索與追求，感到興奮，並進而產生美好的希冀。」〔註211〕安旗也給予了他較高的評價，「這幾組短詩是：《川江行》、《涼山行》、《列車行》、《西昌行》，還有出現在1961年年初的《山城抒情》也應該包括在這一批近作之內。這幾組短詩保持了作者先前那種剛健樸素的風格，避免一些原有的一些缺點，在藝術上有比較顯著的提高；同時，從這幾組短詩可以看出來，作者在向古典詩歌和民歌學習，在向民族化、群眾化的道路前進。

〔註210〕雁翼：《對新詩歌發展的幾點看法》，《紅岩》，1959年，第5期。

〔註211〕尹在勤：《具有特色的姊妹篇——讀〈川江行〉和〈涼山行〉》，《四川文學》，1962年，第1期。

儘管剛剛邁出一步，但這是新的一步，健康的一步，值得注意和歡迎的一步。」〔註 212〕當然，在動盪的歷史環境中，我們更應該看到雁翼作為一個詩人、一個評論家的所作出的努力和貢獻。楊匡漢回憶在 1980 年 4 月廣西的「南寧詩會」的時候，就提到了雁翼在新時期為創辦《詩探索》的貢獻：「會議結束後的一個下午，張炯、謝冕、雁翼、白航和我同遊南寧公園時，議論了創辦詩學刊物及其命名問題。你一個我一個的想了好幾個，最後還是雁翼兄靈感飛動：『《詩探索》如何？』眾口一致稱好！事情就這麼定下來。《詩探索》在在北京編輯，先由四川出版。那時雁翼在四川，刊物的出版和部分稿件的組織，雁翼兄都是不遺餘力地鼎力協助和支持。」〔註 213〕雖然面對複雜的政治，雁翼無法超越出來。但在雁翼的詩歌世界中，他卻始終在不斷探索。

六、「紅百靈事件」

在「詩歌下放」討論中，還有一個值得注意的是對紅百靈的批判。紅百靈在寫作討論「詩歌下放」的文章時，僅僅是川大中文系的一名學生。對於他本人生平經歷，以及他的創作，我們都沒有找到進一步的相關資料，但是他卻是《星星》詩刊整個「詩歌下放」批判中另外一個核心人物。而且正如對雁翼的批判引起雁翼本人的強烈不滿一樣，對紅百靈的批判，也引起了紅百靈情緒的強烈反彈。事後，為了澄清事實或者說為了為自己辯護，他就與星星詩刊編輯部有多次的信件往來。這構成了「詩歌下放」批判的另一個側面。

紅百靈是如何參與到「詩歌下放」討論中的呢？我們看到，在這整個「新民歌」運動中，所有單位都積極參加、全體動員，四川大學不能例外。而作為四川省重要的研究性高校，也必須積極發揮自己的研究特點，介入到其中。因此在 1958 年 6 月 8 日的《四川日報》發表了于庸的文章，「川大中文系的躍進規劃中決定把川大變為研究唐詩的基地。唐詩可以研究，值得研究。但我們更希望川大中文系同時成為研究四川民歌的基地。」〔註 214〕作者于庸是誰，我們無法考證，但他在文章中明確提出了「希望四川大學中文系成為四川民歌研究的基地」的要求。儘管他是以「供川大中文系的老師和同學們參

〔註 212〕安旗：《跨出新的一步——略談雁翼的近作》，《四川文學》，1962 年，第 5 期。

〔註 213〕楊匡漢：《序一》，《雁翼作品評論文集》，北京：知識產權出版社，2013 年。

〔註 214〕于庸：《希望川大中文系成為研究四川民歌的基地》，《四川日報》1958 年 6 月 8 日。

考」的商量語氣來表達，但這篇文章是在《四川日報》發出，就帶有一定的行政命令的要求，所以四川大學中文系需要回應這個要求。由此，不久就有了川大中文系三年級甲班全體同學的「讀者來信」《我們的心願》對于庸的要求予以回應，「讀了 6 月 8 日『四川日報』于庸同志『希望川大中文系成為研究四川民歌的基地』的意見後，作為川大中文系學生的我們，對這一意見完全同意，並熱烈支持。……研究新民歌，這是大躍進的時代給文學工作者提出的一項新任務。因此，川大中文系應該重視這一工作，把它列入躍進計劃中，並且立即組織力量進行四川民歌的搜集、整理和研究工作。」〔註 215〕以「川大中文系三年級甲班全體同學」，而不是以四川大學中文系的名義來寫的這封「讀者來信」，是比較有意思的。一方面「讀者來信」是以班級的身份，來回應將「川大中文系成為研究四川民歌的基地」的建議，另外一方面又要求川大中文系領導組織學習、采風。可見這封來信並沒有得到中文系的認同，因為四川大學中文系領導對于庸的要求，還是有一定的保留。但這封讀者來信，又是在回答「詩歌下放」的問題，川大中文系的領導又不得不表態，所以就出現了這樣一個較為模糊的「讀者來信」。此後，川大錢光培的《大家都來譜民歌，大家都來唱民歌！》發表，也可以看作川大中文系老師對於「成為民歌研究的基地」的這一問題的回應，「一口氣看完了八月號的『園林好』，特別令我興奮和喜悅的，是大家所喜愛的四川民歌：『人民領袖到農莊』、『不然老漢把臉翻』、『山歌向著青天唱』『兩個太陽』……等，譜上曲了！這是一個可喜的現象。」〔註 216〕也就在這個時候，從 6 月 8 日于庸提出要求，到 7 月 7 日川大中文系三年級甲班全體同學的讀者來信之後，川大中文系學生的紅百靈也積極參與到「研究四川民歌」的研究中，雖然我們不能肯定他是否是「讀者來信」的川大中文系三年級甲班中的一員。

此時，作為川大中文系青年學生，他似乎完全沒有注意到 1958 年第 6 期中，《星星》「編者按」中對雁翼的「不同意見」、「爭論」的表述，也沒有注意到《星星》詩刊第 7 期開始的對雁翼的批判文章。他很快就寫出了《讓多種風格的詩去受檢驗》，緊接著又寫出了《我對詩歌下放的補充意見》。紅百靈

〔註 215〕川大中文系三年級甲班全體同學：《我們的心願》，《四川日報》，1958 年 7 月 7 日。

〔註 216〕川大錢光培：《大家都來譜民歌，大家都來唱民歌！》，《四川日報》，1958 年 9 月 7 日。

的兩篇文章，一發表就引起了廣泛關注，將「詩歌下放」中原來集中批判雁翼的焦點引向了他自己。可以說，紅百靈在寫這兩篇文章的時候，完全沒有意識到問題的嚴重性。作為年輕學生的紅百靈來說，這個時候的他，或許還在為抓住了時機，能在刊物上發表自己的兩篇文章而高興。不過，隨之而來的一系列批判，特別是在 1958 年第 10 期《星星》中，就有愚公《必須向民歌學習》、碎石《不要對民歌百般挑剔》、傅世悌《對〈我對詩歌下放的補充意見〉的意見》三篇對紅百靈進行批判的文章，將紅百靈的問題推到了風口浪尖。由於紅百靈問題的嚴重，他就被邀請參加了星星編輯部 10 月 11 日組織召開的「擴大座談會」，並且還專門作了發言。《星星》詩刊和《四川日報》對這次會議的報導中，內容最多的就是紅百靈的「發言」。但就是到了這個時候，紅百靈依然沒有「自我檢討」的想法：「紅百靈同志也作了長篇發言，修正了過去的某些觀點，並作了聲明；但，仍然堅持了他原來總的看法。』」〔註 217〕在《星星》詩刊的記錄，紅白靈依然秉承研究的態度，並沒有修正自己的觀點。而在《四川日報》的記錄中，也提到了他堅持自己的觀點，「在一次座談會上，他作了長篇發言，雖然修正了過去的某些論點，但仍堅持了原來的總的看法，並認為民歌的形式不足以反映當前偉大、澎湃的時代，廣大群眾之所以不喜歡『自由詩』，是因為『多數中國人在最短的時間內不能十分接受』。」〔註 218〕所以，在最後李亞群的總結發言中，他認為紅百靈的觀點，不僅此前兩篇文章的觀點是錯誤的，而且他在這次大會上的發言，也是錯誤的，「有人說紅百靈『仇視新民歌』，我看『仇視』二字，也許稍嫌過重了一點，改作『蔑視』，是最恰當不過的。今天紅百靈的發言，觀點有某些修正，很歡迎。辯論中，堅持下去，逐漸修改，好嘛！沒有想通的，就要堅持，不要一股風的倒；但也不要頑固死硬，一定要服從真理。他的修改，是由與民歌爭正統退了一步，要『平分秋色』。我看，這還是錯誤的。」〔註 219〕可以說，到了總結性的批判大會之後，紅百靈才真正明白過來。但此時，紅百靈問題的嚴重性，已經超越了自己所能控制的範圍。因為，在《星星》詩刊之後，川大中文系也已經開始組織對他的批判。

〔註 217〕本刊記者：《關於詩歌下放問題座談會的報導》，《星星》，1958 年，第 11 期。

〔註 218〕《走民族民間的道路 堅持詩歌發展方向 「星星」詩刊討論「詩歌下放」問題雁翼等的錯誤意見受到批判》，《四川日報》，1958 年 11 月 9 日。

〔註 219〕李亞群：《我對詩歌道路問題的意見》，《四川日報》，1958 年 11 月 9 日。

在相關檔案中，保存了與紅百靈相關的幾份文件，我們可以更清晰地瞭解「紅百靈事件」的發展。第一份文件，是 1958 年 12 月 17 日以川大中文系總支部委員會的名義，給文聯負責同志的函。函寫在四川大學用箋上，最後蓋了川大中文系總支部委員會的公章：

負責同志：

並寄還「紅百靈」原稿送回（已抄寫並與本人作了工作）。請查收為荷。

此致

敬禮。

川大中文系總支部委員會（章）

58.12.17〔註 220〕

這是一封川大中文系總支部委員會給省文聯的回函。從這份回函，我們能基本瞭解到這次信件往返的主要內容：第一，川大將紅百靈的原稿送回給文聯相關負責同志，表明此前是向要四川省文聯要求調閱紅百靈文章的原稿；第二，川大抄寫了紅百靈文章的原稿，由此瞭解到了原稿的內容；第三，川大與紅百靈做了相關工作，但具體情況不詳。問題是，在這封函中所提到的，川大為什麼向相關負責單位，或者說《星星》詩刊要回紅百靈的原稿呢？另外提到的「與本人作了工作」，到底是做了什麼工作呢？

回到紅百靈批判事件，我們看到，在 10 月 11 日的批判大會，特別是在省委宣傳部副部長李亞群的總結性文章之後發表之後，紅百靈問題的嚴重性，不能不引起川大中文系支委的重視。一方面，紅百靈之所以寫出「詩歌下放」的討論文章，是為了響應于庸「希望川大中文系成為研究四川民歌的基地」的號召。所以紅百靈寫「詩歌下放」的文章，就與川大中文系有著一定的關係。另一方面，既然紅百靈的文章已經受到了省委宣傳部的批判，所以川大也必須以「川大中文系總支部委員會」的名義對紅百靈展開批判，以此來撇清紅百靈問題與川大的關係。在這封 12 月 17 日的回函中已經表明，川大中文系總支部委員會已經掌握了紅百靈文章的原稿，還抄錄了原稿，而且川大中文系總支部委員會還「與本人作了工作」，這表明川大中文系對紅百靈的批評，只是表態性的批判。或者說，在批判過程中，川大中文系應該與紅百靈有一定的溝通，也做通了紅百靈的工作，避免了在批判中他的激烈反彈。

〔註 220〕《四川省文聯（1952～1965）》，建川 127～208，四川省檔案館。

不過，川大中文系對紅百靈的這次批判的具體細節，並不清楚。此時，川大正在開展「研究衛星」和「文藝衛星」的熱潮，「按照學校黨委和系總支的決定，中文系四年級從本周星期一其停止課堂講授，集中精力大編教材和大搞可持續研究，準備向元旦和國慶十週年獻厚禮。……又訊：目前中文系二年級也掀起一個風聲浩大的大搞科學研究、大放文藝衛星的熱潮，各科研小組正在黨支部的領導下，開展工作。他們決定以論文 48 篇，電影劇本 6 個，川劇六個，長篇小說一部，中、短篇小說 16 個，長詩 5 首給十週年國慶獻禮。」〔註 221〕所以，直到 1959 年川大中文系才召開了「詩歌下放」相關問題的討論。「最近，中文系在黨委的關懷和總支的領導下，舉行了『新詩發展問題』的學術討論會。參加討論會的除全係師生外，還邀請了省文聯、『星星』詩刊等單位同志參加，一共四百餘人。討論會進行了一天。在會上發言的有李昌陟、唐正序、譚洛非、龔翰熊、彭龍駒、楊科貴、錢光培、潘光武、王興平和紅百靈等二十多為位同志。會上，大家各抒已見，暢所欲言，就詩歌的主流問題，新詩的發展基礎問題，如何估計『五四』以來的新詩和關於格律詩等問題展開了爭辯。」記錄的正文包括《主流之爭》、《新詩發展的基礎是什麼》、《如何評價「五四」以來的新詩》、《關於格律詩》、《民族傳統和民族形式》等五個部分。整篇報導中，雖然沒有直接提到紅百靈的問題，但這些討論的問題應該都與紅百靈有關。因此，在報導的最後提到，「新詩發展問題是一個複雜的問題。這次討論會只是把有關的重大問題提出來了。會上紅百靈同志對過去別人對他的批評提出了長篇反駁。新詩發展問題的更深入更廣泛的討論還有待大家的努力。」〔註 222〕我們看到，川大中文系召開相關的討論會，距紅百靈文章的發表已經快過一年了，而紅白靈也參加了會議，似乎並沒有受到多大的影響。同時，我們看到，在川大中文系，紅百靈事件還有著長久的持續效應。

兩年後，在 1961 年 7 月 8 日李累的《關於紅百靈的部分原稿及處理情況》一份文件中，又一次次還原了 1958 年川大中文對紅百靈批判的歷史事實。同時，這份文件又披露了對紅百靈批判的一些新細節。但這份文件，也

〔註 221〕《用集體力量發射文藝衛星 中文系同學訂出規劃展開協作開始行動》，《人民川大》，四川大學校刊室編，第 325 期，1958 年 12 月 13 日。

〔註 222〕杜波：《關於新詩發展問題的辯論——記中文系師生的一次學術討論》，《人民川大》，四川大學校刊室編，1959 年 4 月 23 日，第 340 期。

只是一個《星星》詩刊單方面的文件。前一封文件中，只有川大中文系總支部委員會給省文聯負責人的回函，而這封信則是作為《星星》詩刊主編的李累給川大中文系的覆函：

《關於紅百靈的部分原稿及處理情況》

（一）我們找出了 1958 年紅百靈的部分原稿。他的第一篇文章，即《讓多種風格去受檢驗》一文的原稿，尚未找出。據我們個人的回憶（傅仇、賃常彬、趙秋葦等），這篇文章經過編輯部的刪節（屬於廢話，未涉及論點），刪節文曾徵求作者意見並得到同意才發表的。從他在座談會上的發言（即李部長講《我對詩歌道路的看法》那一次）、第二篇文章《我對詩歌下放的補充意見》原稿的第一段、和信末未發表的文章《回頭和同志們站在一起》第八頁看，都可以說明，他對編輯部處理第一篇文章沒有意見，對第二篇文章的刪節有意見。

（二）我們發表他的第二篇文章，只選擇了信的一部分發表。發表前，也徵求了本人的意見，他要求全文發表，但因他未堅持，我們加以說服，才發表的。現在看來，未發表他的文章的前一部分，也沒有損害原意和他的論點。正如他自己在《回頭和同志們站在一起》一文中第八頁所說，「想到自己第一篇意見雖也讚揚了民歌，但當中為自由詩吶喊的聲音是含蓄的。為了堵著這個孔，便連忙起來「補充」，裝成公正者大刮了自由詩為何不好的鬍子之後，緊跟著也不放鬆抓民歌的辮子。這有什麼發表的必要呢？

他在座談會上提出了意見。當時，我們當著眾多人念了原稿中未發表的部分，澄清了事實真相，說明了處理經過。

（三）關於紅百靈稿件處理過程，以及紅百靈的原稿，當時川大中文系總支瞭解並且調閱了原稿的。我們很奇怪，川大總支 xxx 同志重在此次會議上不顧事實談說編輯部的處理情況。我們附上川大中文系總支在 1958 年 12 月 17 日給我們的信件，便是以說明他們知道全部情況。而且，他們是看了紅百靈的第二篇，第三篇文章原稿之信，抄了原稿之信，才在學校內展開對紅百靈的批判的。為此說我們刪節發表了來批判是很粗暴的，即此他們看了全文的批判不是更粗暴嗎？顯然，問題不在這裡。問題在於紅百靈對於民歌的看法是極其錯誤的。這樣，關於原稿和川大總支信件，川大總支的×××同志澄清事實，是為什麼呢？

請閱信保存或退回我們。

李累 1961.7.8〔註 223〕

從李累的這份《關於紅百靈的部分原稿及處理情況》起因來看，是川大總支「×××同志」在此次會議上，重新提及紅百靈問題，認為是星星編輯部「處理」稿件而引起的。他認為星星編輯部有「刪節發表了來批判」的粗暴行為，由此需要「澄清事實」。這就讓作為《星星》主編的李累很不滿，於是他做了正面回應，回覆了這樣一封信。由此，關於星星編輯部是否有「刪節發表了來批判」的問題，關鍵就是《星星》是否有對紅百靈文章有「刪節」。也就是說，在對紅百靈展開批判之前，《星星》詩刊在發表紅百靈文章的時候，是否有意刪改紅百靈的文章，是否有意歪曲紅百靈文章的原意。我們先看李累所陳述的觀點。從李累的答覆來看，紅百靈一共給《星星》詩刊投過三篇稿件，即《讓多種風格去受檢驗》、《我對詩歌下放的補充意見》、《回頭和同志們站在一起》這三篇文章。其中，紅百靈的第一篇文章《讓多種風格去受檢驗》雖然原稿遺失，但紅百靈對星星編輯部的刪改沒有意見。第三篇文章《回頭和同志們站在一起》並沒有在《星星》上發表，並且川大中文系在 1958 年 12 月 17 日的來函中表明已經抄了原稿，並以此作為依據批判紅百靈，這也與星星編輯部也沒有多大的關聯。星星編輯部與川大中文系最大的分歧在於紅百靈的第二篇文章《我對詩歌下放的補充意見》。李累說，該篇文章只選擇了一部分發表，也是徵求了紅百靈本人的意見。雖然紅白靈要求全文發表，但並未堅持，最後還是刪節後發表的。在李累看來，這樣的刪節，並沒有沒有損害原意。而且，他在 10 月 11 日的座談會上說「我們當著眾多人念了原稿中未發表的部分」，也都表明他們並沒有損害紅百靈文章的原意。因此，李累附上了 1958 年 12 月 17 日的「川大中文系總支部委員會」的函，進一步還原了事實。總之，李累認為，即使 1958 年川大中文系沒有全部看到紅百靈的三篇稿件，但引起爭議的第二篇稿件的原稿卻是看到了的。所以星星編輯部「刪改了文本」，並沒有影響紅百靈文章的原意，這應該是很清楚的。

在川大中文系這邊，提出星星編輯部有「刪節發表了來批判」的粗暴行

〔註 223〕《關於紅百靈的部分原稿及處理情況》，《四川省文聯（1952～1965）》，建川 127～208，四川省檔案館。

為的川大總支「×××同志」是誰？這並不重要。他們為何要替紅百靈翻案，我們也難以知曉。另外這是一次什麼樣的會議，會議具體內容是怎樣的，我們更不得而知。重要的是，為什麼這位同志要重新提出了「紅百靈」問題呢？在李累的陳述中，以及此前的公函來看，我們已經看到，川大中文系不僅調閱了原稿，而且還抄錄了紅白靈的引起爭議的第二篇文章。另外，紅百靈文章的刪改問題，最後是如何結束的，我們也並不清楚，也難以一一考證。不過，到 1962 年 6 月 30 日，因為在對紅百靈畢業的甄別工作中，再次提到了 1958 年對「紅百靈」的批判問題。

四川省文聯黨組：並轉《四川文學》編輯部：

茲有我校中文系畢業生周世琨（筆名紅百靈）曾經 1958 年在《星星》詩刊發表討論新民歌的文章時受到批判。

我校最近對畢業生進行甄別工作，該生提出：貴刊曾將他的文章進行了本人不同意的刪削，有意樹立對立面，進行了「斷章取義」的批判，並戴上了「資產階級貴族老爺」的帽子。

現請將當時對他的稿件處理情況、批判情況以及對他的問題之處理意見，詳告我們。

甚謝！

此致

革命的敬禮

中共四川大學中文系支部

一九六二年六月三十日〔註 224〕

這封信再次提到 1958 年對紅百靈的批判，而這次川大中文系要為紅百靈翻案，其中一個原因是紅百靈的畢業審查問題。從這裡我們看到，紅百靈原名周世琨，川大中文系學生將於 1962 年畢業。在畢業之時，如果 1958 年的「詩歌下放」討論紅百靈被戴上了「資產階級貴族老爺」的帽子，就有可能政審不過關，無法正常畢業。更重要的是，川大中文系認為原因在於《星星》詩刊，由於《星星》詩刊對他稿件的刪改，才導致了對紅百靈的批判。所以，川大中文系為了保護學生，而不得不以「刪改問題」與《星星》詩刊竭力抗爭。

但此時的《星星》詩刊，已經於 1961 年合併到了《四川文學》雜誌，所

〔註 224〕《四川省文聯（1952～1965）》，建川 127～208，四川省檔案館。

以就沒有直接的負責人了，於是在 1962 年 7 月 10 日相關材料轉給了《四川文學》，或者說四川文聯。由四川省文聯黨組給中共四川大學十二總支回信，「6 月 30 日來信收到。讀來信所需瞭解的情況，我們已轉辦公室，現將他們所寫的材料轉去。」所以，這個時候，四川省文聯的這個甄別工作由四川文聯黨組辦公室完成。不過，四川省文聯黨組的這份給四川大學十二總支的回函，基本上還是以李累 1961 年 7 月 8 日《關於紅百靈的部分原稿及處理情況》為依據來回覆的。這份 1962 年 7 月 10 日的回函，再次將 1958 年的查檔，以及「刪改問題」一併談到。在第一部分「（一）關於對紅百靈稿子處理的情況」中，四川省文聯認為，「《星星》編輯部刪節並未影響他文章的願意，也並沒有為了樹立對立面而進行『斷章取義』的批判。」第二部分，在對於紅百靈稿子的處理意見中，就完全是依據李累的處理意見來答覆的。在對於被紅百靈戴「資產階級貴族老爺」的帽子問題上，《星星》詩刊明確表明，沒有給紅百靈戴過帽子：「（二）《星星》編輯部並未對紅百靈戴過『資產階級貴族老爺』的帽子。58 年《星星》詩刊展開的關於詩歌下放的討論，純係學術性的討論。在爭鳴中確有各種不同的意見，但《星星》編輯部並未對紅百靈戴過『資產階級貴族老爺』的帽子。這些意見並不一定都是正確的，也並不能都看作是政治結論。（討論中對紅百靈論點的不同意見，都公開發表在《星星》詩刊上，請你們查閱。如果紅百靈現在對前次討論有什麼新的看法和意見，請他繼續參加爭鳴。」而且，在四川省文聯看來「詩歌下放」是純學術性探討，並不能看作是政治結論。最後四川省文聯再次聲明，川大 1958 年就調閱並抄寫了紅百靈的原稿，有據可依，可直接查閱，「（三）關於紅百靈的部分原稿，你校中文系總支曾在 1958 年 12 月拿去看過，即在當時也對證了編輯部處理稿件的情況，請你們翻檔查閱。」〔註 225〕就此，我們對紅百靈事件的了解就告一段落。

從開始寫「詩歌下放」的文章，到對《星星》詩刊、省文聯的批判，再到川大中文系的批判，以及此後川大中文系以《星星》詩刊「刪節發表了來批判」的粗暴態度為他辯護，我們都沒有看到紅百靈（周世琨）的具體言行，也不瞭解他有著怎樣的內心世界。1962 年畢業後，紅百靈在文藝界完全消失了他的身影，我們沒有關於他生平的具體消息。不過，他已經在《星星》詩刊史上留下重要的一筆。

〔註 225〕《四川省文聯（1952～1965）》，建川 127～208，四川省檔案館。

第五節　培養工農詩歌作者

1960 年 4 月 28 日《四川日報》發表了冬昕的一篇文章《關心工農業餘文學作者》，記錄了這樣一些事：「4 月某日，我們到了大足化龍公社。同公社黨委同志談起新民歌的事，提到一位脫盲民歌手，並且看了她的油印的詩集，和她見了面。這位民歌手是個童養媳，出身貧苦家庭，勤於學習，也勤於寫作。她的作品，早期的都比較好，鮮明、樸實、生活氣息和群眾氣派相當濃。以後有了變化，有好的，也有不好的。一部分不好的作品，反映了一種不健康的創作傾向內容比較貧乏，語言比較陳舊，還夾雜著一些『玫瑰色的早晨』這類『洋腔洋調』；為某些知識分子所慣用，群眾難懂的詞彙也出現了。是從哪兒來的呢？據她說，是讀了某些詩以後學來的；另外，小學教師幫助她提高文化水平，在文藝創作上對她也有些影響。」由此作者提出問題，「他們朝著什麼樣的方向？走著什麼樣的道路？現在寫的和過去寫的比較起來怎麼樣？為什麼寫得好或者寫得不好？怎樣才能不走或少走彎路，前進得更快？如果做宣傳文化工作的同志關心這件事，時時幫助他們，是大有好處的。」〔註 226〕從這個件事看到，在新民歌運動中，如何為工農兵服務，為社會主義服務，特別是如何培養工農群眾自己的詩人，成為擺在新民歌發展，也成為擺在《星星》詩刊面前的一個大問題。

一、「五年規劃」與「標準」

我們看到，李累時期《星星》詩刊的一個重要任務，就是要培養工農詩歌作者，建立一支工人階級詩歌隊伍。在 1958 年 6 月 20 日《星星》詩刊制定的《「星星」詩刊五年規劃（草案）1958～1962》中方案中，其中第三個任務就是：「『星星』詩刊，應該走群眾路線，這是辦好刊物的關鍵。通過刊物，建立一支工人階級的詩歌隊伍」，並且「1958 年 6 月號起，以後每一期應該以三分之一篇幅完全發表工農兵作者的詩歌；以後陸續增加到二分之一的篇幅發表工農兵的作品多登社會主義詩歌，多登工人的詩歌。同樣，在澆花鋤草上，提倡『大家談詩』的方法，把專家的意見和群眾的議論密切地結合起來。詩歌評論要走群眾路線。『星星』詩刊。現在聯繫的作者基本隊伍 200 名，其中工人作者 50 名，農民戰士、少數民族作者不到 10 名。在 5 年內應從根本

〔註 226〕冬昕：《關心工農業餘文學作者》，《四川日報》，1960 年 4 月 28 日。

上改變這個情況；5 年內發展 500 名詩歌作者，工農兵和少數民族作者占 250 名：工人作者，5 年內發展為 150 名，寫作水平多數能達到工人作者于質彬的標準。農民作者，5 年內發展 80 名，寫作水平多數能達到農民作者杜貴平的標準。少數民族作者，5 年內發展為 20 名：藏族 6 名，彝族 8 名，羌族 2 名，苗族 2 名，回族 2 名，寫作水平達到彝族作者吳琪拉達標準。在培養作者中，特別注意將強政治思想教育。」〔註 227〕走群眾路線，是這一時期《星星》詩刊主要努力方向。

而在這份規劃中，專門提到了「工人作者于質彬」，也可以說，于質彬就是由《星星》詩刊一手培養起來的，也是《星星》詩刊所確立的工人詩人的標杆。我們看到，在 1958 年，《星星》詩刊在一年中多次發表了于質彬的作品，最終才推出了工人作者于質彬。這其中就有：刊登在第 4 期上的《在生產大躍進中（4 首）》，刊登在第 5 期上的《共產黨，領導好（四川）》和《喜報隊忙壞了（四川）》，刊登在第 7 期上《木牛》，刊登在第 9 期上的《豺狼腦殼開了花（外一首）》，以及刊登在第 11 期上的《獻燈檯》等作品，一年之中多次刊發一個的作品，這本身就是一個重要的信號。〔註 228〕《星星》詩刊是如何發現于質彬的？我們也難以知曉。但正是在《星星》詩刊的全力支持下，于質彬在四川文藝界冉冉上升。在這一年，四川人民出版社就出版了于質彬的唱詞《英雄戰鬥在河灘》〔註 229〕。他的作品《要把資本主義打垮杆》還入選《大躍進歌謠選》〔註 230〕，該詩的內容是，「一天當兩天，／不分黑夜和白天。／汗水流不乾，／勁頭使不完。／扮起斧頭，／能把鐵山劈開；／揮動風鑽，／能把地球鑽穿。／／武松打虎算得什麼，／我倆要把資本主義打垮杆！／愚公移山又算得什麼，／我們要呼河水倒流，地復天翻！／說到就能做到，

〔註 227〕《「星星」詩刊五年規劃（草案）1958～1962》，《四川省文聯（1952～1965）》，建川 127～208，四川省檔案館。

〔註 228〕工人于質彬：《在生產大躍進中（4 首）》，《星星》，1958 年，第 4 期；工人于質彬：《共產黨，領導好（四川）》，《星星》，1958 年，第 5 期；工人于質彬：《喜報隊忙壞了（四川）》，《星星》，1958 年，第 5 期；于質彬：《木牛》，《星星》，1958 年，第 7 期；工人于質彬：《豺狼腦殼開了花（外一首）》，《星星》，1958 年，第 9 期；于質彬：《獻燈檯》，《星星》，1958 年，第 11 期。

〔註 229〕于質彬：《英雄戰鬥在河灘 唱詞》，成都：四川人民出版社，1958 年。

〔註 230〕工人于質彬：《要把資本主義打垮杆》，《大躍進歌謠選》，上海：上海文化出版社，1958 年，第 16～17 頁。

／猜記下我們的誓言：／十五年不趕過英國，／算不得英雄好漢！」總的來看，于質彬的詩歌，僅具有鮮明的時代特徵。此後，《重慶文化藝術志》也專門提到了于質彬的成就，「解放後的 50 年代初，人民群眾以演唱曲藝來激發他們迎解放、慶翻身的喜悅情懷。……湧現了一批業餘的曲藝創作與表演人才，如中南橡膠廠的于質彬……。他們的創作和表演大都在區（縣）、市、省群眾文藝會演中獲獎。于質彬、郝一浦等曾被選為重慶市出席四川省群眾文藝會演的積極分子代表。……于質彬 30 年來，計創作曲藝作品：《打到臺灣去》、《耗子借糧》、《英雄戰鬥在河灘》、《外科醫生》、《莫把爸爸吵醒了》等數十篇，演出數百場。」〔註 231〕對于質彬的創作，重慶群眾藝術館籌備處編的《耗子借糧（演唱材料）》也有著非常明確的表述，「這些作品的作者們的創作目的是明確的，他們是為鼓舞群眾，教育群眾而創作，在作品中也可以看出他們的飽滿的政治熱情，他們一切從生活出發的豐富的藝術創造力和想像力，作品中生活氣息濃厚，語言生動自然。」〔註 232〕不過，雖然這一年《星星》重點推出了于質彬，但此後他的作品卻並不多。

在《星星》推出工人作者于質彬之外，也重點提到了農民作者杜貴平。雖然在 1958 年第 6 期的《星星》上推出了杜貴平《文武全才好幹部 農民》，但實際上杜貴平的代表作是《多虧了毛主席》，曾入選羅泗、湛盧編《四川歌謠選》〔註 233〕，與《星星》詩刊的關係並不大。但作為《星星》詩刊重點關注的農民作者杜貴平，此時就已經有一定的影響。他的詩歌《多虧了毛主席》，得到了較高的評價，「例如川北達縣實駭區農民杜桂平，在保管室門板上寫了一首詩，通過輕脆愉快的音節，把對於新生活的熱愛和對於毛主席的威激，表達得非常真摯：紅契和家俱，／千年不見您；／看您沒有腳，／咋能到這裡？／想想這理由，／多虧毛主席！」〔註 234〕杜貴平還以此詩，獲得了川北行署的獎，「1951 年，成立達縣文藝工作者聯合會，會員 1687 人。創作題材多屬歌頌翻身解放。土改時杜貴平的感興詩『紅契和家具，千年不見你，看

〔註 231〕王洪華、郭汝魁主編：《重慶文化藝術志》，重慶市文化局編，重慶：西南師範大學出版社，2001 年，第 242～243 頁。

〔註 232〕《前言》，《耗子借糧（演唱材料）》，重慶群眾藝術館籌備處編，重慶：重慶人民出版社，1956 年，第 1 頁。

〔註 233〕羅泗、湛盧編：《四川歌謠選》，重慶：重慶市人民出版社，1955 年，第 17 頁。

〔註 234〕馮中一：《詩歌漫談》，濟南：山東人民出版社，1956 年，第 35 頁。

你又無腳，怎能到這裡？想想這道理，多虧毛主席』，受到川北行署獎勵。」〔註 235〕此後，杜貴平並沒有更多的詩歌創作，僅在《達縣文史資料》上發表了一些文史研究文章〔註 236〕。儘管杜貴平沒有更多的創作，但他已經獲得了走向仕途的機會，據《達縣志》記載：1981 年，杜貴平達縣縣委宣傳部部長。達縣志編撰委員會於 1982 年 11 月設辦公室，由杜貴平兼任主任。1984 年後任達縣政協副主席。〔註 237〕杜貴平之所以被《星星》詩刊看重，也正是因為他的詩歌《多虧了毛主席》，但也沒有持續的創造力。而《星星》詩刊重點提到了杜貴平，實際上也就是借他的農民詩人之名，來推動「詩歌下放」的政策。

總之，雖然《星星》詩刊在著力打造群眾詩人，而且也有不錯的成績，但由於這些詩人創作實力的欠缺，所以還是難以有更大的成就。另外，在《星星》詩刊中提到的少數民族詩人吳琪拉達，因其影響較大，但與《星星》關聯不大，這裡就不再分析。

二、「與初學寫詩者談詩」

如何培養工農作者，是《星星》詩刊改組後的一個重要任務。圍繞這個目標，《星星》詩刊首先從理論上展開了實踐，開設了《與初學者談詩》的欄目。為何要創辦《與初學寫詩者談詩》，在《星星詩刊從五月號起開闢〈與初學寫詩者談詩〉專欄》一文中作了介紹：「我們接到不少讀者和投稿者的來信，一直要求：對初學寫詩者，在創作上進行具體的幫助。因此，我們準備從 5 月號起，在刊物上開闢《與初學者談詩》專欄，發表初學寫詩者萌芽狀態的作品或提出的問題，同時刊出分析這些作品或問題的文章，以便鼓勵、幫助廣大愛好詩歌與初學寫詩的青年朋友們。星星編輯部」〔註 238〕。創辦「與初學寫詩者談詩」，在《星星》詩刊的介紹中，是「接到不少讀者和投稿者的來信，

〔註 235〕四川省達縣志編纂委員會編纂：《達縣志》，成都：四川辭書出版社，1994 年，第 718 頁。

〔註 236〕如杜貴平整理：《吳佩孚逃亡在達縣》，《達縣文史資料》，達縣政協文史資料研究委員會，1986 年，第 1 輯；杜貴平：《白蓮教期期在達州》，《達縣文史資料》，達縣政協文史資料研究委員會，1986 年，第 1 輯。

〔註 237〕《編後記》，《達縣志》，四川省達縣志編纂委員會編纂，成都：四川辭書出版社，1994 年，第 1003 頁。

〔註 238〕《星星詩刊從五月號起開闢〈與初學寫詩者談詩〉專欄》，《星星》，1958 年，期，封底。

要求對初學寫詩者在創作上進行具體的幫助」。從這裡我們看到，《星星》詩刊說創辦《與初學寫詩者談詩》，是因為讀者的要求。表面上這是群眾的需要，但實際上《星星》詩刊的這一舉措，更多的是在貫徹「為工農兵服務」的文藝政策。1958 年 5 月《星星》詩刊創辦的第一期《與初學寫詩者談詩》欄目開始，該欄目一直斷斷續續持續存在，甚至還堅持到了 1960 年《星星》詩刊停刊。

總的來看，《星星》詩刊由於時代任務的變化，以及刊物主編的改變，所以《與初學寫詩者談詩》欄目的內容，也出現了階段性變化。在「與初學寫詩者談詩」欄目的創辦之初，即第一階段，《星星》詩刊直接面對工農兵的詩歌作品，緊緊結合初學寫詩者的作品，並對這些詩歌創作進行了具體討論。如 1958 年第 5 期的第一期《與初學寫詩者談詩》欄目中，首先列出了吳璐的《挖堰塘（詩）》，然後配發了丁工的評論。我們先看吳璐的詩歌：「遍地水汪汪／四處是泥漿／鋤頭在飛舞／符號布身上／他們是：逗點、分點和句點／其中還有驚歎號／這是勞動的詩篇／大地賜予的榮光」。丁工在《與初學寫詩者談詩》中評論說，「《挖堰塘》這首詩，雖也學習了民歌，卻沒有寫好。」「一方面，重複別人、語法混亂、寓意含糊。……作者是用知識分子的思想感情，來歌頌勞動群眾的。農民挖堰塘時，怎麼也不會想到：濺在身上的泥漿就是標點符號，就是詩篇。……沒有工人階級的思想感情，沒有生產鬥爭的生活經驗，要寫出歌頌勞動群眾的好詩來，是很難想像的。問題的關鍵就在這裡。為什麼內容蒼白？為什麼人云亦云……都可以從這裡找到答案。」最後，丁工得出結論，「我們要好好學習民歌，不光是學習它的形式，更要緊的詩學習它怎樣表現生活，學習它怎樣用工人階級的思想感情，去歌頌群眾的勞動和鬥爭。」〔註 239〕其實在這裡，丁工也並沒有從具體的「寫作指導」方面來談詩，而是從「知識分子」、「工人階級」的不同思想情感來談詩。雖然也提出了創新、語法、寓意等詩學問題，但他指導的核心，只是思想感情問題，最終也回到了「政治主題」。所以，從《與初學寫詩者談詩》創辦開始，在與初學者談詩歌時就出現了一個問題：到底是與初學者談詩藝，還是談政治主題的問題。從這第一篇文章來看，《星星》詩刊《與初學寫詩者談詩》，就並不是對初學寫詩者具體詩歌的「寫作指導」。

儘管有著這樣的現實困境，《星星》詩刊也還是試圖將《與初學寫詩者談

〔註 239〕丁工：《好好學習民歌——讀〈挖堰塘〉》，《星星》，1958 年，第 5 期。

詩》這一欄目辦出特色。因此，在1958年第6期的第二次《與初學寫詩者談詩》的欄目中，刊登了兩篇文章，一篇是《郭沫若同志批改青年作者的詩稿》，另一篇的是安旗的《談幾首寫勞動的詩》。安旗認為，「以上一些例子都說明，緊急選擇勞動的主體和題材是不夠的，更重要的要懂得真正勞動人的思想感情。假若不懂得勞動任免的思想感情，寫起關於勞動、關於勞動人民的詩來，就必然出現上述情況：不是光寫機器，不寫人的思想情況；就是用小資產階級知識分子的莫名其妙的情感去冒充勞動人民的情感。」〔註240〕可以說，安旗在「培養工農作者」問題上，依然延續著此前的思路，並沒有多大的新突破。非常值得注意的是，這期刊登的《郭沫若同志批改青年作者的詩稿》。文章前有《編者按》:「這裡刊出的《五四頌》，是青年作者木沙同志的一篇詩稿。作者將這篇詩稿寄給郭老，請求指導。郭老給作者寫了覆信，說：『寄來的詩都看了一遍，有些提了意見，現寄還。』並在詩稿上親筆加以批改。有的詩句，因為比喻不確切，便把它刪了，又在下面加上了批語；有的因為用字不當，便把它改了，也在下面加上了批語；等等。我們讀了這些批語和修改的字句，心裏異常興奮和感動！在百忙當中，郭老還要批改初學寫詩者的詩稿，這是前輩詩人關心和愛護青年詩作者的好榜樣。我們希望詩人、作家和文藝理論批評家都像郭老一樣的關心青年作者，大力培養工人階級的文藝隊伍。」〔註241〕從這裡可以看到，《星星》詩刊為了提高欄目的影響力，還將郭沫若搬出來了，力圖與初學寫詩者開展有效的「談詩」問題。但是，由於這篇文章的篇幅短小，相關的問題也就沒有深入。而發表郭沫若的文章，更多是《星星》詩刊在借助郭沫若之名為這一欄目助威。

《與初學寫詩者談詩》的第二個階段，就側重於探討「民歌」。我們看到，在第一階段，《星星》詩刊直接面對工農作者，但由於工作作者的創作水平相對較低，也就難以有較為深入的理論探討，因此《星星》詩刊不得不改變策略，將「文藝理論家」與「工農作者」並列，重點推出相關理論文章。由此，在1958年第7期的《與初學寫詩者談詩．編者按》中提出，「本欄歡迎文藝批評理論家、詩人談詩，也歡迎大家來談詩，把專家的意見和群眾的議論緊密地結合起來。談詩，也應該而且必須走群眾路線，這樣才能更好地幫助初學寫詩者。這裡發表的《兩首歌的對比》是一個開始，希望大家協助我

〔註240〕安旗：《談幾首寫勞動的詩》，《星星》，1958年，第6期。
〔註241〕《郭沫若同志批改青年作者的詩稿》，《星星》，1958年，第6期。

們搞好這個工作。」〔註242〕進而，在這一期中，《星星》詩刊就不僅有工農作者的詩歌作品，也還有相關的理論探討。如這一期上就有艾湫《兩首詩歌的對比》和丁工《革命的浪漫主義不是空口大話》這兩篇理論文章。當然，這兩位「文藝理論家」並非是一般的工農作者。如署名為「艾湫」的，完全不是工農作者。艾湫，係中國戲劇家協會會員，曾任成都市文化局創作研究室副主任並先後兼任《都江文藝》、《成都舞臺》副主編等。50年代初開始業餘創作，發表過詩歌、小說、散文、曲藝、戲劇、文藝評論、歌曲、文學翻譯等作品。〔註243〕同樣，作者丁工也有著不一般的背景。丁工，中國民間文藝家協會會員，曾搜集整理發表有《毛主席的故事和傳說》、《周總理的故事》、《一個谷黴的嫁妝》等故事30多篇，發表有〈試談革命領袖故事傳說的搜集與整理》等論文，編輯出版傳說集《延安的傳說》。〔註244〕當然，儘管是不同的「文藝理論家」，但他們的理論其實也都並沒有多大的差別。如丁工所說，「沒有黨的領導，沒有依靠群眾，不管你怎樣地『拼命幹』既不可能踏穿地球，也不可能實現總路線，而是對總路線宣傳的庸俗化。」「詩裏面的浪漫主義色彩，絕不是知識分子的吹牛瞎扯，而是比實際生活表現得更高、更強烈、更集中、更典型、更理想、更普遍。」「毛主席的詩詞，是革命現實主義和革命浪漫主義的高度結合。」〔註245〕因此，《星星》詩刊試圖通過「文藝理論批評」來推進對工農作者的培養，其實也是相當有難度的。

當然，此後《星星》詩刊的《與初學寫詩者談詩》欄目中，只能更加突出地推出了評論家的評論。如1958年第8期的《與初學寫詩者談詩》中，就有安旗的《略論革命浪漫主義和革命現實主義的結合》、袁珂的《向民歌學習——讀〈四川民歌選〉第一輯有感》和傅仇《勞動人民是天才的詩歌評論家》，從多個方面展開了對初學者的培養。與艾湫、丁工相比較而言，安旗、袁珂、傅仇在文藝批評上的影響更大。儘管如此，他們的理論，實際上也更多有著口號性質。如安旗說，「革命浪漫主義和革命現實主義相結合的方法是我們大家有應該研究學習的，也是可以掌握的，但是缺乏共產主義理想和英雄氣概

〔註242〕《與初學寫詩者談詩·編者按》，《星星》，1958年，第7期。

〔註243〕《世界美術書法家世紀成就大典》，北京：中國人事出版社，1998年，第111頁。

〔註244〕白庚勝、向雲駒主編：《中國民間文藝家大辭典》，北京：中國文聯出版社，2004年，第1頁。

〔註245〕丁工：《浪漫主義不是空口說大話》，《星星》，1958年，第7期。

的人，對我們社會主義事業缺乏真誠的熱情的人卻是和這種方法無緣的，因為共產主義的理想、英雄氣概和對社會主義的熱愛，才是這種方法的靈魂。」〔註 246〕她為初學寫詩者提供了理論一套「也可以掌握」的較為完整的理論體系，而落實到具體的創作中，就是共產主義理想、英雄氣概和對社會主義的熱愛。而傅仇只是不斷肯定了勞動人民在創作和評論中的重要地位，「勞動人民創作的那些流傳千秋萬世的歌謠，就是一部永垂不朽的史詩，是反封建、反壓迫的革命史詩。」「勞動人民在創作歌謠時，非常注意構思。」「勞動人民是天才的歌手，會編歌，會唱歌。」「勞動人民是天才的詩歌評論家，這還有什麼懷疑的呢？」「勞動人民創作的『理論詩』，是天才的著作。」〔註 247〕當然，勞動人民如何才能創作理論詩？勞動人民如何才是天才的詩歌評論家？這是傅仇也無法解決的問題。由此可見，空洞的談理論，實際上也是無助於培養工農詩歌作者的。由此，在 1958 年第 9 期中，袁珂《四川民歌的藝術特徵》和于十《十步之內必有芳草》，便以具體的作品為研究對象，來分析新民歌的寫作與創造。袁珂說，「四川民歌在繼承古典詩歌的優良傳統這方面，似乎比較多些，出處流露出古典詩歌尤其是無言絕句、七言絕句的那種格調、韻味。由於受到了古典詩歌較深刻的影響，就使四川民歌具有深厚的中國作風和中國氣派，叫人讀了更是感覺親切。」〔註 248〕由此，到了 1958 年第 10 期，不僅有安旗的《新詩必須在民歌的基礎上發展》，同時還刊登了沙鷗的《看人們之間的新的關係——學習新民歌通信之四》，進一步闡釋了如何通過學習新民歌來提升工農作者的詩歌創作。沙鷗說，「新民歌正揭示了我們這個幸福社會的最本質的面貌：集體主義精神貫注在我們的生活的各個方面。」〔註 249〕我們看到，在沙鷗的分析中，實際上又回到了「革命的現實主義與革命的浪漫主義相結合」的理論套路上。

由於 1958 年《星星》第 11 期刊登了任鈞《蘇聯詩人和民歌》，《星星》詩刊的「與初學寫詩者談詩」進入了第三階段。在這一階段的主要特點，在與初學者談詩的過程中，呈現出了一種更為開闊的詩歌視野，特別是增加了

〔註 246〕安旗：《略談革命浪漫主義與革命現實主義的結合》，《星星》，1958 年，第 8 期。

〔註 247〕傅仇：《勞動人民是天才的詩歌評論家》，《星星》，1958 年，第 8 期。

〔註 248〕袁珂：《四川民歌的藝術特徵》，《星星》，1958 年，第 9 期。

〔註 249〕沙鷗：《看人們之間的新的關係——學習新民歌通信之四》，《星星》，1958 年，第 10 期。

對外國詩歌的評價。當然，這裡所謂的外國，僅限於對蘇聯詩人的介紹。任鈞在文中提出，「外國詩人跟他們自己本國民歌的關係怎樣？」或者「他們是否也想自己本國的民歌學習？」這兩大問題。然後以普希金、涅克拉索夫、別德內依、伊薩科夫斯基、馬雅可夫斯基等詩人為例指出，「不管古今中外，凡是帶著一定的進步性、人民性的詩人，都絕不能隔斷傳統，都一定要向自己本國的古典作家和民間文學（包括民歌）學習，而吸取所需的豐富滋養。這是一種規律。因此，我們此刻強調向民歌學習，乃是必然的、適時的、毫無疑義的。……向外國文學學習是必須要的，誰也沒有主張『排外』，『閉關自守』！但在此時此刻，我倒對他們來一個勸告，要首先向外國詩人學習一下：他們是怎樣對待並學習自己本國的民歌的？」〔註 250〕可見，雖然任鈞的文章中僅提到了蘇聯詩人，而且僅僅是重點談到蘇聯詩人與民歌的關係，但對於中國詩界來說，確實為當代詩歌的發展提供了一種新的向度。而且，他特別強調「向外國文學學習」，這種觀點無疑對初學寫詩者是有著重要意義的。然而，儘管只限於蘇聯詩歌，儘管這種比較粗略的外國文學介紹，卻也只僅僅保留了 1 期，此後並沒有獲得進一步成長的空間。

同時，在第 12 期《星星》中增加了《工農兵談詩》這一欄目，讓工農兵詩人直接加入到評論者的行列中。對於創辦這個欄目，《星星》詩刊在「編者按」中有著明確的表述，「勞動人民是文化的主人。勞動人民創作了無數天才的民歌，又有許多關於詩歌的精闢見解。這些見解，是最好的詩歌評論。為了推動群眾評論，本刊開闢『工農兵談詩』專欄。在這個專欄裏，我們歡迎大家來談怎樣寫作民歌，對於民歌以及民歌的收集、整理工作的意見，歡迎大家來談怎樣放射詩歌衛星，歡迎大家談談新詩的意見，談您喜歡的或不喜歡的作品都可以，歡迎大家來談中國詩的出路，等等。三言兩語也行，二千三千字的文章也行，座談會的記錄也行。我們相信，這個專欄，一定會得到大家的支持！」〔註 251〕這一期《工農兵談詩》欄目，就發表了工人習榮泓《勞動人民喜愛民歌》、工人彭家金《讀詩人雁翼的意見》、工人秋牛《用自己的話來說》等評論文章。不過，在這些評論中，這些工人談自己的創作並不多。他們的評論，更多的是對紅百靈和雁翼的批判，以此來呈現自己的觀點。工人習榮泓主要是反對紅百靈的言論，「勞動人民喜愛的是民歌，民歌的作者是

〔註 250〕任鈞：《蘇聯詩人和民歌》，《星星》，1958 年，第 11 期。
〔註 251〕《工農兵談詩．編者按》，《星星》，1958 年，第 12 期。

勞動人民。詩歌下放要走群眾路線，就是要向民歌學習，這才是詩歌的出路。」〔註 252〕余音也是從對紅百靈的批判入手，「我覺得勞動人民使用民歌形式都是最能幹的。有人說天才能有手上有限的工具創作無限的天地。勞動人民都是天才，他們正在創作無限美好的共產主義天地，不過他們用的工具不是有限的，他們的工具很多，用得非常熟練。思想和詩的形式需要改造的詩人，應該學習第向他們學習。」〔註 253〕而工人彭家金則是對雁翼詩歌作品的直接批判，「我不喜歡詩人雁翼發表在《星星》七月號的兩首詩。……《重慶在綠化》一詩裏，除了如實的植樹情景之外，還能給讀者更多的什麼東西呢？可以收沒有。……《市委辦公室》一首，覺得寫得比較隱晦，難使人理解到它的主題思想。」〔註 254〕其他的，如工人秋牛，也僅僅是表達一種口號而已，「讓我們所有的工人習作者都應該記住荃麟同志的忠告：要用真正的自己的話，來表達自己的思想感情，寫出更多更好的作品！」〔註 255〕總之，在《星星》的「工農兵談詩」欄目中，雖然是直接讓工農詩人直接赤膊上陣，但這些「工農兵」也沒能貢獻出有關新民歌的一些更為鮮活的觀點和意見。

由此，回到具體寫作問題，探討「怎樣寫詩」，這可以說是《星星》詩刊培養工農作者的第四個階段。在這一階段的《與初學寫詩者談詩》欄目中，發表了沙鷗「怎樣寫詩」和丁工的「答讀者問」兩個系列文章，集中探討了「怎樣寫作」的具體問題。這些系列文章，可以說是《星星》培養工農作者的重要理論收穫，具有一定的詩學意義。1959 年第 2 期發表了沙鷗「怎樣寫詩」的第一封信《目的》，拉開了「怎樣寫詩」理論建構的序幕。「大躍進以來的千千萬萬首新民歌證明了這一點，廣大的勞動人民之所以熱愛，傳送這些好作品，首先就因為這些新民歌有鮮明的目的，為政治服務，為生產服務。」「是什麼決定一首詩的目的呢？詩人的立場決定了他寫詩的目的。因此，立場問題是一個根本問題。……因此，表現崇高的共產主義思想就成為我們當前迫切的問題了。」〔註 256〕接著，在 1959 年《星星》第 3 期《與初學寫詩者談詩》中，又發表了沙鷗的《取材——〈怎樣寫詩〉的第二封信》》，他提出，「我們在取材時，思想水平越高的人，就越能發現哪些素材的概括性大，能充分

〔註 252〕工人習榮泓：《勞動人民喜愛民歌》，《星星》，1958 年，第 12 期。
〔註 253〕余音：《民歌的形式》《星星》，1958 年，第 12 期。
〔註 254〕工人彭家金：《對詩人雁翼的意見》，《星星》，1958 年，第 12 期。
〔註 255〕工人秋牛：《用自己的話來說》，《星星》，1958 年，第 12 期。
〔註 256〕沙鷗：《目的（「怎樣寫詩」的第一封信）》，《星星》，1959 年，第 2 期。

反映生活的本質；哪些素材的概括性小，不能充分或者簡直不能反映生活的本質。另一方面式要注意新鮮的素材。新鮮的素在是生活中的新鮮事物，只有對新詩事物有敏銳感覺的人，才能發現新鮮的素材。」〔註257〕從這裡我們看到，沙鷗所談是新民歌，但實際上對其他的寫作，也都是有著直接的指導意義的。另外是丁工的「答讀者問」，也是針對具具體的詩歌創作來談的。如第一問：「怎樣寫詩？是否有竅門？」他闡述說，「詩，要用真情實感來寫。我看竅門就在這裡。不過還要特別注意：所謂真情實感，是有階級性的。資產階級詩人說他的詩，也是用真情實感來寫的。不從階級觀點看問題，就會誤入歧途！我們是用無產階級的真情實感來寫詩的，這點很重要。當然，學習一些成功的創作經驗也是必要的，但它不是寫詩的決定因素。寫出好詩的決定因素，是作者真實的共產主義思想感情和豐富的生活經驗。捨此之外，別無捷徑可走，更不會有什麼『秘訣』、『妙方』等等。」〔註258〕針對第二問，「應該怎樣對待詩的技巧問題呢？」丁工回答說，「答：孫靜軒、胡風作為反面教員。要知道：藝術技巧本身是沒有階級性的，誰都可以掌握它去為本階級服務。孫靜軒一味追求技巧，並非不問政治，而他正是通過詩的藝術形象來麻痹我們的鬥爭意志，要我們逃避革命，去過個人的享樂生活。他為腐朽的資產階級做了好事。胡風、阿壟等更非不要藝術技巧，他們不要的是無產階級的藝術技巧，需要的是為其反革命集團服務的藝術技巧。我們和他們根本相反。我們掌握技巧，則是為無產階級政治服務的，為社會主義建設服務，為廣大人民群眾服務。」〔註259〕另外，他以具體的創作來闡述新民歌的理論，「在詩歌創作上，怎樣反映技術革新、技術革命？不要當成僅僅是表現手法的問題，更重要的是作者如何看待技術革新，技術革命的問題。……在詩歌創作上，必須首先樹立無產階級世界觀，用階級分析的觀點，去看待技術革新，技術革命，然後才可能正確地表現它。」〔註260〕我們看到，在相關的問答中，丁工對新民歌的主要觀點，是沒有多大創新的。但是，他們的問題並不是解決新民歌的問題，而是解決詩歌創作中的問題，如目的、選材、技巧等涉及到詩歌本體等方面的問題，所以在一定程度上說又超越了當時的主流

〔註257〕沙鷗：《取材（「怎樣寫詩」的第二封信）》，《星星》，1959年，第3期。

〔註258〕丁工：《真情實感——答讀者問》，《星星》，1959年，第3期。

〔註259〕丁工：《怎樣對待詩的技巧問題——答讀者問之二》，《星星》，1959年，第4期。

〔註260〕丁工：《從一首新民歌說起——答讀者問之五》，《星星》，1960年，第7期。

詩歌話語，呈現出一個更豐富的詩歌空間。

從 1959 年第 3 期開始，《星星》詩刊增加《群眾詩話》欄目，這可以看做培養工作作者的第五個階段。在這階段，《星星》詩刊主要是通過對一些重要作家的作品展開評論，為工農兵寫作確立寫作的典範。1959 年第 3 期《星星》詩刊中，發表了兩篇評論文章，重點推薦戈壁舟的《山歌傳》。其中，楊柳青全面總結了《山歌傳》的成就，「《山歌傳》的完成，不能不說是黨提出發揚敢想敢做的共產主義風格的體現，這也是實踐黨的文藝路線的成績。」「首先我被那些動人的人物形象所吸引著。詩劇中的主人公是麼姑好二娃，他們都是天才的農民歌手，他們性格的特點就是有著強烈的反抗性和堅持鬥爭的英雄氣概。……其次，山歌的戰鬥作用，詩劇也作出了正確評價。詩劇還有個最大特色，就是群眾該語言運用相當成功，毫沒有文縐縐之感，它明快剛健，看得出作者在語言上學習民歌是有很的收穫。」〔註 261〕而劉樹木則集中分析了《山歌傳》的藝術特色，並認為「『山歌傳』仍是為新詩劇的開始作了大膽的嘗試，仍是思想與藝術達到了比較完美的作品。」〔註 262〕在《群眾詩話》欄目中，鄧敘萍則推薦了郭沫若的《聲聲快》，「郭沫若同志因此一反其意，改寫成一首《聲聲快》，……有人認為李易安《聲聲慢》，起頭連迭七字為妙為巧。那不過是專從藝術的觀點來看。郭老這首賀詩，起頭也連迭七字，我們試與李氏之作對比一下，這兩種情趣，是多麼不同啊！我們但從這裡就可以看出新舊兩種時代的精神面貌。其他那些詩句，都是我們日常所熟悉的語言，但經過作者加工組合之後，就成了一篇富有革命浪漫主義的現實主義作品，具有傳統的中國作風和中國氣派。它有強烈的感染力，能鼓舞人積極地投入社會主義建設。郭老真有化腐朽為神奇的高明手段。這是值得我們學習的。」〔註 263〕當然，此後的《星星》，也並沒有進一步推出相關的詩歌作品。在種種的限制之下，要真正寫出具有藝術價值的新民歌，實際上也是比較難的。

雖然《與初學寫詩者談詩》欄目一直持續到了 1960 年《星星》詩刊停刊，但比較活躍的時間是在 1958 年。此後《星星》詩刊上的《與初學寫詩者談詩》欄目，要麼斷斷續續，要麼又回到了探討的原點。此後《與初學寫詩者談詩》

〔註 261〕楊柳青：《「山歌傳」讀後》，《星星》，1959 年，第 3 期。
〔註 262〕劉樹木：《歌中有歌》，《星星》，1959 年，第 3 期。
〔註 263〕鄧敘萍：《化腐朽為神奇》，《星星》，1960 年，第 5 期。

中的文章，大都是重複著相同的理論。而且即使是工人作者，也展現出驚人的新民歌理論素養，如工人戴龍雲談到，「我寫作還有一個而深刻的體會，這就是要愛憎分明，對人民要盡情的歌唱；對敵人要無情的打擊。」〔註 264〕聶索也說，「煉意，無疑就是鍛鍊思想感情。大躍進以來產生的新民歌，它之所以那樣震撼人心，關鍵就在於廣大工農兵群眾都燃燒著共產主義理想，都發揮著敢想、敢說，敢幹的共產主義風格。」〔註 265〕當然他們對詩歌創作的思想，又回到了「共產主義理想」這個原點，並沒有多大的推進。

總之，在 1958 年間，《與初學寫詩者談詩》欄目和討論「詩歌下放」一樣，每期《星星》詩刊都有，這成為了李累時期《星星》詩刊的主要欄目之一。「如何為工農兵服務」，如何培養工農兵自己的詩歌作者的任務，也在這一時期的重點工作。另外，從 1960 年第 1 期，雖然恢復了《群眾詩話》和《與初學寫詩者談詩》欄目，但在理論無法推進的基礎上，展開批判便成為推動詩歌創作和理論創新的動力。

三、工人作者詩歌講習班

《星星》詩刊，不僅在理論上開設《與初學寫詩者談詩》欄目，也在舉辦「工人作者詩歌講習班」。《與初學寫詩者談詩》與「工作作者詩歌講習班」，可以說構成了《星星》詩刊的一套較為完整的「培養工農詩歌作者」體系。

從現有的材料來看，在整個培訓之前，《星星》詩刊編輯部是做了相當充分的準備的。第一步，是向相關部門發出了「開辦工人作者詩歌講習班」的「邀請通知」：

> 負責同志：
>
> 為了繁榮我省文藝創作，創建一支工人階級的文藝隊伍，必須大力培養從工農中湧現出來的業餘寫作者，因此，我們擬於 5 月份開辦「工人作者詩歌講習班」，吸收以工人業餘寫作者為主的學員參加學習。希望得到你們的支持與幫助，讓我們共同作好這一工作。
>
> （一）希望給我們推薦你廠工人、職員中能夠參加學習的詩歌寫作者。

〔註 264〕工人戴龍雲：《談革命現實主義與革命浪漫主義的結合——四川大學中文系「當前文藝問題」講稿》，《星星》，1959 年，第 5 期。

〔註 265〕聶索：《漫談詩歌的語言》，《星星》，1960 年，第 4 期。

（二）請告訴我們你們廠一周中那幾天晚上工人休息，可以作為講課時間。

（三）如何才能把講習所辦好，你們有什麼建議。

推薦學員的名單和學習時間，請你們在 25 日以前告訴我們，來信請寄到布後街 2 號四川文聯創作輔導部。

我們盼望著您們的來信。

致以敬禮。

（附：工人作者詩歌講習班草案）

1958 年 4 月 12 日〔註 266〕

在這個通知中，《星星》明確表明了要創建一支工人階級的文藝隊伍。但由於學員主要是「業餘寫作者」，所以最主要的是時間安排上的問題。當然，為了能更好地完成「培養工人階級的詩歌隊伍」的任務，在通知後還附上了較為詳細的「工人作者詩歌講習班草案」，期待著能招收到更多的好學員。當然，在發出「邀請通知」之前，《星星》詩刊就已經擬定了較為詳細的「草案」。「工人作者詩歌講習班草案」的具體內容如下：

工人作者詩歌講習班草案

（一）目的：為了繁榮詩歌創作，培養工人階級的詩歌隊伍，舉辦工人詩人講習班一次。

（二）要求：通過這次學習，使學員明確詩歌的社會主義方向，詩歌的黨性原則以及詩歌創作的基本知識。從學員中吸取優秀詩歌作者為經常聯繫的對象。

（三）做法：講授時必須結合當前文藝戰線上思想鬥爭的詩集，聯繫作品，講得短小精悍、生動活潑，通俗易懂。並重點分析學員的作品。

（四）內容和講課人

第一單元 為什麼寫詩

第一講：詩歌必須為社會主義服務

第二講：批判詩歌中的毒草

第三講：反對詩歌中的修正主義觀點

第四講：共產大字報詩歌

〔註 266〕《四川省文聯（1952～1965）》，建川 127～208，四川省檔案館。

第五講：農村新山歌、新民歌

第二單元 怎樣寫詩

第六講：詩歌創作的源泉是生活

第七講：詩歌的思想性

第八講：寫詩的技巧

第九講：說唱詩

第十講：唱詞的語言

第十一講：目前詩歌創作中應注意的問題。

（五）時間：

共十講，共20小時，如每週將一次，則11周可講完，加上開學的準備工作及結束工作兩周，共為13周，3個月。

另外：如工人的休假時間不同意，則每週重複講一次。

準備工作在 4 月底以前就緒，召開兩次工人詩歌作者的座談會，一次徵求大家對舉辦「講習班」瞭解他們的要求。另一次，討論計劃和講課內容。

開學再5月5日至8月底結束。第一單元講授完畢後，召開一次大討論及總結會。

平時由學員自己組成小組，對每講加以討論。〔註267〕

從這份「草案」我們看到，《星星》詩刊舉辦「工人講習班」，目的就是「培養工人階級的詩歌隊伍」。進而，確定了培養的三大要求，「明確詩歌的社會主義方向」、「明確詩歌的黨性原則」、「明確詩歌創作的基本知識」。圍繞這大三大目標，提出了「必須結合當前文藝戰線上思想鬥爭的詩集」的講授法。進而，在具體授課內容上，第一部分重點是確立了「必須為社會主義服務」的詩歌標準，同時又將對詩歌中的毒草和修正主義等問題展開批判；第二部分則主要探討詩歌寫作的技巧問題。另外還對授課時間、討論與總結會等作了具體的安排。從整體安排來看，這樣一個完整的、系統的培養計劃，這應該說《星星》詩刊前期是做了相當充分的準備的。

第二步，錄取學員，並提前安排相關的準備工作。正是由於實施方案較為詳細和具體，《星星》詩刊的這次「詩歌講習班」招收可以說是比較成功的。

〔註267〕《工人作者詩歌講習班草案》，《四川省文聯（1952～1965）》，建川127～208，四川省檔案館。

據1958年4月20日的一份材料統計，此次「工人作者詩歌講習班」總報名406人，最終錄取錄取333人，不錄取73人。〔註268〕由於資料有限，我們無法瞭解到參加培訓的學員的具體情況。而就在正式開班之前，《星星》詩刊還再次向各單位發出「通知」，請學員們做好相關的前期準備。

工會

你會推薦參加「詩歌講習班」學員名單收到。

為了使講課聯繫實際，更好地幫助你處職工作者提高文藝知識，請告訴你處參加學習的職工同志，請他們：

1. 抄寫自己寫作的詩歌二首（包括大字報詩，快板詩，說唱詩）；

2. 沒有作品的，寫一篇學習詩歌作品的心得或目錄；

由你們集中，於5月10日以前寄交布後街省文聯創作輔導部。

1958年5月2日〔註269〕

第三步，開展培訓。關於具體的培訓內容，這在《詩歌講習班 課程表》中有詳細的體現。與此前「草案」的規劃差別不大，但卻更為具體。

詩歌講習班 課程表〔註270〕

講次	題目	講員	寫稿時間	提綱付印	講課時間	備註
一單元一講	我對詩的認識（出路）	席明真	5.15.	5.17	5.18	開學日
一單元二講	詩的出路	李亞群	5.23.		5.25	未印提綱，存記錄稿
一單元三講	向民歌學習什麼	傅仇	5.28.	5.31.	6.1	
一單元四講	向古典詩詞學習什麼	劉開揚	6.3.	6.6	6.8	
一單元五講	工廠大字報詩及工人來稿	賃常彬	6.10.	6.13	6.15	
二單元一講	必須為社會主義服務				6.29	

〔註268〕《四川省文聯（1952～1965）》，建川127～208，四川省檔案館。

〔註269〕《四川省文聯（1952～1965）》，建川127～208，四川省檔案館。

〔註270〕《詩歌講習班 課程表》，《四川省文聯（1952～1965）》，建川127～208，四川省檔案館。

二單元二講	批判詩的修正主義				7.6	
二單元三講	批判詩歌中的毒草				7.13	
三單元一講	詩的創作源泉是生活				7.27	
三單元二講	詩歌怎樣選材				8.3	
三單元三講	詩歌的構思				8.10	
三單元四講	說說寫詩				8.17	
三單元五講	唱詞的語言				8.24	
三單元六講	詩歌創作中應注意的問題				8.31	
第一次討論					6.22	
第二次討論					7.20	
第三次討論					9.7	結束總結

在原始檔案中，並無表格。為了更加清晰地瞭解《星星》詩刊整個培訓課程的開展，我們這裡以表格形式排列。與《工人作者詩歌講習班草案》相比，課程表的課程有一些變化，課程也顯得更為豐富和完整。在整個安排上，課程由原來的兩個單元調整為三個單元，原來的 11 講也調整為現在的 14 講。最主要的變化是，增加了席明真的《我對詩的認識（出路）》、李亞群的《詩的出路》和劉開揚的《向古典詩詞學習什麼》等 3 人的講座，而且是放在課程的最前面，成為最先開設的講座。而課程表中傅仇的《向民歌學習什麼》應該就是「草案」中的「第五講：農村新山歌、新民歌」。值得注意的是，為何要在具體的培訓過程中直接新增三個人的講座？如果按照原初的「草案」，從「詩歌必須為社會主義服務」開始講座，再配合批判毒草、批判修正主義詩歌的講座，這樣更能培養出「工人階級的文藝隊伍」。但是，增加 3 人的講座，應該與《星星》詩刊對培養方案的重新規劃有關。一方面我們看到，通過《星星》詩刊的努力，招到了較多的學員，他們需要重新提升培養的質量。另一方面，增加講座的 3 人，席明真來自重慶市委宣傳部，李亞群來自四川省委宣傳部，劉開揚來自高校，他們的身份更具有號召力，更能提升這次培訓的質量和影響。由此，在正式運行的「課程表」中，才對相關課程做了一定的調整。而且在課程表中，對所有的授課時間和內容都做了具體的安排，體現出

培訓的整體性。不過，由於資料的限制，我們無法瞭解到具體的授課情況。另外，從已經結束的第一單元的講座來看，整個培訓是比較規範的，而且也是務實的。除了李亞群之外所有的講座都有提綱，這也進一步保證了授課的質量。在相關檔案中，恰好保留了一份授課提綱。

詩歌的幾個基本特徵（提綱）

一、關於詩的構思

詩歌應該有完整的、獨立的藝術構思。

構思是從生活出發的。

詩的構思不能違反生活的邏輯規律；不能脫離作品的基本思想；也不能脫離文藝（詩歌）本身的特點。

成功的構思常常是有高度的概括性和獨創性的。

二、詩的形象性

什麼叫形象性？

在詩歌中創造形象有多種多樣的方法。

詩的形象可以是具體的，也可以是抽象的。

關於詩的想像、款張、比喻和含蓄。

關於詩的修飾和素描。

應該注意避免公式化和概念化。

成功的詩篇總是有生動的、鮮明的形象性。

三、詩的語言

語言要準確

語言要簡練

語言要生動

關於詩的分行和用韻

四、正確對待技巧問題

寫詩當然要瞭解一些詩的基本知識和掌握一定的寫詩技巧，但技巧是方法，方法和立場、觀點是不能分割。

技巧要在生活實踐與創作中的提高。〔註271〕

我們看到，這份講座提綱雖然不在此前「草案」和「課程表」的目錄中，

〔註271〕《詩歌的幾個基本特徵（提綱）》，《四川省文聯（1952～1965）》，建川127～208，四川省檔案館。

但我們看到在實際的「課程表」中與此前的「草案」有差別，所以這也應該是其中的一次講座。而且在「草案」的第二單元和「課程表」的第三單元，也都有著對詩歌純藝術技巧問題的探討。在檔案中保留下了這樣一份資料，也可以看做《星星》詩刊在培訓中對藝術本質的一種探討。

第四步，討論總結。在第一單元講課完成後，《星星》詩歌講習班發出了舉行了一次大討論和總結會的通知。

> 同志
>
> 「詩歌講習班」第一單元的講課已經講完了，為了使同志們更好地領會這幾講的精神、內容，決定在本周星期天晚上七時舉行「輔導討論會」；邀請詩人、理論批評工作者、組織工作者參加。具體輔導大家進行討論。
>
> 希望全體學員同志，準備意見，屆時參加。
>
> 致以
>
> 敬禮
>
> 討論題目：
>
> 1. 你對於「新詩必須從民歌、古典詩詞的基礎上發展起來」這一問題是怎樣領會的？
>
> 2. 結合本身的創作實際，談自己在文藝創作上還存在什麼「迷信」觀點？
>
> 詩歌講習班

根據通知，我們看到，這次討論會正是按照「草案」中「第一單元講授完畢後，召開一次大討論及總結會」的安排，以及「課程表」中「6.22 舉行第一次討論」的安排如期舉行的。按照「課程表」中的進度，此時「詩歌講習班」已經完成了第一單元中席明真、李亞群、傅仇、劉開揚、賃常彬等 5 人的 5 次講座。因此，在討論題目中，緊扣的是「民歌+古典」問題而展開的討論。而整個討論會的進程怎樣？提出了怎樣的觀點，我們難以瞭解了。

對於《星星》詩刊的整個「詩歌講習班」，這一期的培訓課程是否如期完成？此後是否繼續舉行了類似的培訓班，我們都不得而知。另外，對於這些學員來說，他們有怎樣的收穫，對他們的創作有著怎樣的影響，我們難以考察了。但是，從現有的資料來看，對於「詩歌講習班」，《星星》詩刊不僅投入了大量的精力，而且做了相當充分的準備，對於培養「工人階級的文藝隊伍」

可以說不遺餘力。這不僅是李累的一個重要成果，也可以說是這一時期《星星》詩刊的一項重要工程。

四、「在形式上的多樣化」

從 1958 年第 1 期起，《星星》一個重要的變化是，在此以前的《星星》編輯者為「星星編委會」（成都布後街 2 號），出版者是四川人民出版社（成都狀元街 20 號）。而從 1958 年後的第 1 期開始，《星星》詩刊的編輯者和出版社均為「星星編委會」（成都布後街 2 號）。也就是說，此時李累加強了對《星星》詩刊的管理。另外，從 1957 年 9 月後，經過了 4 期的《星星》編輯工作，李累也逐漸在探索新的辦刊方針，《四川日報》中就提到：「『星星』詩刊正在努力貫徹為工農兵服務的方針，使刊物密切結合當前的政治鬥爭，充分反映工農群眾生活，增強戰鬥性和群眾性；刊物發表的作品，在形式上也儘量講求多樣化，力求為群眾喜愛，使工農兵看得懂、聽得懂。即將出版的『星星』2 月號發表的作品，絕大多數都緊密的結合了目前的重大政治事件，反映了工農群眾的生活。其中很大一部分是來自工農群眾的作品，例如，這一期的十幾首工廠大字報詩歌，都是選自省內幾個大型廠礦的大字報。2 月號的『星星』詩刊，還第一次登載了為工農群眾喜愛的演唱形式的作品。」〔註 272〕在這篇報導中，只是簡要的介紹《星星》的新方針，即以「重大政治事件」和「反映工農群眾的生活」為兩大重要方向。而且在詩歌形式上，也突出了「演唱」形式。雖然這只是一個非常簡單的介紹，但這裡提到的「發表的作品在形式上也儘量講求多樣化」，也是李累辦刊一個重要方向。

在「發表的作品在形式上的多樣化」追求方面，我們在「詩歌講習班」中就看到了《星星》詩刊的一個方向，即刊登「工廠大字報詩歌」。如在 1958 年第 2 期的《星星》，就專門刊登了《工廠大字報詩歌》，「『工廠大字報詩歌』，都是職工寫的。這些短小的、富有群眾性和戰鬥性的詩歌，是值得珍視的。我們今後還要繼續刊登。希望各工廠的黨委宣傳部，各工廠的職工同志，把大字報詩歌抄給我們。來稿請交本刊編輯部，信封上注明『工廠大字報詩歌』」。〔註 273〕此後，在《星星》詩刊上，多次開設了相關欄目，並刊登了一

〔註 272〕《貫徹省文代會精神面向工農兵 本省文藝期刊有所改進》，《四川日報》，1958 年 1 月 24 日。

〔註 273〕《編者的話》，《星星》，1958 年，第 2 期。

系列的工農作者的詩歌。《星星》詩刊的這一舉措，獲得了評論界的好評。倪芽就評論說，「我喜歡這些詩。這些詩，是生活的真實記錄，是鼓動生活大躍進的促進歌。他們雖然是沒有名氣的詩作者，但是，他們的詩，應該列入詩歌領域內的最前線，應該稱為開路先鋒的詩歌。」〔註274〕同樣，開設《街頭詩》欄目，也是《星星》詩刊「發表的作品在形式上的多樣化」一種努力。為了能進一步推出「街頭詩」，《星星》詩刊首先進行了歷史梳理和理論建構。《星星》詩刊的這種努力，是以重新推出「擂鼓詩人田間」為主要的表現形式。在田間輯的《哨崗——街頭詩一束》中，不僅發表了田間輯的《街頭詩》（分為《哨崗》、《歡迎詩》兩組），更重要的是，此舉還重新建構了「街頭詩」的歷史與理論，「這些街頭詩，寫作的年代，都在 1938 年左右。多數作品是寫於延安。我從一本油印的小冊子上抄下來的。個別的字作了一點變動。這本小冊子，封面上就寫著『街頭詩』幾個字。史輪和邵子南的兩首無題街頭詩，則是從我過去寫的一篇文章裏，摘錄出來，現在把它輯在一起，暫時題名為『哨崗』。由於時間的關係，目前只能抄錄這幾首。田間附記 1958 年」〔註275〕。與此同時，在這一期《星星》詩刊中，還發表了林采的文章，著重探討「街頭詩」，「詩人（當然不僅是詩人）直接參加鬥爭，詩歌緊密地和當前的革命任務結合，以各種最便於接近群眾的形式深入工農兵群眾，鼓舞他們為爭取戰爭的勝利，革命的勝利而鬥爭，——這便是當時街頭詩的特點。」〔註276〕不過，林采的理論還是過於書面化，並不太符合「詩歌下放」的精神和實踐。因此在第 4 期的《星星》中，不僅刊登了「街頭詩」，《星星》編輯部還以「編者按」的形式，進一步倡導「街頭詩」，「1940 年，在延安的詩人們創辦了一個油印詩刊『新詩歌』。蕭三同志寄了幾期給我們。這是幾份很寶貴的詩歌資料。我們從上面選了柯仲平、公木、劉御同志寫的三首詩。這些詩，是革命的歌謠，通俗易懂，能讀能唱，工農兵群眾都能接受。」〔註277〕可以說，在經歷了「詩歌下放」的討論之後，推出「街頭詩」成為《星星》詩刊的一個重要努力方向。

〔註274〕倪芽：《好詩要發得又多又快——讀「星星」4 月號工農作者寫的詩有感》，《四川日報》，1958 年 4 月 1 日。

〔註275〕田間輯：《哨崗——街頭詩一束》，《星星》，1958 年，第 3 期。

〔註276〕林采：《詩歌應該和工農群眾結合——關於街頭詩的一些意見》，《星星》，1958 年，第 3 期。

〔註277〕《街頭詩．編者按》，《星星》，1958 年，第 4 期。

與「工廠大字報詩歌」和「街頭詩」相比，「詩傳單」是《星星》詩刊在「發表的作品在形式上的多樣化」以及「詩歌下放」中一個最為重要的成果。實際上，《星星》編輯早就開始著手「詩傳單」的組稿和編輯工作了，並在《四川日報》上對編輯出版「詩傳單」作了說明，「『星星』詩刊決定於紅五月印發五萬份詩傳單，把短小精悍的街頭詩送到車間、農業社、商店、學校，讓洋溢著社會主義精神的詩歌投入躍進行列，促進工農業生產大躍進。『星星』編輯部正在廣泛發動詩人和工人、農民中的詩作者就詩歌下放問題舉行筆談。『星星』自第三期起已經進一步密切結合當前的政治任務進行鼓動宣傳，第三期發表的稿件已有 60%是識字的工人、農民看得懂的；念出來，不識字的人也聽得懂。他們將繼續這樣做。」〔註 278〕從這裡可以看到，李累時期的《星星》詩刊，「詩傳單」是與「詩歌下放討論」、培養工農詩歌作者的任務是完全一致。進而，在《星星》詩刊上，他們也為《詩傳單》作了宣傳廣告，「在社會主義大躍進的日子裏，我們編了這一期刊物，同時也在為紅五月作準備，我們決定出版一張『詩傳單』，獻給紅五月。這張『詩傳單』，隨五月號的『星星』送給讀者；也單獨印發，送到工廠和農村，送到街頭。我們希望作者們、讀者們，幫助我們編好這張『詩傳單』，希望大家動手來寫大躍進之歌！工廠大字報上的詩歌，農村流傳的新民歌，也請大家抄給我們。」〔註 279〕最後，終於在 1958 年 5 月 1 日，星星編輯部出刊了《詩傳單 第 1 號》。除了陳嶽峰攝影的照片《毛主席由中共四川省委第一書記李井泉同志陪同參觀都江堰》之外，《詩傳單》上面的詩歌作品有：履冰《毛主席來到都江堰》、田間《社會主義傳單》、戈壁舟《支持》、顧工《新的戰鬥小組》、工人于質彬《這才真是了不起》、陳犀《燈從手上亮起》、楊順勤《川中石油》、傅仇《鐵錘》、余開《苦戰》、洪弩收集《智多星》、洪弩收集《紅苕是個報》、巫山縣《綠化》等作品。〔註 280〕緊接著 6 月 15 日，星星編輯部就編輯出了《詩傳單 第 2 號》，刊登的作品有：毛主席帶來東風（曉鐘）、人民領袖到農莊（通川）、朵朵心花向陽開（張朝鼎）、人民和黨一條心（遂寧）、毛主席像爹娘（井研）、一聲春雷天下響 千條龍，萬條龍（巴中）、技術大革命（南充）、梯田修上南天門 燈

〔註 278〕《四川日報》，1958 年 3 月 7 日。

〔註 279〕《星星詩刊紅五月出版詩傳單 請大家來寫大躍進之歌》，《星星》，1958 年，第 4 期，封底。

〔註 280〕《詩傳單 第 1 號》，星星編輯部編，1958 年 5 月 1 日。

籠火把滿山紅（南充）、向毛主席報喜（工人王哲平）、紅色的人才（工人范學忠）、騎上快馬又加鞭（工人成維榮）、鍛工的鐵錘（工人劉濱）、農民舉起手（工人樂山）等作品。〔註281〕在這兩份《詩傳單》的下方，還附有關於《詩傳單》的詩歌：「星星詩傳單，頒給工農看。／上山下鄉到車間，請你張貼請傳觀。／／看來詩傳單，心裏可喜歡？／還請多多提意見，下次再來好好翻。／／星星歌唱大躍進，快到郵局訂星星！／一月出一本，月月送上門。」這兩份《詩傳單》每份售價 1 分，印數達 50000 份，這對詩壇是有一定影響的。關於這兩份「詩傳單」的特點和意義，李吉山給予了高度的評價，「『星星』詩刊，出版了詩傳單第一號和第二號，又和省文化局美術工作室合作主編了『街頭詩畫』。據我所知，這種緊密配合當前政治鬥爭任務，把詩歌面向工農兵的做法，受到了廣大群眾的歡迎。工人讀者景宗富、林兵、甘霖、王盛明等都說這樣的做法很好。第二號的『詩傳單』用全部篇幅刊載工人農民的作品，許多詩都鮮明、準確、生動，充滿了革命英雄主義和革命樂觀主義。『詩傳單』的這種為新事物鳴鑼開道的精神十分可貴。要使詩傳單辦得一期比一期好，我希望篇幅更大一些，多配一些有民族民間色彩的插圖，如果條件許可，還可以用彩色印製，圖文並茂，像街頭詩畫一樣，讀者一定更加歡迎。」〔註282〕李吉山不僅高度讚揚了第 2 號《詩傳單》，而且還對以後《詩傳單》提出了更高的要求。

此後，《星星》詩刊還繼續編輯過幾期《詩傳單》，不過已經發生了很大的變化。這些《詩傳單》並沒有繼續向「刊載工人農民」的方向發展，而是更加緊密的與政治結合，成為凸顯時代宏大主題的「政治詩傳單」。如 7 月 18 日的「詩傳單」就是《歡呼伊拉克人民的偉大勝利 反對美英侵略者干涉中東》，刊登的作品有辛勤《巨浪》、方赫《告訴你，我的兄弟》、工人李志龍《勝利屬於黎巴嫩》、陳犀《丟你海裏喂鯊魚》、工人山城《人民一定勝利》、傅仇《滾出黎巴嫩》、戈壁舟《拿起棍子來》、唐大同《寶山變火山》、黃丹《清算》、肖然《燒掉這條兩頭蛇》、馮山《支持》、木子《侵略者的藉口》、之光《警告美英侵略軍》、工人門力生《全世界人民支持你》、丘仲彭詞、巫選文曲《反對侵略戰爭》（歌曲）、尖丹《不許放火》（圖）等作品。〔註283〕我們看到，「詩

〔註281〕《詩傳單 第 2 號》，星星編輯部編，1958 年 6 月 15 日。
〔註282〕李吉山：《歡迎「詩傳單」和「街頭詩畫」》，《四川日報》，1958 年 6 月 27 日。
〔註283〕《歡呼伊拉克人民的偉大勝利 反對美英侵略者干涉中東》，《詩傳單》，草地、星星編輯部編，1958 年 7 月 18 日。

傳單」的作者中，工人農民已經很少了。而且，此時的編輯者，也不再僅僅是星星編輯部，還有草地編輯部。儘管這樣，7 月 18 日第一次出版的「詩傳單」，印數就達 60000 張，而且在 8 與 1 日修訂再版，加印 53000 張。進而《詩傳單》引起了的較大關注，使得《四川日報》再次發專文予以評論，「草地雜誌和『星星』詩刊編輯部為了聲援中東人民，抗議美國侵略，連夜趕編出了詩傳單，由紅星印刷廠的工人連夜印出。詩傳單包括詩人戈壁舟、工人詩作者門力生等十六個作者的短詩十六首，另外還發表了歌曲一首和漫畫一篇。詩傳單第一次印出六萬份，在成都迅速地廣泛地發行，受到群眾歡迎。又訊紅旗鐵工廠工人為著反對帝國主義侵略，支持伊拉克和黎巴嫩，出了油印的紅旗詩傳單。詩傳單包括老工人周文斌等寫的短詩十四首。這些詩是在一個半鐘頭的時間內寫成的。」〔註 284〕同樣，8 月 4 日的「詩傳單」《擁護毛澤東和赫魯曉夫會談公報》〔註 285〕，也是多個編輯部共同編輯的「詩傳單」，凸顯出鮮明的政治主題。

在當時《星星》詩刊「詩傳單」，確實有著較大的影響。在《歡呼詩傳單》一文中，星星編輯部就對「詩傳單」這一工作做了詳細的梳理和闡釋「本刊在紅五月，向工農兵撒出了第一張詩傳單。這張傳單，乘著東風，從省內到省外，從長江道黃河，傳播得很快。這張傳單，是種籽，在群眾中生了根，開了花；幾乎像地方大辦工業一樣，快要遍地開花了。僅僅根據本刊收到有限的資料統計，已經有 50 多種詩傳單了。有五通橋市委宣傳部編印的、有川中石油鑽探大隊黨委編印的、有自貢鹽廠工人編印的、有成都紅旗鐵廠和印刷廠編印的，等等。這些詩傳單，絕大多數是黨委掛帥，有工人和戰士辦的；學校和文藝團體辦的，只是少數。」在同期的《星星》詩刊中，就有《詩傳單遍地開花（41 首）》欄目，選發了「各種形式的詩傳單」的作品，包括：中共五通橋市委宣傳部編「抗議詩」、中共五通橋市委宣傳部編「詩傳單」、西南無線電器材廠團十車間支部編「詩傳單」、成都紅旗鐵廠工人俱樂部編「紅旗詩傳單」、西南無線電器材廠業餘文藝組編「詩傳單」、中共南充鑽探大隊黨委編「井場詩」、成都印刷廠宣委會編「詩傳單」、成都市商業工會、金融工會編

〔註 284〕《我們全力支持阿拉伯人民的正義鬥爭 美軍滾出黎巴嫩！英軍滾出約旦！用詩作武器反對美國侵略 「詩傳單」傳遍成都》，《四川日報》，1958 年 7 月 19 日。

〔註 285〕《擁護毛澤東和赫魯曉夫會談公報》，《詩傳單》，星星、草地、園林好編輯部編，1958 年 8 月 4 日。

「詩傳單」、貴陽師範中文系編「詩傳單」、四川大學中文系乘風編委會編「詩傳單」、中共樂山磷肥廠黨委編「詩傳單」、四川師範學院中文系五九級二班編「燎原」詩傳單、陝西省民歌整理小組編「詩傳單」、甘肅文聯編「詩傳單」、南京市文聯編「詩傳單」、河南省文聯編「躍進歌」、青海湖文學月刊社青海省美術工作者協會編「詩傳單」、部隊宣傳部編「詩傳單」、部隊政治部編「詩傳單」〔註286〕。可以說，此時的「詩傳單」已經蔚為大觀。同時，《歡呼詩傳單》一文也進一步建構了「詩傳單」的理論，「為革命的正是服務，為生產服務，是詩傳單最鮮明的特色。在最近一段時期，各地編印的詩傳單，有兩個中心內容：其一，歌唱社會主義建設總路線；其二，反對美英帝國主義武裝侵略中東。他們迅速地反映了勞動人民在生產大躍進中的戰鬥生活，迅速地發出了對英美侵略者的抗議呼聲。勞動人民的創作和他們編印的詩傳單，總是最忠誠地、最美好地表達了自己的思想感情。」〔註287〕《星星》詩刊對「詩傳單」的理論建構，體現出了他們在「詩歌下放」理論探討後，進一步對「詩歌下放」理論的具體實踐。

儘管李累只是《星星》暫時的「帶班」主編，但他對《星星》詩刊的未來也有著長遠的計劃和打算。但由於主編《星星》詩刊的時間較短，又要與政治任務結合，所以很多規劃他也無法施展。不過，即使在這樣的短暫的時間中，李累也在《星星》詩刊的歷史中留下了濃濃的印跡。

〔註286〕《詩傳單遍地開花（41首）》，《星星》，1958年，第9期。
〔註287〕《歡呼詩傳單》，《星星》，1958年，第9期。